VERLAG
FRITZ
MOLDEN

Robin Moore
und
Henry Rothblatt

DIE VERSUCHUNG DER GRÜNEN TEUFEL

ROMAN

VERLAG FRITZ MOLDEN · WIEN-MÜNCHEN-ZÜRICH

Alle Personen und Handlungen in diesem Roman sind frei erfunden. Jede Ähnlichkeit mit lebenden oder verstorbenen Personen ist rein zufällig.

1.—10. Tausend

Aus dem Amerikanischen übertragen von
GUNTHER MARTIN

Titel der amerikanischen Originalausgabe
COURT-MARTIAL

Schutzumschlag und Ausstattung: Hans Schaumberger, Wien
Schrift: Garmond Garamond-Antiqua
Satz und Druck: Friedrich Jasper, Wien
Bindearbeit: A. Popek, Wien
ISBN 3-217-00347-0

Den gerechten Richtern

PROLOG

Im schwülen Dunkel, kurz vor der Morgendämmerung, ging der Spähtrupp in Stellung. Denkbar ungünstiges Gelände, dachte Captain Harry Morse. Er lag im spröden, scharfkantigen Elefantengras in Deckung, fünf Kilometer jenseits der kambodschanischen Grenze. Bei Einbruch der Nacht war er mit seinen Leuten vom Vorposten abmarschiert und ins Feindterritorium eingedrungen.

Captain Morses Stützpunkt gehörte zu den Positionen des B-57-Detachment, einer streng geheimen Einheit der U.S.Army Special Forces. Der Kommandeur der amerikanischen Militärhilfe für Vietnam, im gängigen Abkürzungsjargon COMUSMACV genannt, hielt sehr viel von der B-57: Sie allein, so betonte er, liefere 75 Prozent aller auswertbaren Aufklärungsergebnisse von Grenzvorstößen. Aber Morse wußte genau: im Fall seiner Gefangennahme würden ihn das Kommando und sein Land sofort fallenlassen und jede Verbindung zu den Aktionen glatt abstreiten. An der tarngefleckten Dschungelgarnitur trug er keinerlei Abzeichen; er hatte auch nichts bei sich, wodurch man ihn hätte identifizieren können. Seine Feuerwaffe, es war eine schwedische K-Maschinenpistole, wurde auf beiden Seiten verwendet.

Für solche Sondereinsätze hatte sich im militärischen Sprachgebrauch eine neue Bezeichnung eingebürgert: „Recondo“, zusammengezogen aus den Worten „Reconnaissance“ (Erkundung) und „Commando“ (im Sinne von Spezialtruppe oder Stoßtrupp).

Dicht neben Morse lag sein vietnamesischer Dolmetsch, Funker und Unterführer. Sie starrten in die stickigfeuchte Finsternis, warteten auf das Tageslicht, das ihnen das Ausmaß der nordvietnamesischen Vorkehrungen für einen Angriff auf Südvietnam zeigen würde. Nach den Geräuschen und den kaum sichtbaren Lichtern schloß der Captain auf ein Lager von beträchtlicher Größe. Am günstigsten, dachte er, wäre es, wenn die landeseigenen Irregulären dazu ausgebildet werden könnten, allein feindliche Positionen zu beobachten und möglichst genaue Meldungen zu liefern. Aber all diese Vietnamesen, Kambodschaner, Nungs und Angehörigen von Bergstämmen, mit denen die Special Forces zusammenarbeiteten, eigneten sich nur bedingt für Kundschafterdienste. Sie waren einfach nicht imstande, die Stärkeverhältnisse auf Sicht richtig einzuschätzen. Deshalb mußte den Recondo-Patrouillen jeweils immer mindestens ein erfahrener Amerikaner zugeteilt werden, damit das Kommando Aufklärungsergebnisse von wirklich taktischem Wert erhielt.

Als die Dämmerung den Himmel blaß färbte und sich allmählich erkennbare Formen abhoben, zog Morse den Feldstecher aus dem Futteral und legte sein Notizbuch vor sich auf den Boden. Dreißig Minuten später konnte er das Lager deutlich ausnehmen; es lag weniger als einen Kilometer von dem Punkt entfernt, wo der Captain mit seiner acht Mann starken Patrouille in Deckung gegangen war.

Dicht mit Laubwerk besteckte Tarnnetze, die über das Lager gespannt waren, verhinderten, daß man aus der Luft den Aufmarschraum beobachten konnte; nur der vorgeschobene Beobachter auf dem Boden ahnte, daß hier ein ganzes Regiment einquartiert sein mußte. Morse machte sich rasch Notizen über Ausrüstung, Verteilung und vermutlichen Mannschaftsstand. Die Gestalten in den Khakiuniformen waren mit sowjetischen Sturmgewehren AK-47 bewaffnet und machten den Eindruck einer ausgeruhten, schlagkräftigen Truppe. Das waren keine Bauernguerillas, sondern reguläre Verbände der nordvietnamesischen Volksarmee. Kein Zweifel, dieses Regiment würde bald in die Provinz Tay Ninh vorstoßen. Vielleicht hatte es sogar den Befehl, die Provinzhauptstadt Tay Ninh City anzugreifen. Es wäre interessant, dachte Morse, seine Beobachtungen mit denen anderer Spähtrupps zu vergleichen; er hielt es für durchaus möglich, daß drei bis fünf solcher Regimenter für eine Offensive zusammengezogen wurden. Wenn das der Fall war, mußten sofort starke amerikanische Kontingente in den bedrohten Abschnitt verlegt werden. Und dieser fette Popanz in Pnom Penh, Prinz Norodom Sihanuk, will der Welt weismachen, daß die Kommunisten Kambodscha *nicht* als Aufmarschraum benützten, um dort ungestört Angriffe auf Südvietnam vorzubereiten ...

Morse wandte sich zu seinem Unterführer, drückte ihm die ersten Aufzeichnungen in die Hand und deutete auf das Funkgerät, das der Vietnamese umgeschnallt hatte.

„An den Stützpunkt durchgeben, Troc", flüsterte er.

Geräuschlos, wie eine Schlange, glitt Troc durch die üppige Dschungelvegetation zurück. Diese Informationen waren äußerst wichtig, jede Minute zählte. Das Leben Hunderter, ja Tausender amerikanischer Soldaten hing von den Meldungen der Recondo-Patrouillen der B-57 ab.

Morse beobachtete weiter das Lager der Nordvietnamesen, das allmählich zum Leben erwachte. Er sah die Rohre von 80-mm-Granatwerfern und die Läufe einiger MG-50. Hinter dem Infanterieregiment war offenbar eine Geschützbatterie stationiert. Der Captain wollte auch diese Meldung zum Stützpunkt funken lassen und dann versuchen, sich noch näher an den Gegner heranzuarbeiten.

Er blickte um sich, aber Troc war noch nicht zurückgekommen. Einen Moment lang verwünschte Morse den Vietnamesen. Troc, einer seiner bewährtesten Leute, hatte in diesem Jahr viele Grenzvorstöße der B-57 mitgemacht. Er kannte den Dschungel genau und hatte sich mehr als einmal durchgeschlagen, wenn Patrouillen bei feindlichen Feuerüberfällen Verluste erlitten. Als Zeichen der höchsten Anerkennung seiner Fähigkeiten hatte ihm Morse in Saigon drei Flaschen besten schottischen Whiskys geschenkt.

Schweigend stieß der Amerikaner einen anderen Irregulären an und wies auf den Beutel, den der Mann umgehängt trug. Sofort begann der Vietnamese kleine Metallblättchen auf der Erde auszulegen, Sensoren, die Funksignale an die Empfangsstation des Stützpunkts senden würden, sobald sich die gegnerischen Truppen in Richtung Grenze in Marsch setzten.

Und dann war die Hölle los. Im selben Moment, als hinter Morse plötzlich ein MG knatterte, durchzuckte ein rasender Schmerz seine linke Schulter. Er wälzte sich auf den Rücken und schlug seine MPi auf das dichte Gestrüpp an, von dem aus der Feind das Terrain unter Beschuß genommen hatte. Morse sah, wie der Mann mit dem Sensorenbeutel verkrampft zu Boden kollerte. Dann wurden auch die übrigen Irregulären, die sich nun um ihn drängten und in den Dschungel feuerten, einer nach dem anderen niedergestreckt. Aus den braun-grünen Tigeruniformen platzten häßliche rote Flecken hervor.

Eine zweite Kugel zerschmetterte Morses rechten Oberarmknochen, hilflos lag der Captain im Gras, der Gestank verfaulender Pflanzen drang ihm in die Nase. Von allen Seiten kamen aus dem Dschungel nordvietnamesische Soldaten auf ihn zu. Mit letzter Kraft drehte er den Kopf zu der Schulter, wo die L-Pillen steckten. Gerade als er eine davon mit den Zähnen fassen und zerbeißen wollte, traf ihn ein schwerer Schuh wuchtig an die Schläfe. Der Tritt warf seinen Kopf wie einen Ball zurück. Morse hatte die Giftkapsel, die einen raschen, schmerzlosen Tod bewirkt hätte, nicht erreicht. Wieso wußten diese Nordvietnamesen, wo er die Pillen verborgen hatte? Sein Schädel dröhnte, benommen stierte er in das Asiatengesicht, das zu ihm heruntergrinste. Jähe Übelkeit, Entsetzen und Haß verschmolzen mit den tobenden Schmerzen der Schußwunden zu einer einzigen vernichtenden Qual: es war Troc, der ihm ein schnelles, erlösendes Sterben verwehrt hatte! Das grüne Laubdach des Dschungels verschwamm vor Morses Augen, der rosa Morgenhimmel barst in Splitter, alles, Wipfel, Geäst und helles Nichts, wirbelte im Kreis um ihn herum.

Im Bereich des Regimentsstabs wurde er an einen Pfahl gebunden. Drohend starrten ihn die Soldaten an. Morse erkannte die Rangabzeichen eines nordvietnamesischen Generals und zweier Obersten. Ein General *hier?* Diese Meldung mußte er sofort durchgeben, dachte er — aber das war ja Irrsinn! Dann sah er, daß Troc bei der Gruppe von Offizieren stand. Er versuchte, ihn zu rufen, aber seine Lippen waren ausgedörrt.

Er lechzte nach einem Tropfen Wasser. Schließlich brachte er keuchend den Namen heraus.

„Troc!“ Es war eine fremde, zerbrochene, unmenschliche Stimme, die aus seiner Kehle drang. „Troc! Um Gottes willen, ... nach allem, was wir ... zusammen erlebt haben ... laß mich wenigstens ... erschießen ...“

Troc verzog keine Miene; schweigend blickte er teilnahmslos an dem Amerikaner vorbei.

Alles war verloren und verraten. Das ganze B-57-Detachment, alle Stützpunkte. Der gesamte Operationsplan befand sich nun in den Händen der Nordvietnamesen, und es gab keine Möglichkeit, Major Curtin, Major Becker oder Colonel Stuart zu verständigen. Die Patrouillen würden weiterhin ins Verderben gehen, alle Vorposten würden überrollt werden.

Dann spürte Morse nichts mehr außer dem zischenden, brennenden Stich und dem Wühlen im Leib. Sein Kopf schwankte haltlos, fiel vornüber, die glasigen Augen glotzten auf die großen klebrigen roten Flecken im Sand. Durch einen Nebel sah Morse, daß er fast nackt war, seine Dschungelgarnitur hing in Fetzen herunter. Ein Junge im schwarzen Pyjama der Vietkongs hatte ihm den Bauch aufgeschlitzt. Es war sein eigenes Geschrei, das dem Captain in den Ohren gellte. Der Junge zog an den heraushängenden Eingeweiden, Blut troff von seinen Fingern. Morse wußte, was nun kommen würde.

Er spannte alle Muskeln, um den Kopf wieder emporzustemmen, sein Blick heftete sich auf Troc. Als der Junge, die Gedärme hinter sich herschleifend, auf die Offiziere zulief, verlohte Morses Gehirn in einer Stichflamme. Er starrte in den Himmel, eine verzerrte Maske über einem grauenhaft zerfleischten Körper. Gleichmütig trat ein anderer Vietkong heran und hackte ihm beide Hände an den Gelenken ab. Morse starrte noch immer in den Himmel, bäumte sich noch einmal auf. Erst als ihm die Geschlechtsteile abgeschnitten und in den Mund gestopft wurden, um die Schreie zu ersticken, die er nun selbst kaum mehr hörte, verebbte alles ...

[illegible]

1. KAPITEL

Das Kommando der 5th Special Forces Group in Nha Trang, 400 Kilometer nördlich von Saigon am Südchinesischen Meer, ist ein weitläufiger Komplex von Bauten und Depots entlang der Ost-West-Piste des Flugplatzes. Stämmige, grinsende „Montagnards" in tarngefleckten „Tigeruniformen", von den Grünen Teufeln bestens ausgebildete Söldner aus den vietnamesischen Bergstämmen, bewachen einen mit Stacheldraht eingezäunten Geländeteil, der einer Sandwüste gleicht. Dort befinden sich das eigentliche Kommandogebäude sowie die Unterkünfte für das Stabspersonal und jene Special-Forces-Soldaten, die auf einen neuen Marschbefehl warten. Über diesem amerikanischen Stützpunkt weht die Flagge der Republik Vietnam: drei rote Querstreifen auf gelbem Feld. Alte Vietnamkämpfer meinen, diese Flagge sei tatsächlich das Symbol des Staates — was nicht rot ist, das ist gelb. Im klimageregelten Einsatzzentrum des Stabes hält der Kommandeur der Special Forces in Vietnam eine entscheidende Lagebesprechung ab. Es ist Anfang April 1969.

Die wachsenden Verluste der „Recondo"-Patrouillen bereiteten Colonel Clay Stuart schwere Sorgen. Vor zwei Monaten hatte er das Kommando über die 5th Special Forces Group übernommen. Seither rauchte er Pfeife, denn das half ihm angesichts der Fehlschläge seines streng geheimen B-57-Detachments zumindest äußerlich den Anschein von Ruhe zu wahren.

In tadellos gebügelter schilfgrüner Dschungelgarnitur, mit aufgerollten Ärmeln leitete Major Rick Becker die Lagebesprechung. Soeben zog er die Hülle mit der Aufschrift „Kin“ — das vietnamesische Wort für „Geheim“ — von der Landkarte. Sie zeigte in großem Maßstab jenen Teil von Kambodscha, der „Papageienschnabel“ genannt wird und der tief nach Südvietnam hereinragt; ein feindverseuchtes Territorium, ein Dolch, dessen Spitze auf Saigon, das Herzstück des Landes, zielt.

„Vom vorgeschobenen Stützpunkt aus haben wir bereits zwei Recondo-Patrouillen verloren“, sagte Major Becker mit seiner heiseren, gleichmütigen Stimme. Er war ein kräftiger, gebieterisch wirkender Mann mit durchdringenden blauen Augen. Nun wandte er sich zu Sergeant First Class Peter Dennis, dessen modisch längeres Haar zur kurzgeschorenen Frisur des Majors in seltsamem Gegensatz stand. „Dennis meldet, daß alle seine Informationsquellen versiegen. Ich habe den Eindruck, daß wir von der Provinz Tay Ninh aus das Nachrichtennetz völlig neu aufbauen müssen.“

„Und ich persönlich glaube, daß in die B-57 ein Agent eingeschleust wurde“, sagte Captain Lew Marone, der Operationsoffizier. Er stand auf, ein hochgewachsener, magerer Soldatentyp mit Pferdegesicht und schwarzem Haar. Zweimal bohrte er den knochigen Finger in den „Papageienschnabel“. „Zwei Recondo-Patrouillen aufgerieben — hier und da. Und nun eine dritte irgendwo in diesem Raum vermißt.“ Wieder tippte er auf die Karte. „Doch ein Jahr lang ist es uns gelungen, nennenswerte Verluste zu vermeiden.“ Er blickte um sich. „Hat jemand Vorschläge dazu?“

„Sir“, sagte Becker zum Colonel, „ich bitte um Erlaubnis, eine unilaterale Recondo-Patrouille nach Kambodscha führen zu dürfen, und zwar *ohne* vorherige Verständigung der Vietnamesen, die mit uns zusammenarbeiten. Niemand außer uns wird das Einsatzziel kennen, bis wir dort sind. Und ich selber werde jeden Kerl über den Haufen schießen, der auch nur Miene macht, dem Feind unsere Marschroute zu verraten. In letzter Zeit haben uns die nordvietnamesischen Truppen jedesmal in einen Hinterhalt gelockt."

„An welche Zusammensetzung denken Sie dabei, Becker?"

„Ich selbst, Captain Lovell und fünf unserer besten kambodschanischen Irregulären werden die Spitzengruppe bilden. Dazu ein verstärkter Zug unserer vietnamesischen Mannschaft mit M-16-Gewehren und ‚Elefantenbüchsen', für den Fall, daß wir uns auf dem Rückweg durchkämpfen müssen." Major Becker wandte sich wieder zur Karte. „Wir wissen, daß sich in Cham Reng ein Nachrichten- und Aufklärungszentrum der nordvietnamesischen Armee befindet." Er stieß eine rote und eine blaue Stecknadel in einen Punkt tief im Territorium des „Papageienschnabels". „Unseren Verbündeten werden wir sagen, daß wir in Bataillonsstärke einen nordvietnamesischen Stützpunkt angreifen wollen, der 40 Kilometer von unserem wirklichen Ziel entfernt ist." Er wies auf das markierte Gebiet. „Diese Meldung werden wir in den Vorposten durchgeben, und ich kann garantieren, daß ein ganzes Regiment des Gegners im falschen Einsatzraum auf uns warten wird."

Er öffnete eine Mappe. „Zufällig habe ich unser Material über Cham Reng bei mir", sagte er beiläufig und breitete einige Photos auf der Tischplatte aus. „Das Dorf steht völlig unter feindlicher Kontrolle. Alle Frauen und Kinder sind nur Sympathisanten der Nordvietnamesen und des Vietkong." Er hob eine der Aufnahmen hoch. „Als Bild natürlich Mist, aber das Nachrichtenzentrum ist darauf deutlich zu sehen. Das ist unser Ziel. Dort werden alle Geheimdokumente aufbewahrt. Seit sechs Monaten brenne ich darauf, daß wir endlich zuschlagen und den Laden ausräumen."

„Wie schätzen Sie das Kräfteverhältnis ein?" fragte Colonel Stuart.

„In ihren Schlupfwinkeln da drüben fühlen sich die Brüder ziemlich sicher. Unsere Kundschafter haben niemals höhere Mannschaftsstände als eine Wachabteilung in Zugsstärke gemeldet. Da wir das Überraschungsmoment für uns haben, räuchern wir sie in zehn Minuten aus, klauben alles Geheimmaterial zusammen, zerstören das Dorf und ziehen uns zurück."

Der Colonel nickte und nahm die Pfeife aus dem Mund. „Gut durchdacht, Becker. Laßt euch nur nicht erwischen. Denn das wäre den Aktionen der Regierung zur Verbesserung unserer Beziehungen mit Prinz Norodom Sihanuk nicht förderlich. Und wenn unsere wirklichen Absichten offenkundig werden —“, Stuart breitete mit einer resignierenden Geste die Hände aus, „— eine politische Katastrophe können wir uns nicht leisten.“ Er stand auf. „Grünes Licht für Ihren Plan. Ich hoffe, Sie können klären, was mit unseren Patrouillen geschieht. Wenn sich ein Verräter in die B-57 eingeschlichen hat, müssen wir die Operationen vorläufig einstellen.“

„Danke, Sir.“ Becker sah dem Kommandeur nach, der den Raum verließ. Dann wandte er sich zu den drei anderen. „Wir haben einen Kampfauftrag!“ sagte er. In seiner Stimme schwang Erregung mit.

„Ich möchte dabei sein, Sir.“

Becker sah seinen Operationsoffizier Captain Lewis Marone an. „Bedauere, das geht nicht, Lew. Du mußt die B-57 führen, bis ich zurück bin — und falls ich nicht mehr zurückkomme, wirst du das Kommando übernehmen“, fügte er ruhig hinzu. „Hier handelt es sich um einen geheimen Sondereinsatz zur Erkundung, deshalb nehme ich Lovell mit.“ Spöttisch lächelnd musterte Becker den Sergeant. „Dennis, Sie sind der Abwehr-Unteroffizier der Einheit. Wollen Sie mitkommen?“

Dennis, der beim Sitzen immer eine betont lässige Haltung einnahm und auch in geschlossenen Räumen die Sonnenbrille aufbehielt, schien einen Augenblick lang in sich zusammenzusinken. „Danke für das Angebot, Sir. Ich soll morgen im Kommando der PRU * in Vung Tau einige neue Leute für die B-57 anwerben. Aber wenn Sie wünschen, blase ich die Sache ab.“

Becker grinste. „Nein, fahren Sie nur hin und suchen Sie für uns wieder einige Killer aus.“ Es klang ironisch. „Außerdem sind Sie für uns an Ihrem Schreibtisch unersetzlich.“ Er wandte sich zu Lovell. „Um 16 Uhr starten die Hubschrauber, knapp vor Einbruch der Dunkelheit sind wir an der Grenze. Gegen Morgen werden wir am Ziel sein.“

„Es wäre wohl zu viel verlangt, daß uns die Hubschrauber

---

* Provincial Reconnaissance Unit — Provinz-Aufklärungseinheit: regional gegliederte Verbände des südvietnamesischen militärischen Geheimdienstes.

über die Grenze und bis in die Nähe des Zielpunktes bringen", bemerkte Captain Bill Lovell. Er war ein zurückhaltender, schmaler, fast ästhetenhaft wirkender junger Mann, hatte den akademischen Master-Grad in Soziologie erworben und konzentrierte all seine Kenntnisse und Fähigkeiten auf Sondereinsätze im Rahmen der militärischen Aufklärung und Abwehr.

„Eines Tages wird man die Richtlinien ändern. Und man wird uns, um die Kommunisten in Schach zu halten, gleiche Chancen geben", antwortete Becker. „O. K., Dennis, lassen Sie nun da und dort etwas über die Scheinaktion verlauten. Dann hat der Geheimdienst der Nordvietnamesen den ganzen Tag Zeit, Informationen zu sammeln."

2. KAPITEL

Die aufgehende Sonne im Rücken, spähte die Spitze der B-57-Recondo-Patrouille tief auf kambodschanischem Territorium vom Rand des Dschungels zu dem Dorf Cham Reng hinüber, wo sich ein Stab des militärischen Geheimdienstes der nordvietnamesischen Volksarmee befand. Dort fühlten sich die Kommunisten vollkommen sicher, denn Cham Reng lag weit außerhalb des Aktionsradius der seltenen Stör- und Erkundungsvorstöße der Amerikaner; außerdem waren, nach zuverlässigen Meldungen, alle im Grenzraum verfügbaren Kräfte der Special Forces nun westlich von Tay Ninh City für einen von den Nordvietnamesen bereits erwarteten Überraschungsangriff auf kambodschanisches Gebiet konzentriert.

Man sah nur wenige Wachposten, und die hatten es sich bequem gemacht. Die Gewehre lehnten an den roh gezimmerten Holzwänden oder lagen neben den Soldaten auf dem Boden. Vorsichtig pirschte sich Becker aus der Deckung der Bäume näher an das Ziel heran, gefolgt von Lovell und fünf Kambodschanern. Alle trugen die gleichen gefleckten Tarnanzüge und weiche, zerknüllte Dschungelhüte. Auch der verstärkte Zug vietnamesischer Irregulärer rückte nach, mit langsamen Schritten durch das dichte tropische Unterholz watend. In der großen Stille der erwachenden Natur zog ein neuer Morgen über der Wildnis herauf.

„Achte auf Vinh!“ flüsterte Becker Lovell zu. „Ich glaube zwar nicht, daß er, der beste Kundschafter, den wir haben, der Verräter ist, aber man kann nie wissen.“

Lovell nickte. Tief geduckt bewegte er sich über die Reisfelder in Richtung auf den vietnamesischen Unterführer, der an der Spitze der Zivilmilizmannschaften stand. Die meisten von ihnen waren mit dem leichten automatischen Gewehr M-16 bewaffnet; Handgranaten hingen an den Traggurten des Sturmgepäcks. Vinh erblickte den Amerikaner und ließ seine Truppe halten, bis Lovell herangekommen war. Dann gingen sie weiter gegen das Dorf vor, aber nun über die offenen Felder, die Cham Reng umgaben. Die Reisplantagen waren um diese Jahreszeit ausgetrocknet, deshalb boten die Deiche den Angreifern etwas Deckung.

Ganz deutlich sahen sie ihren Zielpunkt. Das Stabsquartier unterschied sich schon durch seine massivere Bauweise und das lange, hochgiebelige Schindeldach von den anderen, kleineren und größtenteils mit Stroh gedeckten Häusern. Neben diesem Stabsgebäude stand eine Holzbaracke, deren Dach dicht mit Atennen bestückt war: die Funkzentrale, auf die Becker bei der Einsatzbesprechung besonders hingewiesen hatte.

Manchmal schienen die Wachen direkt in die Richtung des Gegners zu blicken, aber die aufgehende Sonne blendete sie. Die Patrouille war nur mehr knappe 100 Meter vom Dorf entfernt, als der erste der Posten in den Khakiuniformen merkte, was los war. Er konnte bloß zweimal schießen, bevor ihn ein Feuerstoß niederwarf, den einer von Beckers Kambodschanern aus der MPi abgegeben hatte. Schlagartig begann der Kampf, aber indem sie das Überraschungsmoment nützten, erledigten die Irregulären rasch und gründlich mit M-16 und Handgranaten die nordvietnamesischen Soldaten, die in Pyjamas oder Unterkleidung, wild nach allen Seiten schießend, aus ihren Quartieren taumelten.

Becker und seine Leute hatten bereits mit ihren „Elefantenbüchsen“, den kurzläufigen, großkalibrigen Gewehrgranatwerfern M-79, die Funkzentrale zerstört, um sofort alle Nachrichtenverbindungen zu unterbrechen. Lovell schauderte vor dem Gemetzel, das nun folgen würde.

Über die Toten und Sterbenden steigend, schwärmten die Irregulären im Dorf aus, traten die Türen ein, drangen in die Häuser. Die Entsetzensschreie von Frauen und Kindern gingen im Knattern der automatischen Waffen unter. Becker zeigte auf das lange Stabsgebäude, und die fünf Kambodschaner stürmten hinein.

„Keine Handgranaten!" rief Lovell. Er befürchtete, daß die Irregulären in der Hitze des Gefechtes vergessen würden, was er ihnen kurz vor dem Angriff eingebleut hatte. Als Chef des Teams, das die bei diesem Überfall erbeuteten Dokumente auszuwerten hatte, wollte er natürlich die Vernichtung wichtigen Materials verhindern. Wenn es nach ihm gegangen wäre, hätten die Söldner gar keine Handgranaten bekommen, aber wenn sie sich eventuell auf dem Rückweg durchschlagen mußten, brauchten sie unbedingt wirksame Nahkampfmittel. Lovell hatte sich sogar gegen den Plan ausgesprochen, die Funkstelle zu vernichten, doch Becker hatte mit dem berechtigten Argument erwidert, daß die gesamte Mission schwerstens gefährdet sei, würde man dieses „Nervenzentrum" nicht im ersten Ansturm ausschalten.

Als sich die Irregulären den Weg ins Stabsquartier bahnten, empfing sie das peitschende Knattern eines sowjetischen automatischen Karabiners AK-47. Eine Handgranate hätte genügt, um den Schützen zu erledigen, aber die Angreifer hielten Disziplin. Sie warfen sich zu Boden und erwiderten das Feuer. Ein Kambodschaner war verwundet. Becker und Lovell krochen vom Türrahmen weg, wo sie sich wie Zielscheiben vom Licht der Morgensonne abhoben, und begannen ebenfalls zu schießen. Plötzlich verstummte der AK-47. Einer der Irregulären sprang mit einem Freudenschrei auf, ging in den nächsten Raum und drehte mit dem Fuß den toten Nordvietnamesen auf den Rücken. Seine Brust war von Einschüssen zerfleischt. Aus einem anderen Raum tauchten mit erhobenen Händen zwei Offiziere in hastig übergestreiften Khakihemden und Unterhosen auf. Sie schrien den Söldnern etwas auf Vietnamesisch zu, brachen aber sofort getroffen zusammen.

Im ganzen Dorf gaben die Irregulären keinen Pardon; sie schossen alle Einwohner nieder, die sich zeigten. Methodisch kämmten sie Haus um Haus durch und töteten jeden Mann, jede Frau, jedes Kind. Sie wußten genau, daß sie sich bis zur Grenze durch feindlich besetztes Gebiet zurückziehen mußten. Ein einziger Überlebender in Cham Reng — ob zehnjähriger Junge, Frau oder Soldat — würde genügen, um die regulären nordvietnamesischen Truppen zu alarmieren und ihnen mitzuteilen, wo und wann die Patrouille zugeschlagen hatte.

Die Vernichtungsaktion dauerte kaum fünf Minuten. Dann sammelten Becker und Lovell mit Hilfe Vinhs und eines absolut verläßlichen vietnamesischen Abwehrexperten der B-57 alle Dokumente, Berichte und ungewöhnlichen Waffen, die sie im Stabsgebäude fanden, und verstauten sie in große Gepäcksäcke. Auch die Leichen der Gefallenen wurden nach Schriftstücken durchsucht, denen man zu entnehmen hoffte, wann die Einheit über den Ho-Tschi-Minh-Pfad nach Kambodscha eingeschleust worden war. Schließlich traten die Irregulären zum Abmarsch an. Sie hatten geringe Verluste. Der einzige Schwerverwundete wurde auf eine Tragbahre gelegt. Schweigend, entsprechend gesichert, verließen sie das halbzerstörte, verwüstete Dorf. Zurück blieben dreiundzwanzig tote nordvietnamesische Soldaten und Offiziere. Die niedergemachten Sympathisanten und jene, die als solche galten, hatte man erst gar nicht gezählt.

Nun begann die schwierigste, gefährlichste Phase des Unternehmens. Verärgert dachte Becker daran, wie leicht es wäre, Transporthubschrauber anzufordern und die gesamte Patrouille innerhalb einer Stunde auszufliegen. Aber das hätte eine ernste Verletzung der Hoheitsrechte eines fremden Staates bedeutet. Weder die amerikanische noch die südvietnamesische Regierung gestatteten planmäßige Vorstöße über die Grenze. So hatten sie mit dem Gegner die Rollen getauscht und waren selbst Guerillas.

An Hand der Stereoluftaufnahmen und beraten von einem kambodschanischen Söldner, der das Terrain gut kannte, hatte Becker die Rückmarschroute festgelegt; sie führte südwärts und dann durch den „Papageienschnabel". Sie waren vom Norden her eingedrungen, und einer der fundamentalsten Grundsätze der Guerillataktik lautete, daß man ein erreichtes Ziel niemals auf demselben Weg verlassen darf. Die Patrouille zog durch den Dschungel und wich oft in kilometerweiten Bogen vom direkten Pfad ab, um nicht über offene Reisfelder oder gerodetes Gelände marschieren zu müssen.

Die ungeheuerliche Tatsache, mit der sich Lovell niemals abfand, obwohl er ihre zwingende Notwendigkeit begriff, war das erbarmungslose Gebot, jeden Menschen zu töten, der die Einheit sichtete und ihre Position und Marschrichtung verraten könnte. Wenn es ihnen gelänge, bis zum Abend unentdeckt zu bleiben, dann wäre fast alles gewonnen, und sie würden noch vor der Morgendämmerung die Grenze überqueren. Sie hatten wohl einen gewissen Vorsprung, aber es konnte nur wenige Stunden dauern, bis der nordvietnamesische Regimentstab einen Spähtrupp ausschicken würde, um den Grund für die Unterbrechung der Verbindung mit der Nachrichtenzentrale in Cham Reng zu erkunden.

Die Sonne brannte herab, und die Luft war zum Ersticken. Alle schwitzten heftig unter den dicken Tigeruniformen, die sie sowohl tarnen als auch vor Dornengestrüpp schützen sollten. Manchmal blieb Vinh am Rand des Pfades stehen, bis Becker kam, der die Nachhut führte; er flüsterte ihm kurze Meldungen zu und schloß dann wieder zur Spitze der Kolonne auf. Dieser Vinh und seine Leute waren echte Profis, dachte der Major, zähe Burschen. Es war sehr beruhigend. Die meisten vietnamesischen Söldner wollten jede Stunde rasten und zu Mittag sogar zwei Stunden „Pak" halten, um ihre aus Reis und „Nuc Mham", einer stinkenden Fischtunke, bestehende Mahlzeit zu verzehren und zu verdauen. Doch Vinhs Männer zogen dahin, selbst wenn Becker und Lovell nichts gegen eine Pause einzuwenden gehabt hätten. Die vier Kambodschaner waren harte kleine Kerle; unverdrossen schleppten sie die schweren Säcke mit dem erbeuteten Material. Lovell, der Abwehroffizier, hatte nun einige sehr interessante Tage vor sich. Er würde der erste Amerikaner sein, der die Dokumente überprüfte. Dieser Gedanke trieb ihn vorwärts, während sie durch das oft schulterhohe Dickicht stapften, wobei sie so weit als möglich ausschwärmten, um keine Spuren zu hinterlassen.

Links von ihnen verlief in geringer Entfernung eine vielbefahrene Straße, parallel dazu wollten sie nach Süden marschieren, der Grenze zu. Als sie sich durch die üppige Vegetation vorarbeiteten, hatten sie beständig das langsame Rasseln und Knirschen der Ochsenkarren im Ohr, es zeigte ihnen die Richtung der Straße an. Lovell, der Soziologe, wollte einmal Völker und deren

Kulturen studieren und nicht Menschen umbringen. Im stillen betete er, daß keiner der Wagen eine Abkürzung nehmen und den Weg der Patrouille kreuzen würde.

Doch da klang schon der gefürchtete Laut in das monotone Mahlen der Räder: Ein dumpfer leiser Knall, wie ferner Hufschlag auf dem Steinpflaster, dann noch zwei Schüsse aus Vinhs schwedischer K-Maschinenpistole mit Spezialschalldämpfer. Die Mannschaft zog gleichmütig weiter, aber Becker und Lovell hasteten in Richtung der Schüsse vor. Vinh erwartete sie, seine MPi für Sondereinsätze, ein Statussymbol unter den Irregulären, in der Armbeuge. Auf dem Dschungelboden lagen ein alter und ein junger Asiate, beide in schwarzen Pyjamas, die typisch für die Bauern, aber auch für die Vietkongs waren, die sich zwischen den Angriffen gegen Vietnam scharenweise in diesem ungefährdeten Gebiet herumtrieben. Bevor es dunkel wurde, hörte man noch fünfmal das sonderbare kurze Klopfen von Vinhs begehrter „K". Keiner, der das Unglück hatte, zufällig auf die Patrouille zu treffen, würde den Kommunisten seine Beobachtungen melden können. Fast zwanzig Kilometer hatte die Einheit bei Tageslicht unentdeckt zurückgelegt. Becker dankte Gott, daß die Nordvietnamesen keine Aufklärungsflugzeuge einsetzten. In diesem Fall würden auf der ganzen Breite der kambodschanischen Grenze reguläre Truppen und die Reste der Vietkongverbände nach der Patrouille fahnden. Es kam nur darauf an, sich der Grenze bis auf einen Kilometer zu nähern. Sollte dann der Feind die Eindringlinge stellen, würde er vielleicht eine böse Überraschung erleben.

Als die Dämmerung in Finsternis übergegangen war, blickte Becker zum tintenfarbenen Himmel empor. Ein Vietkongmond, dachte er. Aber jetzt war es ein Mond für die B-57. Die schmale gelbe Sichel gab nur schwaches Licht, aber man sah doch, wohin man trat, und es war nicht so hell, daß ein Beobachter die schattenhaft dahinziehenden Gestalten bemerkt hätte. Den Kompaß mit dem Leuchtblatt ständig in der Hand, die Schritte genau zählend kontrollierte Becker dauernd die Position. Mit jeder Stunde kamen sie der Grenze näher. Auch das Rumpeln und Knarren der Fahrzeuge auf der Straße war für ihn ein akustischer Wegweiser und half ihm, die Richtung einzuhalten. Er ging nun mit Vinh an der Spitze, stumm schlichen die Söldner in einer Reihe weiter, immer weiter. Wenn sie nicht vor der Morgendämmerung die Grenze überschritten hatten, noch ehe das Gelände frei im Blickfeld lag, war alles aus.

Um drei Uhr früh ließ Becker halten. Er hatte errechnet, daß sie nun genau fünf Kilometer von der Grenze entfernt waren. Eine Kompanie Irreguläre aus dem nächsten Special-Forces-Stützpunkt würde unter dem Kommando von Major Curtin bereitstehen, um ihren Übergang aus dem kommunistischen Territorium zu decken. Sie konnten auf gegnerische Verbände jeder Stärke stoßen, von einer Schützengruppe bis zu einem ganzen Infanterieregiment, das selbst gerade nach Südvietnam einsickerte. Heiser sprach Becker in sein Funkgerät. Sofort antwortete Curtins Stimme mit ihrem betonten Neu-England-Akzent. Der Major meldete, seine Kompanie habe Stellung bezogen, um frontal über die schlecht markierte Grenze vorzustoßen, falls die Patrouille sich durchkämpfen müsse. Vinh marschierte unverdrossen weiter, die MPi schußbereit. Ein Prachtkerl, dachte Becker, wenn es mehrere von seiner Art gäbe, dann könnte die vom Präsidenten angestrebte „Vietnamisierung“ des Krieges tatsächlich funktionieren. Während dieser letzten, entscheidenden Phase war Vinh der Mann an der Spitze.

Noch drei Kilometer bis zur Grenze, vielleicht sogar schon weniger. Wieder nahm Becker Funkverbindung auf. Fast im selben Augenblick stieg direkt vor ihnen eine rote Leuchtkugel hoch. Gut so, die Richtung stimmte haargenau. Er verglich sie mit dem Kompaß. Auch Vinh sah das Signal und nickte befriedigt. Weiter, weiter, im Marschtempo von eineinhalb Kilometern pro Stunde. Nicht müde werden, nur nicht schlappmachen jetzt. Sie wußten, daß sie sich mitten im Bereitstellungsraum eines kommunistischen Regiments befanden, aber noch immer gab es keine Feindberührung.

Jede Minute kostete Nervenkraft. Aber jeder Schritt brachte sie dem Übergangspunkt näher. Becker hielt den Kompaß umklammert. Nun stand alles auf dem Spiel. Nur wenige Grade Abweichung von der Route, und sie würden die Bedeckungskompanie verfehlen. Er blickte auf seine Uhr: vier Uhr morgens. Nur mehr eine Stunde bis zur Dämmerung.

Dann stieß Vinh plötzlich mit einem kommunistischen Soldaten zusammen. Das dumpfe Knattern der „K" alarmierte Beckers Spitzengruppe. Sofort wurden sie von allen Seiten beschossen. In der Dunkelheit konnte niemand gezielt feuern. Alle Söldner warfen sich nieder und robbten weiter. Becker und Lovell hielten sich an die Kambodschaner, die die kostbaren Ergebnisse der Mission trugen. Verbissen arbeiteten sie sich vor, in Richtung der wenige hundert Meter entfernten Grenze. Rundum schienen Kommunisten konzentriert zu sein.

Becker gab Curtin seine genaue Position durch und forderte Feuerschutz an. Sekunden später schlug die B-57-Kompanie mit geballter Kraft zu; es war als berste die Nacht in tobendes Chaos. Ebenso rasch erstarb der feindliche Beschuß. Solchen Widerstand hatten die Kommunisten nicht erwartet, sie zogen sich zurück.

„Achtung, wir kommen hinüber!" rief Becker ins Funkgerät. „Weiter Sperrfeuer hinter uns!"

Er packte Vinh an der Schulter. Der Vietnamese schoß eine orangefarbene Leuchtkugel ab, dann sprang er mit den Amerikanern und den Kambodschanern auf. Tief geduckt rannten sie so schnell sie konnten zur Grenze. Die Irregulären folgten. Hinter ihnen zerpflügten Treffer aus Granatwerfern die Erde, dichter Splitterhagel verhinderte jeden Nachstoß. Die Nordvietnamesen erwiderten das Feuer nicht. Im nächsten Moment erreichten die ersten der Patrouille die Linien der Bedeckungskompanie und wurden mit Jubelgeschrei begrüßt.

Major Curtin legte Becker den Arm um die Schulter. „Wir haben eine Menge mitgebracht, Larry!" flüsterte Becker. „Ich hoffe, daß das Zeug etwas taugt."

„Und ich habe da drüben einen Hubschrauber", antwortete Curtin ebenso leise. „Ab nach Nha Trang, bevor die Viets in Tay Ninh davon Wind bekommen und mitmischen wollen."

Als die Sonne aufging, stiegen Becker und Lovell mit Curtin in einen Jeep. Die gesamte Mannschaft war durchgekommen, auch der Verwundete hatte all die schweren Strapazen gut überstanden. Auf dem Rücksitz und dem Boden des Wagens verstauten die Offiziere die Gepäcksäcke. Kein einziges Stück war verlorengegangen. Wie von einer schweren Last befreit, fuhren sie in Hochstimmung zu dem startbereiten Hubschrauber.

3. KAPITEL

Captain Lew Marone wartete bereits ungeduldig, als Becker, Curtin und Lovell im Hubschrauber in Nha Trang landeten. Im Wirbelwind der Rotorblätter, mit der einen Hand den breitkrempigen Dschungelhut festhaltend, öffnete er die Tür. Vier schwere Gepäcksäcke wurden ihm vor die Füße geworfen, dann sprangen die drei Offiziere heraus. Jeder nahm einen der Säcke und trug ihn zu dem Jeep, den Marone am Rand des Flugplatzes abgestellt hatte.

Zwanzig Minuten später, als die Morgensonne schon hell durch das Fenster der B-57-Abwehrsektion schien, sichteten sie den Inhalt des ersten Sackes. Marone blickte seine beiden Kameraden Becker und Lovell an. „Wollt ihr nicht schlafen gehen? Ihr seid doch seit achtundvierzig Stunden auf der Tour!“

„Ach, Scheiße. Ich könnte jetzt kein Aug' zumachen“, antwortete Lovell. „Was glaubst du, wie lange ich schon darauf gewartet habe, daß ich dieses Zeug da endlich auf dem Präsentierteller habe!“

„Herzlichen Glückwunsch, meine Herren!“ Die ruhige, aber energische, befehlsgewohnte Stimme Colonel Stuarts unterbrach das Gespräch der Offiziere. Sie wandten sich um.

„Guten Morgen, Sir", erwiderte Becker und wies auf den Stapel von Dokumenten. „Mission ausgeführt." Er legte die Hand auf die Papiere. „Ich vermute, der S-2 der 5th Special Forces Group wird gemeinsam mit der Abwehrsektion der B-57 das Material überprüfen wollen. Wir dürfen keine Zeit verlieren."

Stuart nickte. „Lieutnant Colonel Martin ist bereits unterwegs."

„Ohne vietnamesische Kommandopartner, wie ich hoffe", meinte Becker. „Zumindest bis alles durchgearbeitet ist."

Der Oberst grinste. „Dieser Einsatz wurde bis jetzt vor unseren Verbündeten geheimgehalten. Ich schätze, wir haben etwa zwei Tage Zeit, bis sie wieder hier herumschnüffeln."

„Also los, fangen wir an", drängte Lovell. „Ich dusche nur und gehe rasch frühstücken."

Nach zwei Stunden intensiver Arbeit an den erbeuteten Dokumenten lehnte sich Major Becker in seinem Stuhl zurück und blickte über den langen Tisch, auf dem die Abwehr-Gruppe der B-57 das Material sortierte. Mühsam ein Gähnen unterdrückend, lächelte er dem hohläugigen Lovell zu „ ‚O Schlaf! Sanfte Wohltat, ersehnt in allen Zonen!' " Er stand auf. „Macht weiter. Ich bin reif für die Pritsche."

„Ich wußte gar nicht, daß Sie so ein Shakespeare-Kenner sind, Sir", sagte Sergeant Dennis.

„Falsch geraten, mein Lieber. Das Zitat stammt aus dem ‚Lied vom alten Seemann' von Samuel Taylor Coleridge. — Lovell, für dich wär's auch besser, wenn du jetzt schlafen gingest." Becker verließ den Raum.

Etwas verdrossen holte sich Dennis den Stapel zu seinem Platz. Es war nun fast Mittag.

Um vier Uhr nachmittags lieferte ihm das Photolabor Vergrößerungen der Aufnahmen von dem Film, den sie bei der Leiche eines während des Überfalls getöteten nordvietnamesischen Offiziers gefunden hatten. Es schien sich bloß um Erinnerungsphotos zu handeln. Dennis sah sie routinemäßig durch. Plötzlich stockte er, starrte das Bild an, das vor ihm lag. Es zeigte einen nordvietnamesischen Offizier mit den Rangabzeichen eines Obersten und einen anderen Vietnamesen in Khakiuniform, ohne Abzeichen. Der Sergeant überlegte kurz, dann ging er zu seinem eigenen

Aktenschrank, zog eine Lade heraus, fand sofort die gesuchte Mappe und entnahm ihr ein Photo. Lange verglich er die beiden Bilder. Er spürte die Gänsehaut im Genick, unwillkürlich fröstelte ihn. Schweigend verließ er den Raum. In der Vorhalle sah er Sergeant-Major Raskin, den dienstältesten Abwehr-Unteroffizier der B-57.

Dennis ging auf ihn zu. „Hallo, Raskin. Schau dir einmal diese Photos an und sag mir, ob dir etwas auffällt!" Er reichte dem Sergeant-Major die Vergrößerungen. Raskin beugte seinen massiven, stiernackigen Kopf über die Bilder und betrachtete sie genau. Schließlich blickte er auf. „Natürlich sehen alle diese Kerle, ob Koreaner, Vietnamesen, Thais, Chinesen oder sonstwas, gleich aus." Er hob die Vergrößerungen zu den Augen. „Aber mir kommt es jedenfalls so vor, als wäre es auf beiden Photos derselbe Mann. Wer ist es?"

„Er heißt Tran Van Troc. Ich habe ihn direkt von der Straße angeworben. Er war Dolmetsch. Zuerst dachte ich, man könnte ihn bei der vietnamesischen Abwehr-Einheit verwenden, aber dann sagte ich mir, dieser kluge Kopf ist zu gut für die PRU, wir werden ihn bei der B-57 einsetzen."

„Ein Doppelagent, wie? Informiert euch darüber, was bei den Nordvietnamesen los ist." Raskin sah die Photos nochmals an, ehe er sie zurückgab.

Dennis ging zu Captain Marones Büro, wo dieser mit Major Curtin die Ergebnisse des Grenzvorstoßes überprüfte. Als der Sergeant eintrat, ergingen sich eben die Offiziere in wilden Verwünschungen der Nordvietnamesen und verdammten alle Kommunisten in Bausch und Bogen. Sie blickten kaum auf; mit wütendem Gesicht sagte Curtin nur: „Sehen Sie sich das an, Dennis!" Er deutete auf eine Serie von Hochglanzvergrößerungen, die nebeneinander auf dem Tisch lagen. Sie zeigten zu Tode gefolterte landeseigene Milizmannschaften amerikanischer Recondo-Patrouillen. Eines dieser Dokumente haarsträubender Greueltaten übertraf alle anderen an Scheußlichkeit. Jählings revoltierte Dennis' Magen. Plötzlich war seine eigene Entdeckung nicht mehr so wichtig. Auf dem Bild war Captain Morses grauenhaft verstümmelter Leichnam zu sehen. Der Sergeant machte kehrt und rannte wie gehetzt zur Latrine.

Als er in den Raum zurückkam, blickte er geflissentlich an den Photos vorbei. „Was bringen Sie uns, Dennis?“ fragte Curtin grimmig. Wortlos reichte der Sergeant dem Offizier seine Bilder. Curtin und Marone betrachteten sie eingehend.

„Es ist einer unserer Kundschafter, Tran Van Troc“, sagte Dennis. „Wahrscheinlich ist *er* der Doppelagent in unserer Einheit. Oder zumindest einer von mehreren.“

„Die Photos bieten keinen schlüssigen Beweis dafür.“ Curtin sah sie nochmals genau an, bevor er sie Marone weitergab. „Aber ich glaube, wir sollten Troc verhören. Wo ist er?“

„In unserem letzten vorgeschobenen Stützpunkt in Tay Ninh. Die zwei anderen wurden verraten und von den Nordvietnamesen überrollt. Troc hat sich in beiden aufgehalten und während der letzten vier Monate an sechs Vorstößen über die Grenze teilgenommen.“

„Wer hat ihn angeworben?“ fragte Curtin.

„Ich selbst, Sir. Er war Dolmetsch, und obwohl er keine Spezialausbildung hatte, als ich ihn kennenlernte, wurde er rasch einer unserer besten Agenten.“

„Keine Ausbildung, sagen Sie?“ erwiderte Curtin scharf. „Sie meinen wohl, keine Schulung von unserer Seite! Holen Sie mir sein Dossier, fahren Sie dann nach Tay Ninh und bringen Sie Troc in die Verbindungsabteilung des Kommandos in Camp Goodman in Saigon. Was fällt Ihnen sonst noch zu seiner Person ein?“

Dennis dachte angestrengt nach. „Nicht viel. Nur ...“ Er zögerte. „Damals habe ich mich nicht weiter darum gekümmert, aber ich erinnere mich: kaum war Troc in unser B-Detachment in Tay Ninh City eingetreten, quittierten zwei unserer fähigsten Agenten den Dienst. Sie hatten Angst, das weiß ich. Ich habe damals geglaubt, die beiden befürchteten, sie könnten vom Feind entlarvt werden, und wollten verschwinden, bevor der Vietkong sie erledigen würde. Aber vielleicht war es Trocs Auftauchen, das ihnen solchen Schrecken einjagte.“

„Schaffen Sie ihn in die Verbindungsabteilung“, wiederholte Curtin. „Erzählen Sie ihm ...“ Der Major überlegte. „Ach, egal, Sie sind sein Kontrollor, erzählen Sie ihm, was Sie wollen. Ich möchte, daß der Mann mit dem Lügendetektor getestet wird. Wenden Sie sich an Warrant Officer Bray. Ich werde alle nötigen

Flüge anfordern. Bringen Sie Troc an Ort und Stelle, und sorgen Sie dafür, daß er nicht Verdacht schöpft."

„Jawohl, Sir. Ich kenne Troc nun seit einem Jahr und weiß, wie man ihn behandeln muß." Rasch verließ Dennis den Raum. Er wußte, daß Curtin ihn — ohne es offen auszusprechen — für die Aktionen des Doppelagenten verantwortlich machte. Und daß er indirekt Schuld daran trug, daß die Recondo-Patrouillen aus dem Hinterhalt überfallen und grauenhaft niedergemetzelt worden waren . . .

4. KAPITEL

Am nächsten Vormittag um elf Uhr warteten Sergeant Dennis und Warrant Officer Bray in der Verbindungsabteilung der Special Forces in Saigon. Bray bezweifelte zwar, daß die ganze Prozedur viel Sinn haben würde, aber: Befehl ist Befehl. Pünktlich traf Troc ein; er war sofort erleichtert, als er das lächelnde Gesicht seines Kontrollors sah. In dem Jahr ihrer Zusammenarbeit hatten die beiden Freundschaft geschlossen. Dennis legte die Hand auf den Arm des schmächtigen vietnamesischen Agenten, der etwas kleiner als der mittelgroße Sergeant war, und ging mit ihm in einen Raum, wo sie ungestört sprechen konnten.

„Troc, wir haben einen sehr wichtigen, sehr heiklen neuen Auftrag", begann Dennis. „Dazu brauchen wir einen sehr guten Mann als Zivilführer. Ich habe dem Colonel gesagt, keiner eigne sich besser als Tran Van Troc." Der Vietnamese nickte geschmeichelt. Dennis kam langsam zur Sache. „Der Colonel vertraut mir, er weiß, daß meine Leute für geheime Vorstöße über die Grenze die besten sind. Aber nun geht's für ihn ums Ganze. Der kleinste Fehler, und aus ist's mit der Karriere. Sie verstehen?" Troc war im Bild. „O. K. Deshalb sagte mir der Colonel, er würde Sie zu dieser Mission einteilen — unter der Bedingung, daß Sie sich vorher mit dem Lügendetektor testen lassen. Also Troc, Sie kriegen den Auftrag und doppelt soviel Geld als bisher, wenn Sie zum Polygraphentest bereit sind. Was meinen Sie dazu?“

„Ich kenne den Polygraphen, Peter“, erwiderte Troc. Beim Lächeln zeigte er goldene Schneidezähne, in Vietnam ein Statussymbol, das ihm eine Sonderstellung unter den übrigen Irregulären verlieh. „Sie wissen, ich habe schon mehrere Tests gemacht. Davor fürchte ich mich nicht. Bringen Sie mich nur auf den ‚elektrischen Stuhl‘!“

Trocs Selbstsicherheit überraschte Dennis. Vielleicht habe ich mich doch getäuscht, dachte er, während er seinen vietnamesischen Agenten in die Abwehr-Sektion führte.

Sie kamen in einen fensterlosen Raum mit düstergrauen Wänden und Klimaanlage. Drohend stand auf einem Tisch in der Mitte des Raumes, fast wie ein gefährliches, rätselhaftes Lebewesen, der große schwarze Apparat mit den Schaltern und Skalen, die präzise anzeigen, ob der Mensch, dem die Elektroden angelegt wurden, die Wahrheit spricht oder lügt. Hinter dem Tisch stand Warrant Officer Bray, ein Riese mit klobigem, tief zerfurchtem Gesicht. Die schilfgrüne Uniformbluse, deren Ärmel bis über den prallen Bizeps aufgerollt waren, spannte sich um die breiten Schultern. Neben ihm stand ein Vietnamese in Zivil. Unwillkürlich wich Troc in der Tür vor diesem unheimlichen Anblick zurück, aber Dennis drückte ermutigend seinen Arm.

Troc ging geradewegs auf den Stuhl neben dem Lügendetektor zu, setzte sich und half Bray sogar dabei, die Elektroden an den Oberarmen zu befestigen. Der Warrant Officer hatte den Agenten, seit dieser eingetreten war, nicht aus den Augen gelassen. Schließlich legte er ihm den Gummischlauch zur Messung der Atmungstätigkeit um die Brust, dann setzte er sich hinter das Gerät und warf einen Blick auf das oberste der Blätter mit den Fragen, an denen die Abwehrsektion die ganze Nacht gearbeitet hatte. Die ersten klangen völlig unverfänglich. Brays Helfer wiederholte sie prompt auf Vietnamesisch.

„Warum so umständlich?“ wandte Dennis ein. „Troc ist doch selber Dolmetsch. Du kannst dir die Zeit sparen. Er versteht deine Fragen.“

„Dennis, der Polygraph ist ein sehr empfindlicher Apparat

Wir wissen am besten, wie man Viets verhört — selbst wenn sie englisch sprechen. Du kannst ruhig hinausgehen, ich weiß schon, was ich zu tun habe."

„Ich glaube, Troc möchte lieber, daß ich bleibe", erwiderte der Sergeant unbeeindruckt. „Was dagegen?"

„Nein, wenn du still bist und ihn nicht ablenkst." Bray wandte sich an den Dolmetsch und stellte die nächste Frage:

„Arbeiten Sie zum erstenmal für die Amerikaner?"

Troc überlegte, ehe er antwortete. „Nein", sagte er schließlich.

„Berichten Sie über Ihre früheren Aufgaben."

„Bevor ich meinen jetzigen Job erhielt, war ich zwei Jahre lang Dolmetsch für amerikanische Militärberater bei vietnamesischen Kampfeinheiten."

„Hatten Sie während Ihrer früheren Tätigkeit Zugang zu Geheiminformationen?"

Troc wartete die Übersetzung ab, obwohl er die Frage verstanden hatte, und antwortete dann: „Nein, ich glaube nicht. Jedenfalls war ich mir dessen nie bewußt."

Bray beobachtete, wie der Zeigerstift eine gleichmäßige Wellenlinie auf den Papierstreifen zeichnete, der langsam durch das Gerät lief.

„Haben Sie über die Aktionen, an denen Sie früher teilnahmen, jemals mit anderen Personen außer den Offizieren der Einheit gesprochen?"

„Es ist möglich", erwiderte Troc. Noch immer glitt der Zeiger in ruhigem Auf und Ab über das Papier.

„Haben Sie mit Personen gesprochen, die damals Vietkong-Sympathisanten gewesen sein könnten?"

„Wer weiß hierzulande, ob ein anderer mit den Vietkong in Verbindung steht? Vietkongs gibt es überall."

Bray stellte sich nun auf Trocs Verhalten ein. Der Mann versuchte direkten Antworten auszuweichen. Schon die Tatsache, daß er sich bei seinen Aussagen nicht festlegen lassen wollte, war ein deutliches Anzeichen für Täuschungsabsichten. Der Warrant Officer machte sich auf ein langes Verhör gefaßt.

Nach zwei Stunden intervenierte Dennis. „Gehen wir essen, bevor die Küche schließt. Den Test können wir ja dann fortsetzen."

Troc warf ihm einen dankbaren Blick zu, als die Elektroden von seinen Armen gelöst wurden. Sie hielten eine Stunde Pause, dann setzte sich der Vietnamese wieder ruhig und gelassen auf den ‚elektrischen Stuhl'.

Um sieben Uhr abends wurde er noch immer verhört, vorerst von Bray, dann von Dennis. Schließlich sank Troc nach einer der vielen Fragen auf seinem Sitz zusammen. „Peter, meine Frau wird sich um mich sorgen!" rief er. „Ich bleibe hier, bis wir fertig sind, aber warum soll meine Frau Angst haben? Sie weiß, daß ich heute morgen hergekommen bin. Auch meine beiden Kinder werden befürchten, daß mir etwas zugestoßen ist."

„O. K., Troc. Wir müssen den Test heute beenden. Aber zwischendurch fahre ich Sie nach Hause, zu Ihrer Familie. Wir sagen Ihrer Frau, daß alles in Ordnung ist und Sie wegen eines für Sie sehr wichtigen Auftrages mit mir zurückkommen müssen."

Resignierend zuckte Troc die Achseln. „Wie lange wird es noch dauern?"

„Vielleicht zwei, höchstens drei Stunden", antwortete Bray.

Der Vietnamese schickte sich ins Unvermeidliche. „Gut. Wir verständigen meine Frau, dann stehe ich sofort wieder zur Verfügung."

Als sie in den Jeep stiegen, gab Troc dem Sergeant seine Adresse an und lehnte sich matt auf dem Sitz zurück. „Ich glaube, daß ich hinfinden werde, aber sagen Sie mir's, wenn ich die falsche Richtung einschlage", meinte Dennis, auf den Gashebel tretend. Bald waren sie mitten im dichtesten Großstadtverkehr, Schwaden von Abgasen unzähliger Autos und Mopeds zogen durch die engen Gassen. Geschickt lenkte Dennis den Wagen immer wieder in die Lücken der Kolonnen. Als sie am Saigoner Markt vorbeifuhren, schlug ihnen der fürchterliche, beklemmende Gestank faulender Lebensmittel und offener Kanäle entgegen. Troc schien dagegen unempfindlich wie die meisten Vietnamesen, aber dem Amerikaner wurde fast übel. Schließlich gelangten sie in eines der ruhigen, aufgelockerten Wohnviertel. Troc wies auf eines der Häuser und bedeutete Dennis, dort zu halten. Im stillen fragte sich der Sergeant, wie der Agent, der zwar nicht schlecht, aber doch keine Unsummen verdiente, wohl die Miete für solch eine komfortable Villa samt dem von einem hohen Eisengitter eingezäunten Garten aufbringen könne. Als hätte er Dennis' Gedanken erraten, sagte Troc:

„Meine Schwägerin arbeitet bei den Amerikanern, und meine Frau ist im Innenministerium angestellt. Wir steuern alle zusammen.“

Sie schwangen sich aus dem Jeep. „Wenn ich nicht bei euch unter Vertrag stehe, werde ich vielleicht zur südvietnamesischen Armee eingezogen.“ Troc holte einen Schlüssel aus der Tasche, öffnete das Tor und ging den Weg zwischen den gepflegten Rasenflächen vor.

Madame Tran, mit der hochgeschlossenen, traditionellen Au Dai bekleidet, kam ihnen entgegen. Sie war halbe Chinesin, daher ihre volleren Brüste, ihre längeren, wohlgeformten Beine und der weichere Zug des Gesichtes, die sie von dem schlankeren, knabenhafteren Frauentyp rein vietnamesischer Abstammung unterschied. Sie begrüßte Dennis in gebrochenem Englisch und dankte ihm, daß er ihren Mann nach Hause gebracht hatte. Troc erklärte in seiner Muttersprache, er müsse mit Sergeant Dennis zurückfahren und sei nur gekommen, damit sie sich keine Sorgen mache. Madame Tran warf dem Amerikaner einen ängstlichen Blick zu.

Dennis bestätigte in seinem mangelhaften Vietnamesisch, sie hätten eine wichtige Mission vorzubereiten. Von dem nun folgenden raschen Gespräch des Ehepaares verstand er allerdings fast gar nichts, aber Troc übersetzte sofort: „Meine Frau meint, wir sollten Sie wenigstens zum Dinner einladen.“ Er lächelte bedeutungsvoll. „Auch meine Schwägerin ist hier. Sie heißt Mai Lei und spricht sehr gut Englisch.“

Überrascht blieb Dennis in der Wohnzimmertür stehen. Mai Lei war jünger als ihre Schwester und bildschön. Sie trug einen kurzen Rock nach amerikanischer Mode und eine enge Bluse. Dennis verschlug es den Atem. Troc grinste wie ein gerissener Kuppler. Graziös kam Mai Lei auf den Sergeant zu und streckte ihm die Hand entgegen. Dennis war versucht, sie an die Lippen zu ziehen, besann sich aber, denn diese Geste wäre eine Asiatin von einem Amerikaner gewiß nicht gewohnt gewesen.

„Sie werden mit uns essen?“ fragte das Mädchen. Dennis nickte. „Wir haben schon gewartet. Wollen Sie sich zuerst waschen?" Er nickte wieder, daraufhin führte sie ihn ins Badezimmer, das sich als großer, nach westlichem Standard eingerichteter Raum erwies.

Diskret versuchte Dennis mehr über Trocs bezaubernde Schwägerin zu erfahren; er fragte, wo sie arbeite, wo sie so gut Englisch gelernt und welche Zukunftspläne sie habe. Mai Lei war sehr höflich, erwähnte aber nur, sie hoffe, ihre Studien in den USA fortsetzen zu können. Dennis behauptete kühn, er habe viele Kontakte zu amerikanischen Universitäten und würde sich gern für sie verwenden. Mai Lei lächelte rätselhaft. Es kostete Dennis viel Überwindung, sich gleich nach dem Essen zu verabschieden und Troc ins Kommando zurückzubringen.

„Ich hoffe, Sie wiederzusehen, Sergeant!" Er glaubte in Mai Leis Lächeln Verheißung zu lesen. „Da Sie und mein Schwager so eng zusammenarbeiten, wird er Sie wohl öfter zu uns einladen."

„Kann ich Sie anrufen? Wo arbeiten Sie?"

„Troc weiß, wie ich zu erreichen bin."

Die Strecke bis Camp Goodman legten sie in rascher Fahrt zurück. Warrant Officer Bray wartete bereits; Sorge und Ungeduld zeichneten noch mehr Furchen auf sein faltiges Gesicht. „Was zum Teufel war denn los?" brummte er.

„Es hat länger gedauert, als ich dachte. Wir haben bei ihm eine Schüssel Reis gegessen. Gebot der Gastfreundschaft. Außerdem — du kennst doch die Saigoner Verkehrsverhältnisse."

Wortlos bedeutete Bray dem Vietnamesen, in den Verhörraum zu gehen, dann schloß er von außen die Tür und zog Dennis beiseite.

„Seit ich ihn persönlich kennengelernt habe, bin ich überzeugt: das ist der Mann auf dem Photo. So ähnlich könnte nur ein Zwillingsbruder aussehen."

„Was hat der Test ergeben?"

„Unwahre Antworten auf eine Reihe von Fragen. Ich glaube, es besteht kein Zweifel, daß Troc unser Doppelagent ist. Nach der Analyse der Polygraphenblätter zu schließen, würde auch ein weiteres, stundenlanges Verhör nichts an den Resultaten ändern."

„Also mach's so kurz als möglich. Ich sorge dafür, daß er

morgen wiederkommt. Mittlerweile berichten wir Curtin und Becker über die Ergebnisse und warten ihre Entscheidung ab."

Während der nächsten Stunde ging Bray nochmals einige Punkte seiner Liste durch, dann stellte er die Kardinalfragen, die er für den Schluß des Verhörs aufgespart hatte. Als auch diese beantwortet waren, sagte er nur „In Ordnung" und nahm Troc die Elektroden ab. Der Vietnamese stand auf und verließ mit Dennis den Raum.

„Tut mir leid, daß Sie nochmals herkommen mußten, Troc. Der Test ist positiv ausgefallen, aber Warrant Officer Bray wollte noch einige Einzelheiten überprüfen. Melden Sie sich morgen um die Mittagszeit wieder hier, dann werden wir Sie für den großen Auftrag vorbereiten. Jetzt lasse ich Sie von einem Stabsfahrer nach Hause bringen."

„O. K., Peter. Bis später."

Dennis ging in den Verhörraum, wo Bray gerade telephonierte. „Er hat falsche Angaben über seine früheren Einsätze gemacht, Major Curtin. Außerdem leugnete er erstens, daß er — ob gezwungen oder freiwillig — für den nordvietnamesischen Geheimdienst gearbeitet hat, und zweitens, daß er jemals in Cham Reng war, wo der Film gefunden wurde. Der Polygraph weist auch nach, daß Troc log, als er über seine Tätigkeit in den Jahren 1963 und 1964 aussagte und als er schließlich erklärte, alle Fragen wahrheitsgemäß beantwortet zu haben." Bray lächelte grimmig. „Die Entscheidung liegt nun bei Ihnen, Sie . . . Jawohl Sir." Er legte auf. Als er sich umwandte, sah er Dennis. „Troc soll morgen, am 7. Mai, nach Nha Trang gebracht werden. Captain Lovell kommt her und wird die Sache in die Hand nehmen."

5. KAPITEL

Die *New York Times* schrieb, daß man seit zwanzig Jahren am 18. Juni in der Stadt nie so hohe Temperaturen gemessen habe wie gestern, und die Hitzewelle werde noch mindestens drei Tage anhalten. Dank der Klimaanlage in seinem Büro spürte Henry McEwan nichts davon, aber er war froh, daß für diese Woche keine Gerichtsverhandlungen auf seinem Terminkalender standen.

An jenem Tag widmete die *New York Times* auf der Titelseite wieder einem Thema breitesten Raum, das während der letzten zwanzig Stunden zum Angelpunkt von McEwans Praxis geworden war: „SPECIAL-FORCES-ANWALT BESCHULDIGT CIA."

Er las in dem Bericht aus Saigon weiter: „Der Verteidiger eines der fünf Offiziere der ‚Grünen Teufel', denen die Ermordung eines vermutlichen vietnamesischen Doppelagenten zur Last gelegt wird, erklärte heute, die wirklichen Mörder seien bei der CIA zu suchen. Glen Sloyd aus Portland im Staat Maine, der Anwalt, den die Angehörigen des Majors Lawrence Curtin nach Saigon entsandt hatten, betonte, die Special-Forces-Offiziere würden als Sündenböcke vorgeschoben, um, wie er sich ausdrückte, ‚haarsträubende Fehlentscheidungen unfähiger Agenten der Central Intelligence Agency' zu decken."

McEwan überflog die Nachmittagszeitung, die soeben gekommen war. Auf Seite zwei fand er die Meldung, daß er selbst zum Zivilverteidiger für zwei der des Mordes beschuldigten Grünen Teufel bestellt worden war.

Bis zu dem Anruf aus Saigon vor zwei Tagen und dem darauffolgenden Telegramm hatte ihn der Fall des vietnamesischen Doppelagenten, der angeblich von einigen Angehörigen der Special Forces beseitigt worden war, nur rein theoretisch interessiert. McEwan wunderte sich, daß die Offiziere angesichts solch schwerer Beschuldigungen gerade ihn und nicht einen der namhaften Strafverteidiger gewählt hatten. Er konnte zwar auf zahlreiche gewonnene Strafprozesse hinweisen, aber zum Unterschied von anderen ehrgeizigen Anwälten machte er sich nicht viel aus Publicity.

Nun nahm er wieder den Brief von Steve Brace vor, einem der vier Militäranwälte der Beschuldigten. Noch als Jurastudent hatte der jetzige Captain Brace McEwans Buch über die Richtlinien für die Verteidigung bei Fällen von Morden ersten Grades gelesen. Der Eindruck war so nachhaltig, daß er nun, fünf Jahre später, seine Klienten und die anderen beteiligten Militäranwälte aufforderte, McEwan zu nominieren.

Wenn sie sich nur dafür entschieden hätten, bevor dieser Scharfmacher Sloyd aufgetaucht war, um seinen Jugendfreund Major Curtin zu vertreten! Mit großen Worten hatte Sloyd nicht nur die CIA, sondern auch die Armee, das US-Oberkommando in Vietnam, ja sogar den Kriegsgerichtsrat in Washington angegriffen und eine Untersuchung der ganzen Affäre durch den Kongreß beantragt. Verschiedene Andeutungen, die er machte, mußte man so auffassen, daß die politische Führung eine Ausweitung des Krieges anstrebe und Kräfte am Werk seien, die alle Schuld seinem Mandanten und dessen Kameraden aufbürden wollten.

Brace hatte an McEwan telegraphiert: „Alle Einzelheiten und Hintergründe, über welche die Armee und die CIA Stillschweigen bewahren wollten, wobei sie vielleicht die Beschuldigungen zurückgezogen hätten, um die Aufdeckung zu vermeiden, wurden plötzlich in der Weltpresse ausposaunt. Nun haben wir keinen Trumpf in der Hand. Die Druckmittel, mit denen wir hätten drohen können, wenn die Beschuldigungen nicht fallengelassen werden, hat Sloyd voreilig preisgegeben. Bitte teilen Sie uns ehestens mit, wann Sie kommen können."

Seit McEwan denken konnte, haßte er die Hitze. Und in Saigon war es heißer als in der tiefsten Hölle. Er war nahe daran gewesen, den Auftrag rundweg abzulehnen, aber dann hatte Captain Brace's Frau aus San Francisco angerufen und ihn in einem wortreichen Zwanzig-Minuten-Gespräch davon überzeugt, daß es seine Pflicht sei, nach Vietnam zu fliegen. Außerdem würde es der interessanteste Fall seiner bisherigen Laufbahn werden.

Auf diesen Anruf war ein Telegramm gefolgt, in dem er offiziell zum Verteidiger von Major Becker und Captain Lovell bestellt wurde, wobei als vereinbart galt, daß er de facto die Vertretung aller fünf Offiziere übernähme. McEwan drückte auf den Taster neben seinem Telephon. Sofort öffnete sich die Tür, und seine Sekretärin Laura Sides kam herein. Man hatte ihm oft gesagt, sie sei zu attraktiv für diesen Posten bei einem Strafverteidiger. Privat verhielten sich die beiden zueinander neutral, obwohl sie schon rein äußerlich gut zusammengepaßt hätten.

„Hat es mit den Telephonaten nach Washington geklappt?" fragte er. Laura schüttelte den Kopf und sah in ihrem Notizbuch nach. „Ein Colonel Lawton hat angerufen. Er hat gelesen, daß Sie den Fall der Grünen Teufel übernehmen werden, und er meint, er könnte Ihnen viele nützliche Informationen geben. Seit kurzem ist er aus Saigon zurück."

„Bitten Sie ihn, zu mir zu kommen. Sonst noch was?"

„Nichts. Keiner unserer üblichen Gewährsmänner weiß mehr, als in den Zeitungen steht. Ich glaube, Sie werden erst in Saigon Material sammeln können."

„Es muß mehr dahinterstecken, als die Presse verlauten läßt. Wenn ich nur besser über die Beziehungen zwischen den Special Forces, der CIA und dem Oberkommando Bescheid wüßte!"

„Haben Sie heute gelesen, daß Senator Ted Morrissey demnächst nach Vietnam reisen will?" fragte Laura. „Vielleicht erfahren Sie von ihm etwas."

„Das bezweifle ich", antwortete McEwan. „Aber möglich, daß er uns auf andere Weise behilflich sein kann. Ihm als einem der schärfsten, grundsätzlichen Gegner des Vietnamkrieges würde diese Wendung sicherlich ins Konzept passen. Ich könnte mir denken, daß er sehr ungern nach Saigon fliegt, nicht aus Angst vor dem Feind, sondern vor unserem eigenen Oberkommando, das er so ungeniert und heftig kritisiert."

„Soll ich versuchen, ihn telephonisch zu erreichen? Schaden würde es bestimmt nicht. Schließlich haben Sie mit Morrissey etwas gemeinsam: er war ein recht tüchtiger Verteidiger, bevor er Politiker wurde."

„O. K., Laura, rufen Sie ihn an. Ich habe das Gefühl, daß wir bei diesem Fall jede Hilfe brauchen werden, die wir aufbieten können."

6. KAPITEL

Senator Theodore Morrissey kehrte am frühen Nachmittag von einer Besprechung in seine Räume im Bürogebäude des Senats wieder zurück. Er lächelte, als er Tom Lawlor im angeregten Gespräch über den Schreibtisch einer der hübschen Sekretärinnen gebeugt sah. Tom war der erfreulichste und wichtigste Zuwachs in seiner Arbeitsgruppe; ein Mann mit jahrelangen Fernosterfahrungen als Nachrichtenoffizier der amerikanischen Armee. Morrissey wußte, daß die neue Tätigkeit Lawlors Ruf und Ansehen bei dessen ehemaligen Kameraden nicht hob, fast alle von ihnen betrachteten den Senator als einen Erzfeind des Militärs im allgemeinen und militärischer Operationen im Ausland im besonderen.

Tom Lawlor blickte zu dem Eintretenden auf. „Sir, soeben ist ein Telegramm aus Saigon gekommen“, sagte er.

Morrissey bedeutete ihm zu folgen und ging in sein Privatbüro. Nur mühsam verbarg er seine Erregung, als er den gelben Umschlag öffnete und den Namen des Absenders sah. Er las rasch, mit gefurchter Stirn, nachdenklich fuhr er mit der Hand durch das dichte, kastanienbraune Haar, auf das er so stolz war. Morrissey legte großen Wert darauf, als eines der jugendlichsten

Mitglieder des Senats zu wirken und sich sein wahres Alter — er stand jetzt im achtundvierzigsten Lebensjahr — nicht anmerken zu lassen.

„Probleme, Sir?“ fragte Lawlor.

„Mai Lei gibt mir zu verstehen, daß der Hauptkontakt nach Hanoi gestört ist. Hoffentlich werden unsere Friedensvorschläge für die Reise dadurch nicht beeinträchtigt.“

„Das wäre fatal. Wir werden positive Aktionen brauchen, um den ungünstigen Eindruck aufzuwiegen, den die Nachricht von Ihrer Scheidung hervorrufen wird.“

„ Ich weiß, Tom, aber wenigstens stehen alle meine Kollegen im Senat, die einen sofortigen Friedensschluß befürworten, hinter unseren Bestrebungen. Wenn ich aus Saigon die Erklärung abgeben kann, daß mein Plan die Einstellung der Kampfhandlungen ermöglicht, wird unsere Gruppe im Senat Anträge zur Unterstützung der Morrissey-Friedensinitiative einbringen.“

„Haben Sie Weisungen für mich, Sir?“

„Nur die eine: depeschieren Sie unseren Gewährsmännern in Saigon, sie sollen ihre Organisation intakt halten, bis wir eintreffen. Es kann sein, daß Sie früher als geplant fliegen müssen. Und dann, Tom, bitten Sie im Vorbeigehen eines der Mädchen, mich mit dem Rektor der Columbia University zu verbinden.“

Lawlor hatte kaum die Tür hinter sich geschlossen, als der Senator die oberste seitliche Lade seines Schreibtisches aufsperrte und herauszog. Er entnahm ihr ein großes Farbphoto, das er vor sich auf die Tischplatte legte. Die Lade ließ er offen, um das Bild sofort wieder hineinlegen zu können. Keiner seiner Besucher brauchte es zu sehen. Lange betrachtete er die junge fernöstliche Schönheit. Seine Lippen formten ihren Namen: Mai Lei. Mit einem Blick streifte er das andere Photo, das seit Jahren auf seinem Schreibtisch stand. Genevieve und die beiden Söhne lächelten ihm entgegen.

Morrissey wollte nicht einmal ein Bild von Genevieve sehen, geschweige denn die Frau selbst, deren verblühtes, unfrohes Gesicht immer eine anklagende Leidensmiene zeigte, sobald sie ihn nur erblickte. Das Ehepaar hatte im Haus zwar getrennte Wohnräume, nahm aber das Dinner gemeinsam ein, was Morrissey so oft als möglich zu vermeiden trachtete. Nun, da Ted junior bereits auf dem College und Bill in einem Internat waren, gab es für ihn keinen Anlaß mehr, lange, ungemütliche Abende mit Genevieve zu verbringen. Morrisey seufzte. Immer hatte er mit Schrecken daran gedacht, wie die öffentliche Meinung auf die Scheidung eines Senators reagieren würde, aber nun war es an der Zeit, endlich klare Verhältnisse zu schaffen und diese sinnlos gewordene Beziehung völlig zu lösen.

Mai Leis Photo brachte ihn auf freundlichere Gedanken, es war wie eine Verheißung. In knappen zwei Wochen würde er sie wiedersehen, und bald darauf würde sie in die USA kommen, um an der Columbia University zu studieren, wo er ihr ein Stipendium gesichert hatte. Ja, es würde leicht sein, sich mit ihr in New York zu treffen; dort konnte selbst ein so bekannter Senator wie Theodore Morrissey inkognito bleiben. Natürlich war stets größte Diskretion angebracht, auch nach der Scheidung.

Er spann seinen Wunschtraum weiter. Sie würden oft in Mai Leis Wohnung zusammensein, er hatte bereits eine für sie ausgesucht. Zwar war diese Bindung noch rein platonisch, aber Morissey hatte all die beiläufigen Andeutungen der jungen Vietnamesin verstanden und den wahren Sinn mancher scheinbar konventioneller Wendungen in ihren Briefen. O ja, er konnte zwischen den Zeilen lesen! All dies war für ihn die Bestätigung seines sinkenden männlichen Selbstgefühls, gab ihm neuen Auftrieb und die freudige Gewißheit, mit achtundvierzig noch nicht entsagen und resignieren zu müssen. Nach den vielen krisenreichen und liebeleeren Jahren einer innerlich gescheiterten Ehe würde er bald ein neues Leben voller Zauber und Verlockungen beginnen und ein anderer Mensch werden: der gereifte Mann, der eine zweite Jugend genießen darf. Und wenn durch seine Bemühungen bei PRODS in Saigon und durch Mai Leis Kontakte der Vietnamkrieg beendet werden könnte, würde dies für ihn einen so großen Prestigegewinn bedeuten, daß seine Scheidung nicht mehr ins Gewicht fiel. Auch anderen hatte ein derartiger Schritt in ihrer politischen Laufbahn keineswegs geschadet.

Immer mehr verlor Morrissey sich in seinen Phantasien über das Glück mit diesem schönen Mädchen; er sah ihr Gesicht auf dem Kissen neben sich, beim Erwachen, am Morgen nach einer Liebesnacht . . . Das kurze, ernüchternde Summen des Telephons schreckte ihn aus seinen erotischen Träumereien auf. Schuldbewußt schob der Senator das Photo rasch in die Lade und verschloß sie. Dann hob er den Hörer ab.

„Sir, ein Anwalt aus New York namens Henry McEwan wünscht Sie zu sprechen“, sagte die Sekretärin. „Er fliegt demnächst nach Vietnam, um die Verteidigung der Special-Forces-Offiziere vorzubereiten. Übernehmen Sie das Gespräch?“

„Bitten Sie ihn, eine Minute zu warten, und schicken Sie Mr. Lawlor herein.“

Lawlor kam mit der Nachricht: „Der Rektor der Columbia University ist erst ab fünf Uhr nachmittags zu erreichen.“

Morrissey nickte. „Und was ist mit dem Anruf dieses New-Yorker Juristen?“

„Wenn er mit dem Fall zu tun hat, könnte er Ihnen in der einen oder anderen Weise nützlich sein. Ich an Ihrer Stelle würde mit ihm sprechen.“

Statt einer Antwort hob Morrissey den Hörer ab und drückte auf die leuchtende Taste. „Hier Senator Morrissey“, meldete er sich.

„Hier Henry McEwan. Senator, ich weiß es sehr zu schätzen, daß sie so knapp vor Ihrer eigenen Reise nach Vietnam noch Zeit für ein Gespräch erübrigen.“

„Freut mich, daß Sie anrufen, Mr. McEwan“, sagte Morrissey verbindlich. „Was kann ich für Sie tun?“

Aufmerksam hörte er zu, als der Anwalt kurz und prägnant darlegte, wie schwierig es sei, hieb- und stichfeste Informationen über den Fall der Grünen Teufel zu erhalten. McEwan betonte, er wende sich an den Senator als gründlichen Kenner der Vietnamfrage, dem das Schicksal dieser zu Unrecht eines Verbrechens bezichtigten amerikanischen Offiziere gewiß nicht gleichgültig sei. Vielleicht wäre Morrissey in der Lage, der Verteidigung bei der Beschaffung von Beweismaterial zu helfen, das ausreichen würde, um die Erhebung der Anklage zu verhindern.

Rasch erwog der Senator alle möglichen Folgerungen und Begleitumstände eines solchen Anliegens. Er hegte die vage Vermutung, daß zwischen dem Fall des verschwundenen Doppelagenten und der Saigoner Friedensbewegung, ja sogar mit Mai Lei selbst irgendwelche Zusammenhänge bestünden. Soviel Morrissey wußte, war McEwan ein Jurist, der seine Erhebungen mit ruhiger, zielstrebiger Beharrlichkeit durchführte. Wenn man ihm einige Unterstützung gewährte, konnte er Informationen sammeln, die auch für den Senator von Nutzen wären. Der Zeitpunkt für einen vorsichtigen Schachzug in dieser Richtung schien günstig.

„Mr. McEwan" — Morrisseys Ton verriet Interesse und Hilfsbereitschaft — „wenn Sie nach Washington kommen wollen, werde ich den Armeeminister oder dessen Stellvertreter zu einer Besprechung in mein Büro bitten. Vielleicht gelingt es uns, in diesen Fall neues Licht zu bringen."

Der Anwalt antwortete, daß eine derartige Unterredung völlig in seinem Sinn wäre, und erwähnte noch, er wolle Publicity so weit als möglich vermeiden. Morrissey versprach, ihn über den Termin des Gesprächs zu verständigen. Er legte den Hörer auf und wandte sich zu Lawlor. „Tom, verbinden Sie mich bitte mit dem Armeeminister. Es gibt vieles, was ich klären möchte, bevor ich nach Vietnam fliege. Vielleicht ist McEwan der Mann, den man als Spürhund einsetzen kann . . . Und vergessen wir nicht auf den Anruf in der Columbia University."

7. KAPITEL

John Stennet, der Sonderbeauftragte des Armeeministers, verließ seinen Amtssitz im äußersten Ring des Pentagons. Er schritt durch die langen Korridore und näherte sich allmählich dem Zentrum dieses größten Bürokomplexes der Welt, wo sich die hermetisch abgedichteten Beratungszimmer der Mitglieder des Vereinigten Generalstabs befinden. Sie hatten auch Räume im peripheren Bereich des Gebäudes zur Verfügung, dort empfingen sie wichtige Besucher und erledigten die Routinearbeiten; aber ihre streng geheimen Lagebesprechungen hielten sie hier, tief im Inneren des riesigen Baus ab, durch dicke Betonmauern von der Außenwelt getrennt. Dreimal mußte sich Stennet ausweisen, obwohl ihn alle Wachen vom Sehen gut kannten. Schließlich gelangte er zur Armeesektion, und wieder zeigte er seine Legitimation vor, diesmal einem Colonel, der an einem Schreibtisch vor dem Büro des Stabschefs der Armee saß.

„Ich werde erwartet", erklärte der Sonderbeauftragte.

Sofort öffnete der Colonel die Tür und ließ Stennet eintreten. Der Stabschef kam ihm entgegen und wies auf ein Ledersofa an einer der Wände des kleinen, fensterlosen Raumes. „Ich weiß nicht, wie ich Ihnen behilflich sein könnte, Mr. Stennet", begann er. „Offen gesagt — General Flint teilt nicht einmal mir alle Einzelheiten des Sachverhalts mit.“

„Senator Morrissey hat den Minister zu einer informellen Diskussion über das Thema eingeladen. Wie wir alle wissen, läßt er sich nicht davon abbringen, nächste Woche nach Saigon zu fliegen.“

„Will der Minister wirklich mit dem Senator zusammentreffen?“ fragte der Stabschef. „Wahrscheinlich fühlt er sich dazu verpflichtet.“

„Die beschuldigten Offiziere haben nun einen zivilen Strafverteidiger zu ihrem Vertreter bestellt“, erwiderte Stennet. „Zum Glück ist Henry McEwan ein verantwortungsbewußter Jurist und ein Gentleman — so weit jemand, der seine Aufgabe darin sieht, sich für Verbrecher einzusetzen, überhaupt ein Gentleman sein kann.“

„Was hat Morrissey mit McEwan zu tun?“ fragte der Stabschef.

„Der Senator bemüht sich, eine Unterredung zwischen dem Minister und McEwan zu vermitteln. Unsere Gesprächspartner werden viele unbequeme Fragen aufwerfen, und wir möchten unsere Stellungnahme zu heiklen Problemen prinzipiell mit Ihnen abstimmen. Morrissey hat betont, daß er größten Wert auf die Anwesenheit des Ministers legt. Und Sie wissen, in welchen Ausschüssen der Senator sitzt. Er gehört auch zum Außenpolitischen Komitee.“

Stennet ließ seine Argumente wirken. Schweigend blickte er den Stabschef an. „Was ist denn mit Flint los?“ fuhr er dann eindringlich fort. „Warum hat er uns in diese Zwangslage gebracht? Was soll ich denn antworten, wenn man mich fragt, ob Flint tatsächlich schon seit Jahren auf eine Gelegenheit lauerte, die Special Forces hart anzupacken, und wenn sich herausstellt, daß er schließlich einen günstigen Vorwand dafür gefunden hat?“

„Dementieren Sie einfach.“

„Aber es stimmt doch — oder nicht? Für uns hier sieht es jedenfalls so aus. Die Presse spricht von einer Vendetta. Diese ganze verfluchte Geschichte zieht weltweite Kreise. Rivalitäten innerhalb der Streitkräfte beeinträchtigen drastisch die Kriegführung. Und welche Rolle spielt die CIA dabei? Wenn der Armeeminister nicht erfährt, was in seinem Ressort vorgeht, weil irgendein General aus Gehässigkeit oder anderen persönlichen Motiven eine Geheimfehde austragen will, dann hat die politische Führungsspitze der Armee einen schweren Stand!"

„Mr. Stennet, ich werde Ihnen einen schriftlichen Bericht über die uns bekannten Fakten des Falles zuleiten", sagte der Stabschef etwas unwirsch. „Der Minister selbst muß entscheiden, bis zu welchem Grad er solche Geheiminformationen bei den Erörterungen zur Sprache bringen will. Und was die Beteiligung der CIA betrifft: stellen wir darüber keine Erwägungen an, es ist einzig und allein Sache der Agency, ob sie sich dazu äußert. Wann soll die Unterredung stattfinden?"

„Morgen, in Morrisseys Privatbüro. Dem Minister wurde von ganz oben nahegelegt, zu kommen."

„Mir persönlich ist schon der Gedanke zuwider, daß Morrissey aus irgendeinem Sektor des militärischen Apparates Schützenhilfe geboten wird. Indirekt arbeitet dieser Mann seit Jahren dem Feind in die Hände. Ihm und seinen unverantwortlichen, haltlosen Argumenten haben wir es zu verdanken, daß viele unserer Kriegsgefangenen unter dem psychischen Druck schlappmachen. Ein Gefangener braucht nur eine Erklärung zu unterschreiben, daß er mit Morrisseys Thesen über Amerikas Angriffskrieg, die Punkt für Punkt angeführt sind, völlig übereinstimmt — und schon wird er freigelassen. Prompt verwendet Hanoi dann solche Erklärungen amerikanischer Soldaten weltweit als Propagandainstrumente."

„Ich teile Ihre Meinung, General. Aber wie ich schon sagte: Morrissey hat viel Einfluß gewonnen. Wir sind ins Hintertreffen geraten." John Stennet stand auf. „Bitte schicken Sie mir so rasch als möglich alles verfügbare Material." Bei der Tür blieb er stehen. „Ich bin natürlich nur Zivilist, deshalb frage ich mich: Gibt es in der Armee irgendein System der Rückversicherung, daß Flint sich derart krasse Eigenmächtigkeiten leisten kann? Gewissermaßen einen Geheimbund der höheren Ränge, der das Ziel hat, Fehler und Verstöße kameradschaftlich zu vertuschen? Sollte sich der Kommandierende General unserer Truppen in Vietnam nicht mit Ihnen ins Einvernehmen setzen, bevor er einen Colonel und vier andere Offiziere in Gewahrsam nimmt, noch dazu mit der verschärfenden Einschränkung, daß sie keine Briefe schreiben oder empfangen dürfen?"

„Ich werde Ihnen den Bericht in wenigen Stunden zusenden, Mr. Stennet. Falls der Minister nach der Lektüre Fragen an mich hat, stehe ich zur Verfügung."

Wieder allein, blickte der Stabschef nachdenklich das blaue Kuvert an, das seit dem Morgen auf seinem Schreibtisch lag. Er hatte sich noch nicht dazu aufraffen können, den Brief zu öffnen. Was sollte er Karen Stuart über die Haft ihres Gatten sagen? Nicht viel mehr als an jenem Abend, da sie ihn aus Charleston angerufen hatte, um ihm die ersten unbestätigten Nachrichten über das Schicksal des Mannes mitzuteilen, auf den er selbst so große Hoffnungen setzte. Nein, weder Stennet noch der Minister oder der Präsident würden je verstehen, was diese Wendung für ihn bedeutete! Im Verlauf längerer dienstlicher Kontakte hatten sich auch menschliche Berührungspunkte ergeben, der Stabschef und dessen Frau standen zu Clay und Karen Stuart wie ältere Geschwister. Clays stetige Bewährung und rasches Avancement erfüllten den Stabschef mit persönlicher Genugtuung. Stuart wies jene beispielhafte, tadellose Dienstbeschreibung auf, die ihn für die baldige Beförderung zum General prädestinierte. Und Flint, dieser schwierige, aber sehr fähige Soldat der alten Schule hatte das gewußt. Natürlich haßte Flint, ein Haudegen vom Schlag General Pattons, die Grünen Teufel mit ihren unkonventionellen Kampfmethoden. Als Elite ließ er nur die Panzertruppe gelten, aus der er selbst hervorgegangen war.

Den Brief in der Hand wiegend, rief sich der Stabschef wieder jenes inhaltsschwere Telephongespräch mit Karen ins Gedächtnis. Er war damals wie vor den Kopf geschlagen, zum erstenmal in seiner militärischen Laufbahn hätte er fast die Beherrschung verloren. Clay seit nahezu zwei Wochen konfiniert? Der Brief an seine Frau aus der Zelle geschmuggelt? Unvorstellbar, daß Flint zu solchen drakonischen Mitteln gegriffen haben sollte! Es war ein persönlicher Affront des Kommandierenden Generals der amerikanischen Truppen in Vietnam gegen den Generalstabschef der amerikanischen Armee. Der Zivilist Stennet hatte recht. Hohe Offiziere werden nicht ohne ausdrückliche Verfügung aus Washington einfach ins Gefängnis gesteckt wie gemeine Verbrecher, noch dazu unter dem Verbot jeglichen Kontakts mit der Außenwelt! Der Stabschef hatte Karen zugesagt, sie abends anzurufen, um ihr über die weitere Entwicklung zu berichten. Er teilte ihr mit, was er bisher in Erfahrung gebracht hatte. Dann meldete er ein Gespräch mit General Flint an. In Saigon war es acht Uhr morgens, als er den General in Vietnam erreichte.

Ohne Umschweife kam der Stabschef sofort zur Sache. „Zack, seit wann halten Sie Colonel Stuart in Haft?" Schweigen, langes Schweigen, so daß der Stabschef schon glaubte, die Verbindung sei unterbrochen worden. Dann das wohlbekannte hornige Poltern über 19.000 Kilometer von Kabeln und Funkrelais.

„Da gibt es also eine undichte Stelle im Militärgefängnis Long Binh!" tobte Flint los. „Ich werde sofort nachforschen!"

„Nach den wenigen Informationen, die hier vorliegen, scheinen Sie Ihre Nachforschungen zu übertreiben. Was wird bei Ihnen gespielt?"

Flints zornige Stimme war deutlich zu hören. „Tut mir leid, General, aber Ihr junger Freund ist ein Mörder."

„Was soll das heißen, Zack? Sie wissen genausogut wie ich, daß Colonel Stuart einer unserer besten Offiziere ist."

„Im Moment werden Anklagen vorbereitet, um ihn und vier seiner Elite-Killer wegen Mordes vors Kriegsgericht zu stellen. Und glauben Sie mir: es wird gelingen, die fünf zu überführen! Colonel Stuart und seine Offiziere haben einen vietnamesischen Zivilisten getötet, auf den bloßen Verdacht hin, er sei ein Doppelagent."

„Warum haben Sie Wahington nicht davon in Kenntnis gesetzt? Zack, wir sind hier wahrlich mit Problemen eingedeckt!"

„Ja, ja, und Sie wären mir sofort in den Arm gefallen, wie? Hören Sie zu, General . . . Auch bei uns geht es hart auf hart. Sie wissen es, denn Sie waren mein Vorgänger in Vietnam. Aber ich muß diesen Krieg mit 40.000 Mann Kampftruppen weniger führen als Sie zur Verfügung hatten. Das ist schon schwierig genug. Und noch dazu spielen diese Privatarmee der Special Forces und der CIA ihre Extratouren, ohne mich über ihre Aktionen zu informieren. Dann erwischt man die Grünen Teufel dabei, wie sie in aller Stille einen umlegen, und zum Schluß lügt mir Stuart unverschämt ins Gesicht! Was erwartet man also von mir? Daß ich ihn zur Beförderung vorschlage?"

„Hat Stuart einen entsprechenden militärischen Rechtsbeistand?"

„Sobald die Anklagen ausgearbeitet sind und wir eine Untersuchung gemäß Artikel 32 des US-Militärgesetzes einleiten, wird für jeden ein Anwalt bestellt werden. Bis dahin sollen sie nur im Knast schwitzen."

„General Flint", sagte der Stabschef streng. „Ihre Handlungsweise zeugt von schlechtem Urteilsvermögen und Gehässigkeit. Es wäre doch ratsam, diese Offiziere vorläufig freizulassen und wieder zu ihren Einheiten abzustellen, ehe die Geschichte publik wird, denn ihre Angehörigen werden sicherlich nicht lange über den Fall schweigen. Ich werde selbst nach Saigon kommen und die Nachforschungen führen."

„Verdammt nochmal, nein! Niemand, nicht einmal der Stabschef der Armee wird sich in meinen Kommandobereich einmischen! Ich bin Tag und Nacht auf dem Posten, um zu verhindern, daß wir hier entscheidend geschlagen werden, und mache gute Miene dazu, wenn der Verteidigungsminister und der Präsident beträchtliche Truppenabzüge ankündigen. Laßt mir nur freie Hand, um meine Operationen zu erledigen und meine eigenen Probleme auf meine eigene Art zu lösen. Kümmert ihr drüben euch um die Politik. Das war schon immer Ihr Spezialgebiet, General. Übrigens, welche Kontingente wird mir der Präsident im nächsten Monat wegnehmen? Unsere Kundschafter melden starke nordvietnamesische Truppenkonzentrationen im Raum von Tay Ninh. Der Gegner ist in der Lage, mit drei bis fünf Regimentern anzugreifen. Sonst noch was?"

„Kein Grund zur Aufregung, Zack", beschwichtigte der Stabschef. „Senden Sie mir innerhalb der nächsten sechs Stunden per Fernschreiber einen ausführlichen Bericht über den Fall der Special-Forces-Offiziere. Ich will wissen, wie die Dinge stehen."

„Ich werde Ihnen etwas zukommen lassen", erwiderte Flint beiläufig.

„Mein Rat: Überlegen Sie sich rechtzeitig eine Mitteilung an die Presse, sonst werden die Journalisten Sie zu einer Stellungnahme zwingen und dann tendenziös darüber schreiben. Sie selbst, Zack, kämen dabei gewiß nicht gut weg."

„Die Presse", murrte Flint. „Überlassen Sie nur alles mir. Die Presse! Wenn ich könnte, wie ich wollte, dürften die Korrespondenten nicht aus Saigon heraus. Wozu treiben sich die Kerle hier herum? Wie zum Teufel soll ich strategische Entscheidungen treffen, wenn mir die Presse über die Schulter schaut und unverantwortliche, irreführende Meldungen bringt?"

„Ich weiß, es ist schwer, Zack. Aber schicken Sie mir den Bericht."

„Darf ich jetzt wieder in den Krieg zurück, General?"

„Nur zu." Der Stabchef legte auf. Flint war unbestreitbar in einer Schlüsselstellung der politischen Situation, und das mußte man beim Umgang mit ihm immer in Betracht ziehen. Einen Moment machte sich der Stabschef Selbstvorwürfe, weil er Flint als seinen Nachfolger für die Position des Oberkommandierenden in Vietnam vorgeschlagen hatte. Dann rief er Karen Stuart an. „Morgen vormittag werde ich aus einem Bericht mehr erfahren und Ihnen alles sagen, was nicht streng geheim ist. Mittlerweile wäre es in Clays Interesse am besten, wenn Sie über die ganze Geschichte Stillschweigen bewahren."

Mrs. Sturart antwortete, sie vertraue auf den Stabschef und werde niemandem von dem Brief ihres Mannes erzählen.

Und nun, fast einen Monat später, während der Special-Forces-Fall bedrohlich immer weitere Kreise zog und eine Vertrauenskrise auslöste, konnte der Stabschef wenig oder gar nichts tun, um Karen die Hintergründe begreiflich zu machen, warum ihr Gatte zum Verbrecher gestempelt werden sollte. Flint hatte Blut geleckt und war nicht mehr aufzuhalten.

8. KAPITEL

Senator Morrissey las gerade einen Brief von Mai Lei, als ihm die Sekretärin über die Gegensprechanlage meldete, soeben sei Mr. Henry McEwan gekommen. Morrissey gab Bescheid, den Anwalt eintreten zu lassen. Im Gespräch mit dem Minister wird sich herausstellen, wie geschickt er das Kreuzverhör führt, dachte der Senator.

Der große, sehnige McEwan mit dem kurzgeschnittenen dunklen Haar und den durchdringenden Augen machte sofort Eindruck auf Morrissey, als er in der Tür erschien. Er trug die typische Kleidung des „Establishments" der Großstädte an der Ostküste: konservativ geschnittenen Anzug in gedeckter, dezenter Farbtönung, ein Hemd mit angeknöpften Kragenspitzen und eine schmale, gestreifte Krawatte. Sein Händedruck war kräftig.

Morrissey lud ihn zum Niedersetzen ein und reichte ihm einen beschriebenen Bogen. „Ich wollte Sie bitten, vor der eigentlichen Unterredung diese Fragen, die wir dem Minister stellen sollten, durchzulesen. Er kommt mit seinem Sonderbeauftragten John Stennet. *Er* ist der Fachmann, der die Antworten geben kann. Anfangs wollte der Minister Stennet allein schicken, aber ich bestand darauf, daß auch er kommen müsse." Der Senator deutete auf das Blatt. „Lesen Sie zuerst einmal, dann werden wir den Schlachtplan entwerfen. Soviel ich weiß, haben Sie bereits aus eigenem Nachforschungen durchgeführt."

„Ja. Gestern traf ich einen guten Freund Colonel Stuarts, ebenfalls Offizier der Special Forces. Er war über General Flints Handlungsweise so wütend, daß er mir viele streng geheime Informationen gab, von denen er annahm, daß sie für das Verständnis der Situation wichtig wären."

„Ausgezeichnet. Ich erwarte mir eine aufschlußreiche Besprechung." Morrissey hüllte sich nun in Schweigen, und McEwan begann den Text zu lesen.

Genau dreißig Minuten später trat der Minister ein, gefolgt von Stennet. McEwan bewunderte im stillen das diplomatische Geschick des Besuchers, der seine gewiß heftige Abneigung gegen den Senator hinter höflicher Glätte verbarg. Morrissey wies auf ein Sofa und auf Sessel, die um einen niederen, runden Tisch standen, und eröffnete das Gespräch, indem er dem Minister dankte, daß dieser sich trotz seinen vielen Verpflichtungen Zeit genommen habe, zu kommen.

„Mr. McEwan und ich sind in erster Linie daran interessiert, daß die inhaftierten Special-Forces-Offiziere zu ihrem Recht kommen", begann Morrissey. „Wie Sie wissen, bin ich seit jeher ein entschiedener Gegner des Vietnamkriegs, darüber habe ich nie Zweifel offengelassen. Und ich werde weiterhin mit aller Deutlichkeit Kritik üben, bis der letzte amerikanische Soldat abgezogen wird. Wir haben dort nichts zu suchen, und es ist unverantwortlich, unsere GIs für einen asiatischen Konflikt zu opfern. Die Grünen Teufel verkörpern meiner Ansicht nach jene Mentalität und Handlungsweise, die unser Eingreifen und unsere Beteiligung an diesem Krieg, dessen Ende vorläufig noch nicht abzusehen ist, forcierte. Daher bin ich im Prinzip gegen den Einsatz solcher Verbände in Vietnam. Aber den Soldaten selbst, die kämpfen und ihr Leben riskieren, kann man keinen Vorwurf machen. Sie folgen nur den Befehlen. Es erscheint mir als der Gipfel der Ungerechtigkeit und spricht den militärischen Gepflogenheiten Hohn, die Männer zu bestrafen, wenn sie das tun, weshalb die amerikanische Regierung sie nach Vietnam entsandt hat. Ich begreife nicht, und den meisten meiner Kollegen im Senat

— wie sie persönlich auch immer über den Krieg denken mögen — ist es ein Rätsel, warum man die Beschuldigungen nicht fallenläßt, ja warum sie überhaupt erhoben wurden. Will General Flint die amerikanische Öffentlichkeit brüskieren?" Morrissey wandte den Blick nicht vom Minister.

„Es besteht der Verdacht, daß Colonel Stuart und dessen Offiziere auf eigene Faust einen vietnamesischen Zivilisten getötet haben. General Flint will verhindern, daß seine Offiziere so weit kommen, Meuchelmord als wirksam anwendbare Taktik zu betrachten."

Dieses Ausweichmanöver des Ministers empörte Morrissey. „Wieviel Agenten, Doppelagenten und angebliche Vietkongs werden in jedem Jahr drüben umgebracht?" Seine Stimme klang laut und schrill durch den Raum. „Die Schuld liegt am Krieg, den Ihr führt, nicht bei den Soldaten, die Ihr hinüberschickt, damit sie kämpfen!"

McEwan wollte nun einige Fragen stellen, die sich aus seinem Gespräch mit Colonel Lawton ergeben hatten. „Sir, wie Sie wissen, habe ich den Auftrag, nach Saigon zu fliegen und die Verteidigung der Beschuldigten zu übernehmen. Es gibt sicherlich viele mildernde Umstände, die bei jeder Einvernahme oder Verhandlung vorgebracht werden müssen. Mein Vorgänger, der Anwalt Glen Sloyd, hat gewisse Vermutungen geäußert. Wenn zum Beispiel die CIA den Special Forces den Befehl erteilte, diesen Vietnamesen zu beseitigen — ist es dann gerechtfertigt, die Tat als Mord zu ahnden?"

„Eine solche Theorie ist durch keinerlei Beweise zu erhärten", entgegnete Stennet scharf. McEwan faßte ihn fest ins Auge.

„Mr. Stennet, haben Sie Kenntnis vom ‚Unternehmen Parasol'?" Der Sonderbeauftragte schüttelte den Kopf, aber an seiner Reaktion merkte McEwan, daß er den empfindlichen Nerv getroffen hatte. „Dann wissen Sie wahrscheinlich auch nichts über ‚Blaubart'?"

„Mr. McEwan, worauf wollen Sie mit diesen mysteriösen Bezeichnungen hinaus, die wie aus einem Geheimagentenknüller klingen?"

Der Anwalt wandte sich zum Minister. „Ich fürchte, Ihr Sonderbeauftragter hat wenig Ahnung von den Dingen. Sind auch

Ihnen diese Decknamen unbekannt, Sir?" Der Minister blickte ihn nur hilflos an.

„Dann darf ich Sie vielleicht kurz über diese Aktionen aufklären, die von den —" McEwan betonte die folgenden Worte „—Special Forces der US-Armee durchgeführt werden. ‚Parasol' bezeichnet die Methode der CIA, den Special Forces geheim Geldbeträge für die Formierung von Einheiten landeseigener Irregulärer oder Söldner zukommen zu lassen. ‚Blaubart' ist die Chiffre für die ebenfalls von der CIA finanzierten Grenzvorstöße der B-57. Wollen Sie nun . . ."

Stennet stand auf. „Senator, wir sind hergekommen, um Ihnen behilflich zu sein, aber nicht, um uns James-Bond-Geschichten anzuhören."

„Setzen Sie sich, John", sagte der Minister verdrießlich. „Es ist klar, daß jemand Mr. McEwan illegal viele Geheiminformationen gegeben hat. Was wünschen Sie also?"

„Nur eines: Gerechtigkeit für meine Mandanten. Ich vertrete den Standpunkt, daß man ihnen nicht den Prozeß machen kann, ohne *alle* Beteiligten vor Gericht zu zitieren und zur Aussage zu verpflichten. Wenn ich die Möglichkeit hätte, würde ich fordern, daß alle Angehörigen der CIA, die in den Fall verwickelt sind, sich dem Polygraphentest unterziehen müssen. Ist Ihnen nicht bewußt, welche Büchse der Pandora geheimer, dunkler Machenschaften Sie öffnen wollen? Wäre es nicht klüger, die Beschuldigungen gegen diese Offiziere zurückzuziehen, mir die Reise nach Vietnam und Ihnen selbst die unangenehme Aufgabe zu ersparen, der amerikanischen Öffentlichkeit die Gründe zu erklären, warum die Grünen Teufel als Sündenböcke für Hunderte von politischen Liquidierungen und Verschleppungen vorgeschoben werden, die sich in diesem Krieg jede Woche ereignen?"

McEwan machte eine rhetorische Pause, aber da der Minister und sein Sonderbeauftragter beharrlich schwiegen, sprach er eindringlich weiter. „Ich weiß nicht, wie Senator Morrissey darüber denkt, aber ich persönlich befürworte jede Operation, die darauf abzielt, einen gefährlichen, grausamen Feind entscheidend zu schlagen. Mein Argument lautet nur: Wie kann es der Armeeminister angesichts all der politischen Morde, die täglich in Vietnam, Laos, Kambodscha, Thailand, ja in ganz Südostasien verübt werden, einfach geschehen lassen, daß fünf Männer, die jahrelang für dieses Land ihr Leben gewagt haben, eingekerkert und ihrer Existenz beraubt werden? Und weshalb? Weil sie Befehlen gehorchten! Warum gehen Sie nicht zum Telephon, rufen General Flint an und erteilen ihm die Weisung, die Beschuldigungen gegen meine Mandanten fallenzulassen?"

„Mr. Mc Ewan, zu Ihrer Information: Die zivilen Minister der Streitkräfte greifen grundsätzlich nicht in den Kommandobereich eines Generals ein." Er blickte auf seine Uhr. „Kann ich Ihnen sonst noch helfen?"

„Ein enttäuschend unproduktives Gespräch", murrte Morrissey.

„Das bedaure ich, Senator. Aber ich bin nicht ermächtigt, über Staatsgeheimnisse zu sprechen."

„Wenn Sie darauf bestehen, diesen Fall vor Gericht zu bringen, werden sehr viele, noch dazu kompromittierende Geheimnisse zur Sprache kommen", konterte McEwan.

„Wollen Sie die Armee mit Drohungen erpressen?" Stennet erhob sich von seinem Sitz.

„Ich bin nur ein Rechtsanwalt, der sich über die neuen moralischen und ethischen Voraussetzungen, unter denen Sie ein Verfahren gegen meine Klienten anstrengen wollen, zu orientieren versucht."

Auch der Minister stand auf. „Niemand macht gern Offizieren der Armee den Prozeß. Doch wenn ein Verbrechen begangen wurde, liegt die Verfolgung völlig im Ermessen des Kommandierenden Generals. Guten Tag, Senator, es tut mir leid, daß ich Ihnen nicht viel helfen konnte. Mr. McEwan, ich bin sicher, daß Sie in Saigon bei allen militärischen Stellen Entgegenkommen und Bereitschaft zur Zusammenarbeit finden werden."

„Danke, Sir. Ein wenig Bereitschaft zur Zusammenarbeit wäre nützlich."

An der Tür drehte sich Stennet nochmals zu McEwan um. „Eine unbekannte Person, mit der Sie im Verlauf der letzten zwei Tage ein Gespräch geführt haben, ist gemäß Paragraph 18 des Staatssicherheitsgesetzes straffällig geworden."

„Kann sein. Aber Tausende Soldaten sind über die ungerechte, entwürdigende Behandlung dieser Offiziere empört. Viele GIs würden alles sagen, was sie wissen, nur um zu verhindern, daß so etwas noch einmal geschieht.“

Morrissey und McEwan warteten, bis die beiden Besucher den Vorraum des Büros verlassen hatten, dann lächelten sie einander zu. Mit einer gewissen Befriedigung zog der Senator das Resümee der Begegnung: „Nun, zu erfahren war freilich nicht viel, aber ich glaube, wir haben den Herren bange gemacht!“

9. KAPITEL

Montag, 23. Juni. Etwa sechs Uhr morgens, schätzte Major Becker. Er hatte keine Uhr. Die Zelle ließ ihm gerade genug Raum, um zwischen der Pritsche und der gelben fleckigen Zementwand, die bis zum Wellblechdach reichte, aufzustehen. An den Gestank längst eingetrockneten Urins hatte er sich schon fast gewöhnt. Es gab keine Kübel, und ob ein Gefangener auf den Abort gehen konnte oder nicht, hing von der Laune der Wache ab. Die Offiziere waren in Einzelzellen untergebracht, streng voneinander getrennt, nicht einmal die Posten sprachen mit ihnen. Sie durften weder lesen noch Kontakt mit der Außenwelt aufnehmen. Nur die seltenen Besuche der ihnen zugeteilten Militäranwälte unterbrachen für kurze Zeit diese völlige Isolation. Sie erhielten keine Post, und ihre eigenen Briefe wurden zensuriert. Zwei von Beckers Briefen waren zurückgekommen, weil er darin zu offenkundige Andeutungen über seine gegenwärtige Lage gemacht hatte. Er konnte nur hoffen, daß es dem Rechtsbeistand gelungen war, das Schreiben, in dem der Major seiner Frau alles erklärte, sicher aus dem Armeegefängnis von Long Binh zu schmuggeln.

Es war für Becker schwer, ja fast unmöglich, nach fast drei

Wochen Haft noch die Beziehung zur Wirklichkeit zu finden. Manchmal glaubte er, er sei vielleicht verwundet worden und läge im Delirium. Aber die beklemmende Hitze, die stickige Luft, wenn die Sonne das enge Gelaß in eine Bleikammer verwandelte, überzeugten ihn, daß er tatsächlich ein Häftling der US-Armee war. Voll Neid dachte Becker an die Lager für kriegsgefangene nordvietnamesische Soldaten und Vietkongs. Die konnten sich wenigstens im Freien, unter Bäumen aufhalten und miteinander sprechen.

Das Schlimmste war die Unsicherheit. Alles andere, die körperlichen Leiden, die drückend heißen Tage und die Nächte, in denen er oft aus dem unruhigen Schlaf auffuhr, das Unbehagen, immer dieselbe, längst verschwitzte, schmutzige Dschungelgarnitur am Leib zu spüren — all das konnte er ertragen. Aber wie ging es seinen Eltern, seiner Frau, seinem kleinen Sohn? Hatte man sie benachrichtigt, daß er wegen Mordverdachts interniert war? Es gab keine Möglichkeit, ihnen mitzuteilen, was geschehen war, warum er, der bewährte Offizier einer Elitetruppe, plötzlich lich wie ein gemeiner Schwerverbrecher eingekerkert und gemieden wurde. Nun begann er den dunklen Sinn der Dichtungen Franz Kafkas zu begreifen, die er im College gelesen hatte, und als die Tage so hingingen, schwor er sich, wenn er je aus dieser Zwangslage herausfände, würde er sie wieder lesen und versuchen, seine eigenen Eindrücke, Empfindungen und die Erlebnisse seiner Kameraden niederzuschreiben. Er wußte, daß Curtin, Marone und Lovell auch in diesem Zellenblock untergebracht waren. Einen von ihnen hatte er von Zeit zu Zeit laut rufen hören. Er hatte geantwortet. Sie teilten das gleiche Schicksal, das wußten sie. Sonst gab es keine Verbindung zwischen ihnen.

Becker blickte zur Decke empor. Er hatte Angst vor dem stetigen Temperaturanstieg, der mit dem Aufgang der Sonne einsetzte und den qualvollen Höhepunkt erreichte, wenn sie vom Zenit direkt auf das Metalldach niederbrannte. Das einzige, worauf er in diesen vierundzwanzig Stunden hoffen konnte, waren die dreißig Minuten Bewegung, wenn er in den wirbelnden Staub eines Gefängnishofes geführt wurde und rund um den Zellenblock laufen durfte — ganz allein.

An der Tür rasselte es. Becker hörte, wie die äußeren Riegel aus den Halterungen glitten. Für gewöhnlich schob man das Frühstück, bestehend aus Haferbrei, Kaffee und angebranntem Toast, auf einer Tasse durch den Spalt zwischen der unteren Kante der Eisentür und dem Zementboden der Zelle. Die Bewegungspause fiel immer in die Mittagszeit, also mußte jetzt etwas Neues geschehen. Jede Änderung mußte eine Wendung zum Besseren bedeuten, es sei denn, man würde ihn zur Hinrichtung holen, und selbst das wäre vielleicht nicht das Ärgste.

Die Tür wurde geöffnet. Ein Lieutenant der Militärpolizei trat nur einen Schritt ein, prallte fast zurück, als ihm der penetrante Gestank entgegenschlug, und schnitt eine angeekelte Grimasse. „Bitte, folgen Sie mir, Major", sagte er. Becker stellte keine Fragen, sondern ging schweigend hinter dem Offizier in den Vorraum. Dort sah er zum erstenmal seit der Inhaftierung seine Kameraden wieder. Becker erschrak, wie sehr die Gefangenschaft diese Männer gezeichnet und ausgehöhlt hatte. Aber wahrscheinlich dachten sie das gleiche, wenn sie ihn anblickten.

„Meine Herren, wir haben soeben den Befehl erhalten, Sie in andere Quartiere zu bringen. Ich möchte ausdrücklich feststellen, daß der Kommandierende General der amerikanischen Truppen in Vietnam genaue Weisungen für Ihre Behandlung gegeben hat, die strikt befolgt werden mußten. Kein Offizier oder Unteroffizier der Wachabteilung durfte auch nur versuchen, Ihnen die Haft zu erleichtern. Ich persönlich bedauere das, und das gesamte MP-Kontingent ist derselben Meinung. Mit dieser Erklärung riskiere ich vielleicht, selbst in einer dieser Zellen zu landen, aber ich mußte es Ihnen sagen."

„Danke, Lieutenant", erwiderte Becker. „Wir sind bereit."

Der Militärpolizei-Offizier führte die Häftlinge in den Hof des Gefängnisses, zu einem Mannschaftstransporter. „Sie erhalten saubere Kleidung, Schlafräume mit Klimaanlage und Zugang zu Badezimmern. Ich glaube und hoffe, es wird Ihnen nun bessergehen."

Wie McEwan befürchtet hatte, kam er in einen wahren Brutkasten, als er am 23. Juni mittags aus dem Düsenklipper der Pan American ins grelle Sonnenlicht des Saigoner Flughafens

Tan Son Nhut trat und wie die anderen Passagiere in die Ankunftshalle ging. Mehr als die Hälfte der zwanzigstündigen Flugzeit zwischen San Francisco und Saigon hatte er damit verbracht, den Band 10 des amerikanischen Allgemeinen Militärgesetzes und das neue Handbuch der Kriegsgerichtsbarkeit genau zu studieren.

Bei der Sperre bemerkte er einen stämmigen jungen Mann in amerikanischer Uniform mit den silbernen Doppelbalken eines Captain, der ihn offenbar erwartete und nun auf ihn zukam. „Mr. McEwan? Ich heiße Dave Brace. Freut mich, Sie zu sehen, Sir. Ich habe einen Wagen vor dem Flughafengebäude geparkt. Darf ich Ihnen helfen?"

Dankbar übergab der Anwalt dem Offizier seine schwere Aktentasche. Rasch erledigte Brace für McEwan alle Einreiseformalitäten und ging danach mit ihm zu dem Stabswagen. Gleich darauf brauste die Limousine zum Haupttor des Flughafens. Captain Brace wies auf den weitläufigen Komplex von Verwaltungsgebäuden. „Da haben Sie Disneyland West, das Kommando der Militärhilfe für Vietnam. Hier führt General Flint seinen Krieg!"

Vom Wagenfenster aus überblickte McEwan die riesige Anlage; er sah die meilenlangen Einzäunungen aus Drahtverhau und die mit Sandsäcken abgedeckten MG-Stände. Auf dem Weg in die Stadt passierten sie General Flints Hauptquartier. In der Mitte der großen Kreuzung standen drei Panzer, deren vietnamesische Besatzungen lässig an den Ketten lehnten und sichtlich nur auf ihre Ablösung warteten. An der Kreuzung stauten sich Fahrzeuge aller Art, auf einem Postament regelte eine „Weiße Maus" der Saigoner Polizei den regen Verkehr.

„Zuerst bringen wir Sie ins Caravelle-Hotel, und dann fahren wir nach Long Binh. Dort werden Sie unsere Mandanten und die anderen Militärjuristen kennenlernen, die mit dem Fall befaßt sind. Übrigens: die Straße ist gesichert."

McEwan wäre nie auf die Idee gekommen, zu fragen, ob die Straße gesichert sei oder nicht; er mußte sich erst damit abfinden, daß er nun in einer akuten Gefahrenzone des schmutzigen Krieges war. Schließlich erreichten sie einen offenen Platz. Brace machte McEwan auf das alte Opernhaus — nunmehr Sitz der Nationalversammlung — aufmerksam. Gegenüber befand sich das Caravelle-Hotel, vor dem sie parkten.

„Wir haben versucht, ein Appartement für Sie zu reservieren, doch in ganz Saigon war kein geeignetes zu finden“, erklärte der Captain. „Aber wir fahren sowieso bald nach Long Binh, und wenn übermorgen die Untersuchung gemäß Artikel 23 aufgenommen wird, ist es besser, wenn Sie draußen einquartiert sind.“

Brace begleitete McEwan in dessen Zimmer, um ihn kurz über die bisherige Entwicklung des Falles zu unterrichten. „Ein Lichtblick: heute morgen wurden die Häftlinge aus den engen Einzelzellen in komfortablere Arresträume überstellt. Colonel Stuart befindet sich noch immer in dem Wohnwagen, in den er nach seiner Verhaftung gebracht wurde. Kann sein, daß die Nachricht von Ihrer Ankunft dem General in die Glieder gefahren ist, oder vielleicht sah sich sogar der Verteidigungsminister deshalb veranlaßt, unseren Mandanten einige Vergünstigungen zu gewähren.“

„Gut zu wissen, daß wir wenigstens das erreicht haben. Ich glaube, meine erste Aufgabe wird nun sein, die Protokolle der bisherigen Einvernahmen zu lesen.“

„Stimmt. Mittlerweile haben wir von den Sicherheitsbehörden in Washington Ihre Vollmacht erhalten. Sie können also jederzeit in die Dokumente Einsicht nehmen. Nach dem Essen fahren wir nach Long Binh.“

Um zwei Uhr trafen McEwan und Brace bereits im großen amerikanischen Truppenlager, 35 Kilometer nördlich von Saigon, ein. Es war eine einzige weitläufige Militärstadt: Reihen um Reihen helloliv gestrichener Baracken, dazwischen da und dort Duschräume und einige Automaten für alkoholfreie Getränke. Am Rand der Straßen ragten gewaltige Depothallen in die Höhe, wo die Kontingente nach der Ankunft in Vietnam ihre Ausrüstungen für den Einsatz ausfaßten.

„Ist es hier immer so staubig?“ fragte McEwan, der so flach als möglich atmete. Sie fuhren gerade über völlig ebenes, ödes, baumloses Gelände.

„Man könnte dreimal täglich ins Dampfbad gehen und würde dennoch nie diesen verdammten roten Ton von der Haut wegbekommen.“

„Und diese Hitze! Schlimmer als in Saigon.“

„Die ganze Zeit etwa 95 Prozent Feuchtigkeit“, meinte Brace. „Die Soldaten empfinden es direkt als eine große Erleichterung, aus Long Binh hinaus in den Dschungel vor den Feind zu kommen.“

Der Captain fuhr zum Militärgefängnis, einem mit Stacheldraht eingezäunten Komplex aus niederen Baracken. Hinter den Verhauen war ein tiefer, mit scharfen Bambusspitzen besetzter Graben gezogen. „Der Knast von Long Binh ist eine jener Attraktionen, welche die VIPs bei ihren Besuchen nicht zu sehen bekommen“, bemerkte Brace sarkastisch, als der Jeep über die Brücke ratterte.

Bei einer der mißfarbenen Baracken hielt er an. Die Tür flankierten mit Maschinenpistolen bewaffnete Militärpolizisten. Brace zeigte kurz seinen Ausweis vor, und der Weg in den Sperrbereich war frei.

Sie kamen in einen Gemeinschaftsraum mit Klimaanlage. Endlich konnte McEwan in der kühlen, gefilteren Luft wieder tief Atem holen. Sofort erkannte er Colonel Stuart. Das hagere Gesicht unter dem ergrauenden, kurzgeschnittenen Haar hatte er schon öfter auf Pressephotos gesehen. Er reichte allen fünf internierten Offizieren die Hand. Dann machte ihn Brace mit den Militäranwälten bekannt. Der rangälteste, Major Martin Stein, vertrat Stuart, die Captains Don Tracy, Philip Waters und Steve Brace selbst waren die Rechtsbeistände von Marone, Becker, Lovell und Curtin.

„Mr. McEwan, wir danken Ihnen, daß Sie gekommen sind, um unsere Verteidigung zu übernehmen“, erklärte der Colonel im eigenen und im Namen seiner Kameraden.

„Wie werden Sie die Sache angehen?“ fragte Major Curtin.

„Zunächst muß ich den Sachverhalt genau kennen, dann werden wir Richtlinien festlegen. Ich bin überzeugt, daß viele mildernde Umstände gegeben sind. Welche Rolle spielt zum Beispiel dieser Sergeant Dennis? Wenn möglich, werde ich ihn wahrscheinlich selbst befragen.“

„Dennis steht in privatem Kontakt mit Trocs Angehörigen“, antwortete Curtin. „Tran Van Troc ist der Doppelagent, dessen Ermordung man uns anlastet. Er hat eine Frau und eine, soviel ich weiß, sehr hübsche Schwägerin, die bei PRODS arbeitet."

„Ich weiß, welche Funktionen PRODS erfüllt", unterbrach ihn McEwan. Er lächelte Colonel Stuart zu. „Ihr Freund und Bewunderer Colonel Lawton informierte mich, als wir uns vorige Woche in New York trafen. Es war ein sehr interessantes, aufschlußreiches Gespräch."

„Hoffentlich hat er nicht lauter Staatsgeheimnisse ausgeplaudert." Einen Moment lang war Stuart ganz der pflichtbewußte hohe Offizier.

„Und ob!" McEwan grinste. „Er hat mir eine Reihe wertvoller Hinweise für den Aufbau der Verteidigung gegeben." Er wandte sich wieder zu Curtin. „Glauben Sie, daß diese bewußte Schwägerin in der Lage war, auf die Armee oder die CIA Druck auszuüben, gegen Sie und Ihre Kameraden vorzugehen?"

„Das wäre möglich", erwiderte Curtin. „Aber es gibt natürlich andere Motive, um uns und die gesamten Special Forces vor Gericht zu stellen."

„Ich habe schon gemerkt, daß General Flint kein Freund der Grünen Teufel ist", sagte McEwan trocken. „Drüben in der Heimat meinen viele Leute, die Einblick in die Verhältnisse haben, daß er nur eine persönliche Fehde austrägt."

„Davon sind wir alle überzeugt", stimmte Stuart zu.

McEwan dachte nach. „Mir kommt vor, Sloyd hatte gar nicht so unrecht, als er andeutete, es könnte für die Regierung bedenkliche Folgen haben, wenn wegen dieses Falles ein Verfahren eingeleitet wird."

„Wir hatten eine ganze Liste von Fakten, die publik würden, wenn es zum Prozeß käme." Captain Waters öffnete sein Notizbuch. „Aber da Sloyd die Karten voreilig aufgedeckt und die CIA beschuldigt hat, sind unsere Argumente nicht mehr viel wert."

„Die Regierung hätte wohl kein Interesse daran, den Kambodschaplan vor der Welt auszubreiten, oder?" fragte McEwan gelassen.

Die Special-Forces-Offiziere blickten einander betroffen an. „Was meinen Sie damit?" fragte Colonel Stuart scharf.

„Ihre unilateralen Erkundungseinsätze in Kambodscha und die strategischen Gründe dafür", antwortete McEwan.

Stuart zog die Stirn in Falten. „Darüber dürfen wir nicht sprechen, völlig ausgeschlossen. Was hat Ihnen Lawton gesagt?"

„Genug, daß mir eines klar wurde: Ihr habt noch immer sehr gewichtige Trümpfe und damit große Chancen, daß der Fall nicht vors Kriegsgericht kommt. Ihr würdet nicht über die Pläne schweigen, die gegenwärtige kommunistenfreundliche Regierung Kambodschas zu stürzen, damit amerikanische und südvietnamesische Verbände einmarschieren können, um in einer Entlastungsoffensive für die gleichzeitig laufenden Truppenabzüge die nordvietnamesischen Bereitstellungen und Nachschubbasen zu zerschlagen."

Stuart warf dem neuen Zivilverteidiger einen langen, strengen Blick zu. „Diese Information — wenn sie zutrifft! — darf niemals, unter keinen Umständen, in der Öffentlichkeit bekannt werden!"

McEwan wandte sich fast beschwörend an die Militärjuristen. „Major Stein, Captain Waters, Tracy, Brace! Glauben Sie wirklich, daß sich unsere Mandanten von General Flint des Meuchelmordes überführen lassen sollen, wenn wir eine so wirksame Abschreckungswaffe in der Hand haben?"

„Ich werde Ihnen antworten, Mr. McEwan." Colonel Stuarts Stimme beherrschte die Gruppe, obwohl er leise sprach. „Wir wissen es zu schätzen, daß Sie gekommen sind, um uns zu verteidigen. Aber in erster Linie und vor allem sind wir Offiziere. Und wenn ein einzelner Offizer, mag er auch ein Vier-Sterne-General sein, so bedenkenlos ist, unsere Gesamtposition im Raum Indochina schwerstens zu gefährden, dann heißt das nicht, daß andere Offiziere ebenso unverantwortlich handeln dürfen. Würde man unsere Kambodschapläne zu früh aufdecken, dann wäre alles verloren, wofür wir in den vergangenen Jahren gekämpft haben. Das ist meine feste Überzeugung. Bevor ich mich an Rückschlägen, ja vielleicht sogar an einer Niederlage mitschuldig mache, lasse ich mich lieber verurteilen und einsperren." Stuart maß McEwan mit einem durchdringenden Blick. „Außerdem, wenn ich hier herauskommen sollte, werde ich mir Lawton energisch vornehmen und dafür sorgen, daß er wegen Verletzung der militärischen Geheimhaltungspflicht einen gehörigen Dämpfer kriegt."

McEwan starrte Stuart verblüfft an. „Aber Colonel Lawton wollte Sie doch retten! Er befürchtet, daß Flint vor nichts zurückschrecken wird, um aus dem Fall einen Monsterprozeß zu machen. Es geht um Ihren Kopf, Colonel!"

„Ich habe meine Ansichten geäußert, Mr. McEwan. Bitte tun Sie für uns, was in Ihrer Macht steht — *ohne* den Griff ins Arsenal der bewußten hochbrisanten Abschreckungswaffen, wenn ich mich militärisch ausdrücken darf. Haben wir uns verstanden?"

Einen Moment lang war McEwan versucht, sein Mandat einfach niederzulegen. Er kam sich wie irgendein kleiner Rekrut vor, den sein Kompaniechef zur Rede stellt und abkanzelt. Hatte er, ein Anwalt von Rang, das nötig?

Major Stein bemerkte seine jähe Verstimmung. „Mr. McEwan, aus Colonel Stuart spricht der Soldatengeist. Diese Haltung mag für einen Zivilisten nicht ganz leicht verständlich sein, aber glauben Sie mir, er hat recht. Es geht hier nicht nur um den Einzelfall mit seinen gewiß schwerwiegenden menschlichen Aspekten, sondern auch um die Gefahr unabsehbarer Ausweitungen. Deshalb bitte ich Sie: handeln Sie nach den Prinzipien, die Colonel Stuart umrissen hat."

McEwan musterte die gespannten Gesichter der beschuldigten Offiziere. Er überlegte. Kein Zweifel, sie standen alle einmütig hinter ihrem Kommandeur. „Gut", sagte McEwan nach einer Pause. „Wir werden gewinnen — und wir werden so weit als möglich im Sinn von Colonel Stuart vorgehen."

Man hörte fast das erleichterte Aufatmen der Militärjuristen und ihrer Mandanten. Stuart sagte: „Danke, Mr. McEwan. Wir werden Ihren Anweisungen folgen, bis alles vorbei ist."

Bald darauf saß McEwan allein in einem Büro der kriegsgerichtlichen Dienststelle in Long Binh. Vor ihm lag eine Mappe mit der Aufschrift „Geheim". Sie enthielt alle bisher verfügbaren Dokumente über den Fall der Grünen Teufel. Während der nächsten zwei Stunden las er das Material genau durch und sprach die Texte in sein kleines Batterietonbandgerät, dann klopfte er bei Captain Brace an. „Eines ist jetzt schon klar: die Armee kann nach streng formaljuristischen Gesichtspunkten keine Anklage erheben. Das Wichtigste fehlt: das Corpus delicti, die Leiche des angeblich ermordeten Doppelagenten. Alle Maßnahmen gegen unsere Mandanten stützen sich auf unbewiesene Verdachtgründe. Aber wir wissen, daß General Flint alles daransetzen wird, um sein Vorhaben auszuführen; er will sein Opfer. Ich möchte mit Sergeant Dennis sprechen, um von ihm weitere Tatsachen zu erfahren. Mich interessiert auch seine ganz persönliche Meinung. Jede noch so vage Vermutung kann für uns wichtig sein."

„Die Anklagevertretung hat ihm Immunität gewährt; er soll als Belastungszeuge gegen unsere Mandanten aussagen. Ich glaube nicht, daß er uns helfen könnte."

„Wo ist er jetzt?"

„Hier, irgendwo in einem der Quartiere. Vielleicht kann ich ihn auftreiben und Ihnen ein Gespräch mit ihm ermöglichen."

„Gleich heute nachmittag?" drängte McEwan.

„Ich werde es versuchen. Warten Sie hier." Brace ging hinaus, und McEwan vertiefte sich wieder in die Dokumente. Zwanzig Minuten später kam der Captain zurück.

„Wir haben Glück. Es sieht so aus, als hätte Sergeant Dennis den Befehl, Ihnen an die Hand zu gehen. Kommen Sie, wir bringen Sie zu ihm."

„Gut so. Aber es ist wohl besser, ich rede mit ihm allein. Als Zivilist kriege ich wahrscheinlich mehr aus ihm heraus."

Vor der Dienststelle wartete ein Offizier der Militärpolizei mit einem Jeep. McEwan stieg vorne ein, Brace schwang sich auf den Rücksitz. Eine lange Staubwolke hinter sich aufwirbelnd, fuhren sie ab. Kreuz und quer ging es durch das Gewirr von Baracken, Nachschublagern, Fahrparks und Kompaniestäben, bis der Jeep, in Staub gehüllt, vor einer Mannschaftsunterkunft neben einer MP-Station bremste. Der Offizier sprang von seinem Sitz und marschierte stramm auf den Bau zu, McEwan und Brace folgten ihm. Am Tor erklärte der Captain, er werde an dem Gespräch nicht teilnehmen, und erhielt den Bescheid, mittlerweile in der MP-Station zu warten. McEwan ging mit dem Lieutenant allein hinein. Sein Begleiter kannte den Weg; er öffnete die Tür eines erträglich kühlen Raumes. „Sergeant, Mr. McEwan, der Zivilvertreter Colonel Stuarts und der anderen inhaftierten Offiziere, wünscht Sie zu sprechen." Dennis legte das Magazin weg, in dem er gerade gelesen hatte, und stand auf. McEwan merkte, daß dieser Mann über den Besuch erschrocken war. „Sie haben von mir nichts zu befürchten, Sergeant. Ich möchte jedem helfen, der in diesen Fall verwickelt ist — auch Ihnen, wenn ich kann."

„Ich glaube nicht, daß ich Hilfe brauche." McEwan spürte deutlich feindselige Ablehnung.

„Vielleicht vorläufig nicht. Aber die Offiziere sind kaum des Verbrechens zu überführen, das man ihnen zur Last legt. Es ist sogar durchaus möglich, daß keine Anklagen erhoben werden. Wenn ich wahrheitsgemäß erklären kann, daß Sergeant Dennis den Anwalt der Grünen Teufel unterstützt hat, dann kann dieser Sergeant Dennis seine militärische Laufbahn fortsetzen oder ins Zivilleben gehen, frei von der Anschuldigung, er habe seine Kriegskameraden verraten."

Dennis blickte den ungebetenen Besucher nachdenklich an. Schließlich wies er auf einen Stuhl. Als sich McEwan setzte, sagte der Sergeant zu dem MP-Offizier: „O. K., Sir. Ich bin bereit, mit dem Verteidiger zu sprechen." Der Lieutenant verschwand und schloß von außen die Tür.

„Punkt eins, Sergeant: Ich habe alle Ihre bisherigen Erklärungen und Aussagen gelesen. Ich kann mich in Ihre Lage versetzen und begreife, warum Sie so gehandelt haben. Aber das Ergebnis dieser Affäre ist, daß das Ansehen der USA auf der ganzen Welt schweren Schaden erlitten hat. Die amerikanische Armee macht sich lächerlich, wenn sie einige Offiziere ihrer Elitetruppe in Untersuchungshaft nimmt, weil ein einzelner Doppelagent getötet wurde. Das geschieht in Kriegen immer und überall, ohne daß jemand davon erfährt. Mit Ihrer Hilfe wird es uns vielleicht gelingen, diese moralische Schlappe zu überwinden, und auch Ihr persönlicher Ruf wird unangetastet bleiben."

„Was wünschen Sie also von mir, Mr. McEwan?"

„Sagen Sie mir mehr, als in den Protokollen der Einvernahmen steht. Alles. Auch Mutmaßungen, Rückschlüsse. Wir müssen versuchen, die Zusammenhänge zu finden. Sie haben den verschwundenen Tran Van Troc gut gekannt. Was wissen Sie über seine Frau und seine Schwägerin? Wenn ich genügend mildernde Umstände geltend machen kann, erreichen wir vielleicht, daß die Anklagen völlig fallengelassen werden."

„Ich möchte Ihnen gerne helfen, Mr. McEwan. Aber ich glaube kaum, daß Sie mit Informationen, die ich bis jetzt bei mir behalten haben könnte, viel anfangen würden."

„Das zu beurteilen, dürfen Sie ruhig mir überlassen. Mr. Dennis. Ich weiß, Sie sind ein heller Kopf und auf Ihrem Gebiet zweifellos fähiger als die Hälfte der Offiziere, unter denen Sie gedient haben."

Der Sergeant straffte sich in seinem Stuhl. „Ich habe mich immer bemüht, bei meiner Tätigkeit das Beste zu leisten."

„Davon bin ich überzeugt. Sie haben die Art und die Ausdrucksweise eines gebildeten Menschen. Deshalb weiß ich, daß Ihre Beobachtungen für mich von wirklichem Wert sein werden. Beginnen wir also, aus Ihrem Blickwinkel, mit den Ereignissen an dem Tag, als Troc aus Camp Goodman fortgebracht wurde. Versuchen Sie, sich selbst und die anderen Beteiligten objektiv zu sehen."

Während McEwan dem Sergeant, der aus der Erinnerung einfach, aber sehr präzise den Ablauf der Geschehnisse schilderte, die zur angeblichen Ermordung Trocs führten, aufmerksam zuhörte, fand er viele Ergänzungen zu den Fakten, die er bereits aus den Protokollen und dem Gespräch mit seinem Mandanten kannte. Ohne zu beschönigen, erörterte Dennis auch seine eigene Rolle im Fall der Grünen Teufel. Allmählich nahm der wahre Sachverhalt deutliche Umrisse an; neu entdeckte Einzelheiten fügten sich in das bisher fragmentatische Bild. Der Anwalt schrieb die ganze Zeit mit, manchmal sondierte er durch Zwischenfragen, der Sergeant antwortete prompt und fuhr ohne Stockungen mit seinem Bericht fort.

10. KAPITEL

Am 7. Mai war Tran Van Troc in Camp Goodman mit dem Lügendetektor getestet worden. Am 8. Mai zu Mittag kam er wieder, in adrettem Zivil. Er wirkte erwartungsvoll und mit Energie geladen, als er seinen kleinen Koffer niederstellte und Dennis die Hand schüttelte. Der Sergeant trug nun die helle Tropenuniform; die Hose hatte tadellose Bügelfalten, so daß sie nur einen schmalen Bausch um die Ränder der schwarzen, spiegelblank geputzten Springerschuhe bildete. Das Hemd war gestärkt und am Kragen geöffnet, über der linken Brusttasche waren die silbernen Fallschirmschwingen und das hellblau emaillierte Infanteriekampfabzeichen angebracht.

„Also, es geht los, Troc", sagte Dennis fröhlich. „Nicht einmal ich weiß genau, welchen Auftrag Sie übernehmen sollen, Major Becker persönlich wird Sie genauestens über Ihre Tätigkeit instruieren und Ihnen den Vertrag geben. Es bleibt dabei: die bisherige Summe wird verdoppelt."

Der Vietnamese lächelte. „Sie kennen meine Fähigkeiten, Peter."

„Und ob!"

„Eine Bitte, Peter: Könnten Sie nicht meine Frau und meine

Schwägerin besuchen, wenn ich fort bin, und ihnen sagen, daß es mir gut geht?“

„Soll gern geschehen. Hören Sie zu, ich habe keine Ahnung, wo Sie auf den Einsatz vorbereitet werden. Man sagte es mir nicht. Es ist irgendein neuer geheimer Stützpunkt. Captain Lovell wird Sie von Saigon aus begleiten. Allerdings stellt das Kommando die Bedingung, daß Sie sich für den Flug die Augen verbinden und ein leichtes Betäubungsmittel injizieren lassen, damit Sie nicht wissen, wohin Sie gebracht werden.“

„Wann starten wir?“

„Sehr bald, Troc. Sie können noch immer aussteigen, und wir schicken einen anderen Agenten über die Grenze.“

„Nein, ich gehe. Ich habe schon früher Pentathol bekommen. Vielleicht werde ich diesmal nicht luftkrank.“ Sein Lächeln erstarrte zu einer traurigen Grimasse. „Aber ich möchte meiner Frau Nachricht geben.“

„Schreiben Sie einen Brief, den bringe ich ihr, sobald Sie abgehen. Ich werde ihr sagen, Troc hat mich gebeten, auf sie und Mai Lei aufzupassen.“

Der Vietnamese zuckte resignierend die Achseln. „Kommen Sie, Peter, wenn es sein muß.“

Captain Lovell stand hinter seinem Schreibtisch auf, als Dennis und Troc eintraten. Er nickte dem Sergeant zu und streckte dem Agenten die Hand entgegen. „Ich kenne Ihren guten Ruf, Mr. Tran. Sind Sie bereit, den Auftrag zu übernehmen?“ Troc nickte, vielleicht etwas zögernd. „Leider kann ich diese Sicherheitsbestimmungen nicht abändern, aber wenn Sie einmal an Ort und Stelle sind, werden Sie merken, warum wir so vorsichtig sein müssen. Wir wollen gerade Sie einsetzen, weil Sie aus dem Norden stammen und Ihr Tonfall Sie nicht verraten wird.“

„Sir“, meldete sich Dennis zu Wort, „Mr. Tran möchte ein paar Zeilen an seine Frau schreiben. Ich habe ihm prompte persönliche Zustellung versprochen.“

„Natürlich, im Nebenraum finden Sie alles, was Sie brauchen.“ Lovell wies auf die offene Tür. Troc verbeugte sich dankend und ging hinein. Während er zu schreiben begann, warf der Captain dem Sergeant einen ärgerlichen Blick zu. „Dennis, wollen Sie unbedingt einen Geheimpolizisten spielen? Nehmen Sie im Zimmer die Sonnenbrille ab!“ Der Getadelte folgte gleichgültig dem Befehl, erwiderte aber nichts, als Lovell ihn von oben bis unten musterte. „Sie haben sich für ein paar Tage Urlaub in Saigon feingemacht, oder?“

Dennis war fast zehn Jahre älter als Lovell. Der trug zwar die zwei silbernen Balken eines Captains und konnte auf seinen akademischen Master-Grad in Soziologie hinweisen, gewiß; dennoch hatte der Sergeant das Gefühl, zehnmal mehr über die Methoden der Abwehr, der Aufklärung und der geheimen Sondereinsätze zu wissen. Er, Dennis, hatte sich in solchen Funktionen bereits im Koreakrieg bewährt; damals war Lovell kaum alt genug, um die Frontberichte in den Zeitungen lesen zu können. Aber ein Offizier war eben ein Offizier. Nicht jeder hatte das Glück, am College zu studieren und dann sofort als 2nd Lieutenant die militärische Laufbahn einzuschlagen.

„Sir, ein Soldat in Uniform sollte immer so ordentlich gekleidet sein, wie die Umstände es erlauben.“

„Schon gut. Halten Sie sich bereit, nach Nha Trang zurückzukommen, wenn wir Sie brauchen.“ Lovell blickte durch die offene Tür und sagte leise: „Übrigens, die Identifizierung war gute Arbeit, Dennis.“

„Danke, Sir.“

Zehn Minuten später stand Troc auf und übergab Dennis einen verschlossenen Briefumschlag. „Ich habe nichts geschrieben, was die neue Mission gefährden könnte.“ Er lachte. „Schließlich weiß ich ja noch gar nichts.“ Der Mann hatte Sinn für Ironie.

Dennis nahm das Schriftstück. „Ich sorge dafür, daß Madame Tran den Brief noch heute nachmittag erhält. So nebenbei: wann kommt Mai Lei nach Hause?“

Troc blinzelte ihm verständnisvoll zu. „Nun verstehe ich, warum Sie heute eine so schöne Uniform angezogen haben.“ Er lachte hämisch. „Mai Lei kommt um fünf!“

Lovell sah auf seine Uhr. „Dennis, gehen Sie mit Mr. Tran essen. Dann können Sie ihn wieder herbringen und losfahren.“

11. KAPITEL

Um drei Uhr nachmittags kam Captain Lovell mit Tran Van Troc in die Sanitätsstation des Detachments. Bereitwillig hielt der Vietnamese dem wartenden Sanitäter den Arm hin; mit raschem, leichtem Stich wurde ihm eine Dosis Soda-Pentathol in die Muskulatur des Oberarmes injiziert. Dann führte der Offizier Troc durch eine Hintertür zu einem Ambulanzwagen. Dort wurden ihm die Augen verbunden. Bald fiel Troc in einen tiefen Dämmerzustand, er merkte kaum, wie sie zum internationalen Flugplatz von Tan Son Nhut fuhren. Auf dem Weg zu dem großen, unbezeichneten Hangar der „Air America", einer Fluggesellschaft, die den CIA-Organistionen in Asien zur Verfügung steht, passierte der Ambulanzwagen mehrere Kontrollpunkte. Als das Fahrzeug im Hangar neben einer zweimotorigen Maschine ohne Kennzeichen hielt, war es vier Uhr. Man schaffte Troc an Bord und schnallte ihn an seinem Sitz fest, noch immer mit verbundenen Augen. Lovell setzte sich neben ihn, die Maschine rollte aus dem Hangar, bekam kurz darauf Starterlaubnis und flog ab.

Das silbergraue Flugzeug landete in Nha Trang und rollte bis zum äußersten Westrand der Piste, nahe beim B-57-Komplex der 5th Special Forces Group. Auch dort wartete bereits ein

Ambulanzwagen; ein stämmiger Master Sergeant übernahm den halb betäubten Vietnamesen und brachte ihn im Wagen unter. Sofort rollte die Air-America-Maschine auf die Startbahn und erhob sich in die Luft. Der Ambulanzwagen fuhr durch das Tor in der Stacheldrahtumzäunung der B-57. Troc wurde in die Abwehr-Sektion gebracht und im Verhörraum auf eine Pritsche gelegt.

Um sieben Uhr abends war er wieder völlig wach. In dem hell erleuchteten Zimmer sah er Captain Lovell und Warrant Officer Bray vor sich. Auf dem Tisch in der Mitte, neben einem Stuhl, stand der verhaßte, gefährliche Lügendetektor.

„Mr. Tran, wir wollen Ihnen noch einige Fragen stellen, bevor wir Sie über die Grenze schicken", begann Lovell. „Wie Sie bereits von unseren Operationen in Tay Ninh wissen, werden die Recondo-Einsätze ausschließlich von der B-57 durchgeführt. Wir können Sie erst dann einer Patrouille zuteilen, wenn wir uns überzeugt haben, daß Sie absolut verläßlich sind."

„Ich verstehe", sagte Troc. Und nun wurde ihm wirklich zum erstenmal alles mit erschreckender Deutlichkeit bewußt. „Ich habe nicht sehr tief geschlafen und weiß, was geschehen ist. Wir sind nach Tan Son Nhut zur Air America gefahren. Ich weiß, daß ich in Nha Trang bin. Wollen Sie mir nun erklären, warum Sie mich hier einsperren? Ich bin vietnamesischer Staatsbürger. Die Amerikaner haben kein Recht, mich gegen meinen Willen festzuhalten!"

12. KAPITEL

Während Troc nach Nha Trang gebracht wurde, schob sich der Jeep, den Sergeant Dennis steuerte, langsam durch die verstopften, abgasverpesteten Straßen Saigons. Auf dem Nebensitz lag eine Plastikmappe mit dem Brief, den der Vietnamese an seine Frau geschrieben hatte.

Mehrere Stunden später kehrte Dennis zur Verbindungsabteilung zurück. Kaum hatte er den Wagen wieder bei der Fahrbereitschaft abgestellt, als ihm Sergeant Major Alcock zurief:

„Major Curtin sucht dich schon seit Stunden. Laß dir eine glaubhafte Begründung einfallen, warum du verschwunden warst."

Dennis rannte über den Bohlenweg, der zwischen den Unterkünften, der Messe und dem Service Club zu der S-2-Sektion führte, wo sich Curtins Saigoner Dienststelle befand. Von dort aus koordinierte der Abwehroffizier die B-57-Aktionen mit der CIA und der geheimen „Special Operations Group", abgekürzt SOG.

„Wo haben Sie denn gesteckt, Dennis?" fragte Curtin unwirsch.

„Befehlsgemäß bin ich zu Trocs Frau gefahren."

„Den Brief hatten Sie doch bereits um 13 Uhr, gleich nach dem Mittagessen, bekommen?"

„Ich wollte ihn Madame Tran persönlich übergeben." Er dachte an das Wiedersehen mit Trocs schöner Schwägerin. „Meistens arbeitet sie bis fünf Uhr."

„Und zwar wo?"

„In irgendeinem vietnamesischen Regierungsamt."

„Unser Material über Troc ist sehr lückenhaft. Ich möchte mehr über ihn wissen."

„Alles, was ich über ihn ermitteln konnte, als ich ihn anwarb, steht in seinem Dossier."

„Es muß aber viel mehr zu erheben sein. Sehen Sie zu, was Sie sonst noch herausbringen können. Ich weiß nicht, wie lange wir ihn in Nha Trang konfinieren können. Verlieren Sie also keine Zeit!"

Dennis schaltete schnell. Mai Lei würde ihm wahrscheinlich weitere Informationen geben, aber er hatte ihr einen Gefallen versprochen und wollte sein Wort so rasch als möglich einlösen.

„Sir, bitte fordern Sie einen Flug nach Tay Ninh City an, dort kann ich vermutlich mehr über ihn erfahren als anderswo."

„In Ordnung. Melden Sie sich, sobald Sie etwas gefunden haben." Dennis salutierte, machte kehrt und verließ die Abwehr-Sektion, um schleunigst für die Reise zu packen.

Um zehn Uhr abends desselben Tages meldete er sich beim diensthabenden Offizier des B-Detachments der Special Forces in Tay Ninh. Als er fragte, ob Funkverbindung mit dem Detachment A-424 bestehe, schickte ihn der Offizier in die Funkzentrale. Dennis bat den Sergeant, der virtuos hantierend und schaltend alle A-Detachments dieses Einsatzraumes an der Strippe hatte, den Abwehr-Sergeant Rollay in Muc Hoa zu rufen. Er war darauf gefaßt, die halbe Nacht auf die Verbindung warten zu müssen, doch überraschend schnell hörte er die wohlbekannte Stimme am anderen Ende der Leitung.

„Hallo Rollay, hier spricht Dennis. Ich muß mit dir reden. Hol alles zusammen, was du über Tran Van Troc hast, du weißt, was ich meine." Er ließ den Gegensprechschalter aus und horchte. Dann sagte er: „Genau. Das ist er. Kannst du morgen in Tay Ninh sein? Es ist sehr wichtig." Der Mann in Muc Hoa antwortete, er würde so früh als möglich kommen. — „He, Rollay, wurde die Nachricht bei euch durchgegeben? Bis auf ausdrücklichen

Befehl keine Patrouillen. Wie?" Wieder sprach der andere, dann sagte Dennis leise: „Schon abmarschiert? Wer war der Amerikaner? Captain Barton? Scheiße! O. K., bis später."

In einem der Büroräume fand Dennis eine freie Pritsche. Zu müde, um auf seine wie immer tadellos gebügelte Uniform zu achten, legte er sich angekleidet nieder und schlief sofort ein.

Am nächsten Morgen erörterten Rollay und Dennis im B-Detachment beim Kaffee die Situation. Nach langer Überlegung sagte Rollay: „Weißt du, wo du vielleicht wichtige Informationen kriegst? Wir könnten zur PRU fahren. Mit denen haben wir immer zusammengearbeitet."

„Daran habe ich schon gedacht. Klappt es mit deinen eigenen Gewährsleuten nicht mehr?"

„Plötzlich sind alle stumm wie Austern", erwiderte Rollay verdrossen. „In diesem Sektor sind wir auf der ganzen Linie von Agenten und Saboteuren unterwandert."

Dennis leerte seine Tasse. „Gut, fahren wir zur PRU in Tay Ninh. Wer ist dort Berater?"

„Manning. Er war zehn Jahre bei den Special Forces, bevor er zur CIA übergewechselt ist."

Das Kommando der PRU am nördlichen Stadtrand war eine nach südostasiatischen Begriffen ziemlich modern wirkende Anlage. Die beiden Sergeants parkten vor dem Gebäude und gingen hinein. Überall begegneten ihnen Vietnamesen in Zivil und in Tigeruniformen. Durch eine Tür im Obergeschoß sahen Rollay und Dennis einen großen schlanken Weißen in Dschungelgarnitur ohne Abzeichen, auf dem Kopf die neue „Baseballmütze" der amerikanischen Armee. Er saß auf der Tischkante, im Gespräch mit einem vietnamesischen Offizier, der ein rotes Barett und den tarngefleckten Kampfanzug trug. Rollay trat ein.

„Mr. Manning, Sie kennen Sergeant Dennis, Abwehr der B-57", sagte er. Der Berater nickte grüßend. „Wir haben ein Problem, vielleicht können uns Ihre Leute helfen."

„Das hier ist Dai-Uy Pham, unser Abwehroffizier", erwiderte Manning. „Sie sind also an der richtigen Adresse, Dennis. Schießen Sie los."

„Sir, vor einem Jahr habe ich einen Dolmetsch namens Tran Van Troc angeworben."

Dai-Uy Pham reagierte sofort. Gespannt wandte er Dennis den Kopf zu. Manning bemerkte es, auch sein Interesse erwachte.

„Troc hat sich als Doppelagent entpuppt. Wie Sie wissen, Sir, wurden unsere Aktionen in Tay Ninh verraten. In diesem Monat haben wir zwei, wahrscheinlich sogar drei Patriouillen verloren. Wir dachten, daß Sie vielleicht Informationen über Troc hätten. Wenn er tatsächlich für die Nordvietnamesen arbeitet, müssen wir handeln."

„Wir kennen Troc gut", erklärte Pham in gebrochenem Englisch. „Wir glauben, er bei euch Nummer eins. Wir nichts unternehmen. Aber wir wissen, überwachen. Und jetzt wir zuschlagen." Er verschwand.

„Sieht aus, als hätten Sie ins Schwarze getroffen", meinte Manning.

„Wir sollten öfters Material austauschen", sagte Rollay.

„Ich wüßte nicht wie." Manning zuckte die Achseln. „Meine Viets trauen keinem einzigen anderen Viet in diesem Einsatzbereich, und noch viel weniger den Amerikanern — mich ausgenommen."

„Ich informiere meinen vietnamesischen Kommandopartner niemals über Planungen", erklärte Rollay.

„Klar. Aber Pham weiß es nicht. Gesetzt den Fall, er sagt Ihnen, er verdächtige Joe Nguyan als Vietkong. Wenn Nguyan davon erfährt, wird er entweder aus der Provinz flüchten oder aber jeden Abend heimlich eine Gruppe von Vietkongs in sein Haus holen, und wenn Pham kommt, um ihn zu erledigen, geht er selbst in die Falle."

Pham kehrte mit einem Dossier zurück, das er auf den Tisch legte und öffnete. Er entnahm ihm das Photo einer schönen jungen Vietnamesin. Dann zeigte er ein anderes Bild, darauf war deutlich Troc zu sehen, wie er mit diesem Mädchen in einer Bar flirtete.

Dennis rieb sich erfreut das Kinn. Nun hatte er fast schon die Beweise in der Tasche, die Mai Lei wünschte. Die Rivalin ihrer Schwester konnte höchstens neunzehn Jahre alt sein.

„Wer ist dieses unfreiwillige Photomodell?" fragte er.

„Heißt Co Quan. Arbeitet für Amerikaner." Pham sagte einige Worte auf Vietnamesisch zu Manning.

„Miß Quan war Barmädchen im Club des B-Detachments,

dann ist sie in diese Bar in Muc Hoa übergewechselt, wo sie mit Troc gesehen und photographiert wurde. Pham hat zuverlässige Meldungen, daß Co Quan Feindagentin ist, aber da er wußte, daß Troc zu uns gehört, hat er das Mädchen nicht weiter behelligt. Er glaubte, Troc würde Informationen für die B-57 aus ihr herausholen. Zudem war sie mit einem amerikanischen Major eng befreundet, und wenn man auch die PRU-Methoden als brutal kritisieren mag — meine Viets sind jedenfalls bestrebt, ihren Verbündeten keine Scherereien zu machen."

„Können wir mehr über das Mädchen erfahren?" fragte Dennis.

Pham und Manning sprachen kurz miteinander. Manning nickte, und der vietnamesische Offizier verließ prompt den Raum. „Ich habe ihm gesagt, er braucht auf den Major keine Rücksicht zu nehmen, ebensowenig auf Troc, da dieser wahrscheinlich ein Doppelagent ist. Pham bringt das Mädchen her. Sergeant, Sie können Co Quan selbst befragen, sie versteht Englisch."

„Ich möchte das lieber schriftlich erledigen." Dennis zog Kugelschreiber und Schreibblock aus der Blusentasche und machte einige Notizen. Er reichte Manning das Blatt, der überflog den Text. „Ich glaube, das kriegen meine Leute aus ihr heraus."

„Sir, ich war im PRU-Ausbildungslager in Vung Tau, um Irreguläre für die B-57 anzuwerben", sagte Dennis. „Ich weiß, für welche Aufgaben die Rekruten geschult werden, ich habe gesehen, wie sie vietkongverdächtige Zivilisten bearbeiteten. Ihren Viets geht es mehr ums Killen als ums Ficken."

Manning nickte. „Und wenn sich beides — in der richtigen Reihenfolge — verbinden läßt, ist es ihnen noch lieber."

„Kein Wunder, daß Dai-Uy so gestrahlt hat", bemerkte Rollay trocken.

Der Berater blickte ihn nachdenklich an. „In dieser Provinz haben wir die Vietkong-Infrastruktur fast völlig vernichtet oder zumindest lokalisiert. Ich kümmere mich nicht darum, welche Mittel zu diesem Zweck angewandt werden."

„In ein paar Stunden holen wir uns die Resultate", sagte Dennis. „Danke, Mr. Manning. Wenn Sie einmal von uns etwas brauchen, dann melden Sie sich."

13. KAPITEL

Fast auf die Minute genau vierundzwanzig Stunden nach seiner Abfahrt aus der Verbindungsabteilung in Saigon meldete sich Sergeant Dennis bei Major Curtin zurück.

„Sir, ich glaube, wir haben das ganze Material über Troc, das in Tay Ninh greifbar war. Haben Sie Zeit?"

„Schießen Sie los, Dennis. In Nha Trang wartet man schon auf weiteres Beweismaterial für das Verhör."

„Troc arbeitete mit einer nordvietnamesischen Agentin namens Co Quan zusammen. Eine Schönheit — zumindest bis heute nachmittags. Quan und Troc nahmen abwechselnd mit dem Geheimdienst der nordvietnamesischen Armee Kontakt auf und lieferten Informationen, die sie beide gesammelt hatten. Troc scheint seine Komplizin zu lieben, vermutlich wollte er sie sogar heiraten. Sie sagte, sie würde seine Frau werden, wenn eine Koalitionsregierung die Macht übernähme und der Krieg zu Ende sei. Ich persönlich glaube, es war wieder die alte Geschichte: das Mädchen ist schuld, daß Troc zum Verräter wurde."

„Dennis, bitte nur Tatsachen."

„Jawohl, Sir. Co Quan gestand, Troc habe Mittel und Wege gekannt, die es ihm ermöglichten, heimlich nach Kambodscha zu verschwinden, um dort mit hohen Offizieren der nordvietnamesischen Armee und politischen Spitzenfunktionären aus Hanoi zusammenzutreffen. Es ist kaum daran zu zweifeln, daß er persönlich unsere Positionen und Recondo-Patrouillen verraten hat. Anscheinend weiß die verführerische junge Agentin auch eine ganze Menge über das kambodschanische Söldnerregiment, das wir ausbilden."

„Großer Gott", murmelte Curtin halblaut. „Wenn das auffliegt ... Sonst noch was?"

Dennis schüttelte den Kopf. „Keine weiteren Fakten, Sir."

„Und Mutmaßungen? Erwägungen?"

Der Sergeant überlegte kurz. „Man könnte versuchen, mit Troc ein Tauschgeschäft zu machen: das Leben des Mädchens — sie wird allerdings kein Prachtstück mehr sein, wenn die PRU mit ihr fertig ist — gegen ein ausführliches, umfassendes Geständnis. Er muß mit harten Tatsachen von der anderen Seite auspacken."

Curtin nickte. „Ein guter Vorschlag, Dennis."

„Sir, werde ich im Moment dringend in Nha Trang gebraucht?" fragte Dennis.

„Nicht unbedingt", antwortete der Major. „Melden Sie sich hier von Zeit zu Zeit und machen Sie Kurzurlaub in Saigon."

„Wenn Sie für mich einen Jeep aus der Fahrbereitschaft anfordern, bringe ich vielleicht noch mehr heraus."

„Und zwar wie?"

„Ich stehe mit Trocs Frau und Schwägerin auf gutem Fuß."

Curtin hob den Telephonhörer ab. „O. K., ich verständige den Sergeant Major, daß er Ihnen einen Wagen geben soll."

Um sechs Uhr nachmittags parkte Sergeant First Class Peter Dennis vor Trocs Haus und schwang sich aus dem Jeep. Auf sein Klopfen erschien Madame Tran. Als sie ihn erkannte, kam sie über den Gartenweg gelaufen und öffnete das Tor. Im Wohnzimmer erwartete ihn Mai Lei.

"Ich habe ermittelt, was Sie wissen wollten", sagte er.

„Erzählen Sie, bitte."

„Beim Dinner in einem hübschen Restaurant?"

„Peter!" Sie blickte ihn traurig an. „Ich habe es Ihnen schon gesagt: mein vietnamesischer Chef wäre sehr böse, wenn er wüßte, daß ich mich mit einem Amerikaner treffe."

„Aha, es ist ihm recht, daß wir diesen Krieg für ihn führen, aber er hat was dagegen, daß wir mit Vietnamesinnen Freundschaft schließen", erwiderte Denis gekränkt. „Was ist das überhaupt für ein Laden, in dem Sie arbeiten?"

„Ich glaube, darüber darf ich nichts sagen."

„Na schön. Rufen Sie mich an oder schreiben Sie mir, wann wir uns vielleicht doch einmal ungestört unterhalten könnten." Verärgert stand er auf.

„Bitte, nicht gehen!" rief Trocs Frau und ergriff beschwichtigend seinen Arm. „Bleiben, s'il vous plaît. Whisky trinken." Sie klatschte in die Hände. Eine alte Mama-san kam mit Scotch und den Zutaten für Highballs. „Bitte setzen", sagte Madame Tran. Wohlgefällig betrachtete Dennis die Flasche und machte es sich wieder auf dem Sofa bequem. „Alle Achtung, Sie bieten Ihren Gästen Spitzenqualität", bemerkte er, sichtlich besser gelaunt.

„Ein amerikanischer Offizier hat Troc drei Flaschen geschenkt." Mai Lei mixte dem Sergeant einen Drink. „Was ist in Tay Ninh geschehen, Peter?" fragte sie leise, während sie sich vorbeugte, um mehr Whisky in sein Glas zu schütten. Als sie einen zweiten Eiswürfel hineintat und sich hinüberbeugte, um ihm das Glas zu reichen, streiften ihre Brüste einen Augenblick lang seinen Arm. Er rückte näher, sie lächelte schüchtern.

„Sprechen wir über Sie, Mai Lei." Dennis trank einen Schluck. „Sagen Sie mir, wo Sie arbeiten und geben Sir mir Ihre Telephonnummer, damit wir in Verbindung bleiben können."

Sie seufzte. „Ich weiß nicht, warum das für Sie so wichtig ist."

Er blickte ihr nur fest in die Augen.

„Also gut. Ich bin bei PRODS angestellt."

Dennis zog Kugelschreiber und Notizbuch aus der Tasche. „Telephon?" Sie gab zwei Nummern an. „Was machen Sie bei PRODS?" fragte er, während er die Ziffern notierte.

Sie lächelte. „Ich helfe bei der Koordinierung regionaler Entwicklungsprogramme."

Dennis steckte sein Notizbuch wieder ein. „O. K., eine direkte Antwort auf eine direkte Frage. Ich meine aber, jemand, der so gut Englisch spricht wie Sie, müßte doch mühelos einen Job bei den Amerikanern finden."

„Mein unmittelbarer Vorgesetzter ist Vietnamese."

„Wirklich? Man sieht dort nicht viele Vietnamesen."

„Kennen Sie PRODS?"

„Natürlich. Einige Aktionen der Special Forces werden dort koordiniert. Gefällt Ihnen Ihre Tätigkeit?"

„O ja, sehr. Man lernt viele amerikanische Politiker kennen. Sie sind so interessant und hilfsbereit. Einer dieser einflußreichen Amerikaner hat mir ein Stipendium an einem College verschafft. Ich werde bald in den USA studieren."

„Und zwar wo?"

„An der Columbia University. — Übrigens, wissen Sie, wer diesen Monat nach Saigon kommen wird?"

Dennis schüttelte den Kopf. Was sie ihm da voll Begeisterung mit leuchtenden Augen erzählte, gefiel ihm gar nicht.

„Senator Theodore Morrissey. Wir werden ihn ausführlich über die Befriedung in den ländlichen Gebieten unterrichten."

Dennis verschluckte sich an seinem Drink. „Morrissey?! Diese miese Type kommt wieder hierher?"

„Ich halte ihn für eine der bedeutendsten Persönlichkeiten im politischen Leben der USA", entgegnete Mai Lei energisch.

„Ach, blabla. Er will Südvietnam an die Kommunisten verschachern. Wäre Ihnen das recht?"

„Wie so viele unserer fähigsten Köpfe in Vietnam hat auch er erkannt, daß eine Kompromißlösung, eine Koalitionsregierung, das Ende des Krieges bringen könnte. Ich bewundere Senator Morrissey mehr als alle anderen Amerikaner, mit denen wir bei PRODS Kontakt haben, und das sind nicht wenige."

„Hat *er* Ihnen das Stipendium verschafft?" murrte Dennis. Mai Lei wirkte plötzlich kühl, und nach einer peinlichen Pause wechselten sie das Thema. „Sagen Sir mir, was Sie erfahren haben, Peter. Stimmen die Befürchtungen meiner Schwester, daß Troc eine andere Frau liebt?"

Der Sergeant machte eine wegwerfende Geste. „Das war nur ein Abenteuer. Aber heute hat die PRU das Mädchen in die Kur genommen. Sie wissen, was das heißt."

Mai Leis Augen weiteten sich vor Entsetzen. „Warum?"

„Sie steht im Verdacht, Vietkongagentin zu sein."

„Troc würde sich nie mit einer Vietkongagentin zeigen."

„Er trifft sich mit Vietkongs nur insgeheim?"

Sie verneinte stumm. „Jetzt versuchen Sie, mich zu verwirren. Troc ist kein Vietkong, darauf könnte ich schwören."

„Möglich. Jedenfalls können Sie Ihrer Schwester sagen, daß sie sich keine Sorgen zu machen braucht. Die Rivalin wurde ausgeschaltet."

Mai Lei schauderte. „Wo ist Troc jetzt?"

„In einem Stützpunkt. Dort erhält er Weisungen für seine nächste Mission."

Nachdenklich blickte Mai Lei den langsam und genießerisch trinkenden Dennis an. „Troc ist wichtiger als Sie glauben", sagte sie. „Ihr solltet ihn nicht Gefahren aussetzen. Er muß noch viel für sein Land leisten."

„Was zum Beispiel?" fragte Dennis scheinbar gleichgültig.

„Das weiß ich selbst nicht."

„Wenn er so wichtig ist, warum arbeitet er dann für mich?"

„Vielleicht ist seine Arbeit für Sie ein Teil des Ganzen", antwortete sie ausweichend.

Dennis sah Mai Leis bezauberndes, nun so ernstes Gesicht nah vor sich. Er konnte der Versuchung nicht widerstehen, beugte sich vor und küßte sie. Zuerst ließ sie es geschehen, dann legte sie die Hand auf seine Schulter und drängte ihn sanft zurück. „Peter, versprechen Sie mir, daß Sie mich nicht im Büro anrufen werden, wenn es nicht wegen Troc sehr, sehr dringend ist."

„Einverstanden. Mit einem Kuß besiegelt?"

Mai Leis Lippen berührten flüchtig, aber zärtlich seinen Mund. Er wollte sie in die Arme schließen, doch sie entzog sich ihm. „Heute abend kommt mein vietnamesischer Chef. Aber wir werden auch Sie bald zum Dinner einladen."

„Wann?"

„Vielleicht nächste Woche. Wenn Sie wieder etwas über Troc erfahren, rufen Sie mich bitte im Büro an. Ich verspreche Ihnen ein echtes, selbst zubereitetes vietnamesisches Abendessen."

Er trank den Whisky aus und erhob sich. „Sobald ich Neuigkeiten weiß, melde ich mich, und dann gehen wir aus, nur wir beide." Sie stand dicht vor ihm. Er beugte sich zu ihr nieder und küßte sie. Einen Moment lang erwiderte Mai Lei den Kuß, dann löste sie sich von Dennis und trat zurück.

„Bis zum nächsten Mal, Peter . . ."

14. KAPITEL

„Gedächtnisprotokoll, Sergeant 1st Class Peter Dennis. Aufgenommen in Long Binh, 23. Juni, 16.30 Uhr", schrieb McEwan an den Schluß seiner Notizen.

„Das ist alles, was mir im Moment einfällt", sagte Dennis. „Wenn Sie mich noch etwas fragen wollen — ich bin hier zu finden."

„Sie haben mir sehr geholfen, Sergeant", erwiderte der Anwalt und stand auf. „Wahrscheinlich werde ich nochmals mit Ihnen sprechen müssen."

„Haben Sie eine Ahnung, wie lange es dauern wird, bis alles geklärt ist und wir hier wieder herausgelassen werden?"

„Das weiß ich leider nicht. Aber Ihre Mitarbeit wird ein wesentlicher Faktor sein. Danke, Mr. Dennis, auf bald."

Als McEwan zum Jeep ging, trat der vierschrötige Captain Brace aus der MP-Station, schlenderte heran und setzte sich ans Steuer. „Nun, wie war es?"

„Dennis hat mir gezeigt, wie einige Teile dieses Puzzles an die richtige Stelle gesetzt werden. Er kennt wenigstens ein paar Zahlen des Kombinationsschlosses, das wir öffnen müssen."

„Das Orakel von Long Binh!" Grinsend griff Brace zum Starter. Es war aber nicht der Rauch unter dem Dreifuß der Pythia, sondern der Staub des vietnamesischen Ödlandes, der hinter dem losbrausenden Fahrzeug in die Höhe stieg.

Major Stein erwartete sie in der Bar des Offiziersklubs. Vor den zwei leeren Plätzen standen bereits große Gläser Gin and Tonic. McEwan konnte eine Erfrischung brauchen; er trank einen Schluck, dann wandte er sich zu Stein. „Ich habe das unangenehme Gefühl, daß es uns nicht gelingen wird, auf streng legaler Basis die Beschuldigungen gegen unsere Mandanten zu entkräften."

Der Major nickte ernst. „Ich fürchte, da haben Sie recht."

„Uns bleibt nur ein Ausweg: wir müssen möglichst viele Dinge zur Sprache bringen, welche Flint, die Armee, die CIA, ja sogar die Regierung dermaßen beunruhigen, daß sie lieber die ganze Sache abblasen, bevor es zu sensationellen Enthüllungen kommt und wichtige Projekte hochgehen."

„Leider hat Stuart den Einsatz unserer wirksamsten Abschrekkungswaffen verboten. Dabei hätten wir tatsächlich ein ganzes Arsenal davon zur Verfügung. Schwerste Kaliber!" Brace schnitt eine Grimasse. „Wir dürfen nicht einmal unseren Trumpf Kambodscha ausspielen."

Stein blickte sich vorsichtig um und vergewisserte sich, daß niemand zuhörte. „Je weniger man darüber spricht, desto besser", mahnte er.

„Ich verstehe." McEwan nahm wieder einen großen Schluck. „Ich glaube, Dennis hat mich auf eine interessante Fährte gebracht. Erzählen Sie mir mehr über Major Curtin."

„Was wollen Sie wissen?" fragte Stein.

„Wie lange er schon bei den Special Forces ist, welche Dienstbeschreibung er hat, aus welchen Verhältnissen er kommt. Bei der Lektüre der Protokolle der Einvernahmen gemäß Artikel 32 ist mir aufgefallen, daß er und Colonel Stuart sich auf eine Darstellung des Hergangs festgelegt haben, die von den Angaben der anderen abweicht. Nach diesem Stand der Ermittlungen liegen also zwei verschiedene Versionen vor. Wenigstens laut Aussage des CID-Beamten."

„Eigentlich ist Major Curtin kein richtiger Special-Forces-Offizier. Er wurde von der militärischen Abwehr den Special Forces zugeteilt und trägt das grüne Barett nur, weil er immer bei diesen Einheiten Dienst tut."

„Ist er Berufsoffizier?"

„Ich vermute, daß er sich dafür entschieden hat." Major Stein schwieg nachdenklich, als skizzierte er zuerst im Geist Curtins Persönlichkeitsbild. „Er kam von der Reserveoffiziersschule zur regulären Armee. Soviel ich weiß, entstammt er einer reichen Familie; könnte sich sein Leben nach eigenem Gutdünken einrichten. Diese Unabhängigkeit hat seinen Charakter geprägt, er braucht keinen sicheren Posten. Er folgt seinen Neigungen. Ich glaube, er liebt eben das Spiel, kleine Partikel, die er sich auf abenteuerliche Weise verschaffen muß, zu einem Ganzen zusammenzufügen, aus Meldungen, Beobachtungen und erbeuteten Dokumenten das taktische Konzept des Gegners zu rekonstruieren. Curtin ist ein Mann, der das Handwerk des militärischen Geheimdienstes ausgezeichnet beherrscht und der vor allem — davon bin ich überzeugt — von dem ehrlichen Willen beseelt ist, seine Fähigkeiten für sein Land einzusetzen."

„Ich möchte nochmals mit ihm sprechen." McEwan blickte auf seine Uhr. „Vielleicht ist das jetzt noch möglich — haben wir jederzeit Zugang zu unseren Mandanten, wenn wir etwas mit ihnen besprechen müssen?"

„So ziemlich. Ich lasse Curtin benachrichtigen, daß Sie ihn besuchen wollen."

„Colonel Stuarts Anwesenheit ist nicht unbedingt erforderlich", fügte McEwan trocken hinzu.

Major Stein lachte auf. „Ich verstehe. Er ist und bleibt der getreue Recke Uncle Sams!"

Eine halbe Stunde später saß McEwan in einem klimageregelten Raum Curtin allein gegenüber. Er zog sein Notizbuch heraus, um sich während des Gesprächs Aufzeichnungen zu machen.

„Ich bin mir noch immer im unklaren darüber, wie weit die CIA an diesem Fall beteiligt ist", begann er. „Zum Beispiel, welcher Unterschied besteht zwischen OSA und CIA?"

„Diese Frage kann ich wohl beantworten, ohne wichtige Geheimnisse zu verraten", erwiderte Curtin mit ironischem Lächeln. „OSA bedeutet ‚Office of the Special Ambassador' (Amt des Sonderbotschafters). Der Stationschef der CIA in Saigon agiert von der US-Botschaft aus und wird offiziell als Sonderbotschafter bezeichnet. Alle CIA-Dienststellen in Vietnam laufen unter der Marke OSA."

„Ich staune immer wieder über die klingenden Titel und mysteriösen Abkürzungen, die sich Militär und Geheimdienst ausdenken", lachte McEwan.

„Vor drei oder vier Jahren nannte sich die CIA hier CSG: ‚Combined Studies Group' (Kombinierte Studiengruppe), und ich vermute, daß man eben eine neue Bezeichnung finden wird, wenn allgemein bekannt ist, was sich hinter der Chiffre OSA wirklich verbirgt."

„In den Untersuchungsprotokollen habe ich den Namen Jack Chalmey gelesen. Welche Funktion hat dieser Mann?"

„Chalmey ist OSA-Stationschef in Nha Trang. Er koordiniert die Ziele der CIA mit den Operationen der B-57. Ich glaube, auch diese Bezeichnung wird rasch geändert werden müssen, da sie ja drüben bereits in allen Zeitungen aufscheint."

„Nun möchte ich mehr über den Sonderbotschafter wissen, er ist doch der Kopf der gesamten CIA in Vietnam?"

„Stimmt. Mike Hackman. Mister Mike Hackman! — Der ärgste eiskalte Scharfmacher, den ich kenne."

„Bitte erzählen Sie mir so ausführlich als möglich von Ihrer Unterredung mit ihm."

„Zunächst ließ er mich vierzig Minuten warten. Ich habe ein recht gutes Gedächtnis, Mr. McEwan, und dieses Gespräch ist mir noch so gut in Erinnerung, als käme ich soeben davon zurück . . ."

„Um so besser. Fangen wir an!"

Mike Hackman war ein mittelgroßer, stämmiger Mann mit tiefgebräuntem, zerfurchtem Gesicht und kurzgeschnittenem, dichtem, eisengrauem Haar. Durchdringende blaue Augen blickten unter buschigen Brauen hervor. Er trug einen konventionellen dunkelblauen Anzug; die Klimaanlage in seinem Büro war auf volle Stärke geschaltet und schuf eine Temperatur, die zu Hackmans eigener frostiger Ausstrahlung paßte.

„Tut mir leid, daß Sie warten mußten, Major", sagte er in

einem Ton, aus dem Curtin deutlich heraushörte, daß der CIA-Stationschef in Wahrheit nur eines bedauerte: daß er den Offizier überhaupt empfangen mußte. Bis vor kurzem hatten die Special Forces mit der CIA immer unter den denkbar günstigsten Bedingungen zusammengearbeitet. Der Major konnte sich nicht erklären, wieso dieses gewohnte gute Einvernehmen plötzlich gestört war.

„Ich weiß, wie beschäftigt Sie sind, Sir, und ich komme nur, weil es sehr wichtig ist."

„Die B-57 ist nicht mehr dicht." Es war eine kalte, nüchterne Feststellung.

„Alles deutet darauf hin, Sir."

„Wenn die Aktionen der B-57 in vollem Ausmaß bekannt würden, wenn es auffliegt, daß ihr illegal Material sammelt, um Prinz Norodom Sihanuks Verbindungen zu Hanoi aufzudecken, wären die Beziehungen zwischen den USA und Kambodscha ernsthaft gefährdet — und das ausgerechnet jetzt, wo wir hier allmählich Fortschritte machen. Ihr wißt ganz genau, wir wollen unbedingt vermeiden, daß Sihanuk an unserer positiven Haltung ihm gegenüber und an unserem guten Willen zu zweifeln beginnt, bis . . . nun, genug."

„Darüber bin ich mir im klaren, Sir. Wir haben die Aufgabe, nur taktische Feindaufklärung für militärische Zwecke durchzuführen. Politische Geheimmissionen sind Ihre Sache. Das steht gar nicht zur Debatte. Nein, ich bin hier, um Sie zu fragen, was nun mit dem Doppelagenten geschehen soll, den wir gefaßt haben. Er hat zwei unserer vorgeschobenen Grenzstützpunkte verraten. Zwei Patrouillen wurden aufgerieben, eine dritte wird vermißt und ist wahrscheinlich ebenfalls in einen Hinterhalt geraten."

Hackman blickte in das Dossier auf seinem Schreibtisch. „Soviel ich weiß, ist dieser vermutliche Doppelagent namens Tran Van Troc nun im Gewahrsam der B-57 in Nha Trang und wird dort gründlich verhört."

„Stimmt, Sir. Von einem unserer A-Detachments in Tay Ninh erfuhren wir, daß er mit einer Agentin in Muc Hoa zusammenarbeitete, wo sich eine unserer wichtigsten Basen befand — bis sie verraten wurde. Alles deutet darauf hin, daß Troc eine Schlüsselfigur des nordvietnamesischen Geheimdienstes ist. Offen gesagt, es gibt bei diesem Falle Aspekte, an denen wir herumrätseln. Troc scheint nicht nur mit Hanoi, sondern auch mit südvietnamesischen Spitzenfunktionären in Verbindung zu stehen. Seine Frau hat enge Beziehungen zum Innenministerium. Aber eines wissen wir genau: zweifellos ist *er* der Feindagent, der unseren gesamten organisatorischen Apparat so schwer erschüttert hat, daß wir in unseren Planungen zurückgeworfen und gezwungen sind, in Tay Ninh, der jetzt wichtigsten Provinz des Landes, Nachrichtennetz und Operationsbasen von Grund auf neu aufzubauen."

„Was werden Sie also unternehmen?"

„Ich wollte Ihren Rat einholen, Sir. Wenn wir Troc unbehelligt aus dem Verband der B-57 entlassen, verschwindet er sofort zu den Nordvietnamesen und bringt ihnen lückenlose Informationen. Dann ist alles rettungslos verloren. Er weiß über die unilateralen Aktionen Bescheid, von denen wir unsere Verbündeten nicht verständigen. Deshalb können wir ihn nicht an die südvietnamesische Abwehr ausliefern. Wir haben nicht viele Möglichkeiten." Curtis schwieg, in der Hoffnung, Hackman würde nun mit Vorschlägen herausrücken. Aber der CIA-Mann starrte ihn nur mit steinernem Gesicht an.

„Er ist nicht nur der indirekte Meuchelmörder vieler unsrer GIs, auch einige Ihrer Ausfälle gehen auf sein Schuldkonto."

Dieses Argument prallte an Hackman ab. „Unsere Leute wissen, was ihnen bevorsteht, wenn sie verraten werden", antwortete er knapp.

Curtin fühlte wieder vor. „Ich habe gehofft, daß Sie uns helfen können, Troc auszuschalten. Man müßte ihn geheim außer Landes bringen und irgendwo internieren, auf Taiwan etwa, damit er uns ein Jahr lang nicht gefährlich werden kann."

„Das wäre für uns äußerst schwierig. Ich bin überzeugt, daß Ihr Grünen Teufel die richtige Lösung des Problems finden werdet."

„Nun zur Klarstellung, Sir: Weder ich selbst noch Major Becker, Captain Marone oder Captain Lovell haben die Sonderausbildung der Special Forces, obwohl auch wir das grüne Barett tragen. Wir sind einzig und allein Spezialkräfte für taktische Geheimmissionen und Abwehr."

„Ach, das ist doch dasselbe. Die B-57 gehört zu den Special Forces. Damals, in den Jahren 1964 und 1965, hieß die Aktion ‚Projekt Delta' und war zur Gänze Sache der Grünen Teufel. Besprechen Sie die Situation zunächst einmal mit Colonel Stuart, er ist ein alter Special-Forces-Kämpfer."

„Er hat mir geraten, Sie aufzusuchen, Sir."

„Ich sehe für Sie nicht viele Möglichkeiten, wie sie dieses Problem erledigen könnten." Hackman musterte Curtin über den Schreibtisch, dann stand er auf, ging zum vergitterten Fenster und blickte hinaus. „Major, ich bin überzeugt, daß Sie wissen, was zu tun ist. Wenn Sie weitere Weisungen oder Ratschläge brauchen, wenden Sie sich an Jack Chalmey, unseren Mann in Nha Trang. Stimmen Sie mit ihm die erforderlichen Schritte ab. Mittlerweile werde ich mir den Fall Troc genauer ansehen. Da scheint mehr drinnen zu sein als bisher an die Oberfläche kam." Mit eisigem Lächeln wandte er sich vom Fenster ab. „Major, ich bedaure, daß ich Ihnen nicht mehr helfen kann, aber wenn Sie mit der OSA-Station in Nha Trang zusammenarbeiten, wird die Angelegenheit unter geringsten Schwierigkeiten bald bereingt werden."

„Übrigens, geben Sie Jack Chalmey täglich eine vollständige Kopie der Verhörprotokolle", sagte Hackman noch, als Curtin sich erhob. „Wir sind an allen Aussagen Trocs interessiert. Wenn er vielleicht erklären sollte, daß er für die CIA arbeite — und die meisten Agenten behaupten das früher oder später —, dann wird Chalmey darüber informiert werden wollen."

„Jawohl, Sir." Mit festen Schritten ging Curtin zur Tür, öffnete sie und schloß sie hinter sich, ohne ein weiteres Wort zu verlieren.

„Major Lawrence Curtin, Long Binh, 23. Juni, 18 Uhr." Diesen Vermerk setzte McEwan an den Schluß seiner Mitschrift. Er stand auf, Curtin begleitete ihn bis zur äußeren Tür seines Quartiers. „Weiter darf ich nicht gehen, Sir." Er wies mit dem Kopf auf die beiden Militärpolizisten, die das Tor bewachten.

„Was verspricht sich dieser Scharfmacher Flint davon, wenn er Sie alle einsperrt?" fuhr der Anwalt zornig auf.

„Vorsicht, Sir!“ sagte Curtin rasch. „Sie hätten sehen sollen, wo wir bis heute morgen eingelocht waren.“

„Ich werde die Umstände eurer Internierung vor Gericht zur Sprache bringen.“ Mc Ewan überlegte. „Nebenbei, wenigstens etwas hat mein undiplomatischer Vorgänger und Kollege Mr. Sloyd erreicht: er hat die Aufmerksamkeit der gesamten USA auf die empörenden Behandlungsmethoden gelenkt, denen ihr unterworfen gewesen seid. Einzelhaft in winzigen heißen Zellen, gar nicht zu reden von anderen Schikanen! Ich glaube, es war eher Sloyds sensationellen Enthüllungen als meiner Ankunft zu verdanken, daß man sich dazu entschloß, euch besser unterzubringen.“

Er schüttelte Curtin die Hand und verließ den Bau. Die Militärpolizisten standen stramm, als er zwischen ihnen durchging. Draußen wartete schon Captain Brace in einem Jeep. Auf dem Rücksitz saßen zwei sonderbare Gestalten. Brace mußte lachen, als der Anwalt verblüfft stehenblieb.

„Das sind meine Nung-Leibwächter. Nach Einbruch der Dunkelheit begleiten sie mich überallhin. Ich nenne die beiden der Einfachheit halber Ying und Yang.“

Die Nungs, Söldner chinesischer Abstammung, grinsten McEwan mit ihren Goldzähnen entgegen, als er zum Wagen trat. Sie trugen weiche Dschungelhüte aus Baumwollgewebe, deren Krempen ihre Augen fast verdeckten, und Tigeruniformen. Maschinenpistolen waren ihre Bewaffnung.

„Steigen Sie ein, McEwan. Ich bringe Sie nach Saigon zurück. — Haben Sie verwertbares Material gesammelt?“ fragte Brace, während er startete.

„Ich glaube, langsam aber sicher gewinnen wir Überblick über den Fall und seine Hintergründe.“

Schweigend fuhren sie dahin, während die Dämmerung sich zur Dunkelheit verdichtete. Eine dreiviertel Stunde später stoppte Brace den Jeep vor dem Caravelle-Hotel. „Schlafen Sie sich aus. Wenn Sie hungrig sind, hier ißt man recht gut, Sie können aber auch in den Offiziersklub im Rex-Hotel gehen, gleich gegenüber.“ Er zog einen Block mit Gutscheinen aus der Tasche. „Dafür kriegen Sie im ‚Rex‘ alles, was Ihr Herz begehrt.“

„Danke, Brace. Holen Sie mich morgen ab?“

„Zuverlässig und pünktlich. Ich rufe Sie von der Halle aus an."

McEwan ging zur Rezeption um seinen Schlüssel und bekam auch einen Stapel Post ausgehändigt, lauter Briefe von Journalisten, die um ein Interview baten. Die Korrespondenten schienen untereinander verabredet zu haben, von sich aus eine Pressekonferenz zu improvisieren, denn jedes der Schreiben schloß mit der Einladung, McEwan möge nach seiner Rückkehr aus Long Binh in die Caravellebar im Dachgeschoß kommen. Zunächst duschte er in seinem Zimmer, dann zog er sich um und sah auf die Uhr.

21 Uhr Saigoner Zeit. McEwan erinnerte sich gar nicht mehr, wann er das letzte Mal in einem richtigen Bett geschlafen hatte, doch er war noch nicht müde. Er konnte ebensogut in die Bar gehen und sich den Journalisten stellen, die dort warteten. Sie würden ihm nicht von den Fersen weichen, bis er sich konkret zum Thema geäußert hatte.

Kaum betrat er die Bar, umringten ihn schon einige Reporter und bombardierten ihn mit Fragen. McEwan bestellte einen Drink, setzte sich auf einen Stuhl, um den sich die Presseleute gruppierten, und begann sehr überlegt die einzelnen Fragen zu beantworten.

Nein, er glaube nicht, daß die Armee seine Mandanten vors Kriegsgericht bringen könne. Ja, er sei überzeugt, die Armee werde die Beschuldigungen fallenlassen. Die CIA? Bis jetzt habe er noch nicht ermitteln können, ob und wie weit die CIA in den Fall verwickelt sei. Wurde ein Mord begangen? Er sehe keinerlei Beweise dafür. Glaube er, daß es sich um einen Racheakt General Flints an den Grünen Teufeln handle? Nun, er wolle doch nicht hoffen, daß der Oberkommandierende in Vietnam Zeit und Energie an etwas so Verächtliches wie persönliche Racheakte verschwende. Was er von der baldigen Ankunft des „Tauben"-Senators Theodore Morrissey halte? Er bezweifle, daß sich diese Reise eines prominenten Politikers auf den Verlauf der Untersuchungen auswirken würde. Nein, aller Voraussicht nach werde Morrissey nicht zu intervenieren versuchen. Ob er die Affäre als Parallele zum historischen Fall Dreyfus sehe? Insofern, als diesen Offizieren schweres Unrecht zugefügt worden sei. Erst die völlige offizielle Rehabilitierung werde sie von dem schweren Makel befreien, der ihnen nun ohne ihr Verschulden anhafte. Die Handlungsweise der verantwortlichen militärischen Stellen biete das klassische Beispiel eines Vorurteils im buchstäblichen Sinn.

McEwan war darauf bedacht, keine Erklärungen abzugeben, aus denen man sensationelle Schlagzeilen machen könnte. Sei er der Meinung, daß sich der Präsident einschalten und die Einstellung der Untersuchung veranlassen solle? Die Einvernahmen gemäß Artikel 32 würden mindestens noch drei Tage dauern, betonte er. Vor ihrem Abschluß könne niemand die Sachlage richtig beurteilen.

Eine weitere halbe Stunde stand er der Presse Rede und Antwort, sagte er mit sorgfältig abgewogenen Formulierungen nicht mehr, als unbedingt nötig war. Er lächelte nur, wenn man ihn immer wieder fragte, ob er mit Sloyd übereinstimme, der sich sehr energisch gegen die Armee, die CIA, General Flint und den Botschafter gewandt hatte. McEwan beschränkte sich auf die Feststellung, er wünsche, daß alle die erwähnten Personen und Gruppen, gleich ihm, niemanden verurteilen würden, bevor der Fall restlos aufgeklärt und ein Verbrechen bewiesen sei. Wenn allerdings einzelne Personen oder ganze Organisationen — aus welchen Rücksichten immer — Fakten bewußt verschwiegen und Beweismaterial zurückhielten, dann wäre Grund zu massiver Kritik gegeben, und er selbst wäre der erste, der sie der Verabredung zur Irreführung der Justiz bezichtigte. Aber er wiederhole nachdrücklich, daß die Einvernahmen noch nicht abgeschlossen seien. Damit verabschiedete er sich von der Presse und ging auf sein Zimmer. Nun war er wirklich schläfrig.

15. KAPITEL

Frisch und ausgeschlafen saß McEwan in seinem Hotelzimmer. Vor ihm lagen einige gelbe Bogen Schreibpapier, zusammengeheftet nach der für die US-Armee gültigen Norm, mit der Überschrift „Nha Trang, 10. Mai, Polygraphentest mit Tran Van Troc und darauffolgende Ermittlungen." Aufmerksam begann er zu lesen:

„Seit wann kennen Sie Co Quan?" fragte Warrant Officer Bray.

„Ich kenne diese Co Quan überhaupt nicht." Gleichzeitig schlug der Zeiger stark nach oben und unten aus.

„Arbeitet Ihre Frau mit Ihnen zusammen?"

„Nein." Diesmal blieb der Zeiger konstant.

„Arbeitet Ihre Schwägerin mit Ihnen zusammen?"

„Sie ist für die südvietnamesische Regierung tätig." Aus den Impulsen sah man, daß Troc zwar nicht log, aber die Frage war ihm unangenehm.

„Haben Sie Ihre Frau brieflich gewarnt?"

„Nein." Ein deutlicher Ausschlag. Trocs Kopf schwankte, die Lider lagen schwer über den geröteten Augäpfeln.

„Wer sind Ihre Freunde bei der Nordvietnamesischen Volksarmee?“ Keine Schrecksekunde bei der Erwähnung des Feindes.

„Niemand weiß, ob ein anderer zur Volksarmee gehört oder nicht.“ Noch immer kein Ausschlag.

„Wer sind Ihre Verbindungsleute beim Vietkong?“ Kein Ausschlag und sinngemäß die gleiche Antwort Trocs.

„Die PRU hat Co Quan verhaftet.“ Sofort zuckte der Zeiger heftig auf und ab. „Sie wissen, wie die PRU mit Vietkongverdächtigen umgeht. Wollen Sie das Mädchen retten?“

„Ich kenne Co Quan nicht.“ Starke Ausschläge.

„Haben Sie auch mit PRODS zu tun?“ Wieder zeigte das Gerät prompte gefühlsmäßige Reaktion an.

„Ich arbeite nur für die B-57.“ Kein Ausschlag.

Major Curtin, der hinter Warrant Officer Bray stand, beobachtete den Verlauf der Wellenlinie auf dem Papierstreifen. Steile Spitzen, ähnlich wie auf einem Elektrokardiogramm, bedeuteten unwahre Angaben. Es klopfte an der Tür. Curtin nickte einem Sergeant zu, der daraufhin öffnete. Captain Marone trat ein. Als er den an einen Stuhl geschnallten Troc mit den Elektroden an den Armen sah, verzerrte sich sein Gesicht.

„Die Recondo-Gruppe hat sich soeben zurückgemeldet. Sie haben die Leichen der letzten Patrouille gefunden, die durch Troc in eine Falle gelockt wurde.“ Seine Blicke durchbohrten den Vietnamesen. „Curtin, für diesen Verräter gibt es nur eines!“

Troc wandte Marone schwach den Kopf zu. „Ich bin kein Verräter.“

„Du hast uns an den Feind verkauft, du Schwein! Du bist schuld, daß viele gute Soldaten elendiglich verreckt sind!“

„Was liegt an einigen amerikanischen und vietnamesischen Patrouillen, wenn wir den Krieg beenden können und Südvietnam eine freie, unabhängige Republik bleibt?“

„Was liegt an deinem eigenen Leben?“ brüllte der jähzornige Marone.

„Wenn ihr mich tötet, werden es alle Grünen Teufel zu bereuen haben. Es gibt keinen besseren Agenten als mich.“

Marone ging drohend auf Troc zu, aber Curtin hielt ihn zurück. „Hol den Arzt. Er hat seit etwa achtundvierzig Stunden nicht geschlafen. Das Pentathol wird nun voll zu wirken beginnen.“

Einige Stunden später berichteten Major Curtin und Major Becker ihrem Colonel über die niederschmetternden Ergebnisse des Verhörs. „Unter Pentatholeinwirkung kam alles heraus. Er gestand, daß er 1964 von den Nordvietnamesen ausgebildet wurde. Und daß er unsere vorgeschobenen Stützpunkte an der Grenze und die Recondo-Patrouillen verraten hat. Außerdem weiß er sehr viel über unsere Formationen kambodschanischer Irregulärer. Bei allen Schlüsselfragen verzeichnete der Polygraph starke Reaktionen, aber die Worte ‚Nordvietnamesische Volksarmee' und ‚Vietkong', auf die jeder Viet unter solchen Umständen schon aus Angst vor Verdächtigungen ansprechen würde, lösten keinerlei psychische Regung aus. Nach Brays Meinung ist Troc ein gründlich geschulter, kaltblütiger Agent."

„Was ist mit seiner Schwägerin?" fragte Stuart. „Das scheint mir in diesem Zusammenhang sehr wichtig."

„Als mir Sergeant Dennis meldete, daß sie für PRODS arbeitet, versuchte ich sofort Mr. Hackman zu erreichen. Sechs Stunden hing ich an der Strippe. Ohne Erfolg. Ich persönlich glaube, Hackman will einfach nichts wissen, um nicht in die Klemme zu geraten. Was auch geschieht, er behält seine saubere Weste, wenn er sich uns gegenüber ausschweigt."

„Unsere großen Brüder!" Becker rümpfte verächtlich die Nase. „Geheimeinsätze finanzieren sie, aber ganz diskret; sie stecken uns das Geld für die Söldnerverbände, das Unternehmen ‚Parasol' und die Aktion ‚Blaubart' verstohlen zu, und wenn dann etwas schiefgeht, stehen die Special Forces allein als Sündenböcke da!"

„So ist es eben, Becker", antwortete Stuart. „Wir tun unsere Pflicht. Sollen sich unsere Freunde in Zivil nur heraushalten, ihre Sache. Wahrscheinlich ärgern sie sich über Flints Erklärung, 75 Prozent aller verwertbaren Informationen über die militärische Lage in den kambodschanischen Grenzgebieten liefere die B-57. Aber die OSA ist eine Geheimdienstorganisation, die mit uns am selben Strang zieht, das wollen wir nicht vergessen." Gleichmütig lächelnd blickte er die beiden Offiziere an. „Ich glaube, wir haben uns oft genug bemüht, den sogenannten Sonderbotschafter auf Trocs Schwägerin aufmerksam zu machen. Erledigt. Vielleicht befürchtet er, in ein ganzes Wespennest politischer Ausweitungen zu stechen, und deshalb will er, daß Troc freigelassen wird. Wir aber wissen, daß dieser Kerl ein gefährlicher Doppelagent ist. Darüber ist sich Hackman vermutlich nicht im klaren. — Er lehnte es ab, ihn außer Landes zu schaffen?"

„Ja, er verwies mich an Chalmey, den hiesigen OSA-Stationschef", sagte Curtin.

„Dann sucht ihn auf, ihr beide, vielleicht ist er zugänglicher." Stuart überlegte. „Was macht Sergeant Dennis?" fragte er schließlich.

„Während der letzten Monate habe ich ihn mehr oder weniger aufs Eis gelegt. Mit wichtigen Aktionen hatte er kaum zu tun", erwiderte Becker.

„Offen gesagt, mir sind seine privaten Kontakte zu Troc nicht geheuer", fügte Curtin hinzu. „Ich zweifle nicht an Dennis' Integrität, aber da gibt es diese oft zitierte Schwägerin, eine etwas undurchsichtige schöne junge Asiatin. Immerhin ist Dennis nicht nur Soldat, sondern auch Mann. Die alte Geschichte von Carmen und Don José. Bis jetzt war uns Dennis nützlich, aber ich glaube, nun ist er reif für eine Versetzung."

Stuart nickte. „Und was fangen wir mit Troc an?"

„Das ist das große Problem, Sir. Seit zwei Tagen steckt er im Polygraphenraum. Es war nirgends Platz für ihn."

„Er vertraut Dennis, sagen Sie?"

„Bestimmt mehr als jedem anderen."

„Dann holen Sie den Sergeant zurück, er soll sich bereithalten. Wir werden ihn wahrscheinlich brauchen."

Am Morgen des dritten Tages von Trocs Internierung bei der B-57 fuhren Major Curtin und Major Becker zu der OSA-Station, einer großen weißen Villa mit Ausblick über die Bucht von Nha Trang und das tiefblau in der Ferne schimmernde Südchinesische Meer.

Jack Chalmey mochte Ende dreißig sein, ein etwas professoral wirkender Mann mit horngefaßten dicken Brillen. In der Villa war es angenehm kühl, deshalb konnte er zu seinen engen hellen Khakihosen ein leichtes Tropensakko tragen. Der schmale, gestreifte Binder nach Art der britischen Regimentskrawatten und das hellblaue Hemd mit angeknöpften Kragenspitzen rundeten das Bild seiner Erscheinung. Man hätte ihm ohne weiteres einen Universitätsdozenten für Literatur oder Musikgeschichte geglaubt.

Freundlich wies er auf eine bequeme Sitzgarnitur. Major Curtin, der Sohn vermögender Eltern, fühlte sich in dem großen, ungewöhnlich geschmackvoll, ja fast luxuriös eingerichteten Raum sofort zu Hause. Er war es auch, der das Gespräch in Gang brachte. Wie sich herausstellte, war Chalmey nicht einmal von Saigon aus verständigt worden, daß ihn zwei Special-Forces-Offiziere in einer sehr heiklen Angelegenheit sprechen wollten.

Sie gaben ihm ein ausführliches Resümee des Falles Tran Van Troc, wobei sie sich allerdings auf die Fakten im Zusammenhang mit den Plänen und Operationen der B-57 konzentrierten, Trocs Frau und Schwägerin aber nicht erwähnten.

„Mit einem Wort, Mr. Chalmey", schloß Becker den Bericht, „wir sehen nur eine einzige Lösung: Trocs Beseitigung. Natürlich haben wir uns überlegt, auf welche Weise."

Chalmey dachte kurz nach, dann fragte er: „Was halten Sie davon, ihn an die PRU auszuliefern? Dort würde man ihn — gebrauchen wir doch den mehrdeutigen Ausdruck — sehr rasch und wirksam ‚unschädlich' machen, und das Ganze wäre dann ausschließlich eine Affäre der Viets."

„Unmöglich. Und zwar aus demselben Grund, warum wir ihn nicht an die MSS, den südvietnamesischen Geheimdienst, überstellen können. Mr. Chalmey, Sie haben Kenntnis von unseren unilateralen Vorstößen nach Kambodscha. Die Viets wissen, daß wir solche Aktionen durchführen, das ist aber auch schon alles. Hätten sie genauere Informationen, dann würden sie wahrscheinlich auf politischer Ebene mit schwerem Geschütz auffahren oder zumindest energisch fordern, daß sich das südvietnamesische Kommando an den Planungen beteiligt. Aber dann können wir ebensogut gleich in Hanoi verlautbaren, was wir unternehmen werden."

„Ich verstehe", sagte Chalmey nachdenklich. „Und ich muß Ihnen rechtgeben. Es wäre am besten, Troc radikal auszuschalten."

„Wir möchten von Ihnen Richtlinien, wie man das Problem angehen soll." Vorsichtig peilte Curtin den wichtigsten Punkt der Unterredung an. „Eigentlich wäre es uns am liebsten, wenn die CIA den Fall übernähme. Wir selbst haben weder die Möglichkeiten noch die Einrichtungen für eine Internierung und intensivere Verhöre."

Mit entsetztem Gesicht stand Chalmey rasch auf. „Ich wüßte nicht, wie wir eingreifen sollten. Und was Richtlinien betrifft, so werde ich den Stationschef in Saigon benachrichtigen."

„Mr. Hackman?" fragte Curtin.

„Jawohl. Ich werde die Situation kurz schildern und die zwingenden Gründe hervorheben, die gegen Trocs weitere Verwendung als Agent der B-57 sprechen. Ich schicke sofort einen streng vertraulichen Bericht direkt an Mr. Hackman. Auf diese Weise erfährt kein Viet davon. ‚Streng vertraulich' gekennzeichnete Meldungen erfordern Antworten innerhalb von zwölf Stunden.

„Danke, Sir", sagte Becker. „Ich hoffe, daß er sich definitiv äußern wird. Die Lage wird von Stunde zu Stunde prekrärer."

„Ach, ich glaube nicht, daß es Verzögerungen oder Unklarheiten geben wird." Eine wegwerfende Geste Chalmeys. „Hackman ist ein stahlharter Bursche. Während seines Einsatzes in Laos war er persönlich der Anstifter von mindestens zweihundertfünfzig politischen Morden. Einer mehr oder weniger spielt für ihn bestimmt keine Rolle."

„Danke, Sir. Wir rufen Sie in zwölf Stunden an, ob Sie mittlerweile Bescheid erhalten haben."

„Es kann sein, daß die Antwort nicht auf die Minute genau in zwölf Stunden vorliegt. Kommen Sie lieber morgen um die gleiche Zeit wieder."

„O. K., Mr. Chalmey." Die beiden Offiziere verließen die schöne weiße Villa mit dem Ausblick über die Bucht von Nha Trang und das in der Ferne tiefblau schimmernde Südchinesische Meer.

In der Abwehr-Sektion der B-57 erfuhr Curtin, daß Dennis wieder zurück sei. Er fand den Sergeant an dessen Schreibtisch beim Lesen von Memoranden, die sich während seiner Abwesenheit angesammelt hatten. Die Captains Lovell und Marone saßen scheinbar untätig und wartend herum. Als der Major eintrat, blickte Dennis auf. „Wie geht es Troc, Sir? Ich habe eine Idee, was man mit ihm tun könnte."

„Wir auch", knurrte Marone verbissen.

„Man müßte ihn nicht erledigen. Ich weiß, wie man ihn behandeln muß. Wir könnten ihn neuerlich gegen die Nordvietnamesen einsetzen, nachdem ich ihn einer gewaltlosen, aber wirksamen Gehirnwäsche unterzogen habe." Er wartete auf die Reaktion der Offiziere, aber sie starrten ihn nur schweigend mit undurchdringlichen Mienen an. Es schien fast, als gäben sie ihm die Schuld an den schweren Rückschlägen der B-57. „Sir, ich bin schon lange bei diesem Verein", sprach er rasch weiter, „ich habe nicht vergessen, wie ich durchleuchtet und in die Zange genommen wurde, als nach dem Ende des Koreakrieges die damaligen ‚Tauben' Nachforschungen anstrengten und dabei Einsätze meiner Gruppe ermittelten, die unter den Begriff ‚Kriegsverbrechen' fallen mögen. Denken Sie daran, bei Mord gibt es keine Verjährung."

Beklemmende Stille. Dann ging Becker zur Tür. Einen Augenblick zögerte er, dann wandte er sich um. Versonnen sprach er vor sich hin:

. . . Doch solchen Taten,
Folgt hier die Strafe. Andern geben wir nur
Die blutige Lehre, die sogleich sich kehrt
Zur Qual auf des Erfinders eignes Haupt.
Die gleichausteilende Gerechtigkeit
Setzt uns den eignen Giftkelch an den Mund.

Becker blickte Dennis lange an. „Shakespeare, Sergeant, ‚Macbeth'." Dann schloß er hinter sich die Tür.

Vierundzwanzig Stunden nach dem ersten Gespräch mit Jack Chalmey kamen Curtin und Becker wieder in die OSA-Villa. Der Stationschef empfing sie mit ernstem Gesicht. „Zu meinem Bedauern muß ich Ihnen mitteilen, daß ich noch nichts aus Saigon erfahren habe. Ich habe versucht anzurufen, aber unsere Telephonverbindungen sind unterbrochen."

„Ich höre zum erstenmal, daß die CIA durch so einen alltäglichen technischen Schaden in ihrer Tätigkeit behindert wird", konterte Becker. „Mr. Chalmey, ich wiederhole: übernehmen Sie doch ohne weitere Umstände den Fall. Sie sind für solche Aufgaben besser ausgerüstet als wir."

„Ich möchte Ihnen gerne helfen. Wir sind bemüht, bei Einsätzen immer so eng als möglich mit den Special Forces zusammenzuarbeiten. Aber, wie Sie sicher verstehen werden, kann ich nicht ohne definitive Weisungen aus Saigon handeln. Und wie ich Ihnen schon sagte . . ."

„Ja, ja, wir wissen." Der CIA-Mann hörte den deutlichen ironischen Unterton in Curtins Stimme. „Ein kurzfristiger Ausfall der Kommunikation. Also schön, ich habe einen anderen Vorschlag: Fordern Sie eine Air-America-Maschine an, um Troc aus Vietnam auszufliegen. Sie finden sicher einen Ort, wo Sie ihn für ein Jahr kaltstellen können. Bis dahin wird alles, was er weiß, längst überholt sein. Und dann schicken wir ihn nach Hause."

„Nur der Stationschef für Vietnam kann eine solche Entscheidung treffen. Aber wir erreichen ihn nicht."

„Sie lassen uns keine Wahl", sagte Becker.

„Wir können einen Gewaltakt nicht sanktionieren, aber wahrscheinlich bleibt kein anderer Ausweg offen." Chalmey sprach mit sanfter Gelehrtenstimme und zuckte hilflos lächelnd die Achseln.

„Selbstverständlich haben wir für alle Möglichkeiten vorgesorgt", sagte Becker sehr energisch, als wolle er den CIA-Mann auch gegen dessen Willen zum Mitwisser des Komplotts machen.

„Bitte!" Chalmey hob die Hand. „Was Sie tun, ist Ihre eigene Sache. Alle Beamten der Agency müssen sich nach jeder Auslandsverpflichtung dem Polygraphentest unterziehen. Ich möchte nicht, daß der Zeiger bei einer bestimmten wichtigen Frage ausschlägt. Sie verstehen . . ."

„Mr. Chalmey, wollen Sie nicht nochmals versuchen, Mr. Hackman telephonisch oder per Fernschreiber zu erreichen?" fragte Becker fast flehend. „Troc kriecht schon die Wände hoch. Wir können nicht länger zuwarten."

„Ich probiere es. Warten Sie hier, ich gehe mittlerweile in die Funkzentrale. Ich begreife gar nicht, was mit den Leitungen los ist."

Becker und Curtin schritten unruhig im Zimmer auf und ab.

„Du weißt doch auch schon die Antwort, oder?" sagte Curtin grimmig.

„Klar", erwiderte Becker. „Die Kommunikation wird solange nicht funktionieren, bis wir Troc erledigt haben. Die Brüder wollen sich fein heraushalten. Wenn sie dagegen wären, daß wir es tun, hätten sie sich bis jetzt schon gemeldet."

„Ja", murmelte Curtin nachdenklich. „Das heißt also, *wir* sollen handeln."

„Schau dir die weißen Schaumkronen da draußen vor der Insel an", rief Becker. „Bei diesem Seegang wird es nicht leicht sein."

„Vielleicht sollten wir die Aktion verschieben, bis das Meer wieder glatt ist."

„Ich bedaure, meine Herren." Die Offiziere fuhren herum. Keiner von ihnen hatte Chalmey eintreten gehört. „Die Verbindung ist noch immer ausgefallen." Er betonte jedes Wort.

„Ich glaube, wir haben verstanden, Mr. Chalmey", erwiderte Curtin resignierend.

„Das begreife ich einfach nicht. Eine ‚streng vertrauliche' Meldung und noch immer keine Antwort! Ganz ungewöhnlich", ereiferte sich der CIA-Mann. Er schimpfte noch über die technischen Gebrechen, als Curtin und Becker die Villa bereits verlassen hatten, die schöne weiße Villa mit dem Ausblick auf die Bucht von Nha Trang und das tiefblau in der Ferne schimmernde Südchinesische Meer.

Auf Major Beckers Befehl fuhr Sergeant Dennis in einem Jeep zu jenem schwerbewachten Komplex, wo sich die SCUBA befand, eine technische Sondereinheit der Versorgungstruppe unter dem Kommando eines Chief Warrant Officer namens Miliken.

„Was wollen Sie, Sergeant?" fragte er.

„Major Becker braucht für heute abend und vielleicht auch für morgen ein Boot mit Außenbordmotor."

„Meine Boote sind nicht für Rundfahrten da, sondern für Einsätze."

„Es handelt sich um einen Einsatz, Mr. Miliken." Nach der traditionellen Gepflogenheit der US-Armee sprach Dennis den Warrant Officer nicht mit seinem Dienstgrad, sondern mit seinem Namen an. „Sie wissen doch, daß wir einen Kundschafter auf der von den Vietkongs besetzten Insel in der Bucht von Nha Trang haben. Was glauben Sie, wie wir mit ihm in Verbindung bleiben? Heute oder morgen abend wird er ein Stück weit ins Meer schwimmen. Wir kommen ihm entgegen und fischen ihn auf. — Genügt das für die Anforderung?"

„Ich habe einen Kahn mit einem 40-PS-Johnson-Außenbordmotor", erwiderte Miliken mürrisch. „Wollt ihr den?"

„In Ordnung. Halten Sie ihn für heute abend 20 Uhr an der Bootslandestelle von Bien Tien bereit."

Am nächsten Tag kam Major Becker in die Abwehr-Sektion der B-57, um mit Major Curtin zu sprechen. Dennis blickte auf. „Hat es gestern geklappt, Sir?"

Becker schüttelte den Kopf. „Ich glaube, wir werden heute wieder versuchen, mit unserem Mann auf der Insel Verbindung aufzunehmen." Curtin stand in der Tür seines Büros. „Dennis, kommen Sie mit Major Becker herein", sagte er. „Wir brauchen Sie. Ihr Freund Tran Van Troc dreht durch."

Der Sergeant betrat den Polygraphenraum. Er trug eine kleine Attachémappe. Bei dem Anblick, der sich ihm bot, mußte er sich sehr beherrschen, um eine vertrauenerweckende Miene zu zeigen. Troc hieb mit den Handballen an die Wände, als wolle er sich durch Karate einen Weg ins Freie bahnen.

Als die Schiebetür geöffnet wurde, fuhr er herum und starrte Dennis entgegen. Sofort schloß sich wieder die Tür. Vietnamesische Flüche gellten aus Trocs Mund, mit stierem Blick stürzte er sich auf den Sergeanten. Dennis wich aus, Troc prallte an die schwere Metallplatte und glitt zu Boden. Keuchend lag er da, wie ein gehetztes Tier zu dem Amerikaner emporglotzend.

„Troc, nehmen Sie sich zusammen", sagte Dennis ruhig. „Ich versuche Ihnen zu helfen."

„Ihr wollt mich umbringen!" kreischte der kleine Agent. Er rappelte sich mühsam auf, um Dennis wieder anzuspringen. Diesmal blieb der Sergeant stehen, und als Troc angriff, traf ihn ein Kinnhaken, der ihn zurückwarf. Halbbetäubt lag er auf dem Boden, ein dünner Blutfaden rann aus dem Mundwinkel. Dennis trat heran und half ihm auf die Beine.

Trocs Lider flatterten, er kam wieder zu sich, alle Wildheit war aus seinem Blick geschwunden, er gab auf, geduckt stand er vor Dennis. „Wo waren Sie, Peter? Ich habe Sie gebraucht."

„Ich war in Saigon, denn ich habe geglaubt, Sie wären schon im Einsatz."

Troc verneinte schwach, wankte zu dem leeren Tisch, setzte sich, verschränkte die Arme auf der Platte und legte den Kopf darauf. „Sie wissen, was mit mir geschehen wird", sagte er tonlos.

„Nein, ich weiß gar nichts, ich bin ja nur ein Sergeant. Aber vielleicht finde ich einen neuen Auftrag für Sie. Keine gefährliche Mission. Mai Lei sagte mir, daß Sie sehr wichtig sind."

Sofort hob der Vietnamese den Kopf und blickte Dennis forschend in die Augen. „Wann haben Sie Mai Lei gesehen? Was hat sie Ihnen erzählt?"

„Vor zwei Tagen war ich abends in Ihrem Haus. Ihrer Frau geht es gut, auch den beiden Jungen."

„Was hat Ihnen Mai Lei gesagt?" Troc saß nun kerzengerade.

„Mai Lei will Sie retten, deshalb hat sie mir alles erzählt." Dennis schwieg, um diese Eröffnung in ihrer ganzen Bedeutungsschwere wirken zu lassen. Troc wartete in wachsender Erregung. „Warum mußten so viele unserer Leute geopfert werden?" fragte der Sergeant eindringlich. „Drei meiner guten Freunde wurden grausam zu Tode gefoltert."

„Eines Tages werden Sie es verstehen, Peter. Ich bin kein Verräter an Amerika oder Südvietnam. Ich gehöre zu einer Gruppe, die andere Wege einschlägt, um das Ziel zu erreichen, das alle anstreben: das Ende des Krieges."

„Aber Sie haben Ihre Auftraggeber verraten, von denen Sie Geld erhielten, die B-57."

„Die B-57 ist nur ein kleiner Teil dieser großen Welt."

„Major Curtin denkt anders darüber. Er war dabei, als Sie ein Geständnis ablegten."

Troc nickte niedergeschlagen. „Ja. Trotz meiner harten Ausbildung habe ich unter Einwirkung der ‚Nadel' gesprochen. Wissen Sie, was ich ausgesagt habe?"

Dennis schüttelte den Kopf. „Hören Sie zu, Troc. Vielleicht kann ich Sie herausholen. Machen Sie mit?"

„Was soll ich tun?"

Der Sergeant öffnete die Mappe und entnahm ihr einige Bogen weißes Schreibmaschinenpapier. „Ich möchte, daß Sie auf jedes dieser Blätter Ihre Unterschrift samt Daumenabdruck setzen.“ Er legte eine Feder und ein Stempelkissen auf den Tisch. „Dann werde ich neue Befehle für Sie ausfertigen und mit Major Beckers Namen abstempeln.“

Troc blickte ihn prüfend an. „Peter, Sie werden mich doch nicht betrügen?! Ich kenne Sie und Ihre Arbeit. Sie wollen, daß ich blanko unterschreibe? Ihnen verdanke ich, daß ich meiner Frau Nachricht geben konnte. Die Mutter meiner beiden Söhne ist gütig, treu und tapfer. Aber ich war kein guter Gatte. Ich möchte erklären, wie alles gekommen ist. Auch für Mai Lei. Wenn Sie wieder einen Brief nach Saigon bringen, dann unterschreibe ich.“

„Den müßte ich aber zuerst der Abwehr vorlegen, Troc. Ich kann nicht Vietnamesisch lesen.“

„Nein, den Brief dürfen Sie keinem Viet zeigen.“ Er grinste verschlagen. „Denken Sie daran: Man weiß nie genau, auf welcher Seite ein Viet wirklich steht.“

„Ich kann es nicht versprechen, Troc. Die wenigen Amerikaner, die Ihre Muttersprache so weit beherrschen, daß sie mühelos Texte lesen können, würden hinter jedem Wort in Ihrem Brief einen geheimen Doppelsinn vermuten.“

Troc nickte. „O. K. Holen Sie ein Tonbandgerät. Damit Sie mich verstehen, werde ich Englisch sprechen. Mai Lei wird dann den Text für meine Frau übersetzen. O. K.?“

Ängstlich beobachtete er den Sergeant. Dennis überlegte, ob er diesen Wunsch erfüllen könnte. „Peter, wenn Sie hören, was ich sage, werden Sie sehr überrascht sein. Vielleicht wissen Sie ebensogut wie ich Bescheid. Vielleicht schickt mich Ihr Colonel wirklich auf eine Mission, aber ich rechne nicht damit. Ich glaube, er wird mich beseitigen lassen.“

„Wir töten nicht wahllos Menschen“, erwiderte Dennis.

„Lassen Sie mich aufs Band sprechen und bringen Sie es persönlich Mai Lei oder meiner Frau. Dann unterschreibe ich auf diesen Blättern.“

„Und woher wissen Sie, daß ich das Band jenen Personen geben werde, für die es bestimmt ist?“

„Ich vertraue Ihnen, Peter.“

„Ich habe Ihnen auch vertraut, und was geschah?"

„Hören Sie zu, wenn ich auf Band spreche, werden Sie alles verstehen. Ich glaube, daß ich dennoch sterben muß. Aber ich möchte meiner Frau Nachricht geben." Der schmächtige kleine Vietnamese blickte den Sergeant flehend an.

Dennis überlegte. Er hatte den Befehl, drei leere Blätter unterschrieben und mit Daumenabdrücken versehen ins Kommando zu bringen. Auf Englisch konnte der Häftling kaum verschlüsselte Mitteilungen machen. „O. K., Troc, zufällig habe ich ein Gerät bei mir." Er holte einen Batterierecorder samt angeschlossenem Mikrophon aus der Mappe und stellte beides vor den Vietnamesen auf den Tisch. „Das Band werde ich persönlich Mai Lei übergeben."

„Meine Schwägerin ist für eure und unsere Regierung sehr wichtig. Das wissen Sie wohl noch nicht."

„Bevor wir beginnen, Troc: Sie können sagen, was Sie wollen, Ich werde das Band niemandem vorspielen — außer mir ist etwas im Text unklar."

Troc lächelte traurig. „Ich habe keinen Grund mehr, der B-57 gefährlich zu sein. Das ist nur geschehen, weil ich mir eine bessere Basis für die Verhandlungen mit den Nordvietnamesen schaffen wollte. Ich habe alles nur getan, um ein baldiges Kriegsende zu erreichen. Aber nun wird noch lange gekämpft werden."

„Keine Koalitionsregierung kann die Freiheit Südvietnams gewährleisten! Das ist der trügerische Opiumtraum von Menschen, die den Kommunismus nicht kennen. Die Vietkongs würden nicht eher ruhen, bis sie die demokratisch denkenden anderen politischen Parteien an die Wand gedrängt und die Macht an sich gerissen haben. Es gibt genug Musterbeispiele für diese Taktik."

„Uns bleibt nur ein einziger Weg offen. Einer eurer führenden Senatoren in Washington unterstützt uns bei unseren Bestrebungen. Sagen Sie den Grünen Teufeln, es wäre ein schwerer Fehler, mich zu töten."

„Ich werde es weitergeben, Troc."

„Noch eines: Ich habe erfahren, daß Co Quan in der Gewalt der PRU ist. Stimmt das?"

„Ja. Übrigens, Ihre Frau weiß von Ihren Beziehungen zu dem Mädchen und befürchtete eine Trennung. Aber ich habe Madame

Tran beruhigt, daß es nicht dazu kommen wird."

„Danke, Peter. Meine Frau ist gut. Aber ich liebe auch die andere und möchte beide glücklich machen." Er runzelte die Stirn. „Retten Sie Co Quan, wenn es nicht schon zu spät ist? Versprechen Sie es, dann unterschreibe ich."

„Ich verspreche Ihnen, sofort in Tay Ninh anzurufen."

„O. K. Sie hören zu und fragen mich, wenn Sie etwas dem Sinn nach nicht verstehen. Dann unterschreibe ich."

„Fertig?"

Troc nickte. Dennis schob das Mikrophon in die richtige Entfernung und schaltete das Gerät ein.

Um vier Uhr nachmittag betraten Becker und Curtin zum drittenmal die OSA-Villa durch das hohe, repräsentative Portal. Chalmey empfing die beiden in der Tür seines Büros. „Seit Sie gestern hier waren, habe ich die Funkzentrale nicht mehr verlassen. Noch immer nichts aus Saigon."

„Keine Nachricht, der zu entnehmen wäre, was die Agency von dieser Situation hält?" fragte Curtin.

„Keine. Tut mir leid, Major."

„Warum versuchen Sie es nicht noch einmal per Telephon?" riet Becker. Chalmey zuckte die Achseln. „Ich bemühe mich seit vierundzwanzig Stunden mit allen mir zur Verfügung stehenden Mitteln. Aber wenn es Sie beruhigt und überzeugt, daß ich wirklich alles getan habe, was nur möglich ist, rufe ich nochmals an." Damit ging er wieder in die Funkzentrale. Es dauerte etwa fünfzehn Minuten. Das Resultat konnten die Offiziere an seinem konsternierten Gesicht ablesen. „Wir kommen einfach nicht durch. Das ist mir unerklärlich, geschieht aber in letzter Zeit ziemlich oft."

„Inzwischen möchten wir mit Ihnen einen anderen Plan erörtern, Mr. Chalmey. Könnten Sie veranlassen, daß einer Ihrer Air-America-Piloten hier in Nha Trang morgen oder übermorgen abends für einen Flug verfügbar ist?"

„Zu welchem Zweck?" fragte Chalmey mißtrauisch.

„Für den Papierkrieg würden wir die Meldung weiterleiten, daß ein vietnamesischer B-57-Mitarbeiter namens Tran Van Troc in einer Maschine der Air America von hier nach Tay Ninh gebracht wurde."

„Ich fürchte, das müßte von Saigon genehmigt werden, und wie Sie wissen, sind die Telephonverbindungen nach Saigon zur Zeit unterbrochen."

„Ich möchte Ihnen gern helfen. Doch selbst wenn ich Mr. Hackman erreiche, wird er mir höchstwahrscheinlich einen abschlägigen Bescheid erteilen. Offen gesagt, seit einem Jahr kommt es immer wieder zu Reibereien und Unstimmigkeiten zwischen dem Management der Air America und der CIA. Wir sehen uns bereits nach einer anderen Luftlinie um, die den Kontrakt übernehmen würde. Es gäbe also keinen ungünstigeren Moment, um von der Air America außertourliche Leistungen zu verlangen."

Curtin wandte sich zu Becker. „Ich glaube, wir fahren lieber zur Lagebesprechung zurück."

Becker stand auf. „Wir danken Ihnen für Ihre Bemühungen, Mr. Chalmey. Nun bleibt uns wohl nichts anderes übrig, als den Agenten wieder zum Feind zu schicken und alles zu tun, damit er uns nicht zu gefährlich wird."

„Es tut mir wirklich leid, daß ich Ihnen nicht besser helfen konnte", beteuerte der CIA-Mann.

„Sie haben Ihr Möglichstes getan", entgegnete Curtin abweisend.

Jack Chalmey sah den beiden Offizieren nach, als sie in ihrem Jeep davonfuhren. Dann ging er wieder in die Funkzentrale und setzte sich selbst an den Fernschreiber. Die „streng vertrauliche" Meldung war an Mike Hackman gerichtet und lautete knapp und klar: „Vermute Special Forces planen sofortige Beseitigung des Doppelagenten."

Während Major Curtin die Lage schilderte, ließ Colonel Stuart in Gedanken seine mehr als zwanzigjährige militärische Laufbahn Revue passieren. Er konnte sich an keinen Fall erinnern, da er gezwungen gewesen wäre, in einer so kritischen Situation praktisch ohne Richtlinien seiner Vorgesetzten zu handeln. Man entschließt sich, einer bestimmten Taktik zu folgen oder nicht. Dann steht man vor dem Erfordernis, eine Kommandoentscheidung zu treffen, von der das Schicksal der Einheit abhängt, ganz zu schweigen von der persönlichen Karriere.

Mehrmals hatte er sich schon die Aufzählung der wenigen Alternativen angehört. Er wußte doch ganz genau, daß es nur eine einzige Möglichkeit gab, um zu verhindern, daß die äußerst wichtigen unilateralen Grenzvorstöße und darüber hinaus der gesamte Kambodschaplan aufgegeben werden mußten.

Troc in Freiheit — das wäre wie der Mann am Auslöser bei einer Sprengung: ein Handgriff, und ein ganzes riesiges Gebäude stürzt ein. Dieser Kopf, in dem so viele Kenntnisse der Einzelheiten und Zusammenhänge der amerikanischen Kriegführung gespeichert waren, wurde zur hochbrisanten, gefährlichen Waffe. Bekam der Feind diese Informationen, dann konnte er auf zwei Ebenen losschlagen. Er würde alle vorgeschobenen Stützpunkte der B-57 mit überlegenen Kräften angreifen und gleichzeitig durch die Delegation bei den Pariser Friedensverhandlungen aller Welt mitteilen, daß bestimmte Einheiten der amerikanischen Armee völkerrechtswidrig Staatsgrenzen überschreiten und Vorstöße durchführten, bei denen sowohl Soldaten als auch Zivilisten den Tod fanden.

Es änderte nichts, daß durch diese Recondo-Aktionen monatlich vielleicht tausenden Amerikanern und Vietnamesen das Leben gerettet wurde. Die öffentliche Meinung in den USA würde mit Empörung auf die Tatsache reagieren, daß die Militärs die Kriegshandlungen auch auf Kambodscha ausweiteten.

Colonel Stuart brauchte keine Informationen vom Büro des Sonderbotschafters, um ermessen zu können, welche politischen Probleme sich angesichts der neuen diplomatischen Fühlungnahme zwischen Prinz Sihanuk und den USA durch die Aufdeckung der geheimen Grenzvorstöße ergeben würden. Troc wußte auch von den Verbindungen der Special Forces zu opponierenden Gruppen in Kambodscha, die bereit waren, wenn notwendig, einen Putsch anzuzetteln und Sihanuk zu stürzen.

Nachdem er die Mitteilungen von Curtin und Becker reiflich überlegt hatte, sagte Stuart seufzend: „Die CIA also hat mit ihrem unnachahmlichen Geschick die Fangarme eingezogen und überläßt die endgültige Entscheidung mir."

„Ich fürchte, darauf läuft es hinaus, Sir", bestätigte Curtin.

16. KAPITEL

Am Donnerstag erwachte McEwan sehr zeitig. Das Licht der Morgensonne erhellte den angenehm temperierten Raum. Captain Brace hatte ihm aus dem Depot eine funkelnagelneue normale Dschungelgarnitur ohne Abzeichen beschafft, die McEwan nun anzog. Ihm graute vor der drückenden Glashaushitze, die ihn draußen erwartete. Beim Frühstück überlas er seine Notizen für die Einvernahmen. Das Telephon summte. Sieben Uhr. Brace war pünktlich. „Ich komme schon, Dave", sagte McEwan in die Muschel. Die pralle Aktenmappe in der Hand verließ er sein Zimmer.

Um acht Uhr passierten sie das Haupttor des amerikanischen Armeelagers von Long Binh und fuhren über die staubige Straße zu der Kapelle, wo die Einvernahmen stattfanden. Es war schon wieder heiß, Luftfeuchtigkeit und Temperatur stiegen rasch an. Überall sah man Soldaten, aber kaum in geschlossenen Formationen. Die meisten waren Mannschaftsnachschub, sie warteten auf ihre Ausrüstung und den Transport zu ihren Truppenteilen. Inzwischen gingen sie untätig und verdrossen herum oder waren mit den üblichen Verrichtungen des militärischen Alltags beschäftigt. Man begegnete nicht vielen fröhlichen Gesichtern auf den schwülen Straßen des riesigen logistischen Zentrums.

Vielleicht war die Kapelle ursprünglich weiß gewesen, aber nun zeigte sie sich ebenso mißfarbig verwittert wie alle anderen Bauten. McEwan und Brace traten ein; drinnen war es noch um einige Grade heißer als im Freien, da die Fenster wegen der dichten Staubwolken geschlossen blieben. Major Stein sowie die Captains Waters und Tracy saßen bei Colonel Stuart und dessen Mitbeschuldigten an längs im Raum zusammengeschobenen Tischen. Für McEwan war ein Platz in der Mitte des Verteidigerstandes frei. Er warf einen Blick auf seinen Gegner, Colonel Parsons, den kriegsgerichtlichen Vertreter der Anklage, der mit strengem Gesicht zwischen seinen beiden Beisitzern auf den Beginn der Einvernahme wartete. An einem Tisch unterhalb der Kanzel saß, dem Ankläger und dem Verteidiger zugewendet, Colonel Landman. Zu seiner Linken hatte man mit Tisch und Stuhl einen Zeugenstand improvisiert.

Die Tür zum Vorraum der Kapelle, wo die Zeugen zu warten hatten, war geschlosen. Bei Einvernahmen gemäß Artikel 32 war niemals ein Jurist Vorsitzender, sondern ein befristet mit der Leitung der Untersuchungen betrauter Stabsoffizier. Colonel Landman erklärte die Verhandlung für eröffnet und nahm Mr. Henry McEwans Bestellung zum Zivilverteidiger der Angeklagten offiziell zur Kenntnis.

McEwan hatte sich seine Taktik genau überlegt. Zunächst wollte er versuchen, die Aufhebung der Anklagen zu erreichen. Vielleicht würde es ihm gelingen, den Vorsitzenden durch stichhaltige Argumente zu diesem Antrag zu bewegen. Die Verteidigung hatte einen ungünstigen Ausgangspunkt, denn sie konnte als Zeugen nur den OSA-Stationschef Jack Chalmey und Warrant Officer Birdseye von der Militärkriminalpolizei vorladen. Michael Hackmans Einvernahme hatte die Botschaft und das Oberkommando brüsk abgelehnt.

Als ersten rief der Vorsitzende Chalmey in den Zeugenstand. McEwan wartete, bis der CIA-Mann vereidigt war, dann erhob er sich und trat langsam auf den Zeugen zu. „Mr. Chalmey“, begann er, „bei früheren Untersuchungen, bevor ich die Vertretung der Angeklagten übernahm, sagten Sie aus, Sie hätten niemals zur Beseitigung dieses Doppelagenten geraten.“

„Das stimmt, Sir“, antwortete Chalmey selbstsicher.

„Aber haben Sie nicht erklärt, Ihr Vorgesetzter in Saigon sei — ich zitiere — ein stahlharter Bursche, der Anstifter zu zweihundertfünfzig politischen Morden in Laos, und auf einen mehr oder weniger käme es ihm nicht an?"

„Ich erinnere mich nicht, etwas in diesem Sinn gesagt zu haben." Chalmey wurde unwillig. „Ich war immer gegen die gewaltsame Beseitigung des Agenten."

„Sie sagten niemals, daß es wahrscheinlich nur eine einzige Lösung gebe, nämlich die Liquidierung?"

„Ich sprach mich persönlich und für meine Dienststelle gegen einen solchen Mord aus."

„Welche Verbindungen haben Sie zur südvietnamesischen PRU?"

Chalmey blickte zum Vorsitzenden. „Ich habe die Weisung, mich im Namen des Präsidenten der USA auf meine amtliche Immunität zu berufen und die Aussage zu verweigern, sofern sie nach meinem Ermessen gegen die Geheimhaltungspflicht verstoßen würde."

Während der nächsten halben Stunde, bei unbarmherzig weiter ansteigender Temperatur, entgegnete Chalmey auf jede von McEwans Fragen immer wieder nur mit dem Wort „Immunität".

Da Colonel Landman offenbar an die Weisung gebunden war, keine heiklen Informationen zur Sprache kommen zu lassen, fuhr sich die Einvernahme bald fest. McEwan verzichtete schließlich auf weitere Fragen an den CIA-Funktionär, und der schweißgebadete Vorsitzende vertagte die Untersuchung auf den nächsten Morgen. Das Thermometer zeigte bereits über dreißig Grad an.

Nach der Verhandlung sprach McEwan seinen Mandanten Mut zu. Sie verließen die Kapelle, die nun einem Brutofen glich, durch die Hintertür und gingen zu einem Lastwagen, der sie, von Journalisten und TV-Kameraleuten unbeobachtet, in ihre Quartiere zurückbringen sollte.

„Kopf hoch ", sagte er. „Jedesmal wenn sich Chalmey auf seine Immunität berief, ergab sich anderseits ein Pluspunkt für euch. Nun merken die Brüder allmählich, mit welch unbequemen Fragen sie rechnen müssen, falls es zum Prozeß kommen sollte. Übrigens liefern sie uns auf diese Weise auch weitere Argumente zur Erhärtung unserer Feststellung, daß die Einvernahmen unfair geführt wurden. Morgen werde ich näher darauf eingehen.“

Als McEwan durch das Haupttor der Kapelle ins Freie trat, umringten ihn sofort Reporter und Photographen. Er hörte, wie ein Informationsoffizier laut erklärte, in einer Stunde werde der zur Veröffentlichung freigegebene Bericht über den Verlauf der heutigen Einvernahmen im Saigoner Pressezentrum des Oberkommandos aufliegen.

„Was wird wirklich gespielt, Mr. McEwan?“ riefen die Reporter. „Wir haben einen Zivilisten herauskommen gesehen, der wirkte wie durch die Mangel gedreht“, meine ein Journalist.

„Das war ein CIA-Mann. Teils machte er unwahre Angaben, teils verweigerte er die Aussage.“

„Was halten die Special-Forces-Offiziere davon, daß ein As wie Sie die Verteidigung übernommen hat?“

„Mir wäre es am liebsten, meine Mandanten könnten für sich selbst sprechen, aber Sie wissen ja, General Flint hat die Offiziere zum Schweigen verurteilt. Alle Pressekonferenzen gibt das Oberkommando.“

„Und Ihre persönliche Ansicht über den Fall?“ fragte jemand.

„Es liegt kein Delikt vor. Nicht im entferntesten. Die Armee wird die Beschuldigungen fallenlassen und meine Mandanten wieder in Freiheit setzen müssen. Die Internierung dieser Offiziere war ein krasser Willkürakt. Es gibt nicht einmal Beweise dafür, daß tatsächlich ein Verbrechen geschah.“ McEwan schob sich zu dem Jeep durch, in dem Captain Brace auf ihn wartete. „Meine Herren, wenn Sie die offizielle Presseinformation lesen, dann bedenken Sie bitten, daß General Flint Ihnen erzählen kann, was er will, wärend die unmittelbar Betroffenen mundtot gemacht sind. Da für die Einvernahme die Geheimhaltungspflicht gilt, darf auch ich nicht darüber sprechen. Flint kann völlig nach eigenem Ermessen tendenziös jene Mitteilungen freigeben, die ihm in den Kram passen. Ich hoffe, Sie werden bald auch erfahren, was *wir* zu sagen haben.“

„Das war kein sehr langer Tag“, meinte Brace, als die Journalisten sich zerstreuten. „Wie wär's mit einer Tasse Kaffee?“

„Gern.“ McEwan wollte sich seine Niedergeschlagenheit nicht anmerken lassen. „Vorläufig haben noch die anderen die Trümpfe in der Hand.“

Bis zum Nachmittag erörterte er mit den vier Militärjuristen Richtlinien für die Verteidigung, dann brachte ihn Brace nach Saigon. Auf den Rücksitzen hockten wieder die beiden Nungs mit schußbereiten MPis.

„Ich dachte, Ying und Yang begleiten Sie nur, wenn es finster ist?“ fragte McEwan verwundert.

Brace blinzelte ihm zu. „Wer weiß, wie lange ich noch in Saigon bleiben werde.“ Sie überholten eine Kolonne und fuhren eine halbe Stunde lang schweigend dahin, mit zusammengepreßten Lippen und möglichst flach atmend, um nicht den Staub zu schlucken, der in dichten Schwaden über der Straße hing. Als sie die Hauptstadt erreichten, sagte McEwan nachdenklich: „Ich möchte Trocs Schwägerin Mai Lei kennenlernen.“

„Das wird nicht ganz leicht sein, aber ich werde mich bemühen.“

„Ich sehe noch nicht ganz klar, doch ich glaube, Dennis und Mai Lei könnten mir helfen, die Hintergründe des Falles aufzuhellen. Außer Flints Haß gegen die Grünen Teufel müssen noch andere Gründe für die Verschleierung des Sachverhaltes im Spiel sein.“

Der Jeep hielt vor dem Caravalle-Hotel. Als McEwan auf die Glastüren der Halle zuging, lief ein kleiner Junge herbei, in der Hand schwang er die neueste Nummer der *Saigon Post.* McEwan beachtete ihn nicht, aber dann fiel sein Blick zufällig auf die Schlagzeile. Er gab dem Jungen einen Zehn-Piaster-Schein, nahm die Zeitung und entfaltete sie im Weitergehen.

„Heute kommt Senator Morrissey“, lautete die balkendicke Überschrift. Dazu ein zweispaltiges Porträtphoto auf der Titelseite. Nachdem McEwan den Bericht überflogen hatte, fragte er in der Rezeption, ob Senator Morrissey bereits eingetroffen sei. Nein, ein Appartement sei wohl reserviert, aber noch nicht bezogen worden. McEwan entnahm seiner Brieftasche eine Visitenkarte, schrieb rasch eine kurze Mitteilung darauf und ließ sie in das Postfach des Senators legen.

In seinem Zimmer breitete er alle Notizen und Aufzeichnungen auf dem Doppelbett aus. Er versuchte, sie in chronologischer Reihenfolge zu sortieren. Irgendwo in diesem schriftlichen Niederschlag der Geschehnisse lag der Schlüssel zur Wahrheit. Dennis. Immer wieder kam er auf Dennis zurück. Er verglich die beeideten Aussagen des Sergeants bei den Einvernahmen mit den privaten Informationen, die ihm Dennis vor drei Tagen gegeben hatte. Wenn einer die verborgenen Triebkräfte und verwirrenden Überschneidungen eines vielschichtigen Doppelspiels zumindest einigermaßen überblickte und durchschaute, dann war es Dennis. McEwan versuchte, die Handlungen des Sergeants und der beschuldigten Offiziere zur Zeit des angeblichen Mordes und kurz danach zu rekonstruieren. Sorgfältig legte er einen neuen Akt an: „Nha Trang, 15. Mai. Der Tag, an dem Tran Van Troc auf rätselhafte Weise verschwand.“

17. KAPITEL

Drei Stunden lang bemühte sich Dennis in der Funkzentrale, Sergeant Rollay beim vorgeschobenen Special-Forces-Detachment A-424 zu erreichen. Vielleicht würde es noch gelingen, Co Quan zu retten. Als er endlich direkte Verbindung mit Rollay hatte, war es bereits dunkel, und der Abwehr-Sergeant der A-424 konnte es nicht riskieren, bei Nacht auf ungesicherten Straßen zu Mr. Manning, dem amerikanischen Berater der PRU, zu fahren. Aber er versprach, die Nachricht per Funk oder telephonisch weiterzugeben und am nächsten Morgen Manning aufzusuchen. Eine Intervention werde aller Wahrscheinlichkeit nach wenig Sinn haben, betonte er. Nach drei, nun fast vier Tagen Gefangenschaft bei den superharten Spionen- und Terroristenjägern der PRU sei Co Quan — bestenfalls — ein seelisches und körperliches Wrack. „Sobald ich etwas weiß, melde ich mich. Aber Erfreuliches werde ich dir kaum mitteilen können."

Um etwa halb acht Uhr abends betrat Dennis das CIA-Gebäude. Aber der Wach-Corporal, den er nach Troc fragte, erklärte, der konfinierte Vietnamese sei vor einigen Stunden fortgebracht worden. Beunruhigt machte sich der Sergeant nun auf die Suche nach Major Curtin. Er glaubte nicht, daß sie Troc so rasch erledigen würden. Wider besseres Wissen hielt es Dennis für möglich, daß einige der mächtigen Hintermänner, die der Doppelagent andeutungsweise erwähnt hatte, in letzter Minute eingreifen könnten.

Schließlich fand er den Major in der Abwehr-Sektion der B-57. „Gut, daß Sie kommen, Dennis“, sagte Curtin. „Schreiben Sie gleich den Vertrag für Troc.“

„Sie setzen ihn ein, Sir?“

Curtin antwortete nicht, sondern ging zur Lagekarte und wies auf einen Punkt tief im „Papageienschnabel“. „Er hat den Auftrag, in Pen Brang Verbindung mit unseren vietnamesischen Kundschaftern aufzunehmen, die in die kambodschanischen Vietkongdörfer eingeschleust wurden, und uns deren Meldungen durchzugeben. Er wird nur mit einem Sendegerät ausgerüstet, das heißt also, wir hören wohl, was er sagt, können ihn aber nicht rufen.“ Der Major wandte sich um. „Übrigens, es war richtig, daß Sie diese leeren Blätter von Troc unterschreiben und mit Daumenabdrücken versehen ließen. Jetzt brauchen Sie nur in den freien Raum den Text der Verpflichtung zu tippen.“

„Jawohl, Sir. Kann ich Troc sprechen?“

„Ich glaube, Major Becker und Captain Marone informieren ihn über seine Mission. Im Vertrag können Sie anführen, daß wir seine Sendefrequenz während des Einsatzes ständig abhören werden. Machen Sie sich gleich an die Arbeit.“

Eine Stunde später legte Dennis dem Major die ausgefertigten Dokumente vor. Als er aus dem Kommandogebäude der B-57 trat, um in den „Playboy Club“ zu gehen, blieb er überrascht stehen. Einen Augenblick lang glaubte er Troc zu sehen und rief ihn an. Erst im Näherkommen erkannte er Sergeant First Class Iwamoto, einen Special-Forces-Soldaten japanischer Herkunft. Iwamoto hatte eine Tigeruniform an, in der einen Hand trug er einen Rucksack, in der anderen eine schwedische K-Maschinenpistole. An einem Gurt über der Schulter hing ein Funkgerät. Genau jene Ausrüstung und Bewaffnung, die in Trocs Kontrakt angegeben war, dachte Dennis. Der Sergeant nickte ihm im Vorbeigehen zu und marschierte stracks zur Abwehr-Sektion.

Dennis war kein Trinker, aber nun kippte er im „Playboy Club“ einige Whisky pur, während er über Trocs Geschick nachdachte. Sollte der Vietnamese wirklich noch einmal eingesetzt werden? Und was hatte Iwamoto damit zu tun, der Troc fast zum Verwechseln ähnlich sah? Dennis tastete nach der kleinen Kassette in seiner Blusentasche. Diese Tonbandaufnahme bedeutete eine Art Rückversicherung. Er beschloß, weder Colonel Stuart noch den anderen Offizieren ein Wort darüber zu sagen, bis er Troc gesehen und sich persönlich davon überzeugt hatte, daß der Doppelagent noch am Leben sei.

Es war etwa elf Uhr, als er die Bar verließ und wieder in Major Curtins Büro ging, um vielleicht etwas Neues über Troc in Erfahrung zu bringen.

Curtin war noch mit Schriftstücken und Notizen beschäftigt und wies nur schweigend auf einen Stuhl. In diesem Moment bremste draußen ein Wagen. Der Major hob den Kopf und stand auf. Sie hörten Schritte im Vorraum, dann traten Becker, Lovell und Marone ein.

Alle drei Offiziere trugen Fallschirmsäcke, in denen ihre automatischen Gewehre steckten. Sie maßen Dennis mit kaum verhohlener Feindseligkeit, aber nur eine Sekunde lang, dann ignorierten sie ihn bewußt. Der Sergeant bemerkte, daß sie naß waren und feuchter Sand an ihren schilfgrünen Uniformen haftete. Marones und Lovells Ganituren zeigten dunkle Flecken. Lovell stellte seinen Sack in eine Ecke, holte Zivilkleider heraus, streifte alles ab, was er am Leibe hatte, auch die Springerschuhe, warf sie zu der Waffe in den Sack und zog ein buntes Hemd, eine leichte helle Hose und Halbschuhe an. „Und jetzt gehe ich wieder, während Ihr euch zur wohlverdienten Ruhe begebt. Ist Iwamoto fertig?"

„Für fünf Uhr morgens marschbereit", erwiderte Curtin. „Schlaf ein paar Stunden, ich wecke Dich."

Dennis blickte den drei Offizieren nach. „Es wurde also beschlossen, Troc zu erledigen?"

„Major Becker und seine Kameraden haben mit einem Kundschafter Kontakt aufgenommen", antwortete Curtin gleichmütig.

„Die Flecken auf Captain Lovells Uniform sahen mir jedenfalls nach Blut aus."

„Das war Schlamm. Denken Sie jetzt nicht weiter darüber nach. Wir werden viel zu tun haben, um unser Nachrichtennetz in Tay Ninh neu aufzubauen. Auch von Ihnen erwarte ich vollen Einsatz."

Um elf Uhr vormittags läutete das Telephon auf Major Curtins Schreibtisch. Als er sich meldete, erkannte er an der Stimme Jack Chalmey.

„Major, ich muß Sie dringend hier sprechen, es ist sehr wichtig. Ich habe versucht, Colonel Stuart zu erreichen, aber er scheint nicht auf seinem Posten zu sein."

„Der Colonel ist gestern zu einer Lagebesprechung der Kampftruppenkommandeure nach Saigon geflogen. Ich komme sofort."

Als Curtin zwanzig Minuten später das elegante Arbeitszimmer in der OSA-Villa betrat, zeigte ihm Chalmey, sichtlich nervös, den Bescheid, den er aus Saigon erhalten hatte. Der Major las den Text und gab das Blatt schweigend zurück. „Wie sollen wir darauf antworten?" fragte Chalmey und zitierte: „Den Agenten wieder in Dienst stellen. Falls unmöglich, Mitteilung an General Flint. Botschafter Hill."

Curtin schluckte mit trockener Kehle. Wenn Chalmey diesen Offizier ansah, hatte er den starken Verdacht, daß die Weisung viel zu spät kam. „Welche ... Entscheidung haben Sie getroffen?" fragte er schließlich.

Es verstrich fast eine Minute, bis Curtin sagte: „Heute morgen wurde Troc in Marsch gesetzt, um in geheimer Mission die kambodschanische Grenze zu überschreiten."

Chalmey holte tief Atem. „Können Sie ihn zurückbeordern? Wenn Sie diese Direktive nicht befolgen, werde ich zu General Flint gehen müssen."

„Ohne Ermächtigung durch Colonel Stuart kann ich nichts unternehmen. Er wird am Nachmittag kommen; ich glaube, es ist besser, Sie warten bis dahin."

„Ich muß sofort antworten", beharrte Chalmey.

„So was nennt man gute, reibungslose Zusammenarbeit zwischen Special Forces und CIA!" Curtins Stimme klang heiser.

Chalmey zögerte. „Also gut, ich warte bis sechzehn Uhr dreißig, aber nicht länger."

„Geben Sie mir eine Kopie der Nachricht mit. Ich werde die

Sache mit Colonel Stuarts Stellvertreter, Lieutenant Colonel Martin, besprechen."

Der OSA-Stationschef von Nha Trang schüttelte den Kopf. „Das Schriftstück darf ich Ihnen nicht mitgeben, Major. Aber Sie kennen den Inhalt."

Mit hängenden Schultern ging Curtin zur Tür. „Ich rufe Sie an, sobald Stuart zurück ist."

Um zwei Uhr nachmittags, als er mit Lieutenant Colonel Martin in dessen Büro die Situation erörterte, kam der Sergeant Major herein und meldete, ein gewisser Mr. Jack Chalmey sei am Telephon und wünsche den Stellvertretenden Kommandeur zu sprechen.

„Soeben habe ich wieder eine Nachricht aus Saigon erhalten", sagte Chalmey aufgeregt. „Man fragt an, warum noch keine Stellungnahme zu dem Kommuniqué von heute vormittag erfolgt ist. Irgendeine Antwort muß ich doch geben!"

„Na schön", antwortete Martin. „Unsere vorläufige Antwort lautet: ‚Können der Direktive nicht entsprechen, da der Agent bereits im Sondereinsatz ist.' Alles Weitere, sobald Colonel Stuart kommt." Brüsk legte er den Hörer auf und wandte sich zu Curtin. „Langsam wird mir die CIA verhaßt." Er grinste perfid. „Wir haben zwar ungewöhnliche Fähigkeiten, aber bis jetzt können nicht einmal die Grünen Teufel eine Auferstehung bewirken . . ."

Stuarts Flugzeug landete um vier Uhr. Er stieg in den Jeep und fuhr zum Kommando der 5th Special Forces Group. Martin empfing ihn mit der Frage, ob er die OSA von der Rückkehr des Colonel verständigen dürfe. Widerstrebend sagte Stuart zu, nachdem ihn die beiden Offiziere über die Ereignisse in Nha Trang informiert hatten.

Zwanzig Minuten später meldete der Sergeant Major, Mr. Jack Chalmey warte draußen und wünsche Colonel Stuart zu sprechen. „Herein mit ihm!" brummte der Kommandeur. „Und holen Sie Sergeant Yost, er soll dabei sein."

Chalmey kam abgehetzt in den Raum. Stuart wies auf einen Stuhl. „Also, was kann ich *noch* für die CIA tun?" fragte Stuart sehr reserviert.

„Ich habe Lieutenant Colonel Martins Bescheid weitergegeben, und obwohl noch keine Antwort darauf vorliegt, weiß ich schon jetzt, daß man in Saigon Einzelheiten erfahren will."

„Der Agent wurde heute morgen wieder ins feindliche Aktionsgebiet geschickt", erwiderte der Colonel gelassen. „Punkt acht Uhr traf er in Tay Ninh ein, zwei Stunden später im vorgeschobenen Stützpunkt. Um die Mittagszeit war er bereits außer Reichweite. Er hat nur ein Sendegerät, deshalb können wir mit ihm nicht Kontakt aufnehmen." Stuart blickte an Chalmey vorbei. „Yost soll hereinkommen."

Nun betrat eine schilffarben umhüllte Hopfenstange mit den Gradabzeichen eines Sergeant First Class den Raum. Das grüne Barett war vorschriftsmäßig gerollt in den Gürtel geschoben, der die Mitte dieser auffallend hageren Erscheinung umschloß.

„Yost, haben Sie Trocs Frequenz den ganzen Tag abgehört?" fragte Colonel Stuart.

„Jawohl, Sir."

„Funksprüche?"

„Bis jetzt keine, Sir."

Stuart blickte Chalmey fest an. „Sind Sie nun überzeugt? Sobald sich der Agent meldet, verständigen wir Sie."

„Sie haben riskiert, ihn zum Gegner zu schicken?" Der Stationschef war völlig perplex.

„Ja, das haben wir riskiert." Chalmey merkte die versteckte Ironie. „Danke, Sie können gehen, Yost. — Wir hatten keine andere Wahl, da die CIA, die doch in der Bereinigung solcher dunkler Affären viel mehr Praxis und Erfahrung hat, sich taub stellte, als wir den Fall Troc an sie abgeben wollten."

Chalmey überhörte diese Spitze und sagte nur: „Ich werde also Saigon in diesem Sinn informieren." Er schüttelte nachdenklich den Kopf. „Ich verstehe einfach nicht, warum Mr. Hackman aus dieser leidigen Sache ein so großes Problem macht. Er ist der härteste Killerboß in der ganzen CIA. Während des Zweiten Weltkrieges war er beim OSS *, seither ist er Fernostspezialist. Und das Sonderbare daran: Seine Eltern wirkten in den dreißiger Jahren als Missionare in China. Ich glaube, sein Vater war sogar Bischof. Und er organisiert nun von hier aus die poli-

* Office of Strategic Services, die damalige militärische Geheimdienstorganisation der USA.

tischen Morde in ganz Asien.“ Chalmey stand auf. „Jedenfalls danke ich für Ihre Mitteilungen, Colonel.“ Er nickte nur zum Abschied, auch sein Gesprächspartner reichte ihm nicht die Hand.

Es war kaum eine Stunde vergangen, da läutete Stuarts Telephon. Er meldete sich mit Rang und Namen und hörte einen Augenblick lang zu, dann legte er die Finger über die Muschel und sagte zu Curtin, der vor ihm saß: „Flint!“

Gleich darauf war der General am Apparat. Er begann ohne Umschweife. „Colonel, warum haben Sie sich nicht an die Direktive gehalten, die Ihnen heute von der OSA zugeleitet wurde?“

„Wir haben auf die Weisung bereits geantwortet, Sir. Unser Mann hatte sich freiwillig für einen sehr gefährlichen Auftrag gemeldet. Wenn er zurückkehrt, werden wir uns sofort mit der OSA in Verbindung setzen und ihn überstellen.“

„Stuart, ich wünsche, daß Sie unverzüglich nach Saigon kommen. Melden Sie sich bei General Panz, Abwehrchef des Oberkommandos. Ich möchte, daß Sie ihn ausführlich über den bewußten Fall informieren. Bringen Sie alle Dokumente und Unterlagen mit. Klar?“

„Klar, Sir.“ Er sah auf die Uhr. Es war sechs Uhr nachmittags. „Ich könnte etwa um zweiundzwanzig Uhr im Oberkommando sein, Sir.“

„Sie werden erwartet, Colonel.“ Ein Klicken in der Leitung. Flint hatte aufgelegt. Noch mit dem Hörer in der Hand blickte Stuart den Major an. „Curtin, ich weiß, Sie haben nicht viel geschlafen, aber ich glaube, auch Ihr Typ ist gefragt, wenn wir den Herren mit den Silbersternen die traurige Geschichte vom bösen Troc erzählen sollen. Holen Sie den ganzen Papierkram, den wir brauchen, ich mache inzwischen einen Vogel flügge.“

Knapp vor zehn Uhr abends sah sich Colonel Stuart zum zweitenmal an jenem Tag bei einer großen Lagebesprechung. Mit dem Unterschied, daß nun er im Mittelpunkt des Interesses stehen würde, was ihn gar nicht freute. Bei solchen Treffen hoher Militärs fühlte er sich immer mehr oder weniger als Randfigur, denn er war der einzige Colonel unter lauter Generalen. Allerdings hatte sein Rangabzeichen, der Silberadler, bildlich gesehen sehr beträchtliche Spannweite: Stuart befehligte zahlenmäßig stärkere Kampfeinheiten als jeder andere Truppenführer in Vietnam. Außer rund 2000 Amerikanern unterstanden seinem Kommando rund 30.000 Mann an Irregulären und landeseigenen Söldnerverbänden. Aber die Generale ließen ihn selten seine Meinung äußern.

Als alle hohen Offiziere, die sich nach Flints Weisung mit dem Fall zu befassen hatten, versammelt waren, forderte General Panz den Colonel auf, ans Podium zu treten und den Hergang der Ereignisse um die Person des Doppelagenten genau zu schildern. Stuart begann mit dem Vorstoß von Beckers B-57-Patrouille. Dem chronologischen Ablauf der Ereignisse folgend, kam er schließlich auf Major Curtins letzten vergeblichen Versuch zu sprechen, die CIA einzuschalten. Daraufhin hätten die Special-Forces-Offiziere beschlossen, Trocs Verbindungen zum Feind zu nutzen und ihn wieder in kommunistisch kontrolliertes Gebiet zu entsenden. Sie hätten ihm eine ansehnliche Prämie für verwendbare Informationen in Aussicht gestellt und gleichzeitig als Lockmittel für seine nordvietnamesischen Kontaktmänner gefälschte Dokumente über amerikanische Operationen mitgegeben. Stuart hob die ausdrückliche Warnung an Troc hervor: beginge er neuerlich Verrat, dann würden ihn die Grünen Teufel jagen, finden und töten.

Während der Colonel die Hintergründe und schwerwiegenden Auswirkungen des Falles beleuchtete, reichte Major Curtin auf ein Stichwort General Panz die Protokolle der Verhöre mit dem Lügendedektor und die Listen mit den Aussagen, die Troc unter Pentatholeinfluß gemacht hatte. Panz blätterte die Aufzeichnungen durch und ließ sie dann kursieren. Stuart setzte sich nun auch vor diesem Zuhörerkreis mit der Problematik entsprechender Gegenmaßnahmen auseinander. Er charakterisierte die vielschichtige, für Menschen des Westens schwer verständliche asiatische Denkweise Trocs. „Wir mußten ihm klarmachen, daß eine Koalitionsregierung von Anfang an ein schwaches Instrument wäre und dem unvermindert vehementen Streben der Kommunisten nach Alleinherrschaft auf die Dauer nicht standhalten könne. Hilft er aber uns, dann trägt er dazu bei, seinem Land letzten Endes einen gesicherten Frieden zu schaffen. Sergeant First Class

Peter Dennis, Trocs Kontrollor, übernahm diese psychologisch schwierige Aufgabe, die fast einer Umerziehung gleichkam, und gewann nach einiger Zeit den Eindruck, daß wir es wagen könnten, den Agenten wieder einzusetzen. — Das, meine Herren, war die Alternative, die wir gewählt haben. Heute in den frühen Morgenstunden brachte Captain Lovell Troc nach Tay Ninh. Der Captain hat den Befehl, den Grenzübertritt des Agenten persönlich zu überwachen und dann sofort eine Umgruppierung und Verlegung aller Ausgangsbasen einzuleiten. Durch diesen Austausch von Mannschaftsständen und den Positionswechsel verlagern sich die Schwerpunkte im Grenzraum, und Informationen, die Troc dem Feind liefern könnte, werden wertlos. Troc befindet sich nun bereits in Kambodscha; als ich Nha Trang um neunzehn Uhr verließ, hatte er noch keinen Funkspruch durchgegeben. — Wenn die CIA aus irgendeinem Grund eine andere Entscheidung gewünscht hätte, wäre eine ganze Woche Zeit gewesen, uns konkrete Richtlinien zu geben. Aber unsere Bemühungen um Kontakte scheiterten an ‚technischen Schwierigkeiten', wie man uns mitteilte. Nun konnten wir keinen Tag länger zuwarten. Sollte die CIA aber doch den Fall in die Hand nehmen wollen, dann werde ich Troc überstellen, sobald — oder wenn — er zurückkehrt."

„Eine sehr aufschlußreiche Darstellung, Colonel", sagte General Panz anerkennend.

„Danke, Sir." Stuart blickte Lieutenant General Richardson an. „Major Curtin und ich werden in der Verbindungsabteilung der 5th Special Forces Group bleiben, wir stehen zur Verfügung, falls Sie oder General Flint weitere Fragen haben."

„Ich werde es ihm sagen, Colonel", antwortete Richardson sehr förmlich. „Es gibt noch immer eine Reihe von Unklarheiten."

Sergeant First Class Peter Dennis hatte das dunkle Gefühl, daß man ihn überwachte. Er sah zwar weit und breit niemanden, der ihm folgte, aber er spürte, wie sich ein Ring der Bedrohung um ihn schloß. Er wußte, daß ihm die Offiziere mißtrauten, und nun fürchtete er sie. Vor allem die Tatsache, daß sie ihm zwei Tage Urlaub in Saigon sofort bewilligt hatten, betrachtete er als verdächtiges Zeichen. Nun war er in der Verbindungsabteilung einquartiert, nicht weit von Trocs Villa. Doch statt einen Jeep anzufordern, nahm er lieber ein Taxi, weil ein solches Fahrzeug unauffällig im dichten Saigoner Verkehr untertauchte und etwaige Beobachter ihn rasch aus den Augen verlieren würden. Dennis hatte Mai Lei nicht vorher angerufen, denn sie hätte ihn wahrcheinlich gebeten, das Päckchen irgendwo für sie zu hinterlegen, aber er wollte sie sehen. Noch immer träumte er von einer Liebesromanze mit dieser schönen Exotin.

Dennis stieg bei dem Häuserblock vor der Villa aus und ging den Rest des Weges zu Fuß. Dabei blickte er sich nach allen Seiten um, ob man ihn verfolge. Kein Mensch war zu sehen, deshalb trat er kühn zum Tor und klopfte an. Madame Tran öffnete, verbeugte sich, führte ihn lächelnd ins Wohnzimmer und klatschte in die Hände. Immer wieder wanderte ihr Blick verstohlen zu dem kleinen Batterierecorder, den Dennis bei sich hatte. „Mai Lei hier!“ sagte sie.

Zuerst kam der Diener mit der Flasche Scotch, deren Spiegel beträchtlich gesunken war, dann erschien Mai Lei. Statt ihrer gewohnten westlichen Kleidung trug sie nun eine vietnamesische Au Dai. „Hallo, Peter. Das ist eine Überraschung!“

„Ich habe Ihnen etwas mitgebracht: Grüße von Troc, auf Tonband gesprochen, ehe er vor einigen Tagen einen neuen Auftrag übernahm. Ich wußte nicht, ob Sie ein Gerät besitzen. Hier ist mein eigenes.“ Er hielt es für besser, gar keinen Kommentar zu Trocs privaten Mitteilungen zu geben. Die Kopie, die Dennis für sich selbst überspielt hatte, könnte ihm vielleicht sehr nützlich sein, wenn er jemals in Nachforschungen über das rätselhafte Verschwinden des Agenten hineingezogen werden sollte.

Mai Lei nickte. „Ich verstehe. Wann wird Troc von seiner Mission zurückkehren? Wir machen uns große Sorgen um ihn.“

„Schwer zu sagen. Übrigens, er bat mich, dieses Mädchen in Tay Ninh aus den Händen der PRU zu retten. Ich habe alles versucht, aber es war zu spät. Sie können Madame Tran versichern, daß sie keine Rivalin mehr hat.“

„Armes Geschöpf.“ Mai Lei meinte es ehrlich. Daraus erkannte Dennis, daß sie durch ihre Arbeit bei PRODS über die Methoden der PRU Bescheid wußte.

„Und nun zu dem schönen Abend, den Sie mir versprochen haben, wenn ich Ihnen und Ihrer Schwester helfe — soweit das einem einfachen Sergeant möglich ist.“

„Sie haben viel für uns getan, Peter. Ich danke Ihnen. Aber heute geht es nicht. Wir erwarten meinen Chef und einige seiner Kollegen.“

„Also morgen?“

„Rufen Sie mich im Büro an. Dann kann ich alles besser überblicken.“

„Ich würde mich sehr freuen, wenn Sie Zeit für mich fänden. Und ich hätte auch gern mein Gerät wieder zurück, wenn Sie es nicht mehr brauchen.“

„Natürlich. Wir werden das Band sehr bald abhören.“

„Soll ich vielleicht später nochmals herkommen?“ fragte er voll geheimer Hoffnung.

„Nein, heute nicht. Rufen Sie mich morgen an.“ Sie goß Whisky ein und reichte ihm das Glas. „Peter, bitte glauben Sie nicht, daß wir undankbar wären. Aber vor meiner Abreise nach Amerika habe ich noch so vieles zu erledigen.“

Dennis stellte sich Mai Lei in New York vor. Sie würde drüben überall Furore machen. „Geben Sie mir Ihre New-Yorker Adresse. Vielleicht können wir uns dann öfter treffen.“

„Das wäre nett“, sagte sie unverbindlich. „Sie werden mich in der Columbia University erreichen.“

„Die ist aber sehr groß“, antwortete er skeptisch. „Also, morgen rufe ich Sie an. Abgemacht!“ Er sah auf seine Uhr. Das Ausgehverbot! Keine Zeit mehr zu verlieren. Mit seinem Plan, kurz vor zehn wiederzukommen und dann „notgedrungen“ hier im Haus zu übernachten, klappte es diesmal nicht. Er trank aus. „Gut, Mai Lei! Bis morgen.“

„Vielleicht können Sie inzwischen etwas über Troc erfahren.“

„Ich werde mich bemühen.“

18. KAPITEL

General Zachary Taylor Flint hätte die neue Nummer der *Saigon Post* am liebsten sofort in den Papierkorb geworfen, aber er mußte sich wohl oder übel täglich darüber informieren, was dieses für den großen englischsprechenden Bevölkerungsanteil der Hauptstadt meinungsbildende Blatt brachte. An jenem Tag genügte bereits ein kurzer Blick auf die Titelseite, um dem General die Laune gründlich zu verderben. Zornig kaute er an seiner Zigarre. Vom Rotationspapier sah ihm das sehr photogene Ästhetengesicht eines Mannes in mittlerem Alter entgegen. Flint waren selbstgefällige Schönlinge immer suspekt, aber diesen angejahrten Beau verwünschte er, und er wußte genau, warum.

Die Schlagzeile lautete: „Heute kommt Senator Morrissey", und als Untertitel hieß es: „Zweite Erkundungstour in diesem Jahr". Im Bericht stand, Morrissey habe vor seinem Abflug in San Francisco alle politischen Entscheidungen verurteilt, die zur Folge hätten, daß in jeder Woche mehr als tausend Amerikaner fielen oder verwundet wurden. Der Senator kündigte an, er werde in diesem Zusammenhang einige „unbequeme Fragen" stellen. Er sprach sich auch energisch dagegen aus, daß Special-Forces-Offiziere ohne stichhaltige Verdachtsgründe eines gemeinen Meuchelmordes bezichtigt würden, und kritisierte heftig die unfaire Art der geheimen Untersuchungen. Ferner deutete er an, es sei nicht ausgeschlossen, daß er aus Saigon konkrete Vorschläge für einen ehrenvollen Frieden, mehr noch, für ein baldiges Kriegsende mitbringen werde. Die Pariser Gespräche bezeichnete er als bloße Farce. Auf die Frage, ob er mit General Flint konferieren werde, habe Morrissey geantwortet, er hoffe, die knappe Zeiteinteilung werde eine solche Unterredung gestatten.

„Der wertvollste Mann, den die Kommunisten haben", murrte Flint.

„Warum sagst du ihm das nicht ins Gesicht, Zack?" fragte Lieutenant General Elford Richardson.

„Das hätte keinen Sinn. Als ich zuletzt in Washington war, habe ich ihm vorgehalten, daß die Kommunisten seine Reden bei der Gehirnwäsche der Kriegsgefangenen als Argumente verwenden, um die Erklärung zu erpressen, die GIs hätten im Dienst imperialistischer Aggressoren gekämpft. Und weißt du, was Morrissey darauf erwidert hat? Er wisse nicht, was die Kommunisten mit seinen gedruckten Äußerungen täten und er könne es auch gar nicht verhindern; aber er werde weiterhin seine Ansichten offen aussprechen."

„Hast du eine Ahnung, was er mit seinen eigenen Friedensvorschlägen meint?"

„Ich glaube, das soll heißen: eine Koalitionsregierung. Jeder, der Vietnam und die Kommunisten kennt, weiß, daß so eine Regierung sehr rasch scheitern würde. Für mich ist seine Reise jedenfalls nichts anderes als ein beschissenes Störmanöver. Der Präsident hätte diesen großmäuligen, überständigen Hippie zu Hause behalten sollen!

„Mike Hackman wartet draußen", erinnerte Richardson den Kommandierenden General. „Er sollte herkommen, sobald du die Berichte über die heutigen Einvernahmen hast."

„Ich weiß. Geht mittlerweile mit ihm in den kleinen Konferenzraum. Ich komme gleich nach."

Von den vielen Verpflichtungen, die sich aus seiner Funktion ergaben, schätzte Flint Begegnungen mit der CIA am allerwenigsten. Er zog die Lade seines Schreibtisches auf, nahm eine Mappe mit der Aufschrift „Sonderbotschafter, April—Mai 1969" heraus und blätterte die engbeschriebenen Seiten durch; persönliche Gedächtnisprotokolle über seine Gespräche mit Michael Hackman. Rasch fand er, was er suchte: ‚16. Mai'." Das war vor vierzig Tagen. So vieles konnte in vierzig Tagen geschehen . . .

Ehe er in den Konferenzraum ging, las er noch einmal seine Aufzeichnungen über jene entscheidende Unterredung am 16.Mai.

„Zur Botschaft", befahl General Flint dem Fahrer der Stabslimousine, als sein Stellvertreter, Lieutenant General Richardson, neben ihm eingestiegen war. Langsam schob sich der Wagen in der Kolonne durch die verkehrsreichen Straßen Saigons. „Warum kommt dieser blöde Kapuzenmann nicht zu mir, wenn er was will?" murmelte Flint gereizt.

„Wahrscheinlich handelt es sich um eine Sitzung des Country Team, und die wird immer in der Botschaft abgehalten" erwiderte Richardson beschwichtigend.

„Was die CIA und die Special Forces wohl wieder im Schild führen?! Immer das gleiche: ich werde natürlich nicht vorher informiert!" Die Grünen Teufel und vor allem die Einheiten der 5th Special Forces Group waren der Fluch seines Lebens. Ihre Sondereinsätze ließen sich nie auf seinen Lagekarten markieren, und er verdächtigte sie aller nur denkbaren geheimen, selbständigen, wie er meinte „unverantwortlichen" Aktionen und dunklen Machenschaften. Schon oft hatte er dagegen protestiert, daß sie eine seinem Einfluß entzogene, kleine Armee für sich bildeten.

Hackman und Botschafter Hill erwarteten ihn bereits. Flint zog eine Zigarre aus der Brusttasche. „Also, was ist los?"

„Mike hat den starken Verdacht, daß Angehörige der 5th Special Forces Group vielleicht — ich betone, vielleicht — einen angeblichen Doppelagenten umgebracht haben", erklärte Hill.

„Was glauben Sie, wieviel vermutliche Sympathisanten der Kommunisten täglich erledigt werden?" gab der General ungerührt zurück. „Weil wieder einmal ein feindlicher Spion erwischt und umgelegt wurde, muß das Country Team zusammentreten?"

Hackman ignorierte Flints Bemerkung. „In diesem Fall geht es nicht bloß darum, daß ein Agent des Gegners unschädlich gemacht wurde." Dann berichtete er über die Abfolge der bisherigen

Ereignisse und schloß: „Vor einer Stunde erhielt ich von den Special Forces die Meldung, daß der Agent eine gefährliche Mission übernommen hat, ganz auf sich allein gestellt, ohne Funkverbindung mit dem Kommando in Nha Trang. Aber wahrscheinlich haben ihn Ihre Grünen Teufel gestern abend einer ‚Badekur' im Meer unterzogen."

Flint hörte mit steigender Erbitterung zu. Hackman fuhr fort: „Wenn unsere Hypothese stimmt, müssen wir uns auf eine sehr bedenkliche Situation gefaßt machen. Wie Sie wissen, wird Senator Morrissey in nächster Zeit nach Vietman kommen. Falls wir diese Affäre nicht selbst klären, ist es durchaus möglich, daß der Senator auf eigene Faust Nachforschungen durchführt. Er kennt die Schwägerin des Agenten und will ihr sogar ein amerikanisches Stipendium verschaffen."

Als der General noch immer verbissen schwieg, konfrontierte ihn Hackman mit weiteren Eröffnungen: „Wir haben Grund zu der Annahme, daß einige von Präsident Thieus Ministern unabhängig mit Hanoi verhandeln. Thieu vermutet es auch, nur kann er nichts beweisen. In Saigon gibt es gegenwärtig starke Gruppen einer driten Kraft. Aber um Thieu auszuschalten und eine Koalitionsregierung zu bilden, braucht diese Bewegung Rückhalt in Washington. Ich vermute, Morrissey hat sich bereit erklärt, im Senat die Macht der ‚Tauben' und der Liberalen zu mobilisieren und dadurch den Präsidenten zur Anerkennung eines neuen Regimes in Südvietnam zu zwingen. Damit wäre der Krieg beendet, unsere Truppen kämen nach Hause, und Morrissey wäre der große Held." Nach einer Pause fügte Hackman trocken hinzu: „Die Tatsache, daß ganz Asien in einem Blutbad gigantischen Ausmaßes dem Kommunismus anheimfallen würde, läßt man in den politischen Kreisen der USA völlig außer acht."

„Aber was hat das alles mit einem Doppelagenten und meinen Einheiten zu tun?" fragte Flint unwirsch.

„Dieser Mann scheint mehr als ein Doppelagent zu sein." Der Stationschef betonte jedes Wort. „Er ist vielleicht der Vermittler zwischen der Saigoner dritten Kraft und Hanoi."

„Und welche Rolle spielt der Senator?"

„Da muß ich eine Gegenfrage stellen: wie lange haben Sie sich um die Ermächtigung bemüht, nach Kambodscha vorstoßen und die Schlupfwinkel des Feindes ausräuchern zu dürfen? Ein Jahr? Zwei Jahre?“

Flint ließ ein zorniges Pfauchen hören. „Ich habe den Führungsspitzen in Washington immer wieder die Türen eingerannt, um sie von der dringenden Notwendigkeit zu überzeugen, die kommunistischen Truppenkonzentrationen jenseits der kambodschanischen Grenze zu vernichten. Ist die Frage damit beantwortet?“

„Ja. Und nun haben wir einen Operationsplan. Wir können auf Befehl des Präsidenten losschlagen. Stimmt das?“

„Natürlich. Jederzeit.“

„Und was, glauben Sie, geschähe, wenn Morrissey oder eine der ‚Tauben‘ von diesem Plan erfährt, bevor Sie den Einsatzbefehl gegeben haben?“

Flint biß das Ende seiner Zigarre durch, spuckte den feuchten Tabakbrocken in die Hand und warf ihn in die Aschenschale.

„Darum geht es.“ Hackman hatte nun alle Karten aufgedeckt. „Wir rechnen mit der Möglichkeit, daß dieser Agent die Kambodschapläne kennt. Die Ausbildung landeseigener Söldnerverbände erfolgte durch Angehörige der Special Forces. Wir müssen klären, wie weit der Mann Informationen sammeln konnte.“

Flint kochte vor Wut. Mit seiner tiefen, heiseren Stimme polterte er los: „Wenn bei meiner Kambodschaoperation verfrüht dazwischengefunkt wird, dann werde ich die Schuldigen packen — und wenn ich den Rest meiner aktiven Dienstzeit damit verbringen muß, die Kerle zu jagen und zu stellen. Ein Rückschlag bei der Offensive zur Vernichtung der feindlichen Ausgangsbasen könnte die Verluste, die wir während dieses Absetzmanövers — das man in Washington ‚planmäßige Truppenreduzierung‘ nennt — erleiden würden, auf das Zehnfache steigern!“

„Ermitteln Sie, was geschenen ist, General. Wir müssen es wissen.“

„Ich werde es herausfinden, verlassen Sie sich darauf. Und ich werde aufräumen, sehr gründlich sogar!“ Flint stand auf. Nur mühsam unterdrückte er seinen Zorn. „Sonst noch was?“

Auch Hackman erhob sich. „Ich bin fertig. Wir behalten die Situation weiterhin scharf im Auge.“

Rückblickend erkannte General Flint, daß er an jenem und den folgenden Tagen unüberlegt gehandelt hatte. Er erinnerte sich noch genau an das Gespräch mit seinem Stellvertreter am Nachmittag des 16. Mai.

„Es ist Zeit für längst fällige, einschneidende Maßnahmen!" sagte Flint nachdenklich. „Die CIA und die Special Forces haben schon viel zu lange völlig freie Hand. Die Grünen Teufel sind nichts anderes mehr als die uniformierten Söldner des Geheimdienstes."

„Ich bin ganz deiner Meinung, Zack. Einige von uns versuchen schon seit Jahren, Ordnung zu schaffen."

„Ich weiß. Und ich bin der Mann, der radikal durchgreifen wird. Jetzt geben sie mir die beste Gelegenheit dazu. Einer schiebt die Schuld auf den anderen. Die Special Forces und die CIA sind die tiefsitzenden, fatalen Krebsgeschwüre, die im Organismus der regulären Truppen meines Kommandos wuchern. Diese Gefahrenherde werde ich nun ausmerzen."

In seinem eigenen Büro angekommen, griff Flint sofort zum Hörer des roten Telephons auf seinem Schreibtisch. „Verbinden Sie mich mit Colonel Stuart, Kommandeur der 5th Special Forces Group in Nha Trang!"

Sorgfältig verwahrte der General die Aufzeichnungen über den 16. Mai wieder in der Lade. Vielleicht hatte er falsch reagiert, aber nun war es zu spät. Er schrieb ein Memo für General Richardson: „Da jederzeit mit neuerlichen Angriffen nordvietnamesischer Verbände zu rechnen ist, werden alle Transportmittel im Kampfraum gebraucht. Infolge der Truppenreduktionen sind keine Einheiten verfügbar, die den militärischen Schutz ziviler VIPs übernehmen könnten. Deshalb kann das Oberkommando in Vietnam gegenwärtig keinerlei Unterstützung für Informationsreisen gewähren."

Das wär's für den Senator, dachte er mit stiller Genugtuung.

19. KAPITEL

Durch das Fenster in der Luxusklasse des PANAM-Clippers sah Senator Theodore Morrissey tief unten die kreuz und quer verlaufenden Kanäle, die wie ein Gittermuster die weiten Reisanbauflächen durchzogen. Der Widerschein der Sonne auf überfluteten Feldern blendete die Augen; das Leuchten verblaßte und verschwand, als die Maschine über trockenes Gebiet hinwegzog, es kam wieder als hellschimmernder Grund der Schattierungen des Schilfs, das in den Sümpfen wuchs. Dann neuerlich der Spiegelglanz bewässerter Plantagen.

Steil setzte der Jet zur Landung in Tan Son Nhut an, um dem Beschuß durch Infanteriewaffen aus dem von Kommunisten wimmelnden Gelände vor Saigon zu entgehen. Der Senator schloß seinen Sicherheitsgurt; beim Blick aus dem Fenster wunderte er sich über die vielen Flugzeuge auf den Pisten und über andere in der Luft, die ebenfalls landen wollten. Er hatte gehört, daß Tan Son Nhut hinsichtlich der Frequenz an zweiter Stelle der Weltrangliste stehe. Den ersten Platz nahm jener Flughafen ein, von dem er vor etwa fünfundzwanzig Stunden gestartet war: der New-Yorker John F. Kennedy Airport, als „JFK“ bereits international zum Begriff geworden.

Nach der glatten Landung rollte der Klipper zum Ankunftsgebäude, das seit Morrisseys letztem Besuch wesentlich erweitert worden war. Die hübschen Stewardessen wünschten ihm viel Glück für seine Friedensbestrebungen. Als er über die Gangway herabstieg, sah er Tom Lawlor. Der Sekretär begrüßte seinen Chef und nahm ihm die Aktenmappe ab.

„Hatten Sie einen guten Flug, Senator?" fragte er.

„Ausgezeichnet. Außerdem hatte ich jetzt endlich Gelegenheit, alles zu lesen, was über den Fall der Grünen Teufel bisher veröffentlicht wurde."

„Das ist hier das Gesprächsthema Nummer eins!" Lawlor erledigte rasch alle Formalitäten und führte den Senator zum Empfangsraum für VIPs. „Ich dachte, es wäre ganz günstig, wenn Sie die Journalisten begrüßen, Sir, da wir die Hilfe der Presse brauchen werden." Er zeigte Morrissey die neueste Ausgabe der *Saigon Post.* „Sie beherrschen heute die Titelseite." An der Tür sagte er: „Morgen sind Sie beim Botschafter zum Lunch eingeladen. Aber bis jetzt konnten wir noch kein Treffen mit General Flint vereinbaren. Vorläufig haben die militärischen Stellen auch auf meine Bitte um Organisierung von Informationstouren noch nicht positiv reagiert. Die Presseleute werden Sie fragen, welche Resultate Sie sich von dieser Reise erwarten."

„Keine Sorge, Tom, den Umgang mit Journalisten bin ich seit Jahren gewöhnt."

Morrissey betrat den Raum. Er wußte genau, wie man einen geschickt unterspielten, aber publikumswirksamen Auftritt hinlegte, und setzte sich auf einen vorbereiteten Stuhl, der von Reportern und Photographen umlagert war. Auch zwei TV-Kameraleute hatten sich mit ihren Beleuchtern entsprechend postiert.

„Guten Tag, meine Herren!" sagte der Senator freundlich. „Ich danke Ihnen für Ihr Interesse an meiner Ankunft, und da Sie in so erfreulich großer Anzahl erschienen sind, kann ich daraus nur schließen, daß es heute nicht viel über die Kriegsereignisse zu berichten gibt."

Gelächter antwortete ihm, die Pointe saß. Dann begannen die Journalisten Fragen zu stellen.

„Senator, welchen Zweck verfolgen Sie mit Ihrer Reise?"

„Ich habe keinerlei Verständnis für Leute, die diesen Krieg

kritisieren, aber die die Strapazen scheuen, selbst hierherzukommen, um sich persönlich zu überzeugen, was wirklich los ist."

„Sind Sie noch immer der Meinung, daß der Präsident alle Truppen abziehen und hier alles aufgeben sollte?"

„Von ‚aufgeben' habe ich niemals gesprochen. Dafür war unser Einsatz an Menschen und Material zu hoch. Ich hoffe, daß wir unsere Ziele erreichen werden, ohne weiterhin amerikanische Soldaten opfern zu müssen."

„Haben Sie bestimmte Vorstellungen davon, *wie* diese Ziele realisiert werden könnten?"

„Ich hoffe, daß ich vor meinem Abflug aus Vietnam konkrete Erklärungen darüber geben kann. Ich bin nicht auf einer Vergnügungsreise."

„Wie beurteilen Sie den Fall der Grünen Teufel?"

„Im Moment kein Kommentar. Während meines Aufenthaltes werde ich mit dem Verteidiger, Mr. McEwan, konferieren. Meiner Ansicht nach geschieht diesen Offizieren schweres Unrecht. Wir brauchen solche Männer bei der Armee. Drüben forderte man im Senat und im Repräsentantenhaus die Armee mit allem Nachdruck auf, entweder die Beschuldigungen zurückzuziehen oder die ganze Wahrheit zu sagen und schonungslos auch die Hintergründe der Affäre aufzudecken. Ich bin der Meinung, einige Personen in den USA fürchten nichts so sehr, als daß die amerikanische Öffentlichkeit die ganze Wahrheit erfährt."

„Welche Personen, Senator?"

„Ich glaube, daß Sie die Antwort auf diese Frage ebensogut wissen wie ich", sagte Morrissey elegant ausweichend, und fügte hinzu: „Meine Herren, ich verspreche Ihnen genauere Auskünfte über meine Aktionen, bevor ich abreise. Bitte geben Sie mir nun Gelegenheit —" er stand auf und schitt zur Tür „— die Gefahren und Mißstände aufzudecken, über die ich Ihnen dann berichten werde." Noch ein Lächeln, eine photogene Abschiedsgeste, und der Senator verließ in Begleitung seines Sekretärs den Raum. Draußen war ein Prachtstück von einem Straßenkreuzer geparkt. Sie stiegen ein.

„Die Botschaft ist viel hilfsbereiter als das Militär", bemerkte Lawlor.

„Das wundert mich gar nicht." Morrissey wartete darauf, daß

ihm Lawlor von Mai Lei erzählen werde, aber der Sekretär sprach nur über Termine für die nächsten Tage. Schließlich wurde der Senator ungeduldig. „Tom, konnten Sie mit der jungen Dame, die wegen der Friedensvorschläge mit uns zusammengearbeitet hat, Kontakt aufnehmen?“

„Ja, Sir. Ich habe sie zweimal im PRODS-Büro besucht, sie gab mir eine Nachricht für Sie mit.“ Er reichte dem Senator ein blaues Kuvert. Morrissey unterdrückte den Wunsch, es gleich zu öffnen und ließ es in die Sakkotasche gleiten.

„Alles weitere im Hotel, Sir.“ Lawlor streifte den vietnamesischen Fahrer mit einem Blick und flüsterte Morrissey zu: „Senator, Sie haben keine Ahnung, wie viele Zuträger es in dieser Stadt gibt!“

„Ich verstehe, Tom.“

Es schien Stunden zu dauern, bis die Botschaftslimousine vor dem Caravelle-Hotel hielt. Lawlor wies den Fahrer an, um fünfzehn Uhr wiederzukommen, dann betraten sie die Halle. Das Appartement für den Senator war bereit. Lawlor begann sofort mit einer gründlichen Durchsuchung des Salons. Schließlich entnahm er seiner eigenen Attachémappe ein Transistorgerät, stellte es auf einen Tisch bei der Tür und bedeutete dem Senator, zum Fenster zu kommen, wo zwei Fauteuils standen.

„Ich übertreibe nicht, in Saigon wimmelt es von Spitzeln. Einige Freunde bei der militärischen Abwehr haben mir gesteckt, was vorgeht. Alle überwachen sich gegenseitig. Hier traut keiner dem anderen. Vom Country Team die ganze Rangordnung herunter. Gott weiß, wie viele CIA-Gruppen auf den verschiedenen Ebenen des amerikanischen Verwaltungsapparates hier mit scheinbar widersprüchlichen Aufträgen in Aktion sind. Die Agenten bespitzeln einander. Neben der CIA besteht der Sicherheitsdienst der Armee, der direkt für General Flint arbeitet. Verlassen Sie sich darauf, Sir, das alte Rauhbein möchte alles wissen, was Sie in diesem Raum sagen. Dann gibt es noch die Sicherheitsdienste der Luftwaffe, der Kriegsmarine und des Verteidigungsministeriums. Das sind nur die amerikanischen Organisationen. Die Südvietnamesen haben nicht weniger als vier deklarierte Geheimdienstapparate und dazu wahrscheinlich einige illegale Spionageringe einzelner Interessengruppen. Gar nicht zu reden von der feindlichen Spionagetätigkeit. Aber die brauchen wir in unserem besonderen Fall nicht zu fürchten."

Verblüfft hörte sich Morrissey diese Eröffnungen an. Wollte sein Sekretär ihn nur mit seiner Umsichtigkeit beeindrucken? War er vom Spionagefieber angesteckt?

„Sie möchten sicherlich Mai Leis Brief lesen, Sir. Bitte lassen Sie sich nicht stören. Dann können wir weitersprechen. Sie werden ein großes Pensum an Informationen zu bewältigen haben."

Der Senator holte das Kuvert aus der Tasche, riß es auf und entfaltete begierig das Blatt. Es war kein langer Brief, und als er ihn gelesen hatte, starrte er gedankenverloren zum Fenster hinaus. Er war wie vor den Kopf geschlagen. Nach einigen Minuten betroffenen Schweigens fragte Lawlor schonend:

„Hat sie Ihnen geschrieben, mit wem sie verschwägert ist?" Morrissey nickte stumm. „Ich fürchte, dieser Umstand wird Ihren Friedensplänen nicht förderlich sein, Sir."

Der Senator tippte auf den Brief. „Das ist ein Schock, Tom, ein wirklicher Schock. Schrecklich! Nun steht Mai Lei wahrscheinlich schon längst unter scharfer Beobachtung."

„Damit müssen Sie leider rechnen, Sir."

„Wie kann ich mit ihr sprechen, Tom?" Morrissey wollte viel mehr als das; seit Tagen sehnte er sich unendlich nach dieser Frau.

Lawlor lächelte. „Ich glaube, daß ich das regeln konnte. Es wird vielleicht nicht so eine —" er überlegte, ehe er das nächste Wort sagte „— erfreuliche Wiederbegegnung sein, wie Sie hofften, aber Sie werden mit ihr zusammenkommen können. Gestern abend war ich in Trocs Haus, um diesen Brief abzuholen. Es ist eine ziemlich luxuriöse Villa."

„Das weiß ich. Während meines früheren Aufenthalts habe ich Mai Lei dort besucht. Wie geht es ihr?"

„Sie wartet nur darauf, in die USA reisen zu können. Angesichts der gegebenen Situation ist keine Zeit mehr zu verlieren. Zum Glück hat die Presse Mai Lei bis jetzt noch nicht entdeckt."

„Wann kann ich sie sehen?"

„Für heute nachmittag ist ein Informationsgespräch bei PRODS angesetzt, und zwar in der Sektion für Befriedungsprogramme und landwirtschaftliche Entwicklungshilfe. Mai Lei wird einen kurzen Überblick geben, nachher können Sie Fragen stellen. Offenbar wird es Mai Leis Chef so einrichten, daß Sie mit ihr auch unter vier Augen reden können."

„Ich muß sagen, das klingt nicht sehr verlockend", erwiderte Morrissey verdrossen. „Wann soll denn diese Besprechung steigen?"

„Etwa in einer Stunde. Das heißt, auch früher, wenn Sie wollen, Sir."

„Jetzt gleich! Fahren wir hin."

Es war qualvoll für Morrissey, ruhig dazusitzen und sachliches Interesse vortäuschen zu müssen, während Mai Lei ihren Vortrag hielt. Sie hatte dem Senator bei dessen Eintritt nur flüchtig zugelächelt, aber das mochte einem unvoreingenommenen Beobachter als bloße Höflichkeitsgeste erschienen sein. Morrissey lernte Dong Van Trong kennen, den ranghöchsten vietnamesischen Funktionär bei PRODS. Auch That Don Dinh, Bevollmächtigter Minister im Kabinett Thieu, war anwesend. Morrissey wußte, daß Dinh für das Amt des Präsidenten ausersehen war, wenn es der dritten Kraft gelänge, Thieu durch einen Staatsstreich zu stürzen und eine Koalitionsregierung zu bilden.

Der Senator fragte sich, ob man in der US-Botschaft tatsächlich keine Ahnung davon hatte, daß PRODS diese dritte Kraft deckte. Ein als „Spezialist für Befriedungsprogramme" vorgestellter Amerikaner hatte die Informationen mit vielen trockenen Statistiken begonnen. Für Morrissey waren das kryptische Formeln, er hörte gar nicht hin; seine ganze Aufmerksamkeit galt Mai Lei, die links von ihm nah der Schmalseite des Konferenztisches saß.

Nun sprach sie über die neuerliche Erschließung bestimmter Regionen Vietnams, wodurch die Bewohner wirtschaftlich unabhängig und dem Kommunismus der Nährboden entzogen werden sollte. Morrissey versuchte, ihren Ausführungen zu folgen, aber seine Gedanken schweiften immer wieder ab. Da stand sie vor einer Landkarte des Mekongdeltas, ein schönes junges Geschöpf, das sich vom Leben alles nur erdenkliche Glück erhoffen durfte, bereit, ihr Geschick ihm, dem reifen Theodore Morrissey, anzuvertrauen und die zauberhafteste exotische Geliebte zu werden, die sich ein Mann wünschen konnte, zugleich aber auch eine tüchtige, moderne junge Frau, erfüllt von dem Streben, am Aufbau ihres Landes mitzuarbeiten und künftig für freundschaftliche Beziehungen zwischen den USA und Südvietnam zu wirken. Der Senator sehnte sich danach, dieses faszinierende Wesen in die Arme zu schließen, Mai Lei Zärtlichkeiten zu sagen, mit ihr in seinem Hotelappartement allein zu sein. Stattdessen konnte er sie nur ansehen und mußte langweilige Lageberichte über sich ergehen lassen. Mai Lei brauchte einen Mann von Format, der ihre Persönlichkeit zur Entfaltung bringen würde, dann könnte sie eine der mächtigsten Frauen Asiens werden, mächtiger als es Madame Nhu oder Madame Chang jemals waren. Und dieser liebevoll leitende Mentor würde er sein. Er und kein anderer.

Morrissey bemerkte, daß sein Schützling und die übrigen Konferenzteilnehmer die Gelegenheit benützten, um wieder ihre Argumente vorzubringen, er möge im US-Senat die dritte Kraft unterstützen, sobald sie zum Handeln bereit sei. Dennoch fühlte er sich mit wachsendem Unbehagen in die Rolle des Mitwissers an einer Verschwörung gedrängt, als Aktionspläne für eine Politik zur Sprache kamen, die der Präsident der USA und der Präsident von Südvietnam gemeinsam bekämpften. Mai Lei begründete nun die Aussichten, zum gegebenen Zeitpunkt eine Koalitionsregierung zu bilden. Morrissey vermutete, daß alle Anwesenden mit der Bewegung sympathisierten. Trotz Lawlors skeptischer Voraussagen bestärkten ihn diese Erörterungen in der Hoffnung, seine Friedensinitiative starten zu können.

„Die nordvietnamesische Volksarmee hat in den letzten fünf Jahren 600.000 Mann verloren", erklärte Mai Lei. „Nicht gerechnet die Verluste des Vietkong. Hanoi muß seine regulären Einheiten oft aus halbwüchsigen Jungen ergänzen. Der Vietkong wurde fast völlig vernichtet. Siebzig Prozent der Kämpfer in Vietkongverbänden sind keine Guerillas, sondern Soldaten aus dem Norden. Nordvietnam selbst ist durch die amerikanischen Bombenangriffe schwer angeschlagen, auch wenn die Führung in Hanoi dies nicht eingestehen wird. Die Moral der Bevölkerung ist sehr gesunken. Und die Nordvietnamesen wissen, daß die Amerikaner jederzeit wieder mit Bombardements beginnen können."

„Sie sprechen sehr überzeugend, Miß Mai Lei", sagte Morrissey. „Aber ich kann mir nicht denken, daß sich die Kommunisten nach jahrelangem Kampf in der Koalitionsregierung mit der Rolle einer Minderheit zufriedengeben würden — und zwar auf längere Sicht." Diese Erwägung sollte als Rückendeckung seinen absolut neutralen Standpunkt hervorheben, für den Fall, daß doch ein Spitzel des amerikanischen Geheimdienstes hier am Konferenztisch saß.

„Wir wissen, daß die Soldaten aus dem Norden überall bei den Vietkongsympathisanten im Süden unbeliebt sind", fuhr Mai Lei fort. „Unsere Leute finden den ungewohnten Tonfall lächerlich, das Verhalten befremdend und abstoßend, vieles stört sie. Allmählich betrachten sie die Truppen Hanois als Invasoren. An Verpflegung liefert der Norden nur minderwertigen Reis, vermischt mit russischem Weizen. Den Soldaten schmeckt er nicht, aber sie kriegen nichts anderes. Zu Ihrer Information, Senator: Im Norden sind achtzig Prozent der Arbeitskräfte für die Reisernte Frauen. Diese ermüden rascher und bringen nicht so viel ein wie die Männer, die hier im Süden als Kanonenfutter verheizt werden." Sie hielt inne, weil sie merkte, daß Morrisseys Aufmerksamkeit durch die Betrachtungen ihrer reizvollen Körperformen abgelenkt wurde. Verlegen errötend schloß sie: „Wir glauben, daß gerade jetzt eine Vereinbarung getroffen werden könnte, durch die die Kämpfe beendet, unserem Land die finanzielle Unabhängigkeit wiedergegeben und wenigstens verhindert werden soll, daß die Kommunisten den Kriegszustand andauern lassen."

Noch einmal kam der amerikanische Experte zu Wort, dann war die Konferenz vorbei. Geschickt lenkte Tom Lawlor nun die anderen ab und verwickelte sie in Diskussionen, während Morrissey mit Mai Lei sprach. Beide versuchten einen unverfänglichen Ton zu finden.

„Ist die Bewegung aktionsbereit?" fragte er leise, die Hände in die Sakkotaschen versenkend, um sich nicht plötzlich zu vergessen. „Der Text meiner Rede ist fertig, und mindestens fünf einflußreiche Senatoren werden sich für eine Koalitionsregierung einsetzen."

Sie schüttelte traurig den Kopf. „Ein Jahr lang hat sich Troc um Verhandlungen bemüht. Nur noch ein einziges Mal sollte er Kontakt aufnehmen, um Dokumente der Hanoier Führung zu holen, ausdrückliche unterzeichnete Zusagen folgender Bedingungen: That Ton Dinh wird als Kandidat für das Amt des Präsidenten akzeptiert; alle südvietnamesischen Funktionäre, die an der Bildung einer echten Koalitionsregierung mitgewirkt haben, erhalten wichtige Positionen in dieser Regierung; Haus- und Grundbesitz südvietnamesischer Staatsbürger bleibt unangetastet oder wird nur gegen angemessene Entschädigung enteignet."

„Können Dinh und die anderen auch ohne diese Dokumente vorgehen?"

„Unmöglich. Trocs Tod war für unsere Sache eine Katastrophe. Wenn wir nur wüßten, wieviel er ausgesagt hat, bevor sie ihn umbrachten!"

„Ich werde versuchen, etwas zu erfahren. Vorläufig sind also der dritten Kraft die Hände gebunden?"

„Wir werden nochmals beginnen müssen, über neue Verbindungen. Aber wir sind nach allen Seiten hin gefährdet. Trocs Schicksal war für uns ein Alarmsignal. Wir wissen nun, was uns bevorsteht, wenn wir verfrüht handeln. Die amerikanische Regierung, Präsident Thieu, sogar ein Großteil der kommunistisch gelenkten Nationalen Befreiungsfront — sie alle verfolgen eine auf totalen Sieg ausgerichtete Politik und würden jeden beseitigen, der eine andere Lösung des Konflikts anstrebt. Deshalb müssen wir sehr vorsichtig sein, um Sie nicht zu kompromittieren, Ted."

Morrissey zitterte vor Erregung. „Ich möchte mit Ihnen allein sein, Mai Lei. Wollen Sie noch immer in die USA kommen?"

„O ja, Ted, wie gern!" Sie blickte nervös auf, als zwei Amerikaner eintraten. „Darf ich es Ihnen auf der Karte zeigen?!" sagte sie laut und sachlich, während Lawlor die beiden sofort abfing und in ein Gespräch zog.

„Ist alles für meine Amerikareise vorbereitet?"

„So ziemlich. Wir müssen uns treffen!" Der stürmische Ton seiner Stimme verriet, daß er nicht nur an nüchterne Erörterungen über das Stipendium dachte.

„Ted, in Amerika werden wir tun können, was wir wollen. Und —" ihr verheißungsvolles Lächeln steigerte noch seine Sehnsucht, „— wir werden diese Freiheit voll nützen."

Sie wies auf irgendeinen Punkt der Karte. „Wir haben so vieles zu tun, Ted. Die Koalition wird kommen. Nun, da Troc tot ist, mag es ein Jahr länger dauern. Aber die Kämpfe werden enden, und die Amerikaner werden sogar noch mehr Geld schicken, um uns beim Wiederaufbau zu helfen. Wir werden Fabriken errichten, neue Wasserwege anlegen, Versicherungsgesellschaften gründen, eine Börse, wissenschaftlich geleitete Musterfarmen, in Südvietnam wird es Hunderte von neuen Industriebetrieben geben. Dinh wird Präsident sein." Ihre Augen strahlten vor Begeisterung. „Ted, bedenken Sie doch, wie viele Millionen Dollar dabei zu verdienen wären! Und keine Kriegsgewinne, sondern legitime Finanzgeschäfte im Rahmen der Entwicklung der Republik Vietnam."

Morrissey hatte von den vietnamesichen „Drachendamen" gelesen, auch von den im Wirtschaftsleben tätigen Frauen Thailands, welche den Männern an Initiative und kommerziellem Scharfsinn weit überlegen sind. Mai Lei gehörte sichtlich in diese Kategorie von Asiatinnen. Ihm wurde ein wenig bange, aber er horchte auf, als sie hinzufügte: „Stellen Sie sich nur vor, wie hoch sich unsere Anteile belaufen würden, Ihre und meine."

„Wir werden es schaffen, Mai Lei", sagte er hingerissen. „Ich verspreche Ihnen, wir werden es schaffen." Und dann flüsternd: „Aber was ist jetzt, heute abend?"

„Wir müssen warten, Ted. Es steht zuviel auf dem Spiel. Ich rufe Sie morgen nach dem Lunch an. Wir sehen einander wieder." Laut, ganz selbstsicheres Karrieremädchen, sagte sie: „Unsere Erfahrungen zeigen also, daß die Befriedungsaktionen überall dort erfolgreich sind, wo sechs Monate lang gearbeitet werden kann, ohne daß wir durch Terroristenangriffe gestört werden."

Ein hochgewachsener Amerikaner war herangetreten. „Senator Morrissey, ich bin Jim Glover und vom Außenministerium mit der Leitung von PRODS betraut. War die Konferenz zufriedenstellend?"

„Sehr aufschlußreich, Mr. Glover. Außerdem habe ich hier eine gute Bekannte wiedergetroffen, Miß Mai Lei. Wir kennen uns von meiner früheren Vietnamreise, vor acht Monaten. Miß Mai Lei ist eine sehr tüchtige, fähige junge Dame, bemerkenwert gut informiert."

„Ja, es tut uns leid, Mai Lei zu verlieren. Wahrscheinlich hat

Sie Ihnen bereits gesagt, daß sie für zwei Jahre ein Amerikastipendium erhalten hat."

„Ich weiß." Morrissey lächelte ihr zu. „Sollten mir nachträglich noch Fragen zu unseren Themen einfallen, dann darf ich Sie anrufen."

„Gewiß, Senator."

In abscheulicher Katzenjammerstimmung, den Aufruhr der Gefühle und seine tiefe Enttäuschung nur durch äußerste Disziplin meisternd, unterhielt Morrissey sich noch etwa zehn Minuten lang scheinbar angeregt mit den anderen, aber seine Gedanken waren weit weg. Dann mahnte Lawlor taktvoll zum Aufbruch. Er merkte, daß der Senator nun allein sein wollte. Auch mußte ein Termin mit Henry McEwan vereinbart werden, der jetzt bereits den ersten Tag der Einvernahmen hinter sich hatte.

20. KAPITEL

McEwans Telephon läutete. Er schob die Notizen beiseite, die er gerade aufmerksam durchgelesen hatte, bemerkte, daß es bereits halb zehn Uhr abends war, und hob ab.

„Hier Senator Morrissey", hörte er, „wie geht es Ihnen?"

„Den ungewöhnlichen Verhältnissen entsprechend."

Morrissey hielt sich nicht mit weiteren Höflichkeitsfloskeln auf. „McEwan, können wir uns treffen?"

„Sehr gern. Auf einen Drink in der Bar?"

„Ach, kommen Sie doch lieber in mein Appartement, wir können uns dort ungestört unterhalten. Ich habe von zu Hause einen guten Bourbon mitgebracht."

„Klingt verlockend. Bin schon unterwegs."

Der Senator war vollendeter Weltmann wie immer, als er die Tür seiner Suite öffnete und McEwan in den Salon bat. Nachdem er die Drinks gemixt hatte, setzte er sich seinem Gast gegenüber. „Wie stehen die Dinge für Ihre Mandanten?" fragte er.

„Unter normalen Umständen würde ich sagen: sehr gut. Ich sehe keine Möglichkeit für die Armee, den Fall hochzuspielen. Es gibt keine Beweise dafür, daß ein Verbrechen verübt wurde. In seinem Feuereifer, die Offiziere der Tat zu überführen, läßt

General Flint durch drei Schiffe der Kriegsmarine den Meeresboden vor Nha Trang nach der Leiche absuchen."

„Wurde Troc ermordet oder nicht?" fragte Morrissey unverblümt.

McEwan blickte ihn prüfend an. Der Senator war doch selbst gewiegter Jurist; glaubte er denn ernsthaft, daß sich ein Verteidiger so leicht aufs Glatteis führen ließ? „Wie ich schon sagte, es liegen absolut keine Beweise vor." Er war nicht gesonnen, alles mitzuteilen, was er wußte, sondern wollte Morrissey nur durch einige Informationen ködern, um zu erfahren, in welcher Beziehung der „Tauben"-Senator zu Mai Lei stand. „Alles deutet darauf hin, daß Troc kein gewöhnlicher Agent war. Vermutlich hat er nicht nur für die Special Forces und den Feind, sondern auch, zumindest indirekt, für die CIA gearbeitet. Außerdem haben wir stichhaltige Gründe zu der Annehme, daß er sich in einer politischen Machtgruppe betätigt hat, die weder aus Kommunisten noch aus Anhängern Thieus besteht. Das erklärt vielleicht, warum die angebliche Ermordung eines scheinbar obskuren Doppelagenten so weite Kreise zieht und eine Krise auslöst."

Er lehnte sich abwartend zurück und schlürfte den starken Highball.

„Die Special Forces werden Troc doch bis zu einem gewissen Grad verhört haben?" Morrissey sondierte sehr behutsam.

„Ja. Für die Grünen Teufel war er natürlich ein Verräter."

„Sind in den schriftlichen Unterlagen der Einvernahmen gemäß Artikel 32 irgendwelche Protokolle solcher Verhöre enthalten?"

„Mag sein, aber ich habe noch keine zu Gesicht bekommen."

„Ich möchte wissen, was dieser Agent ausgesagt hat. Soviel ich weiß, verstehen sich die Grünen Teufel ausgezeichnet darauf, einen Menschen zum Reden zu bringen. Haben Sie in Gesprächen mit Ihren Mandanten nicht erfahren, ob Troc in seinen Geständnissen etwa irgendwelche politische Aktionen erwähnt hat, an denen er sich beteiligte?"

Nun zeichnet sich deutlich ab, worauf es dem Senator ankommt, dachte McEwan. „Wenn Sie gezielte Fragen stellen wollen, werde ich sie gern an meine Mandanten weiterleiten, Sir."

„Nein, nein, keine gezielten Fragen", erwiderte Morrissey

rasch. „Ich interessiere mich nur allgemein für die Affäre. Morgen bin ich beim Botschafter zum Lunch eingeladen, und wir werden sicherlich über den Fall reden. Ich möchte nur grundätzlich informiert sein."

„Wenn Flint tatsächlich ein Verfahren vor dem Kriegsgericht anstrengt, läßt er sich auf eine sehr gewagte Sache ein. Trocs Frau arbeitet im südvietnamesischen Innenministerium, und wir wissen, daß seine Schwägerin bei PRODS angestellt ist. Der Mann hatte also Kontakt zu vielen Leuten, die an den Hebeln der Politik sitzen."

Der Senator beugte sich vor. „Das hat Troc gesagt?"

„Laut Erklärung meiner Mandanten. Diese Schwägerin hat gute Verbindungen zu einflußreichen Persönlichkeiten in den USA. Jemand übernimmt die Bürgschaft für ihren Studienaufenthalt, sie bekommt ein Stipendium der Columbia University. Wie ich höre, ist sie bildschön."

Schließlich schien er den neuralgischen Punkt getroffen zu haben. Der Senator trank aus und goß sich wieder ein, nicht zu knapp. „McEwan, Sie könnten mir einen Dienst erweisen. Ich wäre sehr interessiert daran, genau zu erfahren, was Troc während der Verhöre ausgesagt hat. Ich sammle Material über bestimmte politische Lehrmeinungen anerkannter vietnamesischer Intellektueller und Regierungsmitglieder. Deshalb möchte ich wissen, ob Troc Namen nannte oder bestimmte politische Theorien für die Beendigung des Krieges erwähnte."

„Ich werde sehen, was ich morgen eruieren kann, und wir sprechen uns dann abends." McEwan nahm einen letzten Schluck und stand auf. „Jetzt werde ich schlafen gehen, morgen habe ich einen anstrengenden Tag vor mir."

„Viel Glück und besten Dank im voraus für alles, was Sie ermitteln können." Morrissey begleitete seinen Gast bis zur Tür.

Wieder in seinem Zimmer, las McEwan seine Aufzeichnungen über Sergeant Dennis durch. Soweit er feststellen konnte, hatte die folgenschwere Wende am Morgen des 19. Mai eingesetzt. General Flint und die CIA hatten zur Kenntnis genommen, daß Colonel Stuart und dessen Offiziere Tran Van Troc in geheimer Mission zu den Kommunisten schickten. Eine sehr zweifelhafte Angelegenheit, gewiß, aber zumindest eine Notlösung.

Major Curtin legte den Telephonhörer auf und holte Major Becker, Captain Marone und Captain Lovell in sein Büro in Nha Trang. Curtins Miene verhieß nichts Erfreuliches. Ohne Umschweife begann er: „Unser Großer Bruder, die CIA, teilte mir soeben mit, daß ein Sergeant First Class, der ein grünes Barett trug, gestern abends in Trocs Haus kam. Er blieb etwa zwanzig Minuten und ließ seinen Batterierecorder bei der schönen Schwägerin. Dann wurde unser Gewährsmann sehr zurückhaltend und sagte nur, später seien andere Besucher gekommen; es wäre also wichtig, zu ermitteln, welches Tonband der Sergeant dieser mysteriösen Mai Lei übergeben hat."

„Dennis!" rief Marone. „Was treibt der Kerl dort?"

„Gerade als wir alles so schön eingefädelt hatten", murrte Curtin. „Und Dennis muß mitten im überwachten Bereich aufkreuzen! Wo ist er jetzt?"

„Bei der Verbindungsabteilung in Saigon", erwiderte Lovell.

„Sag ihm, er soll sich aus der Sache heraushalten!" befahl Curtin. „Und wenn er nach Nha Trang kommt, soll er sich sofort bei mir melden."

„In Ordnung." Lovell verließ den Raum.

„Gibt es keine Möglichkeit, Dennis außer Landes zu versetzen?" fragte Marone.

„Ich bin schon dabei", murmelte Curtin.

„Kann ich mit dir ein anderes Problem besprechen, während du auf Dennis wartest?" fragte nun Becker. „Es hat nichts mit dem Fall Troc zu tun."

„Und zwar?"

„Wir haben die Meldung, daß die Vietkongs ihre Gruppe auf der Insel verstärken. Das bedeutet, daß wir in einem Boot hinausfahren, unseren Kundschafter aus dem Wasser holen und nach seinem Lagebericht wieder vor der Insel im Meer absetzen müssen. Willst du ihm vielleicht einige Fragen stellen?"

„Ich werde darüber nachdenken. Wann sollen wir Verbindung aufnehmen?"

„Wir werden am Abend des 23. und des 24. fahren. An einem dieser beiden Termine wird er kommen."

Curtin grinste. „Da mußt du wieder einmal zu deinen Freunden bei der SCUBA gehen."

„Ja, leider. Viel lieber würde ich etwa zwanzig Sturmboote anfordern und den Schlupfwinkel ausräuchern. Es wäre höchste Zeit."

„Arbeite einen Aktionsplan aus. Wenn die B-57 nichts Besseres zu tun hat, als Flint 75 Prozent aller strategisch verwertbaren Informationen über die Feindtätigkeit in Kambodscha zu liefern, werde ich befürworten, daß ihr die Insel im Handstreich besetzt."

„Gut." Becker stand auf. „Ich bin gespannt, was Dennis zu sagen hat."

„Ich verständige dich. In ein paar Stunden wird er hier sein. Wer hat ihm überhaupt erlaubt, nach Saigon zu fahren?"

„Stuart gewiß nicht", erklärte Becker. „Ich glaube, Dennis hält sich für so wichtig, daß er glaubt, tun zu können, was er will."

„Vielleicht finde ich eine Lösung", sagte Marone düster. „Wenn wir sowieso von der SCUBA Boote bekommen ..."

„Marone!" Curtins Stimme hallte durch den Raum. „Über so etwas macht man keine Scherze!"

„Seit ich hier warte, sind schon drei Maschinen gelandet. Sie sollen sich gleich beim Major melden", sagte der Corporal mit dem grünen Barett zu Dennis, der in einem Transportflugzeug, Modell C-123, nach Nha Trang gekommen war. Mit einem mulmigen Gefühl im Magen stieg Dennis ein; der Jeep brauste davon, fuhr durch das Tor und bremste vor dem Kommandogebäude. Bewußt langsam schlenderte Dennis hinein. Der Sergeant Major blickte von seinem Schreibtisch auf. „Sieh an, da ist ja unser verlorengeglaubtes bestes Stück! Wo warst du denn?"

Dennis witterte überall Feindschaft. Jeder im Detachment wollte ihn schikanieren und ihm das Leben schwermachen; er spürte es deutlich. „In Saigon, Präsident Thieu hat mich auf ein Bier eingeladen."

„Warum hast du mir nichts gesagt. Du hättest dich abmelden müssen."

„Dazu hatte ich keine Zeit. Ein dringender Fall, geheime Mission. Außerdem bin ich ermächtigt, nach eigenem Ermessen in der Weltgeschichte herumzugondeln."

„Major Curtin erwartet dich schon.“

Als Dennis die Tür zum Büro des Majors öffnete, sah er sich allen vier Abwehroffizieren der B-57 gegenüber.

„Setzen Sie sich, Sergeant“, sagte Curtin sehr ruhig. Es war also kein Donnerwetter zu befürchten. „Leider mußten wir Sie sehr plötzlich aus Saigon herbeiholen, weil wir etwas mit Ihnen klären wollen.“

Diesen Ton lasse ich mir gefallen, dachte Dennis. Vielleicht konnte er noch rechtzeitig in die Stadt zurückkehren, um sich mit Mai Lei zu treffen. „Jawohl, Sir.“

„Kommen wir gleich zur Sache: Was haben Sie gestern abend in Trocs Haus gemacht?“

Diese Frage wirkte wie ein elektrischer Schlag. Dennis konnte nicht gleich erwidern, schluckte nur trocken und starrte dem Major ins Gesicht. Er wurde also tatsächlich überwacht! Schweigend warteten die Offiziere auf Antwort. Nun mußte er auf der Hut sein. Schließlich stieß er hervor: „Das war eine Privatangelegenheit, Sir.“

Becker zog einen Stuhl heran. „Sergeant“, seine heisere Stimme klang drohend, „im Zusammenhang mit Troc oder dessen Angehörigen gibt es keine Privatangelegenheiten. Jeder von uns hier ist unmittelbar an der Sache beteiligt. Verstehen Sie?“

Dennis nickte. Er versuchte seine Gedanken zu sammeln. Wie konnte ihm gestern jemand gefolgt sein? Er war doch so vorsichtig gewesen! Und doch wußten die Offiziere davon. Sie mißtrauten ihm. Dann fielen ihm die Blätter mit Trocs Blankounterschriften ein. Er berichtete von dem sonderbaren, makabren Gentlemen's Agreement im Polygraphenraum. „Troc wollte seiner Frau nur sagen, daß er sie liebe und nun einige Zeit fortbleiben werde, da er einen neuen Auftrag übernommen hat. Es war das Mindeste, was ich für ihn tun konnte, ich wußte doch“ — Dennis legte allen Sarkasmus in die Worte — „daß er eine sehr gefährliche Mission vor sich hatte.“

„Sie haben ihn eine Mitteilung an seine Frau sprechen lassen?“ fragte Curtin ungläubig. „Und dann haben Sie das Band nicht auf dem Dienstweg weitergegeben, damit es von einem Dolmetsch abgehört wird?“

„Er wollte unbedingt vermeiden, daß Viets davon erfahren.

Außerdem sprach er Englisch. Was er sagte, war völlig unbedenklich, im Stil eines rein persönlichen Briefes, wie ihn jeder von uns an seine Familie schreiben würde."

Captain Marones Stimme klang hohl. „Und was haben Sie ihm noch versprochen?"

„Daß ich versuchen werde, seine Freundin lebend bei der PRU herauszuholen. — Es war zu spät."

„Auf welcher Seite stehen Sie, Dennis?" fragte Becker fast in beschwörendem Ton.

„Auf unserer, natürlich." Er schluckte krampfhaft. „Ich habe mich bemüht, das Richtige zu tun. Seine Schwägerin ist sehr wichtig, ebenso seine Frau. Die beiden sollten wissen, daß wir Troc gut behandeln, oder wäre es besser, wenn sie sich beim Oberkommando beschweren, daß wir Troc die Möglichkeit verweigern, seine Angehörigen über seinen Aufenthaltsort zu informieren?"

Schweigend erwogen die vier Offiziere die Glaubhaftigkeit von Dennis' Argumenten. Curtin war der erste, der wieder sprach. „Es wäre mir lieber gewesen, Sie hätten uns das Band abhören lassen."

„Troc erzählte nur, daß er getestet wurde und nun einen Auftrag habe, bei dem er viel verdienen könne. Keinerlei verdächtige Andeutungen."

Curtin zuckte die Achseln. „Nun können wir nur hoffen, daß die ganze Sache glimpflich verläuft. O. K., Dennis, das ist vorläufig alles. Aber verlassen Sie den Posten nicht ohne meine oder Major Beckers Erlaubnis. Klar?"

Der Sergeant nickte. Nun hieß es, auf das Rendezvous zu verzichten, er konnte nicht sofort wieder um Saigonurlaub bitten. Direkt aus Curtins Büro ging er in den Playboy Club, um sich mit einigen Drinks zu trösten. Gott, wie hatte er sich auf das Wiedersehen mit Mai Lei gefreut!

Als er bei purem Scotch über seine nächste Zukunft nachdachte, stiegen ihm wieder Befürchtungen auf. Er spürte doch die stumme Ablehnung! Eine Stunde lang saß er schon da, aber kein Kamerad hatte sich zu ihm gesetzt. War er denn ein Geächteter? Immer wieder mußte er daran denken, wie ihn die Offiziere zur Rede gestellt hatten — sie die Inquisitoren, er das Opfer. Und Marones haßerfüllter Blick! Sie wollten ihn fertigmachen und dann kaltblütig erledigen. Er wußte zuviel. Aber er war gewarnt. Einer der Offiziere würde versuchen, ihn umzulegen. Der zweite heimtückische Mord war bereits geplant!

Während der nächsten Tage merkte Dennis, daß er auf kaltem Weg, ohne jede Motivierung, allmählich seiner Funktionen enthoben wurde. Er hatte nichts zu tun, niemand sprach mit ihm. Ausgestoßen. Warum ließ ihn Stuart nicht einfach zu einem anderen Detachment versetzen?

Eines Abends nach seiner überstürzten Rückkehr aus Saigon traf er im Playboy Club zufällig Sergeant Erickson von der SCUBA. Er lud ihn auf einen Drink ein, und Erickson nahm gern an. Beim dritten Whisky lächelte er Dennis verständnisinnig zu und fragte leise: „Sag, was ist denn bei euch drüben los? Für morgen abends hat die B-57 wieder eines meiner Boote angefordert. Zum viertenmal in kaum zehn Tagen!“

Eisiger Schock. Dennis nahm das Glas in beide Hände und trank aus. „Wer braucht das Boot?“

„Marone. Heute ist er mit Captain Lovell draußen. Ich habe diesmal mit einem Kameraden Dienst getauscht.“

„Und morgen werden sie es wieder brauchen?“

„Sie werden mich noch verständigen.“

Nun erinnerte sich Dennis wieder an eine zufällige Beobachtung. Blitzartig wurden ihm die Zusammenhänge klar. Untertags hatte er gesehen, wie Captain Lovell mit einem Fallschirmsack, aus dem der Lauf einer MPi ragte, sein Büro verließ. An den Luftkühlungslöchern hatte der Sergeant die Waffe als eine schwedische „K“ erkannt. An jenem Abend, als Troc verschwand und Lovell mit Marone und Becker naß und schmutzig von einer Bootsfahrt in der Bucht zurückkehrte, hatte er auch eine „K“ mit, wahrscheinlich dieselbe. Dennis war aufgefallen, daß Lovell und Marone in letzter Zeit oft miteinander sprachen. Bereiten sie eine weitere Aktion vor? Erickson bemerkte sein Zittern. „Was ist denn los mit dir? Mußt du kotzen? Trink noch einen, das hilft. Jetzt bestelle ich!“

Es war zwei Uhr nachts vorbei, als Lovell und Marone die Suche nach ihrem Kundschafter aufgaben. Seit zwei Stunden kreuzten sie lautlos eine Viertelmeile vor der Insel. „Wir werden heute abends wiederkommen müssen", sagte Marone leise und schaltete den Motor an. Das Boot fuhr mit wachsender Geschwindigkeit in Richtung Küste. Als sie das Ufer erreichten, wartete dort bereits ein Sergeant der SCUBA, um das Fahrzeug zu vertäuen. „Wir brauchen es heute abend wieder, etwa um die gleiche Zeit."

„Ich bin um zwanzig Uhr zur Stelle, Sir."

„In Ordnung."

Um drei Uhr betraten Marone und Lovell Beckers Quartier. Er schlief mit der M-16 im Arm. „Unseren guten Nung-Wachen traut er nicht genug." Marone lachte und sagte lauter: „Hallo, Major Becker!"

Mit einem Ruck fuhr der Angerufene hoch, die Waffe fest in den Händen. Das Licht der Scheinwerfer, die den Komplex beleuchteten, erhellte den Raum. Becker erkannte die beiden Captains und schwang die Füße auf den Boden. „Hat es mit der Verbindung geklappt?"

„Nein, Scheiße. Wir haben fünf Stunden gewartet. Heute nochmals das gleiche, schöne Spiel."

„Während ihr draußen wart, kam der Colonel", sagte Becker. „Er will, daß ich morgen mit ihm nach Saigon fliege, um Curtin zu treffen. Das Oberkommando führt Erhebungen durch. Gestern war den ganzen Tag ein Schnüffler hier."

Marone starrte vor sich hin. „Ich dachte, die Sache sei nun endgültig erledigt."

„Colonel Stuart hofft, daß heute alles geregelt wird. Kümmert ihr euch mittlerweile um den Kundschafter. Übrigens: Sergeant Dennis soll sich bereithalten. Wahrscheinlich brauchen wir ihn bald."

Bis zur Morgendämmerung war Dennis schlaflos auf seinem Bett gelegen. Am Vormittag kam er, scheinbar in aller Gemütsruhe, in die Waffenkammer der B-57 und zog Sergeant Worblin in ein Gespräch. Ganz beiläufig erwähnte Dennis, er werde vielleicht bald in Sondereinsatz gehen und fragte, welche Waffen mit Schalldämpfern verfügbar wären. Worblin sagte, er habe überhaupt keine Schalldämpfer, das heißt, nur für die .22-Pistole, und die sei vor etwa einer Woche an Captain Marone ausgegeben worden.

„Hat er sie noch?“ fragte Dennis beklommen.

„Nein, sie ist wieder da.“

Dennis war, als löse sich in seinem Inneren ein Krampf. Er spürte die verebbende Welle der Erleichterung. Aber dann sagte Worblin: „Seltsam. Gestern kam Captain Lovell und borgte sich meinen eigenen Schalldämpfer für seine ‚K‘ aus. Das ist doch die beste Waffe für Geheimmissionen. So ein Schalldämpfer ist schwer zu kriegen, ich wollte ihn gar nicht herborgen, konnte aber nicht gut ablehnen.“

Dennis erstarrte zu Eis. Die Gedanken wirbelten in seinem Kopf wirr durcheinander. Das Boot, das heute wieder ausfahren würde! Lovell, der schweigsame, gelehrtenhaft wirkende, in sich gekehrte Abwehr-Offizier und verschlagene Dschungelkämpfer! Der Schalldämpfer für seine Maschinenpistole! Diese ständige nervliche Anspannung wurde zur unerträglichen Folter. Der Sergeant mußte sich irgend jemandem anvertrauen. Nein, nein, Colonel Stuart würde es gewiß nicht zulassen, daß sie einen der eigenen Leute umlegten. Vielleicht sollte sich Dennis an Becker und Curtin wenden, aber die waren ja auch im Komplott. Ihm blieb nur eines: mit Colonel Stuart zu sprechen.

Von der B-57 bis zum Kommando der 5th Special Forces Group ging man etwa zehn Minuten, aber Dennis schwitzte auf dem ganzen Weg, mehr aus Angst als wegen der Hitze. Dem Sergeant Major sagte er, er habe Colonel Stuart eine wichtige Meldung zu erstatten.

„Der Colonel ist vor einer Stunde nach Saigon abgeschwirrt.“

Dennis sank in sich zusammen, Übelkeit stieg würgend vom Magen herauf. „Wann kommt er wieder?“

„Ich weiß nicht. Major Becker begleitet ihn.“

Der Schock war zu arg. Benommen schlich Dennis in den Playboy Club, setzte sich an die Bar und schlürfte zitternd einen Scotch. Nun war ihm alles klar. Der Colonel und Major Becker wußten, welches Schicksal den Sergeant First Class Peter Dennis erwartete, sie wollten nicht einmal in Nha Trang sein, wenn ein amerikanischer Bürger, ein Soldat der US-Armee, von seinen eigenen Kriegskameraden umgebracht wurde! Heute abend würden ihn Marone und Lovell kaltblütig beseitigen. Nein, wie konnte in der amerikanischen Armee solch ein ungeheuerliches Verbrechen geschehen? Dennis kannte viele Fälle von Liquidierungen aus politischen Motiven — letztes, grausames, tückisches Mittel im Kräftespiel der schmutzigen Kriege. Aber niemals war es vorgekommen, daß ein loyaler amerikanischer Soldat von anderen amerikanischen Soldaten getötet wurde.

Jemand tippte ihm auf die Schulter. Dennis fuhr herum. Es war ein Corporal der B-57, derselbe, der ihn damals vom Flugplatz abgeholt hatte.

„Ich habe einen Jeep draußen, Sergeant, Sie sollen sich bei Captain Lovell im G-2-Büro melden.“

Dennis ging auf Beinen aus Gummi; es war, als schritte er zu seiner Hinrichtung. Aber bei Tageslicht würden sie nichts unternehmen. Nun durfte er sich nicht verraten, mußte seinen Argwohn verbergen und so rasch wie möglich Klarheit darüber gewinnen, wie und wohin er flüchten könnte.

Lovell war sehr aufgeräumt, ja betont freundlich, was Dennis noch mehr beunruhigte. „Sergeant, vermutlich werden Sie heute abend in Saigon gebraucht. Ich erwarte Nachricht von Colonel Stuart, der nun schon zurück sein sollte. Bleiben Sie in der Nähe, damit wir Sie finden.“ Der Captain blickte in prüfend an. „Was ist denn mit Ihnen los, Dennis? Sie sehen ja elend aus. Haben Sie Darmbeschwerden?“

„Nein, Sir.“ Seine Stimme schwankte. „Oder vielleicht doch . . .“

„Lassen Sie sich in der Sanitätsstation verarzten. Und halten Sie sich zur Verfügung.“

Immer wieder knickte Dennis in den Knien ein und stolperte über Hindernisse, die gar nicht da waren, als er von der G-2 in sein Quartier ging, wo er sich, gequält von Furcht und Ungewißheit, auf das Bett warf und wie gelähmt liegenblieb.

Er malte sich aus, wie nun in Saigon und in Marones Büro die offizielle Version zurechtgelegt wurde. Sergeant First Class Dennis war ausgesandt worden, um persönlich mit Troc Verbindung aufzunehmen, selbst wenn er dazu die kambodschanische Grenze überschreiten mußte. Er sah die Offiziere vor sich, wie sie im Oberkommando die Sitation erklärten. Bei dem heroischen Versuch, unter allen Umständen mit dem Agenten Kontakt zu finden, war Sergeant First Class Dennis vom Sondereinsatz nicht zurückgekehrt. Wegen der Gefahr einer Aufdeckung der unilateralen amerikanischen Grenzvorstöße sei es zu diesem Zeitpunkt unmöglich, weitere Nachforschungen anzustellen ...

Niemand würde je auf den Gedanken verfallen, daß ein Offizier der US-Armee skrupellos einen Mann aus den eigenen Reihen getötet hatte. Das erschien völlig ausgeschlossen, deshalb würde kein Mensch Marone und Lovell verdächtigen. Irgendwann am Abend würden sie ihn rufen, wahrscheinlich unter dem Vorwand, er müsse nach Saigon fliegen. Im Jeep würden sie ihm eins über den Schädel ziehen, ihn mit Morphium vollpumpen, zu einem Boot schleppen und ins Meer werfen. Dann wird das Kommando die Vermißtenmeldung ausgeben, und die Existenz des Sergeant First Class Peter Dennis ist spurlos ausgelöscht. Nur seine Schwester, sein Schwager und vielleicht seine geschiedene Frau würden manchmal an ihn denken. Mai Lei, nun, ihr wird es nicht sehr nahegehen.

Über solchen Grübeleien und Schreckvisionen verstrich der halbe Nachmittag. Endlich raffte sich Dennis dazu auf, konkrete Fluchtpläne zu erwägen. Er ging wieder in den Playboy Club. Es war fast fünf Uhr. Ihm blieb noch eine Frist bis zur Dämmerung, vorher würden sie ihn nicht holen. Als er suchend um sich blickte, entdeckte er seinen Freund Master Sergeant Topping von der benachbarten Einheit des Signal Corps. Dennis nahm ihn sofort in Beschlag. Bei einem Drink erwähnte er beiläufig, daß aus Saigon unerwartet einige neue Abwehr-Sergeants eingetroffen seien, denen er sein Quartier überlassen müsse. Das klang glaubhaft, denn die Unterkünfte der „5th“ waren zur Zeit mit frisch aus den USA eingeflogenen Special-Forces-Teams voll besetzt, die auf die einzelnen Stützpunkte verteilt werden sollten. Dennis appellierte nicht umsonst an das Kameradschaftsgefühl. „Komm doch zu uns“, sagte Topping fröhlich. „Wir haben noch Platz für einen Ladykiller wie dich.“

Darauf hatte Dennis gehofft. Er fragte, ob er gleich einziehen könne. Sergeant Topping hatte einen Jeep vor der Tür stehen und war gern bereit, Dennis zu dessen bisherigem Quartier zu fahren, wo dieser nur rasch sein Waschzeug, ein sauberes Hemd und das Buch holte, das er gerade las. Kurz vor Sonnenuntergang war er wohlbehalten beim Signal Corps gelandet, aber Toppings Vorschlag, am Abend im Playboy Club noch einen zu heben, lehnte er dankend ab. Er sei zu müde, sagte er. In Wahrheit scheute er sich, bei Dunkelheit die Unterkunft zu verlassen, wo er sich endlich halbwegs sicher fühlte.

Am nächsten Morgen fuhr er in einem der Jeeps, die zwischen den beiden Truppenteilen verkehrten, über das freie Feld zur B-57. Als er an der Offizierslatrine vorbeikam, sah er Marone und Lovell. Mit geröteten Augen blinzelten sie ins Licht, ihre gestärkten Dschungelgarnituren waren zerknittert und schmutzverkrustet. „Wieder eine Nacht umsonst vertan", hörte er Marone mißmutig sagen. Kein Zweifel, sie hatten ihm aufgelauert, ohne ihn während der Dunkelheit fassen und verschleppen zu können. So zumindest deutete Dennis den ärgerlich hingeworfenen Satz. Die Offiziere bemerkten ihn, kümmerten sich aber nicht um ihn, doch er glaubte in Marones Blick mörderischen Haß zu lesen.

In diesem Moment stand sein Entschluß fest. Dennis eilte in sein altes Quartier, packte einige persönliche Dinge und zwei Tropenuniformen ein und verließ betont lässig den Komplex der B-57 in Richtung Kommando der 5th Special Forces Group. Er wußte, wohin er nun gehen mußte. Zwar hatte er keine Ahnung, wo sich in Nha Trang die CIA-Dienststelle befand; sein einziger Anhaltspunkt war, daß die CIA im Einsatzgebiet die Bezeichnung OSA führte. Als er das Areal des Kommandos erreichte, überlegte er, wie er möglichst rasch zur OSA gelangen könnte. Hier herrschte reger Verkehr von Jeeps und Stabswagen, es fiel nicht weiter auf, daß ein Sergeant der Grünen Teufel mit Gepäck am Rand der Fahrbahn stehenblieb und offenbar auf den Transport zu einem befohlenen Ziel wartete. Jetzt ging es um sein Leben, er durfte keinen, noch so geringfügigen Fehler machen.

Während Dennis vor dem Kommandogebäude stand und suchend um sich blickte, sah er einen Jeep, der in der Nähe hielt. Am Steuer saß ein Offizier, den er gut kannte, ein gewisser Major Taylor von der Abwehr, der vor eineinhalb Jahren mit ihm zusammen in Thailand eingesetzt war. Dennis ging zu dem Fahrzeug und salutierte. Taylor schien erfreut, ein vertrautes Gesicht zu sehen; einige Minuten lang sprachen die beiden über die alten Zeiten. Dann faßte Dennis Mut und fragte, ob ihn der Major zu der OSA-Station in die Stadt mitnehmen könne. Sein Wagen sei noch nicht aufgekreuzt, fügte er mit gespieltem Tadel solcher Unpünktlichkeit hinzu.

„Klar, Dennis. Es wird etwa eine Viertelstunde dauern. Setzen Sie sich mittlerweile in den Jeep."

„Danke, Sir. Sie tun mir einen großen Gefallen."

„Nicht der Rede wert. Einem alten Freund helfe ich immer gern. Ich komme so bald als möglich."

Genau 45 Minuten später bog Major Taylor auf die Hauptstraße ein und bremste vor einer großen feudalen Villa. „Wir sind da, Dennis. Ich bleibe eine Woche in Nha Trang. Besuchen Sie mich, dann gehen wir auf Krebse zu François. Ich bin im MAAG-Komplex zu erreichen."

„Danke, Sir. In nächster Zeit werde ich wahrscheinlich einen Haufen Arbeit haben, aber wenn ich frei bin, melde ich mich." Wenn ich frei bin — der Doppelsinn dieser Worte kam Dennis erst zum Bewußtsein, als er dem Jeep nachsah, der rasch wendete und zum Flugplatz zurückfuhr. Dann riß Dennis sich zusammen und marschierte geradewegs zum Tor der OSA-Villa. Ein junger Mann in Zivil ließ ihn ein.

„Ich möchte den Stationschef sprechen."

„Mr. Chalmey?"

Nun erinnerte sich Dennis an den Namen, Curtin und Becker hatten ihn in Gesprächen erwähnt. „Jawohl, Mr. Chalmey persönlich."

„Sie heißen?"

„Sergeant First Class Peter Dennis, Detachment B-57, 5th Special Forces Group, Abwehr."

„Warten Sie hier."

Durch das große Fenster blickte Dennis auf das zauberhafte Panorama der Bucht von Nha Trang mit den vorgelagerten Inseln. Aber er konnte an nichts anderes denken als an Marone, Lovell und an das Boot, das sie für gestern abend angefordert hatten.

„Guten Morgen, Sergeant“, hörte er eine freundliche Stimme sagen. „Was kann ich für Sie tun?“

„Ich möchte um Asyl bitten, Sir. Ich habe Grund zu der Annahme, daß dieselben Personen, die vorige Woche einen südvietnamesischen Staatsbürger namens Tran Van Troc getötet haben, auch mich ermorden wollen.“

Jack Chalmey blickte ihn überrascht an. Dann wurde er nachdenklich. „Ihre Erklärung scheint meinen Verdacht zu bestätigen. — Bitte kommen Sie in mein Büro, dort können Sie mir ausführlich über die Vorfälle berichten.“

Dennis folgte dem Stationschef, tief atmete er die Luft der Freiheit ein. Er war in Sicherheit. Nun begriff er, wie Flüchtlingen aus dem Ostblock zumute war, wenn sie den Eisernen Vorhang schließlich hinter sich hatten.

21. KAPITEL

Am späten Vormittag kam Tom Lawlor in Morrisseys Hotel-Appartement. Obwohl er in einem klimageregelten Raum stand, mußte er sich den Schweiß von der Stirn wischen, während er den Senator über den neuesten Stand der Dinge unterrichtete.

„Es ist mir unbegreiflich. Seit dem Morgen versuche ich, einige Touren in befriedete Gebiete zu organisieren, aber ich bekomme keine Hubschrauber. Das Kommando behauptet, die Kriegslage erfordere den Einsatz aller verfügbaren Mannschaften und Transportmittel. Das ist doch nur eine schäbige Ausrede."

„Haben Sie von unseren ‚Freunden' etwas anderes erwartet, Tom?"

„Während Sie beim Lunch sind, Sir, werde ich nochmals alle Hebel in Bewegung setzen, um doch eine Maschine samt Eskorte herauszuschinden. Wir brauchen wenigstens ein paar Photos, auf denen Sie in einem Flüchtlingslager zu sehen sind. Und wenn Sie sogar mitten unter GIs in einem Reisfeld aufgenommen werden, dann ist uns ein weites Presseecho sicher."

Das Telephon läutete. Tom ging zum Apparat. „Ich glaube, der Wagen der Botschaft ist schon da." — „Gut, der Senator kommt", sagte er in den Hörer.

Der nobelste Lebensstil im Staatsdienst wird doch den hohen Diplomaten geboten, dachte Morrissey, als er vor dem weißen, palastartigen Bau inmitten großer, streng bewachter Rasenflächen aus der Limousine stieg. Botschafter Hill hieß seinen Gast beim Portal willkommen und führte ihn in einen sehr intim wirkenden Salon. Geradezu ideal für vertrauliche Gespräche, sagte sich Morrissey. Er kannte den Botschafter, einen Berufsdiplomaten, bereits von anderen Posten. Hill war ein Mann, der oft an neuralgische Punkte der Weltpolitik entsandt wurde.

„Senator, ich nehme an, daß Sie an Ort und Stelle die gegenwärtigen Möglichkeiten für eine friedliche Lösung des Vietnamkonflikts überprüfen wollen. Leider gibt es nicht viel Konkretes zu berichten."

„Ist die Regierung Thieu bestrebt, zumindest ein Kompromiß zu erreichen, das den Frieden bringen könnte?"

„Nun, die sehr reale Aussicht, daß die Viets diesen Krieg allein, ohne amerikanische Hilfe weiterführen müssen, scheint Thieu und Ky zwangsläufig Kompromissen der einen oder anderen Art geneigt zu machen."

„Aber es dauert offenbar ziemlich lange, bis die Überlegungen unserer Verbündeten die Situation so weit entschärfen, daß hier keine Amerikaner mehr fallen müssen."

„Das liegt an der uns fast unbegreiflichen Denkweise der Asiaten. Die Zeit und ein Menschenleben bedeuten ihnen nichts."

„Gestern habe ich mit Henry McEwan gesprochen", sagte Morrissey. „Drüben in der Heimat schlägt der Fall der Grünen Teufel hohe Wellen. Glauben Sie, daß General Flint die Offiziere tatsächlich vors Kriegsgericht stellen läßt?"

„Ich hoffe nicht. Aber in rein militärische Angelegenheiten mische ich mich möglichst nicht ein."

„Botschafter, die Affäre wird zu einem Politikum mit weltweitem Echo! Was wissen Sie über den Agenten selbst? Ich habe gehört, daß er eigentlich ein Emissär der Friedensbewegung war, der die Geheimmissionen der Special Forces als Deckung benutzte, um mit dem Gegner über eine brauchbare Kompromißlösung zu verhandeln."

„So lautet die eine Theorie", sagte Hill. Ein vietnamesischer Diener in weißem Jackett und schwarzer Hose servierte Drinks.

Morrissey nahm einen großen Schluck. Er war überzeugt, daß der Botschafter über seine Beziehungen zu Mai Lei und wahrscheinlich auch über die dritte Kraft Bescheid wußte. Morrissey vermutete sogar, daß Hill diese Bewegung unterstützte. Daher konnte man mit ihm ganz offen sprechen. „Botschafter, schließen Sie nicht auch nach allen Anzeichen darauf, daß ein katastrophaler Fehler begangen wurde? Ich sehe die Situation so: der CIA war es völlig klar, daß dieser Agent Troc versuchte, durch einen Verständigungsfrieden das Ende des Krieges herbeizuführen, über den Kopf von Thieu hinweg, der jede Koalition und jeden Kompromiß ablehnt. Hinter Troc stehen prominente südvietnamesische Politiker und Intellektuelle. Die CIA war nicht bereit, die Möglichkeit eines Sturzes des Thieu-Regimes durch eine Koalitionsregierung zu riskieren; deshalb gab sie den Grünen Teufeln freie Hand, den Vermittler zu beseitigen."

„Diese Theorie kann man sich schwer zu eigen machen."

„Angenommen, das amerikanische Volk legt die Gegebenheiten so aus, daß die CIA, oder, sagen wir, die Führung einen Mann töten ließ, weil er nahe daran war, eine friedliche Lösung zu finden. Aber diese Lösung kommt nicht in Betracht, obwohl dadurch amerikanische Soldaten vor dem Tod bewahrt würden. Ich glaube, so verhält es sich in unserem Fall. Und die Grünen Teufel sind die Sündenböcke."

„Senator, politisch bin ich neutral. Ich habe unter der Ägyde beider Parteien gedient. Ich glaube, jeder Präsident der USA hat den Wunsch, diesen Krieg zu beenden, und zwar unter der Voraussetzung, daß der bewaffnete Konflikt nicht neuerlich aufflammen würde. Soweit ich die Situation überblicke, haben wir Amerikaner keine von unseren Handlungen hier zu verbergen. Aber in diesem Haus gibt es einen Mann, der Sie sicherlich besser informieren kann: Mr. Michael Hackman, der Sonderbotschafter."

Hill drückte auf einen Knopf, geräuschlos erschien der Diener. Der Botschafter sagte einige Worte auf Vietnamesisch, und der Diener verschwand wieder. Gleich darauf trat ein kräftiger Vierziger in dunkelblauem Anzug ein. In seinem stark verwitterten Gesicht hatten viele grauenhafte Erlebnisse ihre Spuren hinterlassen.

„Senator, das ist Mr. Hackman", sagte Hill. Morrissey stand auf und reichte dem CIA-Funktionär die Hand. Hackman strahlte Kälte aus, seine blauen Augen ließen an die Arktis denken. Er legte eine Plastikmappe auf den Tisch, lehnte einen Drink dankend ab und begann ohne Umschweife: „Der Botschafter dachte, daß Sie mir einige Fragen stellen wollen."

Die Konfrontation kam so plötzlich, daß Morrissey im Moment gar nicht fähig war, seine Gedanken zu ordnen und methodisch vorzugehen. Er mußte mit der Möglichkeit rechnen, daß Troc in seinen Geständnissen auch ihn erwähnt hatte. Es wäre dem Senator lieber gewesen, wenn die Begegnung mit dem CIA-Stationschef erst nach dem Gespräch mit McEwan stattgefunden hätte. Nun wußte er nicht, ob er durch Aussagen Trocs belastet war.

„Ich glaube, wir sind alle daran interessiert, mehr über den getöteten vietnamesischen Zivilisten zu erfahren." Morrissey ließ sich seine Unsicherheit nicht anmerken. „Wer war er? Hat er nur für die Special Forces gearbeitet? Stand er nicht auch im Dienst der CIA?"

„Erstens: Es gibt noch immer keine Beweise dafür, daß Tran Van Troc getötet wurde. Er hatte einen Vertrag mit den Special Forces und bezog 180 Dollar monatlich, ein hohes Gehalt nach hiesigen Verhältnissen. Die Grünen Teufel hatten Grund zu der Vermutung, daß er ein Doppelagent war. Sie wandten sich an eine von der CIA finanzierte Organisation in Nha Trang. Man riet ihnen, den Mann nicht zu beseitigen. Er verschwand. Aber er stand nie im Sold der CIA."

„Meine Informationen besagen, daß der Agent in Wirklichkeit bestrebt war, eine Verhandlungsbasis für die Beendigung der Kämpfe und — falls das Thieu-Regime gestürzt würde — für die Übernahme der Regierungsgeschäfte durch gemäßigte Politiker zu schaffen."

„Ich glaube, da irren Sie. Er war nichts anderes als ein gewöhnlicher Doppelagent."

„Warum dann dieser Aufruhr wegen seines Todes oder Verschwindens? Kennen Sie die Verhörprotokolle, Mr. Hackman?"

„Ich habe manche davon gelesen."

„Und ich möchte alles lesen, was er während der Verhöre ausgesagt hat."

„Diese Schriftstücke sind nicht greifbar, Senator."

„Wieso nicht? Sie müssen doch irgendwo archiviert sein!"

„Es handelt sich um CIA-Dokumente, die unter die Geheimhaltungspflicht fallen und nur Beamten zugänglich sind."

Morrissey plusterte sich auf. „Als Senator habe ich doch wohl das Recht, Einsicht zu nehmen — noch dazu, wo ich den Antrag auf eine Kongreßuntersuchung der ganzen Affäre erwäge!"

Hackman verkniff die Lippen. „Es wird Sie beruhigen, wenn ich Ihnen sage, daß im Verhör nichts zur Sprache kam, was Sie oder Ihren Kreis interessieren würde."

„Der Senat interessiert sich für alle Aspekte dieses Falles."

„Ich meine nicht Ihre Kollegen im Senat."

Das war ein Warnsignal, doch Morrissey wollte Hackman aushorchen. „Hat die CIA gründliche Nachforschungen über die Möglichkeit angestellt, daß Troc vielleicht darauf hinarbeitete, beide Seiten zusammenzubringen und eine Verständigung anzubahnen, um den Krieg zu beenden?"

Der Stationschef ignorierte diese Frage, griff nach seiner Mappe, öffnete sie und zog einige Photos heraus. „Diese Bilder sind Vergrößerungen nach erbeuteten Negativen. Der Amerikaner, der darauf zu sehen ist, ging mit Troc auf eine Patrouille. Nur Troc allein kehrte zurück. Es wird Sie vielleicht interessieren —" bittere Ironie klang in seiner Stimme, „— welche Verbrechen dieser Friedensapostel auf dem Gewissen hat!" Er legte die Photos vor Morrissey auf den Tisch.

Der Senator hatte sich vorgebeugt, doch beim Anblick der Bilder fuhr er entsetzt zurück. „Mein Gott!" stöhnte er.

„Ja, das ist das Ergebnis von Trocs Verbindungen zum Feind!" stieß Hackman grimmig hervor. „Sollten diese Photos des mit teuflischer Grausamkeit zu Tode gemarterten Captain Harry Morse jemals veröffentlicht werden, dann würde sich die Empörung des amerikanischen Volkes nicht nur gegen Troc richten, sondern auch gegen seine Frau, seine schöne Schwägerin und gegen jeden, der mit solchen Leuten gemeinsame Sache macht. Was würde der amerikanische Wähler von einem amerikanischen Politiker halten, der sich mit einer Gruppe von Vietnamesen solidarisch erklärt, die jede Greueltat an Amerikanern für gerechtfertigt erachten, wenn sie nur dem ‚höheren' Zweck dient: dem

Einvernehmen mit den Kommunisten!" Hackman lehnte sich zurück; die Bilder blieben vor Morrissey liegen, der noch immer vor Grauen sprachlos war.

„Im Verlauf der Untersuchungen und des kriegsgerichtlichen Verfahrens, das zu gewärtigen ist, wird alles aufgedeckt werden." Hackman lächelte anzüglich. „Ich darf noch hinzufügen: Ihr Interesse an Trocs Schwägerin blieb nicht unbemerkt."

„Mai Lei hat keine Ahnung von diesen Dingen", erwiderte Morrissey schließlich schwach. „Nicht die mindeste ... Sie können doch nicht über eine ganze Familie Sippenhaftung verhängen, weil ein einziges Mitglied ein Verbrechen begangen hat."

„Senator, Sie selbst sagten vorhin, laut Ihren Informationen versuchte Troc, beide Seiten im Interesse eines baldigen Friedens zusammenzubringen. Aber nicht *diese* beiden Seiten! Wir sind der Ansicht, daß Amerikaner sich vor der Beteiligung an Plänen zum Sturz der Regierung eines befreundeten Staates hüten sollten. Vielleicht denken Sie als Senator anders darüber."

„Was meinen Sie damit?" fragte Morrissey gereizt.

„Wenn die südvietnamesische Führung wüßte, was wir wissen, dann wüde die MSS jetzt, in diesem Augenblick, Mai Lei, Madame Tran und eine Anzahl anderer Personen, darunter einen Minister, intensiv verhören. Und das Mädchen könnte bestimmt nicht nach Amerika reisen, um ab nächstem Herbst an der Columbia University zu studieren. Präsident Thieu und Marschall Ky sind sehr allergisch gegen politische Bewegungen, die durch einen Putsch die Macht im Staat an sich reißen und mit den Kommunisten paktieren wollen." Hackman wies wieder auf die Photos. „Ihre persönliche Verbindung zu Menschen, die solche Scheußlichkeiten als selbstverständlich hinnehmen, ja vielleicht sogar gutheißen, hätte für Sie politisch sehr ungünstige Folgen, glauben Sie nicht auch?"

Morrissey war erschüttert. Schweigend trank er sein Glas aus. Dabei kam ihm Mai Leis erschreckend gefühllose Äußerung in den Sinn, Trocs Mission sei wichtiger als das Leben einiger Amerikaner. Leise fragte er: „Und wenn das alles wahr ist — warum will General Flint dann die Offiziere, die den Agenten getötet haben, unter Anklage stellen?"

Hackmans zerfurchtes Gesicht verzog sich zu einer zynischen

Grimasse. „Flint hat eine Abneigung gegen die Grünen Teufel."

Keiner der drei Männer sprach weiter. Verstört suchte Morrissey die ganze Tragweite der prekären Situation, in die er sich durch sein unüberlegtes Handeln begeben hatte, zu begreifen. Aber der CIA-Stationschef war noch nicht fertig.

„Das Komplott wird sicherlich entdeckt werden, es ist nur eine Frage der Zeit; und wenn die Verhafteten gestehen, daß ein mächtiger amerikanischer Senator mit dieser Dritten Kraft im Bund ist, dann kann Präsident Thieu als argwöhnischer Asiate aus dieser Tatsache nur eine einzige Schlußfolgerung ziehen: nämlich daß die Führungsspitze der USA sich an einer Verschwörung beteiligt, um einer Koalitionsregierung ans Ruder zu verhelfen. Immerhin gibt es, wie Sie wissen, in Vietnam bereits einen Präzedenzfall dafür, daß die USA einen Putsch begünstigen. Thieu hat ein warnendes Beispiel vor Augen: den Präsidenten Diem und zwei seiner Brüder; alle drei wurden im Verlauf eines anscheinend von den Amerikanern unterstützten Staatsstreichs gestürzt und ermordet. Und die Öffentlichkeit in den USA billigt solche Gewaltakte nicht."

„Was wollen Sie mir damit sagen?"

„Distanzieren Sie sich völlig von Trocs Angehörigen und deren politischen Freunden — im Interesse Ihrer eigenen Karriere und um uns die schwierige Aufgabe, die wir hier zu erfüllen haben, nicht noch mehr zu erschweren."

Morrissey wollte aufbegehren und diese offene Drohung des CIA-Mannes energisch zurückweisen. Wäre er jetz in Washington — dieser anmaßende Großinquisitor bekäme bald zu spüren, was es heißt, einen Senator der USA in die Enge zu treiben! Aber Morrissey war eben nicht in Washington, sondern mußte alles daransetzen, sich aus einer Zwangslage zu befreien. Katastrophen, die jählings über den Menschen hereinbrechen, schaffen das überklare Bewußtsein einer Wirklichkeit, die ans Absurde grenzt, ins Irreale des Alptraums umschlägt. Eisiges Grauen packte den Senator. Ein Skandal würde seinen politischen Ruin bedeuten, zumal doch schon die Nachricht von seiner bevorstehenden Scheidung seinen Ruf schädigen konnte. Vielleicht sollte er sofort wieder nach Hause fliegen und Genevieve bitten, zunächst keine weitere Schritte zu unternehmen.

Aber nein! Sollte er, ein Senator der USA, sich einschüchtern lassen? Er holte tief Atem, um den Botschafter und den CIA-Stationschef mit einer energischen abschließenden Entgegnung in ihre Schranken zu weisen. Da fiel sein Blick nochmals auf das Photo der unbeschreiblich verstümmelten Leiche des jungen Amerikaners. Der Gedanke, daß er selbst, der so kultivierte Theodore Morrissey, auch nur im entferntesten an einer derart abscheulichen Barbarei mitschuldig sein könnte, ernüchterte ihn. Nein, das war nicht der Zeitpunkt für große Reden.

„Ich verspreche Ihnen, die Sache in aller Stille zu erledigen", sagte er betreten. „Mir ging es nur darum, einer sehr fähigen jungen Vietnamesin die Möglichkeit zu bieten, amerikanisches Denken und amerikanische Lebensweise kennenzulernen. Mai Lei repräsentiert den Typus einer jungen Generation von Intellektuellen dieses Landes." Nun fühlte er wieder sicheren Boden unter den Füßen. „Das Mindeste, was wir tun können, ist, dieser jungen Generation die Wege zu ebnen, damit die Begabtesten von ihnen an unseren großen Universitäten studieren können."

„Vielleicht wäre es am klügsten, wenn Sie für diese Mai Lei einen anderen Bürgen suchen, der gar nichts mit der Regierung und dem Staatsapparat zu tun hat", meinte Hill trocken.

„Ja. Ja, wahrscheinlich haben Sie recht", erwiderte Morrissey, versonnen vor sich hinstarrend. „Wie wenig sogar wir im Senat von den Intrigen großen Stils wissen, in die Amerika hineingezogen wird . . ." Dann, nach einer Pause seelischer Sammlung, kam ein neuerlicher Vorstoß: „Aber in Washington werde ich nun entschiedener denn je gegen unsere weitere Beteiligung am Vietnamkrieg opponieren! Sie widerspricht allen Grundsätzen der Moral, der Menschlichkeit, der Rechtsbegriffe und den amerikanischen Idealen." Morrissey gewann bereits sein Selbstvertrauen wieder. „Noch eines, Botschafter: das Oberkommando brüskiert mich geradezu. Können Sie nicht für mich einen Flug ins Landesinnere organisieren, wo die Befriedungsaktionen mit so beachtlichem Erfolg durchgeführt werden? Es wäre doch eine Verschwendung von Steuergeldern, wenn ich mich nicht hier, an Ort und Stelle, selbst von der Situation und den Fortschritten der Entwicklungshilfe überzeuge."

Hill nickte. „Natürlich, Senator."

„Ein guter Rat", warf Hackman ein. „Verwenden Sie in Washington all Ihren Einfluß darauf, zu verhindern, daß der Fall der Grünen Teufel vor Gericht kommt. Schon in Ihrem eigenen Interesse, Senator. McEwan wird alle Minen hochgehen lassen müssen, wenn Flint wirklich die Offiziere an den Pranger stellen will. Und *das* könnte für alle sehr kritisch werden. Sie verstehen."

Morrisey verstand. „Jawohl. Ich werde alle gerecht denkenden Männer im Senat aufrufen, gegen diese Willkür zu kämpfen. Schonungslose Enthüllungen dieser krassen, tückischen Rivalität innerhalb der Streitkräfte, dieses empörenden Mißbrauchs der Befehlsgewalt, um eine persönliche Fehde auszutragen!" Der Senator wähnte sich bereits am Rednerpult. „Wir werden gründliche Erhebungen über General Flints Handlungsweise durchführen."

„Senator", sagte Hackman milde, „je weniger Erhebungen, desto besser für uns alle. Beschränken Sie sich darauf, gemeinsam mit Ihren Kollegen die völlige Annulierung der Beschuldigungen zu erreichen."

„Gewiß. Völlige Annullierung und Rehabilitierung."

„Das wäre das beste", sagte der Botschafter, sich erhebend. „Darf ich Sie nun zum Lunch bitten, Senator? Mr. Hackman ist leider dienstlich verhindert, uns weiterhin Gesellschaft zu leisten."

Morrissey hatte das Gefühl, um knappste Haaresbreite einem Erdrutsch entronnen zu sein. Er nickte dem CIA-Stationschef zu und verließ mit Hill den Salon.

22. KAPITEL

Der zweite Tag der Einvernahmen in der zum Gerichtssaal umgewandelten Kapelle verlief ebenso unerfreulich wie der erste. Nach dem Mittagessen wollte McEwan den letzten Zeugen befragen, den er mit Erlaubnis des Oberkommandos vorladen konnte: Warrant Officer John Birdseye vom CID, der die kriminalistischen Untersuchungen über den Fall durchgeführt hatte. Major Martin Stein, der Rechtsbeistand Colonel Stuarts, hielt mit seiner Meinung über die Entwicklung nicht hinter dem Berg. „Das genügt, um zu überlegen, ob man nicht lieber die Uniform ausziehen und eine Zivilpraxis eröffnen sollte", sagte er verdrossen, als sie in die Offiziersmesse gingen.

„Dem Konzept nach ist die Untersuchung gemäß Artikel 32 jedenfalls eine ausgezeichnete Einführung der Militärgerichtsbarkeit", antwortete McEwan. „Im zivilen Strafprozeßwesen gibt es keine Parallele dazu. Alles wird offen dargelegt und überprüft; dann trifft der mit dem Vorsitz betraute Offizier die Entscheidung, ob die ermittelten Fakten für ein Verfahren vor dem Kriegsgericht ausreichen oder nicht."

„Haben Sie den Eindruck, daß hier überhaupt irgend etwas offen dargelegt wurde?" fragte Captain Tracy.

„O nein, keineswegs! Und zwar deshalb nicht, weil bei diesem Fall Vorurteile und die Einmischung des Oberkommandos keinen fairen Ablauf garantieren. Die Theorie ist gut und richtig, aber die Struktur der Armee bietet dem Kommandeur die Möglichkeit, die Militärjustiz zu beeinflussen."

„Gott sei Dank, daß heute nachmittag alles vorbei ist", seufzte Captain Philip Waters, der Rechtsbeistand Major Beckers. „Ich verstehe gar nicht, warum wir überhaupt noch weitermachen. Der CID-Mann wird auch nicht mehr Licht in die Sache bringen als der CIA-Agent."

„Stimmt, doch damit wird unsere Behauptung bestätigt, daß die Einvernahmen hier in Vietnam nicht fair durchgeführt werden können", gab McEwan dem jungen Militärjuristen zu bedenken. „Wenn es zum Prozeß kommen sollte, wird unser nächster Schritt ein Antrag in diesem Sinn sein, und zwar direkt an den Präsidenten der USA." Seine Kollegen blickten ihn überrascht, ja fast bestürzt an. Er schob seinen Stuhl zurück. „Also, gehen wir wieder ins Dampfbad. Man sollte doch glauben, daß die Priester eine Klimaanlage für die Kapelle anfordern würden, wenn sie wollen, daß die Soldaten kommen, um das Wort Gottes zu hören."

Colonel Landman eröffnete die Verhandlung, und Chief Warrant Officer John Birdseye trat in den Zeugenstand. Dieser Mann war vielleicht General Flints bester Spürhund bei der CID. Der Oberkommandierende wollte fundierte, stichhaltige Beschuldigungen liefern.

Birdseye hatte das Sakko seines leichten blauen Anzugs abgelegt, nun sah man den Revolver, der im Gürtelhalfter hing. Er schwitzte stark, das weiße Hemd klebte an Schultern und Rücken. Im Raum herrschte solche Hitze, daß McEwan, während er seine Fragen stellte, nicht auf und ab ging, wie es sonst seine Gewohnheit war, sondern sich vor dem Zeugen aufpflanzte und regungslos stehenblieb.

„Mr. Birdseye, wie lange dauerte es von dem Zeitpunkt, als sich Sergeant Dennis bei der CIA meldete, bis Sie den Auftrag erhielten, Erhebungen durchzuführen?"

„Einen Tag, Sir."

„Wer erteilte Ihnen den Befehl zu Nachforschungen?"

„Die Weisung erfolgte vom Amt des Obersten Kriegsgerichtsrates."

„Hatten Sie ein persönliches Gespräch mit General Flint, bevor Sie Ihre Nachforschungen begannen?"

„Ich glaube schon."

„Gab Ihnen der General besondere Instruktionen?"

„Nur eine einzige: die Fakten zu ermitteln."

„Sagte Ihnen General Flint nicht, die Grünen Teufel seien Meister in allen Täuschungsmanövern und vermutlich des ihnen angelasteten Verbrechens schuldig? Hat er ihnen nicht den Befehl gegeben, sie hart anzupacken?"

„Ich erinnere mich nicht, daß er etwa solche Ausdrücke gebraucht hätte."

„Aber dem Sinn nach sagte er, Sie müßten sich vor den Special-Forces-Offizieren in acht nehmen?"

Birdseye zögerte, warf dem Vorsitzenden einen Blick zu, als erwarte er von ihm Hilfe, und sah dann wieder trotzig den Verteidiger an. „Ich weiß nur, daß ich an die Nachforschungen mit dem Vorsatz herangegangen bin, alle Fakten zu erheben."

„Wo haben Sie die Offiziere, die in den Fall verwickelt sind, verhört?"

„Einige in Nha Trang, die anderen in Saigon."

„Wen haben Sie als ersten verhört, Mr. Birdseye?"

Der CID-Mann furchte die Stirn, als versuchte er, sich darauf zu besinnen. „Es war Captain Lovell."

„Können Sie uns schildern, wie es zu diesem ersten Verhör kam?"

„Ich flog mit meinem Mitarbeiter, Chief Warrant Officer Rogers, nach Nha Trang. Wir meldeten uns im Büro des Provost Marshal und ließen uns einen Raum für das Verhör zuteilen; dann fuhren wir in der Limousine des Provost Marshal zum Kommando der 5th Special Forces Group und fragten dort nach Captain Lovell. Wir mußten zehn Minuten auf ihn warten. Als er schließlich auf der Bildfläche erschien, forderten wir ihn auf, mitzukommen. Das tat er."

„Haben Sie beide sich als Angehörige des CID ausgewiesen?"

„Selbstverständlich."

„Weigerte er sich, mit Ihnen zu fahren?"

„Er sagte nur, zuerst wolle er mit dem Colonel sprechen."
„Hat er mit Colonel Stuart gesprochen?"
„Nein, Sir."
„Weil Sie ihn daran hinderten?"
„Es gab keine Veranlassung, mit Colonel Stuart zu sprechen."
„Sagten Sie ihm, es wäre besser, wenn er ohne Umstände mitkäme?"
„Ich glaube, wir erklärten ihm, es handle sich um keine Verhaftung und wir gingen nicht von der Voraussetzung aus, er hätte sich etwas zuschulden kommen lassen."
„Aber von dem Moment an, als Sie ihn aufforderten, sich einem Verhör zu unterziehen, sprach er mit niemandem außer Mr. Rogers und Ihnen selbst?"
„So ist es, Sir."
„Äußerte er den Wunsch, mit seinem Kommandeur zu reden?"
„Soviel ich mich erinnerte, war Colonel Stuart nicht sofort erreichbar."
„Wollte Captain Lovell mit jemand anderem sprechen?"
„Ich glaube mit dem stellvertretenden Kommandeur, aber auch das hätte die Einvernahme verzögert, und wir erklärten Captain Lovell, daß wir die Erhebungen so rasch als möglich abschließen müßten."
„Haben Sie oder Chief Warrant Officer Rogers den Captain vor dem Verhör auf seine durch die Verfassung festgelegten Rechte aufmerksam gemacht?"
„Jawohl, Sir. Ich hielt mich streng an den Artikel 31 des Allgemeinen Militärgesetzes der USA, betreffend die Rechte einer Verdachtsperson."
„Mr. Birdseye, ich muß Ihnen meine Anerkennung für Ihren genauen Bericht aussprechen", fuhr McEwan nach einer langen Pause gleichmütig fort. „Während meiner Tätigkeit als Verteidiger habe ich noch nie eine ausführlichere Darstellung gelesen. Birdseye straffte sich vor Stolz über dieses Lob. „Aber . . ." die Worte klangen deutlich durch die schwüle Luft, „aber im Ablauf der Nachforschungen gibt es einen oder zwei wesentliche dunkle Punkte, die Sie vielleicht für uns aufklären könnten. Beim CID verwenden Sie doch sehr häufig den Lügendetektor?"
„Jawohl, Sir", entgegnete Birdseye mit Nachdruck.

„Sind Sie von der Präzision der Polygraphen überzeugt?"
„Kann man wohl sagen."
„Sie haben viele der an diesem Fall beteiligten Personen mit dem Polygraphen getestet?"
„Stimmt."
„Und es ist Ihnen gelungen, wahre und unwahre Angaben voneinander zu unterscheiden?"
„Jawohl. Bei einer dieser Personen, Major Curtin, haben wir durchwegs unwahre Antworten festgestellt."
„So, so. Mr. Birdseye. Sie haben natürlich auch Colonel Stuart darüber befragt, was er selbst mit dem Fall zu tun hat?"
„Ja, Sir."
„Auch Mr. Chalmey und andere CIA-Agenten, die mit dem Fall in Zusammenhang stehen?"
„Ja."
„Es gab eine Reihe von Abweichungen zwischen Colonel Stuarts Darstellung des Falles und den Mitteilungen der CIA-Agenten. Stimmt das?"
„Ja, Sir."
„Forderten Sie Colonel Stuart auf, sich dem Polygraphen-Test zu unterziehen, da Sie seine Aussagen anzweifelten?"
„Ja."
„Wie reagierte er?"
„Er lehnte den Test ab und erklärte, wenn das Wort eines Colonel der US-Armee nicht gelte, dann habe er den falschen Beruf gewählt und werde sich nach einem anderen umsehen."
„Mr. Birdseye, da die Angaben der CIA-Agenten und Colonel Stuarts Schilderungen in manchen Punkten so deutlich differierten, müssen Sie doch den Eindruck gewonnen haben, daß die eine oder die andere Seite nicht die Wahrheit gesagt hat."
„Diesen Eindruck hatte ich jedenfalls."
„Haben Sie die befragten CIA-Agenten zum Test mit dem Lügendetektor aufgefordert, um sich Klarheit zu verschaffen?"
„Nein, Sir."
„Aber Colonel Stuart, einen aus West Point hervorgegangenen Offizier mit zwanzigjähriger aktiver Dienstzeit und beispielhafter Führung, einen in Krieg und Frieden vielfach bewährten Truppenkommandeur, der bald zum General befördert werden

soll — diesem Mann wollten Sie die Elektroden ansetzen? Bei den CIA-Agenten hielten Sie eine solche Maßnahme nicht für nötig?"

McEwan stellte noch weitere Fragen, aber Birdseye wurde immer einsilbiger und verschlossener. Colonel Landman schien ihn noch darin zu bestärken, unklare oder gar keine Antworten zu geben. Schließlich erkannte McEwan, daß er in diesem Forum keine weiteren Argumente für die Verteidigung sammeln könne. Er entließ Birdseye aus dem Zeugenstand und wandte sich direkt an Colonel Landman, der während dieser Phase zwar eine sehr wichtige juridische Position innehatte, doch kein Jurist war. McEwan gab ein Resümee, beschränkte sich aber wegen der unerträglichen, die Konzentrationsfähigkeit der Zuhörer hemmenden Hitze nur auf wenige kurze Erörterungen.

„Die Regierung und die Armee können nicht mit zweierlei Maß messen", schloß er. „Entweder muß das ganze Beweismaterial zugänglich gemacht werden, dann müssen die CIA-Agenten über ihre Beteiligung unter Eid aussagen und die einschlägigen Dokumente vorlegen. Oder aber Sie haben keine andere Wahl, als die Beschuldigungen zurückzuziehen." McEwan machte eine Kunstpause, ehe er eindringlich sagte: „Mein Rat lautet: Lassen Sie die Beschuldigung fallen."

Dann faßte er den Vertreter des Kriegsgerichtsrates ins Auge. „Colonel, auf welchen Tatbestand, welches Delikt wollen Sie Ihre Anklage stützen? Es gibt keinen rechtskräftigen Beweis dafür, daß ein Mord verübt wurde. Ich brauche Ihnen doch nicht eines der fundamentalsten Prinzipien unserer Rechtssprechung auseinanderzusetzen: Verdachtsmomente müssen bewiesen werden, ehe man eine Person wegen eines Verbrechens vor Gericht stellen kann. Außerdem ist jedem, der den Fall kennt, völlig klar, daß im weiteren Verlauf zwangsläufig sehr viele Geheiminformationen zur Sprache gebracht werden müßten, deren Aufdeckung eine Schädigung der Armee, der CIA, unserer nationalen Sicherheit bedeuten und vielleicht sogar eine globale Vertrauenskrise heraufbeschwören würde. Die Fortführung der Untersuchung und ein Verfahren vor dem Kriegsgericht wäre nur ein Racheakt, ein Vergeltungsschlag aus unsachlichen, persönlichen Motiven, aber keineswegs den Interessen und Zielen der USA förderlich."

Nach diesem abschließenden Argument lächelte er seinen Mandanten aufmunternd zu, nahm seine Aktenmappe und seine Aufzeichnungen und verließ den zum Ersticken heißen Raum.

Die Presse erwartete ihn bereits vor der Kapellentür. Sofort bestürmten ihn alle Journalisten mit Fragen. Er hob beschwichtigend die Hand. „Zunächst gebe ich eine Erklärung ab, und dann haben Sie einige Minuten Zeit, mir Ihre Fragen zu stellen. Vor allem: ich glaube zuversichtlich, daß die Armee die Beschuldigungen gegen meine Mandanten nicht aufrechterhalten kann. Und zwar aus einem einfachen Grund, weil gar kein Delikt vorliegt. Immer wieder hat das militärische Oberkommando in autokratischer Weise den Gang der Untersuchung beeinflußt. Bestimmte Personen glauben endlich die Gelegenheit gekommen, ein Kesseltreiben gegen die Special Forces zu starten. Die Armee und die CIA haben vorsätzlich Entlastungsmaterial zurückgehalten. Der einvernommene CIA-Agent hat glattweg geleugnet, und der Erhebungsbeamte der CID wich allen konkreten Stellungnahmen aus, wobei ihn der von General Flint eingesetzte Vorsitzende unterstützte. Dennoch bin ich sicher, daß es mir mit Hilfe meiner fähigen Kollegen von der Militärjustiz gelungen ist, allen Beteiligten deutlich vor Augen zu führen, daß es eine der ärgsten Fehlentscheidungen wäre, die ein Kommandierender General der US-Armee je treffen könnte, wenn er nun einen Kriegsgerichtsprozeß anstrengen wollte. Man müßte mit Blindheit geschlagen sein, um das nicht einzusehen. Bedenken die Verantwortlichen denn nicht die Auswirkungen auf die Moral der Offiziere von Kampfeinheiten? Jeder Bataillonskommandeur, jeder Kompaniechef könnte in eine ähnliche Zwangslage geraten wie meine Mandanten. Wie soll er sich im Einsatz gegen einen grausamen, tückischen Feind verhalten, wenn er wegen bestimmter, von der Lage diktierter Aktionen schwere Repressalien des Oberkommandos zu gewärtigen hat? Soweit meine Erklärung. Gern beantworte ich Ihnen nun Ihre Fragen. Wir haben fünfzehn Minuten Zeit. Dann besuche ich die Offiziere in den Quartieren, in denen sie interniert sind. Ich wiederhole: ich glaube zuversichtlich, daß die Regierung Mittel und Wege finden wird, um die Beschuldigungen gegen die Grünen Teufel zurückzuziehen."

23. KAPITEL

Nach dem unangenehmen Gespräch mit Michael Hackman war der Lunch bei Botschafter Hill nichts anderes als eine wohlverdiente und voll genossene Erholungspause an einer ausgezeichnet bestellten Tafel. Senator Morrissey ertappte sich dabei, daß er Hills Berichten über die Erfolge der Befriedungsaktionen in den Provinzen nur mit sehr geteiltem Interesse zuhörte, weil er sich die ganze Zeit in Gedanken mit Mutmaßungen über Mai Leis nächsten Anruf beschäftigte.

Im Hotel erwartete ihn bereits Tom Lawlor; er war gespannt, etwas über den Verlauf der Unterredung zu erfahren.

„Ich gebe es ungern zu, Tom, aber ich sehe mich gezwungen, meine gesamten Planungen für diese Reise wesentlich zu ändern. Du lieber Gott, ich hatte ja keine Ahnung von dem politischen Intrigenspiel, in das ich verwickelt wurde! Von meinem Blickwinkel aus erschien alles so einfach. Eine Rede im Senat, zu Gunsten der Dritten Kraft Südvietnams, für den Frieden."

„Nichts in der asiatischen Politik ist einfach und leicht durchschaubar. Dennoch dachte ich, daß wir Chancen hätten, Sie für den Friedensnobelpreis vorzuschlagen."

„Danke für Ihre gute Absicht, Tom. Und ausgerechnet jetzt

mußten die Grünen Teufel Troc verschwinden lassen! Wir müssen versuchen, uns zu distanzieren. Es gibt Zeiten, Tom, da liegt die höhere Tapferkeit im Entschluß zum Rückzug. Hill hat versprochen, uns Hubschrauber für einen Flug in die befriedeten Zonen zu verschaffen. Rufen Sie den Verbindungsoffizier der Botschaft an, er wird alles für morgen vorbereiten. Vielleicht können wir einige Reporter mitnehmen."

„Wird erledigt. Und was ist mit Mai Lei?"

„Ich zweifle nicht daran, daß sie gefährlich, aber auch selbst in Gefahr ist. Wir müssen an allen Fronten sehr behutsam vorfühlen."

Das Telephon läutete. Lawlor hob ab. Lächelnd reichte er dem Senator den Hörer. „Sie ist es!"

„Hallo, Senator Morrissey?" meldete sich eine weibliche Stimme. „Hier spricht Mai Lei bei PRODS. Unser vietnamesischer Direktor, Mr. Dong, hat mich gebeten, Sie und Mr. Lawlor für heute nachmittags um fünfzehn Uhr dreißig einzuladen. Ich werde mich gern bemühen, Ihnen allfällige Fragen zu beantworten."

Morrisseys Herz pochte heftig, gleichzeitig empfand er bedrükkende Enttäuschung. Er wollte sie sehen, aber zumindest vorläufig bot sich keine andere Möglichkeit zu einem Treffen, als unter dem Vorwand rein sachlicher Kontakte bei einer Besprechung.

„Danke, Mai Lei. Wir werden kommen." Er legte auf, ging zum Fenster und blickte versonnen hinaus.

Wieder mußten sie mehrere Posten des amerikanischen Marinekorps passieren, ehe sie den Konferenzraum betreten konnten, in dem Mai Lei mit Dong Van Trong bereits wartete. In einer Ecke hing eine große Lagekarte. Nach der höflichen, zeremoniellen Begrüßung fragte Dong, ob er Mr. Lawlor die PRODS-Büros zeigen dürfe, während Mai Lei und der Senator Fragen erörtern würden, die sich seit der gestrigen Unterredung ergeben haben mochten.

Als sie allein war, ergriff Morrissey ihre Hand. Mai Lei erwiderte den Druck und entzog sie ihm sanft. „Machen Sie es nicht schwerer als es ist, Ted", sagte sie leise. „Wir haben nicht viel Zeit. Was haben Sie mittlerweile erfahren?"

„Der Botschafter und der CIA-Stationschef wissen alles. Über Troc, über die meisten führenden Köpfe eurer Bewegung, auch über meine Beziehungen zur Dritten Kraft, ja sogar daß ich Sie an die Columbia University bringen will.

„Aber mein Amerikastipendium war kein Geheimnis. Daran ist doch nichts Bedenkliches."

„Nein, aber jede Verbindung mit Troc ist äußerst bedenklich. Die CIA besitzt Photos von grauenhaft massakrierten amerikanischen Soldaten, die Ihr Schwager in einen Hinterhalt gelockt hatte."

„Photos?" Ihre Augen weiteten sich.

Morrissey nickte. „Wußten Sie, was mit gefangenen Amerikanern geschieht?"

„Troc hat niemals Einzelheiten erzählt."

Der Senator glaubte ihr. „Aber wußten Sie, daß als —" er legt die Betonung grausamer Ironie in die Worte, „ ‚Begleiterscheinung' von Trocs Verhandlungen amerikanische Soldaten gefoltert und ermordet wurden?"

„Davon hat er mir nichts gesagt. Ich habe solche Gedanken verdrängt. Aber Troc sagte, daß die Friedenslösung, die er anstrebte, nur unter Opfern an Menschenleben zu erreichen sei."

„Mai Lei" — er wollte sie so weit als möglich schonen — „ich . . . ich kann eure Bewegung nicht unterstützen, zumindest jetzt nicht. Ich kann mich nicht einmal für That Don Dinh und Dong Van Trong einsetzen, wenn es Beweise gibt, daß sie mit einem Kontaktmann zusammenarbeiteten, der den qualvollen Tod amerikanischer Soldaten auf dem Gewissen hat."

„Aber bringen der Krieg und die Politik nicht solche Härten mit sich? Die Amerikaner wollen doch den Frieden?" Morrissey blickte in dieses schöne Gesicht; er las in ihren Zügen befremdetes Erstaunen, Arglosigkeit, Verwunderung, nur nicht Verstehen. Seufzend sagte er: „Ost ist Ost und West ist West."

„Ich weiß. Und keine Macht wird sie vereinen bis Erde und Himmel vor Gott erscheinen."

Morrissey lächelte melancholisch. „Ja, Sie wissen es. Doch das ändert nichts an Ihrer Denkweise."

„Vielleicht lerne ich im Verlauf meines Studiums in den USA eher, wie eine Amerikanerin zu denken."

„Ja, vielleicht ... Jetzt müssen wir Pläne schmieden. Sie haben Ihr Beglaubigungsschreiben und das Stipendium für die wirtschaftwissenschaftliche Fakultät der Columbia University. Nun brauchen Sie einen ‚Sponsor', der amerikanischer Staatsbürger ist, ferner die verschiedenen Visa und erforderlichen Permits, Ihre Flugkarte und einen angemessenen Geldbetrag für Ihren Unterhalt. Ich werde alles regeln — bis auf einen Punkt, und auch den werde ich noch vor meiner Abreise klären ..."

„Was meinen Sie?"

„Im Moment kann ich in den USA nicht als Ihr Sponsor auftreten."

„Warum nicht, Ted? So war es doch ausgemacht!"

„Gewiß, aber ich kann nicht riskieren, daß meine Aktionen in Vietnam mit dem Fall Troc in Zusammenhang gebracht werden. Wenn er doch nur verhindert hätte, daß die Kommunisten die Amerikaner zu Tode folterten! Wer die Bilder sieht, begreift, warum ihn die Grünen Teufel erledigt haben."

„Troc hat bestimmt nichts mit solchen Greueln zu tun!" rief Mai Lei.

„Wir haben keine Zeit für hitzige Diskussionen", sagte Morrissey eindringlich. „Tatsachen sind nicht aus der Welt zu schaffen. Ich möchte Ihnen helfen. Wollen Sie noch immer nach Amerika kommen?"

„Natürlich. Mehr denn je. Ich will der erste weibliche Minister in der Geschichte Vietnams werden. Finanzminister! Sobald die Amerikaner Geld für den Wiederaufbau unseres Landes schikken ..."

„Ja, ich weiß. Aber zunächst müssen wir praktisch denken und überlegen, was wir den Leuten sagen sollen. Also: Während meines ersten Aufenthalts hier habe ich Sie bei meinen Recherchen über regionale Entwicklungshilfe kennengelernt. Ihre außergewöhnliche Intelligenz hat mich beeindruckt, und daraufhin regte ich an, daß man Ihnen die Möglichkeit bieten sollte, in den USA zu studieren. Voilà! Auf dieser Reise sahen wir uns kurz wieder, und ich teilte Ihnen mit, inzwischen hätte ich bei der Columbia University alles Nötige für Ihre Inskription veranlaßt. Soweit die offizielle Lesart. Einverstanden?"

„Und wie komme ich hinüber, Ted?" Sie blickte ihn flehend an.

„Wenn die CIA alles weiß, wird auch die MSS, der südvietnamesiche Geheimdienst, sehr bald informiert sein und uns verhaften. Vielleicht haben Sie keine Ahnung, was das hier bedeutet. Aber ich weiß, wie die MSS mit Verdächtigen umgeht."

Morrissey konnte sich an keine qualvollere Situation seines ganzen Lebens erinnern. Die zermürbenden Debatten mit Genevieve über die Scheidung hatten ihn viel Nervenkraft gekostet, aber dieser seelische Druck und das Bewußtsein der existentiellen Bedrohung waren noch schlimmer. Er war wohl in der Lage, Mai Lei entscheidend zu helfen, damit sie ihr Ziel erreichte. Sie würde ihm dafür ihre Schönheit, ihre Jugend und Liebe schenken. Doch schon die bloße Hoffnung auf solches Glück mußte er unter großen Gefahren erkaufen. Das Risiko, sein Ansehen und in knapp zwei Jahren auch seinen Senatssitz zu verlieren, durfte er nicht auf sich nehmen. In den nächsten Wochen konnte die Troc-Affäre weite Kreise ziehen und Morrissey schwerstens kompromittieren.

Wer sollte nun als Sponsor für Mai Lei auftreten? Morrissey überlegte angestrengt. Verschiedene Namen fielen ihm ein. Gewiß, nach seiner Rückkehr in die USA könnte er sich an einen der vielen prominenten, verschwiegenen Anwälte wenden, die er gut kannte und denen er seinerseits manche Gefälligkeit erwiesen hatte. Aber er befürchtete, daß es dann schon zu spät wäre. Mai Lei mußte Vietnam früher als geplant verlassen. Mit Schrecken wurde ihm klar, wie machtlos er als Senator der USA in diesem von Intrigen, Verschwörungen und blutigen Auseinandersetzungen zerrissenen Land war. Er konnte nicht einmal Tom bitten, die Sache in die Hand zu nehmen, denn als Sekretär war dieser beruflich zu eng mit dem Senator verbunden.

„Die Frage ist nur, den richtigen Amerikaner zu finden." Morrissey zwang sich zu einem ermutigenden Lächeln. Seine Sehnsucht, dieses exotische Geschöpf in die Arme zu schließen und es ganz zu besitzen, war so stark, daß er unwillkürlich einen Schritt von Mai Lei zurücktrat, um nicht einer spontanen Regung nachzugeben, die in dieser Situation nur eine Torheit gewesen wäre. Die Lösung des Problems kam wie eine plötzliche Erleuchtung. „Keine Sorge, Mai Lei, ich verspreche Ihnen, alles wird glatt erledigt."

„Wie denn?"

„Darüber reden wir noch. Wann sehen wir uns wieder?"

„Mr. Lawlor soll mich anrufen, Ted."

In diesem Augenblick wurde diskret an die Tür geklopft, dann traten Dong und Lawlor ein, beide mit Mienen, als entschuldigten sie sich für die Störung. „Mr. Glover, der amerikanische Direktor von PRODS, möchte Senator Morrissey begrüßen", teilte Dong mit. „Er wird sofort hier sein und steht voll und ganz zur Verfügung."

„Legen Sie sich rasch ein paar Fragen zurecht, Tom", flüsterte Morrissey. Resignierend lächelte er Mai Lei zu. Wie gern hätte er noch mit ihr allein über private Dinge gesprochen!

Der Repräsentant des US-Außenministeriums kam in den Konferenzraum. „Guten Tag, Senator. Es freut mich, daß Sie so großes Interesse an unserer Arbeit bei PRODS bekunden."

„Ihre Hilfe ist für mich sehr wertvoll, Mr. Glover", antwortete Morrissey. „Mr. Lawlor und ich möchten gern einige weitere Informationen." Er wandte sich zu seinem Sekretär. „Bitte, Tom."

24. KAPITEL

Als McEwan von der, wie er hoffte, letzten Unterredung mit den Mandanten in seiner Eigenschaft als Verteidiger ins Caravelle-Hotel zurückkehrte, fand er eine Nachricht von Morrissey vor. Der Senator wünschte ihn zu sprechen. Zwanzig Minuten später betrat der Anwalt das Appartement.

„Wurden die Einvernahmen heute abgeschlossen?" fragte Morrissey.

„Ja, alles erledigt."

„Und welche Prognosen stellen Sie?"

„Ich finde meine erste Vermutung immer wieder bestätigt: es ist keine Causa gegeben. Die Zeugen wollten nicht auf meine Fragen antworten, und der CIA-Agent berief sich auf seine Immunität. Ich kann mir nicht denken, daß Flint oder dessen Militärjuristen den Mut haben, ein kriegsgerichtliches Verfahren zu eröffnen."

„Sie reisen also in der festen Überzeugung nach Hause, daß keine weiteren Schritte unternommen werden und der Fall ad acta gelegt wird?"

„Jawohl. Es sei denn, Colonel Stuart will General Flint wegen Freiheitsberaubung und einiger anderer Delikte belangen." Mc-

Ewan lachte. „Aber Spaß beiseite. Meine Mandanten möchten so rasch als möglich zu ihrer Einheit zurück."

Morrissey war sichtlich erleichtert. „Dann haben Sie also Ihre Aufgabe gelöst und sind frei für den nächsten Fall", sagte er aufgeräumt.

„Sieht ganz so aus."

„Sehr gut. Ich, hm, ich wollte Sie fragen, ob Sie mir einen kleinen Freundschaftsdienst erweisen könnten, solange Sie noch hier sind. Die Erledigung würde sie nur einen oder zwei Tage in Anspruch nehmen."

„Eigentlich hatte ich vor, schon morgen abzufliegen." Er überlegte. „Aber das muß nicht unbedingt sein."

„Eben. Ich bin nämlich in einer etwas heiklen Lage, aus der Sie mir vielleicht heraushelfen könnten." Morrissey zögerte, dann begann er: „Es handelt sich um eine junge Dame." Er berichtete McEwan alles, was dieser über Mai Lei wissen mußte, um sich ein Bild von der Situation zu machen. Morrissey zog das Fazit seiner Mitteilungen: „Nun kann ich mich nicht für Mai Lei exponieren. Deshalb möchte ich Ihnen vorschlagen, daß Sie offiziell die Bürgschaft übernehmen und dafür sorgen, daß Mai Lei schnellstens Vietnam verläßt."

Das Telephon läutete. Morrissey hob ab und meldete sich. Er blickte McEwan an. „Für Sie."

Der Anwalt nahm den Hörer. „Danke, ich habe Bescheid gegeben, wo ich zu erreichen bin." Er faßte sich kurz und legte auf. „Senator, entschuldigen Sie mich bitte, aber ich muß sofort mit meinen militärischen Kollegen sprechen. Bis nachher. Vielleicht kann ich Ihnen helfen."

Major Stein und die drei Captains warteten in der Halle. Sie gingen in McEwans Zimmer, wo sie ungestört waren. Major Stein sagte: „Ich wollte Sie über den neuesten Stand der Dinge informieren. Das Oberkommando gibt sich keinen Täuschungen hin, daß es wegen der Publicity des Falles ziemlich schlecht wegkommt. Aber was die größte Empörung der Presse hervorgerufen und die öffentliche Meinung am meisten gegen Flint aufgebracht hat, waren die entwürdigenden physischen und psychischen Bedingungen, unter denen unsere Mandanten interniert wurden. Heiße, enge Zellen, Einzelhaft, eine Woche lang das Verbot,

Briefe zu schreiben und zu empfangen, strenge Zensur, radikale Sperre, wenn in einem Brief auch nur mit einem Wort auf die Situation angespielt wurde. All diese Schikanen brachten die USA gegen Flint auf. Und nun sieht er nur eine einzige Möglichkeit, sich zu rechtfertigen: indem er beweist, daß unsere Mandanten tatsächlich Mörder sind. Für den Oberkommandierenden in Vietnam wäre es undenkbar, in dieser Situation die Beschuldigungen fallenzulassen."

Der Major blickte McEwan ernst an. „Eines scheinen Sie über Flint nicht zu wissen: er ist die geborene Siegernatur. Schon in West Point gewann er alle Preise, die es gab — ohne auch nur im mindesten ein Streber im gängigen Sinn zu sein. Während des Zweiten Weltkriegs wurde er bereits mit knapp dreißig Jahren Colonel. Er siegte in jeder Panzerschlacht, und als er stellvertretender Kommandeur der amerikanischen 3. Armee war, verlor nicht einmal *ein* Infanteriezug ein Feuergefecht. In Korea waren seine Truppen die einzigen Verbände, die sich immer auf dem Vormarsch befanden. Er hatte enorme Verluste, aber er mußte nie Terrain preisgeben. Wenn es nach ihm gegangen wäre, hätte Flint ganz Nordkorea erobert und wäre dann gegen Peking vorgestoßen. Bis jetzt hat er noch jeden Herausforderer fertiggemacht. Und eines muß man ihm in aller Fairness zubilligen: hätte ihm Washington hier freie Hand gelassen, dann wäre der Krieg schon längst gewonnen, und unsere GIs säßen längst daheim. Natürlich hält er nichts von der sogenannten Weltmeinung. — Flint hat einen Grundsatz, der auch mir einleuchtet. Er sagt: ‚Wenn wir immer auf die Weltmeinung Rücksicht nehmen, dann wird es bald nichts mehr geben, worüber die Welt eine Meinung haben kann.' Wer eine Weile hier ist, weiß, daß er damit recht hat."

„Wann reisen Sie ab, McEwan?" fragte Brace.

„Ich habe für morgen gebucht. Aber wir können nichts unternehmen, bis Flint entweder die Beschuldigungen zurückzieht oder den Termin für den Prozeß vor dem Kriegsgericht bekanntgibt. Das kann noch drei Wochen oder sogar einen Monat dauern."

„Brauchen Sie für heute abend logistische Hilfe?" fragte Brace.

„Durchaus möglich."

„Solange Sie sich in Saigon aufhalten, steht Ihnen ein Wagen und alles, was Sie sonst benötigen, zur Verfügung. Samt verläßlichen Nung-Leibwächtern. Wir sind im Rex-Offiziersklub zu erreichen", sagte Brace. Als die Offiziere gegangen waren, suchte McEwan wieder den Senator auf.

„Ich war so frei, ein Treffen zwischen Ihnen und Mai Lei zu vereinbaren", begann Morrissey sehr verbindlich. „Etwa in einer halben Stunde."

„Sie kommt hierher?"

Lächelnd verneinte der Senator. „Tom Lawlor fing sie ab, als sie das Büro verließ und gab Ihre Zimmernummer an. Ich selbst muß sehr vorsichtig sein. Aus Gründen, die Sie bald erfahren werden, darf ich mich nur bei offiziellen Anlässen mit Mai Lei zeigen. Rufen Sie mich bitte an, sobald sie da ist."

McEwan brauchte nicht lange zu warten. Das Telephon läutete, und eine Frauenstimme meldete sich.

„Bitte, kommen Sie zu mir", sagte er höflich.

Kurz darauf klopfte es leise. Er öffnete. Im ersten Moment war er sprachlos, als er Mai Lei vor sich sah. Mit einer einladenden Geste ließ er das Mädchen eintreten.

„Guten Tag, ich heiße Henry McEwan. Nun werde ich mich wohl eine Weile darum kümmern müssen, Ihnen Hindernisse aus dem Weg zu räumen."

Lächelnd blickte sie ihm in die Augen. „Sie sind also mein Beschützer."

Er rief den Senator an. „Ich habe schon viel von Ihnen gehört, um so mehr freut es mich, Sie persönlich kennenzulernen", sagte er dann zu seiner schönen Besucherin.

„Und ich habe schon viel über Sie in den Zeitungen gelesen", erwiderte sie. „Werden Sie die Männer retten, die meinen Schwager getötet haben?"

„Es gibt keinen Beweis dafür, daß er tot ist", betonte McEwan. Wieder klopfte es an der Tür. Morrissey kam herein, ging auf Mai Lei zu und küßte sie zur Begrüßung.

„Senator", sagte McEwan. „Ich werde versuchen, die Sache in Ordnung zu bringen. Aber Sie müssen mich über alles informieren." Er ließ sich ausführlich berichten, welche Vorbereitungen getroffen waren, welche Visa Mai Lei schon besitze und was sie sonst noch brauche.

„Wir beide glauben", Morrissey legte schützend den Arm um die Schultern des Mädchens, „daß sie so bald als möglich abreisen sollte. Die Presse zum Beispiel hat noch nichts von ihrer Existenz erfahren. Man weiß wohl, daß Troc verheiratet war, aber wenn die Journalisten Mai Lei entdecken — und Sie werden zugeben, daß sie äußerst photogen ist! —, dann hätte sie keine ruhige Minute mehr."

„Hat Miß Mai Lei Schwierigkeiten mit der gegenwärtigen südvietnamesischen Regierung?"

„Im Zusammenhang mit dieser Doppelagenten-Affäre ist alles möglich", antwortete Morrissey ausweichend. „Je früher unser Gast das Land verläßt, desto besser."

„Gut, Senator. Da ich schon hier bin, übernehme ich den Auftrag, obwohl zu Hause mehrere dringende Fälle auf mich warten. Aber ich habe den Eindruck, daß Sie mir noch etwas sagen wollen. Oder täusche ich mich?" Das war eine Suggestivfrage.

„Nichts von Bedeutung", erwiderte Morrissey beiläufig. „Das heißt, in den nächsten Tagen wird mein Büro eine etwas delikate Neuigkeit mitteilen: Nach zweiundzwanzigjähriger Ehe, aus der zwei Kinder hervorgingen, lassen meine Frau und ich uns scheiden."

McEwan hob die Augenbrauen. „Nun verstehe ich, warum größte Diskretion geboten ist."

„Mit diesem Verständnis habe ich gerechnet. Was nun die Spesen und den Honorarvorschuß betrifft, werde ich Ihnen einen Scheck geben, allerdings wird es schwierig sein, ihn hier einzulösen. Doch wenn Sie . . ."

„Geben Sie Mai Lei ihre Flugkarten, ich kümmere mich um alles andere, und wir beide können unsere Angelegenheiten dann zu Hause regeln."

„Wie Sie wollen. Wegen der Tickets und der Buchung habe ich mich schon erkundigt. Aber man erklärte mir, für die Ausstellung müßte das Ausreisevisum vorgelegt werden."

„Auch das werden wir erledigen."

„Ich bin Ihnen sehr verbunden, Mr. McEwan. Für mich bedeutet das sehr viel." Lächelnd wandte er sich zu Mai Lei. „Und für unseren Schützling bedeutet es alles."

„Was *ich* tun kann, wird geschehen. Aber eines können nur Sie selbst tun. Sie kennen den Botschafter. Wenn Sie sichergehen wollen, daß alles glatt funktioniert, dann informieren Sie ihn bitte, daß ich in Ihrem Auftrag handle, damit ich, wenn erforderlich, auf seine Hilfe zählen kann."

„Ich weiß nicht, ob ich Einfluß auf Hill habe", antwortete der Senator unangenehm berührt.

Dieses Ausweichmanöver ärgerte McEwan. „Mr. Morrissey, Sie haben mich gebeten, Ihnen einen Dienst zu erweisen, bei dem ich einiges riskiere. Die Sache könnte verdammmt gefährlich werden. Unverblümt gesagt: ich soll Ihnen die Kastanien aus dem Feuer holen. Wie dieses Wagnis auch ausgeht: Sie sind außer Obligo. Wenn Sie wirklich wollen, daß diese junge Dame in Sicherheit gebracht wird, dann rufen Sie Botschafter Hill morgen vormittags an und legen ihm dringend nahe, uns notfalls volle Unterstützung zu gewähren. — Ich werde Ihnen sagen, wie Sie sich in der Botschaft alle Türen öffnen können: Setzen Sie für morgen eine Pressekonferenz an. Dann erklären Sie vor den Journalisten, Sie hätten Ihre Meinung geändert, unsere diplomatische Vertretung in Vietnam leiste Hervorragendes im Interesse der Verständigung, es erfülle Sie mit Stolz, Amerikaner zu sein und ähnliche hochgestochene Phrasen. Sie wissen doch genau, wie man so was klingend formuliert."

„Mr. McEwan, ich beharre auf meinem Standpunkt, denn ich sehe keinen Grund, von meiner Überzeugung abzugehen. Sie verlangen von mir, daß ich meine Glaubwürdigkeit in Frage stelle."

„Ich verlange von Ihnen, daß Sie zeigen, wieviel Ihnen daran liegt, daß Mai Lei in die USA reisen kann. Was werden Sie tun?"

Seufzend hob Morrissey die Hand. „Also gut, einverstanden. Aber Sie bürgen mir dafür, daß Mai Lei wohlbehalten in New York eintrifft! Noch eines: Bitte begleiten Sie das Mädchen nach Hause. Aus den erwähnten Gründen ist es besser, wenn ich nicht mit ihr zusammen in der Hotelhalle gesehen werde. In dieser kurzen Zeitspanne seit meiner Ankunft habe ich viele aufschlußreiche Beobachtungen gemacht, die mich in meiner Ablehnung des Krieges und der amerikanischen Intervention in Südostasien nur bestärkt haben. Aber" — nun verfiel er wieder in die Pose des Rhetors und schnitt jede Entgegnung des skeptisch dreinblickenden Anwalts mit einer gebieterischen Geste ab — „im Senat lernen wir, daß man zuweilen Kompromisse schließen muß. Morgen werde ich das tun. Man könnte mich deswegen der Verleugnung meiner Prinzipien zeihen, doch es steht so viel auf dem Spiel, daß ich keine Skrupel habe.“

„Recht so, Senator. Ich rufe nun um einen Jeep samt zwei bewaffneten Leibwächtern an, und wir werden Mai Lei zu Hause abliefern.“

Morrissey stand auf. Da dieses heikle Gespräch beendet war, fühlte er sich sehr erleichtert — bis auf die Tatsache, daß er zwangsläufig dem Botschafter Zugeständnisse machen mußte. Nun wünschte er sich nur mehr eines: seine vor allem im Interesse der Publicity geplante Informationstour ins Landesinnere möglichst rasch hinter sich zu bringen und dann in den geschützten Bereich unter der Kuppel des Kapitols zurückzukehren.

25. KAPITEL

Am nächsten Morgen stornierte McEwan sofort seine Buchung für den Rückflug. Mai Lei meldete sich auf seinen Rat krank. Während der nächsten zwei Tage kümmerte er sich um alles, was noch getan werden mußte, damit Miß Mai Lei Tuan aus Vietnam in die USA reisen dürfe. Dank Captain Braces Hilfe, der ihnen seinen Wagen zur Verfügung stellte, konnten sie die Behördenwege — nach asiatischen Begriffen — fast im Zeitraffertempo erledigen.

Staunend entdeckte McEwan nun, wie schön Saigon eigentlich war. Natürlich hatte er noch nie in einer exotischen Umwelt eine so reizvolle, bezaubernde Begleiterin gefunden. Durch Mai Lei lernte er auch zwei sehr gute fernöstliche Restaurants kennen. Das Bewußtsein, daß Brace und dessen Leibwächter für die Heimfahrt bereitstanden, gab ihnen ein angenehmes Gefühl der Sicherheit.

Am Abend vor dem geplanten Abflug brachten McEwan und der Captain Mai Lei bereits einige Zeit vor der Ausgangssperre nach Hause. Während das Mädchen das eiserne Gartentor aufschloß, betrachtete McEwan die verläßlichen Nungs Ying und Yang, die unter den Straßenlampen vor Trocs Villa standen. Im flackernden Licht wirkten die beiden noch unheimlicher als bei Tag; diese von den Dschungelhüten beschatteten Gesichter mit dem ständigen Lächeln und den blinkenden Goldzähnen hätten aus einem Horrorfilm stammen können. Die Schalldämpfer an den Mündungen der schwedischen K-Maschinenpistolen verstärkten noch diesen bedrohlichen Eindruck.

„Steve, heute Nacht brauchen Sie nicht wieder auf mich zu warten. Das ist nun schon das dritte Mal", sagte McEwan zu Brace.

„Mann, sehen Sie sich doch Ihre Mandantin an. Daß sie immer zwischen uns eingezwängt im Jeep sitzt — schon das allein macht die Sache verlockend", antwortete der Captain träumerisch. „Glauben Sie, daß ich in meiner beruflichen Laufbahn jemals solche Arbeitsbedingungen finden würde?"

McEwan lachte. „Ich wünsche es Ihnen, Steve. Heute nachmittag habe ich im Einwanderungsbüro vier Stunden auf Mai Lei gewartet, damit sie die letzten Stempel auf ihr Ausreisevisum bekommt. Hier muß man jeden bestechen. Aber wenigstens ist amerikanisches Geld in vietnamesischen Piastern dreimal soviel wert als nach dem offiziellen Kurs. Ich habe mir eine Menge dadurch erspart, daß ich meine Dollars in der Botschaft umwechselte. Verbringen Sie den Abend gut, ich nehme mir dann ein Taxi zum Hotel."

„Ich kann Sie hier nicht allein lassen, ohne Wachen", wandte Brace ein.

„Mir geschieht schon nichts. Wenn ich weiß, daß Sie auf mich warten, habe ich keine rechte Ruhe."

Brace überlegte einen Moment, dann nickte er grinsend. „Ich verstehe. O. K., bleiben Sie. Viel Vergnügen. Es ist ihre letzte Nacht in Saigon. Jetzt kommt es nur darauf an, daß Sie den Beginn des Ausgehverbotes verpassen, dann müssen Sie im Haus übernachten."

„Sie sind auf dem Holzweg, Steve." Auch McEwan grinste. „Senator Morrissey wird auf die eine oder andere Weise für meine Bemühungen zu bezahlen haben. Was für ein Auftrag, so eine hinreißende, fernöstliche Prinzessin bei diesem Scheißkerl abzuliefern, der nicht genug Grips und Mumm hat, sie selber herauszuholen!"

„Morrissey könnte uns nützlich sein, wenn Flint wirklich einen Prozeß erzwingt."

„Glauben Sie, daran habe ich nicht schon längst gedacht?! Also bis morgen!"

Brace startete winkend und brauste davon. Mai Lei stand im geöffneten Tor. Sie gingen über den Gartenweg auf das Haus zu. Die schöne junge Vietnamesin hielt mit beiden Händen McEwans Arm fest, als fürchte sie, ihn zu verlieren.

„Was ist los, Mai Lei?" fragte er, als sie das Haus betraten. „Sie sind so nervös. Ist heute etwas geschehen, was Sie mir verschweigen? Irgend etwas beunruhigt Sie. Sagen Sie es mir."

„Ich habe erfahren, daß der ranghöchste vietnamesische Beamte von PRODS gestern und heute nicht im Büro war."

„Na und? Vielleicht ist er krank. Sind Sie privat gut mit ihm bekannt?"

„Dong Van Trang und ich haben eng zusammengearbeitet, im Büro und an einem bestimmten Projekt, an das wir beide glauben."

„Dann müssen Sie doch wissen, wo er wohnt. Warum haben Sie ihn nicht zu Hause angerufen?"

„Das habe ich nicht gewagt. Wenn wirklich etwas geschehen ist, wäre es auch für mich sehr schlimm."

„Mai Lei, Sie sollten mir nichts verheimlichen. Vielleicht kann ich Ihnen helfen. Was hatt Morrissey mit dieser mysteriösen Geschichte zu tun?"

„Nichts. Ich kenne ihn kaum. Er ist nur daran interessiert, daß junge Vietnamesen in den USA studieren."

„Und Sie sind sein Paradepferd", bemerkte McEwan trocken. „Also gut, sehen wir Ihre Papiere durch, ob alles hundertprozentig in Ordnung ist."

Eine Viertelstunde lang war McEwan damit beschäftigt, jedes einzelne Dokument genau zu überprüfen. Die US-Botschaft hatte sich sehr entgegenkommend gezeigt. Alle amerikanischen Visa, Einreisegenehmigungen und Aufenthaltsbewilligungen für Studenten waren einwandfrei ausgefertigt. Er selbst hatte diese Formulare unterschrieben, da er nun als Mai Leis Sponsor für alle finanziellen Verpflichtungen haftete und die Verantwortung für die gute Führung der Stipendiatin übernahm. Der Botschafter persönlich hatte alle Dokumente gegengezeichnet. Das war an sich eine reine Routinesache, aber Hills Hilfe hatte im bürokratischen Apparat als wesentlicher Beschleunigungsfaktor gewirkt. McEwan mußte lächeln, wenn er an die Reaktion der Massenmedia auf die überraschenden Erklärungen des Senators dachte. Wie er hörte, hatte sogar die *New York Times* den Bericht auf der Titelseite gebracht, unter der Schlagzeile: „Morrissey ändert Vietnamansichten. Unterstützt Botschafter Hill."

„Also, alles scheint O. K. zu sein. Ich glaube, morgen werden wir auf die Reise gehen." Sorgfältig verwahrte er die kostbaren Papiere wieder in der großen Aktenmappe. „Sind Sie glücklich, Mai Lei?"

„Ach, Henry! Sie können nicht ahnen, was es bedeutet, jahrelang ein Ziel anzustreben und herbeizusehnen, und schließlich liegt es so nahe, daß man nur die Hand danach auszustrecken braucht! Wenn ich Sie nicht hätte, Henry — Senator Morrissey wäre es nicht gelungen, mich nach Amerika zu bringen." Sie schmiegte sich an ihn und küßte ihn. Er umschlang sie und drückte sie an sich, wieder fanden sich ihre Lippen. McEwan spürte ihr zärtliches Erwidern, fühlte, wie sich ihre festen warmen Brüste an ihn preßten. Schließlich lösten sie sich sanft voneinander.

„O Mai Lei, darauf habe ich gewartet, seit dem Moment, als du vor drei Tagen in mein Zimmer kamst", murmelte er.

„Du bist so gut zu mir. Es war sofort mehr als nur sachliches Interesse . . ."

Ein harter, metallischer Schlag an das Tor schreckte die beiden auf, als sie sich wieder küssen wollten. Dann vietnamesische Rufe einer lauten Kommandostimme. Erbleichend umklammerte Mai Lei McEwans Arm. „Die Polizei! Henry, es ist zu spät!"

„Wenn du mir nur alles gesagt hättest! Vielleicht ist es nicht zu spät. Rede doch, Mai Lei! Wir können nun keine Rücksicht auf Morrissey nehmen!"

Mai Lei ergriff seine Hand. „Komm mit!" Sie führte ihn durch die Küche über eine Hintertreppe hinauf. Im Obergeschoß liefen sie an Trocs beiden Kindern vorbei, die mit angstvoll aufgerissenen Augen in einer Tür standen; dann trafen sie auf die verstörte Madame Tran. Mai Lei rief ihr hastig einige vietnamesische Worte zu, faßte mit der freien Hand einen Türknopf und öffnete.

Sie standen in einem Raum, der wohl Mai Leis Schlafzimmer war. Vom Fenster konnte man die Vorderfront des Hauses überblicken. Vor dem Tor war noch immer der Teufel los. Mai Lei bückte sich und riß die unterste Lade eines Schrankes auf. Unter Kleidungsstücken wühlend, fand sie einen kleinen Batterierecorder, nahm die Tonbandkasette heraus und gab sie McEwan. „Hier, Henry. Trocs letzte Nachricht für uns!"

Krachend flog das Tor auf, durchs Fenster zählte McEwan vier weißuniformierte, mit Pistolen bewaffnete Männer, die über den Gartenweg zum Haus rannten. Mai Lei warf die Zimmertür zu und versperrte sie.

„Das wird uns nicht viel helfen", flüsterte McEwan.

„Ich will, daß du alles weißt." Während sie sprach, zerrte sie an ihrer Bluse. „Mach das gleiche." Er öffnete das Hemd und ließ die Kassette in die Hosentasche gleiten. Mai Lei stopfte das Gerät wieder in die Lade unter die Kleider und stieß diese mit dem Fuß zu.

„Morrissey wollte die Erklärung abgeben, daß in Vietnam innerhalb einer Woche Frieden sein könnte, wenn die USA das bereits gebildete Koalitionskabinett unterstützten. Er hatte unter Gleichgesinnten im Senat für die Forderung auf Anerkennung der neuen Friedensregierung geworben. Es wäre sofort zum Waffenstillstand gekommen. Aber Troc verschwand, bevor er die unterschriebenen Dokumente aus Hanoi erhielt."

Man hörte das Poltern schwerer Tritte auf der Treppe und Schläge gegen die dünne Tür des Zimmers. „Die sollen glauben, daß wir ein überraschtes Liebespaar sind." Mit offener, zerknüllter Bluse hing sie sich an seinen Hals und flüsterte ihm weitere Mitteilungen über die dritte Kraft ins Ohr, selbst als die Tür splitternd nachgab. Verblüfft blieb der Anführer der MSS stehen und verzog den Mund zu einem dreckigen Grinsen.

Widerstrebend löste sich McEwan von dem Mädchen, als sich eine Pistolenmündung in seine Rippen bohrte. Der Offizier sprach auf Mai Lei ein, sie schrie ihn zornig an, trat zu McEwan und küßte ihn nochmals, wie zum Trost für die jähe, brüske Unterbrechung dieses zärtlichen Beisammenseins. Dann ordnete sie ihre Kleidung. Auch McEwan knöpfte langsam sein Hemd zu. Sie wurden über die Haupttreppe ins Wohnzimmer geführt.

„Was soll das alles heißen?“ fragte er sichtlich empört, während er krampfhaft überlegte, wie er Mai Lei und sich selbst aus dieser Falle befreien könnte. Kein Wunder, daß der schlaue Senator nicht mit Mai Lei angetroffen oder in Verbindung gebracht werden wollte, bis sie sicher in Amerika angelangt war. Als der Offizier sah, daß McEwan unbewaffnet war, schob er seine Pistole wieder in die Halfter. Seine drei Begleiter taten das gleiche. Den Amerikaner mit einem höhnischen Blick streifend, fuhr er Mai Lei barsch an. Madame Tran und die Kinder drängten sich in eine Ecke des Raumes.

„Ich werde verhaftet, unter dem Verdacht der Verschwörung gegen die Regierung“, sagte Mai Lei mit schwankender Stimme. „Dong ist bereits im Kerker. Er muß gestanden haben. Heute nachmittag wurde That verhaftet. O Henry!“ Sie warf die Arme um seinen Hals. „Ich werde nie in Amerika studieren können!“

„Nicht verzagen, Liebling. Ich hol dich heraus. Ich gehe zum Botschafter und, wenn nötig, sogar zum Präsidenten der USA.“

„Du kennst die MSS nicht. Aber ich kenne sie. Du wirst mich nie mehr wiedersehen. Aber du sollst wissen, daß ich mich während dieser letzten drei Tage in dich verliebt habe. Ich war so glücklich, daß wir bald in derselben Stadt leben würden und uns oft treffen könnten ...“

McEwan küßte sie ohne Scheu. Er mußte sich beherrschen, um nicht den nächsten dieser Meute von Kötern zusammenzuschlagen. Aber offene Gegenwehr hätte sie beide das Leben gekostet. „Mai Lei, glaube mir, ich hole dich heraus! Wohin wirst du gebracht?“

„Zuerst ins MSS-Hauptquartier und dann — das weiß ich nicht. Ich kann nichts tun. Ich weiß nur, daß die MSS jeden festhalten kann, bis ... bis es zu spät ist.“

Der Offizier packte sie beim Arm. Er wies auf die Aktenmappe mit den Dokumenten; einer seiner Leute nahm sie an sich. McEwan pflanzte sich vor dem Anführer auf. „Ich möchte Ihren Verhaftungsbefehl und Ihre Ausweise sehen!“ forderte er in energischem Ton.

Den Amerikaner, der ihn weit überragte, von unten mißtrauisch musternd, legte der Offizier die Hand an den Pistolengriff. „Sie haben Glück! Wir nicht Sie suchen. Di, di!“

„Du sollst gehen", sagte Mai Lei.

„Sag ihm, daß ich dich begleite. Ich bin dein Anwalt."

„Ach, Henry, hier gibt es diesen Schutz für Verhaftete nicht. Man würde auch dich mitnehmen und vielleicht töten. Kein Mensch würde je erfahren, was mit dir geschehen ist."

Von der Tür dröhnte eine laute Stimme. „Das habe ich mir gedacht!" Captain Brace trat ein, gefolgt von seinen beiden Nungs mit schußbereiten MPis samt Schall- und Mündungsfeuerdämpfern. Erschrocken ließ der Polizeioffizier Mai Lei los.

„Was wird hier gespielt, Henry?"

„Das sind Angehörige der MSS. Sie wollen Mai Lei holen."

Der Offizier spie wilde vietnamesische Verwünschungen gegen die Eindringlinge aus.

Brace wandte sich zu Ying und Yang. „Achtung. Wenn die Kerle zu den Pistolen greifen, sofort schießen." Dann zu Mai Lei: „Ich weiß nicht, was er daherredet, aber sagen Sie ihm, daß ein vietnamesischer Oberst vorhin völlig grundlos zwei amerikanische Militärpolizisten niedergeknallt hat. Wir haben gute Lust, die Rechnung auszugleichen."

Während Mai Lei übersetzte, zog Brace seine eigene Pistole und richtete sie auf den MSS-Offizier, der entsetzt zurückfuhr, als er die Drohung des Amerikaners verstand.

„Was wollen Sie tun, Henry?" fragte der Captain, den erstarrten Vietnamesen nicht aus den Augen lassend.

„Ich werde Mai Lei in die Botschaft bringen." McEwan trat zu dem weißuniformierten MSS-Konstabler, der die Mappe hielt, und nahm sie ihm aus der Hand. „Rasch, pack nur zusammen, was du wirklich dringend brauchst, damit wir von hier verschwinden können. Da sind deine Dokumente." Sofort lief sie aus dem Raum. Unterdessen entwaffnete McEwan die MSS-Leute. „Nun müssen wir die Brüder außer Gefecht setzen, damit sie nicht Hilfe herbeirufen oder uns verfolgen können", sagte er. „Aber wie?"

Brace sah auf seine Uhr. Es war fast zehn. „In einer Viertelstunde beginnt das Ausgehverbot. Wer keine Legitimation bei sich hat, wird automatisch eingesperrt. Ohne Angabe von Gründen. Wenn es Vietnamesen sind und sie noch dazu Widerstand leisten, werden sie meist erschossen."

McEwan grinste. „Danke, das genügt.“ Er stellte sich hinter den MSS-Offizier, zog sein Taschenmesser, faßte ihn beim Uniformkragen im Genick und schlitzte den Rock im Rücken von oben bis zum Saum auf. Ein Ruck, und schon hatte er den Polizisten herumgedreht und die Vorderteile der Uniform heruntergerissen. Dann deutete er auf die Gürtelschnalle. Der Offizier schüttelte heftig den Kopf, worauf McEwan wortlos auch den Gürtel durchschnitt. Nun merkte der Vietnamese, daß mit dem Amerikaner nicht zu spaßen war. Er öffnete den Hosenriemen und ließ die Hose herabgleiten. Auf eine weitere befehlende Geste stieg er aus dem am Boden liegenden Kleidungsstück. Nun hatte er nur mehr das Hemd, Unterzeug und die Schuhe an. McEwan hob die Uniform samt Ausweis und Pistole auf und warf alles auf die geposterte Sitzbank.

„O. K., Steve, sagen Sie Ihren Nungs, daß sie jetzt mit den anderen Striptease machen sollen.“

Als Mai Lei fünf Minuten später wiederkam, standen alle vier MSS-Leute in offenen Hemden und Unterhosen da: ihre Uniformen und Waffen lagen in einem Haufen auf dem Sofa. „Sobald Ausgehverbot herrscht, fahren wir“, sagte McEwan zu ihr. „Wird deiner Schwester nichts geschehen?“

„Sie wurde nicht gesucht. Ich bin es, die für die dritte Kraft gearbeitet hat!“

„Los, gehen wir!“ drängte Captain Brace. Dann zu Mai Lei: „Sagen Sie dem Häuptling dieser traurigen Gestalten, daß wir — wenn es sein muß — für diesen Eingriff in vietnamesische Belange eine stichhaltige Begründung finden werden. Und sagen Sie ihm auch, daß einer meiner Nungs draußen postiert wird und jeden abknallt, der uns verfolgen will.“

Sie wiederholte seine Erklärung auf Vietnamesisch, und an den Reaktionen erkannten Brace und McEwan, daß die MSS-Leute begriffen hatten, was für sie auf dem Spiel stand. Nochmals umarmte Mai Lei ihre Schwester und die beiden Neffen. Madame Tran nickte nur und schob das Mädchen zur Tür.

McEwan hatte alles vom Sofa zusammengerafft. Von den Nungs gedeckt, eilten sie über den Gartenweg durchs Tor zu dem geparkten Jeep. Langsam zogen sich auch Ying und Yang zurück, die Maschinenpistolen auf die Haustür gerichtet.

„Halt. Wir können meine Schwester doch nicht mit diesen Kerlen alleinlassen“ meinte Mai Lei ängstlich.

„Nein, sag ihnen, daß sie auf die Straße kommen sollen“, erwiderte McEwan.

Sie rief einige kurze Sätze auf Vietnamesisch. Die Polizisten verloren keine Zeit. Als sie auf den Gehsteig traten, versperrte Madame Tran auf Mai Leis Rat das Tor.

„Jetzt sag ihnen, daß wir ihre Uniformen und Ausweise vier Häuserblocks weiter hinterlegen. Wenn sie aber lormarschieren, bevor wir außer Sicht sind, werden sie erledigt.“

Mai Lei verdolmetschte den Bescheid; mit steinernen Gesichtern hörten die MSS-Leute zu und nickten nur zum Zeichen, daß sie verstanden hatten.

Während die Nungs die Vietnamesen noch immer in Schach hielten, stiegen Brace, Mai Lei und McEwan rasch in den Jeep. Erst als der Captain startete, schwangen sich Ying und Yang behend auf den Hintersitz.

Beim vierten Block warf Brace die Uniformen aufs Straßenpflaster, die Pistolen behielt er. Dann trat er aufs Gaspedal und sauste in wahrem Höllentempo weiter.

Da die Straßen um diese Zeit praktisch völlig leer waren, dauerte die Fahrt zur Botschaft nur knapp fünfzehn Minuten. Lediglich Jeeps der amerikanischen und der südvietnamesischen Militärpolizei patrouillierten und hielten die wenigen Fußgänger und Zivilautos an, die noch unterwegs waren.

„Es wäre doch toll, wenn unsere mangelhaft bekleideten Freunde von der MSS aufgegriffen und in ihr eigenes Gefängnis gesteckt würden!“ Brace lachte laut auf.

Bei der Botschaft zeigten Brace und McEwan den Marinekorpswachen ihre Ausweise und führten Mai Lei in die Kanzlei. Die beiden Nungs blieben im Jeep als Wache.

„Ich möchte den Botschafter in seiner Residenz anrufen.“ Der hochgewachsene Zivilist hielt dem diensthabenden Offizier die Karte vors Gesicht, die ihm Morrissey verschafft hatte. Es war eine von Hill persönlich unterzeichnete Bestätigung: Mr. Henry McEwan sei ermächtigt, sich jederzeit, bei Tag und bei Nacht, mit ihm in Verbindung zu setzen. Sofort griff der Offizier zum Telephon und wählte die Privatnummer des diplomatischen Repräsentanten der USA in der Republik Vietnam. Hill versprach seinen Stellvertreter zu verständigen, der im Hauptkomplex wohnte. Ja, gewiß, Miß Mai Lei werde Asyl gewährt. Am Morgen werde man entscheiden, was mit ihr weiter geschehen sollte.

Der Stellvertretende Botschafter, ein Mann Mitte Vierzig mit schütterem, angegrautem Haar, erschien sehr bald. Heiter plauderte er mit Mai Lei und McEwan, als sei es ganz selbstverständlich, daß fremde Personen während des nächtlichen Ausgehverbots in die Botschaft kommen und um Asyl ansuchen. Er begleitete die drei zu einem Gästehaus, das in den weitläufigen, von einem hohen Gitter umschlossenen und von Marines bewachten Anlagen lag. „Neben dem Zimmer für die junge Dame ist ein Raum frei", sagte er. „Wenn Sie noch mit Ihrer Mandantin sprechen wollen — und falls Sie lieber hierbleiben —, steht er Ihnen zur Verfügung."

„Danke, Sir", erwiderte McEwan. „Ich glaube, ich werde Ihre Gastfreundschaft in Anspruch nehmen. Wir müssen in kurzer Zeit viele Pläne fassen." Heimlich griff er in die Tasche und steckte Brace die Tonbandkassette zu. „Überspielen und mit dem Original morgen um sechs Uhr bringen!" flüsterte er.

Der Stellvertretende Botschafter verabschiedete sich vor dem Gästehaus und ging mit dem Captain zum Haupttor zurück. Als McEwan mit Mai Lei allein war, legte er ihr die Hände auf die Schultern. „So, schöne Prinzessin, schau mich jetzt nicht verführerisch an, sondern beichte mir alles, was ich noch nicht weiß. Ich hoffe, du bist dir im klaren darüber, daß ich nun in der Klemme sitze."

„Ach Henry, es tut mir ja so leid."

„Bedauere mich nicht, sondern sei ehrlich. Erzähle mir alles von Anfang an, ohne vom Thema abzuweichen. Sage die Wahrheit, die reine Wahrheit und nichts als die Wahrheit — wenn ein Mensch aus diesem Land überhaupt dazu imstande ist . . ."

26. KAPITEL

Um sechs Uhr morgens holte Captain Brace den Anwalt in der US-Botschaft ab und brachte ihn ins Caravelle-Hotel. McEwan duschte, zog sich um, packte seine Koffer und verstaute auch die Tonbandkopie, die er von Brace bekommen hatte. Dann rief er bei der PANAM an und stornierte die Buchungen für sich und Mai Lei; schließlich bezahlte er seine Rechnung und fuhr mit Brace wieder zur Botschaft. Ein Wachsoldat des Marinekorps, in weißer Tellermütze, hellkhakifarbenem Hemd und himmelblauer Hose mit breitem rotem Streifen, begleitete ihn ins Gästehaus. In dem Raum, wo McEwan übernachtet hatte, deponierte er nun sein Gepäck, dann klopfte er an Mai Leis Tür. Sie war angekleidet und gefaßt, wirkte frisch und hübsch wie immer, bereit, sich dem nächsten Problem zu stellen.

McEwan gab ihr das Tonband zurück. „Merke dir, du hast es nie aus der Hand gegeben! Steck es in deine Tasche und nimm es immer mit."

Kurz darauf betraten McEwan und Mai Lei das Privatbüro des Botschafters, der sie schon erwartete. Hill stand auf, um Mai Lei zu begrüßen. „Ich hoffe, Sie waren gut untergebracht", sagte er galant.

„Ich danke Ihnen von ganzem Herzen, Exzellenz. Sie können sich nicht vorstellen, wie glücklich ich bin, denn Sie wissen nicht, was Gefangene der MSS durchmachen."

McEwan berichtete, auf welch abenteuerliche Weise er Mai Leis Verhaftung verhindert und das Mädchen in die Botschaft gebracht hatte. Hill runzelte die Stirn. „Ich rechne mit einem Anruf wegen dieses Vorfalls."

„Todsicher. Nun müssen wir dafür sorgen, daß Miß Mai Lei so rasch als möglich Vietnam verläßt. Es ist klar, daß sie die Sperren im Zivilsektor des Flughafens Tan Son Nhut nicht passieren kann. Dort wird man nach ihr fahnden. Ich glaube, die beste Lösung wäre ein Air-America-Flug nach Bangkok. Von dort könnte sie nach Tokio weiterreisen und für eine Maschine nach New York buchen."

Der Botschafter blickte ihn befremdet an. „Mr. McEwan, bei meinen Entscheidungen muß ich die Gesetze Südvietnams berücksichtigen."

„Ich sehe im gegebenen Fall keinen Verstoß gegen die hiesigen Gesetze."

„Doch. Wir würden die illegale Ausreise einer südvietnamesischen Staatsbürgerin begünstigen."

„Miß Mai Lei besitzt alle erforderlichen, ordnungsgemäß ausgefertigten Dokumente, einschließlich des Ausreisevisums. Das Vorhaben ist also in keinem einzigen Punkt illegal."

„Warum sollte Miß Mai Lei denn gestern abend verhaftet werden?"

„Das habe ich Ihnen soeben erklärt, Sir. Sie wird der Beteiligung an einer Verschwörung gegen Thieu beschuldigt. Unilateraler Kontakt mit Hanoi. Aber darüber sind Sie bereits informiert. Sie haben das Problem mit Mr. Hackman und Senator Morrissey erörtert. Nun müssen wir Mai Lei nur mehr außer Landes bringen."

„Ich glaube nicht, daß ich Ihnen dabei behilflich sein kann", sagte der Botschafter plötzlich sehr kühl.

„Aber soviel ich weiß, haben Sie dem Senator jede Unterstützung zugesichert, da ich die Bürgschaft für Mai Lei übernehme."

„Mr. McEwan, es gibt schon mehrere heikle Situationen in

den Beziehungen zu unseren geschätzten vietnamesischen Verbündeten. Ich glaube, daß ich meinem Land keinen guten Dienst erweise, wenn ich solche Reibungsflächen noch vermehre."

„Für Mr. Hackman wäre es ein leichtes, bei der Air America heute einen Flug nach Bangkok anzufordern. Solche Maschinen sind ständig in Sondermission unterwegs."

„Mr. Hackman hat damit nichts zu tun."

„O ja, Mr. Hackman kann das organisieren, wie ich aufzeigen und beweisen werde, wenn es zu einem Kriegsgerichtsprozeß kommen sollte. Aber es geht um mehr: Wir bemühen uns, diese junge Dame zu retten und ihr das Studium in Amerika zu ermöglichen. Dadurch wird sie in Zukunft für uns und auch für Vietnam eine wertvolle Exponentin westlicher Gesinnung sein. Sir, Sie haben doch nicht die Absicht, tatenlos zuzusehen, wie die südvietnamesische Geheimpolizei Mai Lei verschleppt, oder?"

„Sie bringen mich in eine äußerst kritische, peinliche Lage, Mr. McEwan. Doch meine erste Erwägung muß immer lauten: Was ist zum Besten der USA?"

„Das ist uns klar. Ich frage mich allerdings, ob Präsident Thieu weiß, wie weit Sie im Interesse der USA gehen wollen und gegebenenfalls sogar einen Staatsstreich nach dem bewährten Muster des Putsches gegen Diem begünstigen würden."

„Mr. McEwan, das grenzt an gefährliche Umtriebe! Ja, ich habe Senator Morrissey versprochen, Ihnen zu helfen. Aber wenn Sie südvietnamesische Polizeibeamte, die ihre Pflicht erfüllen, tatsächlich angreifen und einem nach den Gesetzen dieses Landes verdächtigen Flüchtling Asyl in der US-Botschaft verschaffen, dann muß ich einen Trennungsstrich ziehen und mich distanzieren."

„Es wird Sie vielleicht interessieren, daß Mai Lei eine Tonbandaufnahme von Trocs letzter persönlicher Mitteilung besitzt. Er selbst war der einzige von uns allen, der aus den Umständen die richtigen Schlüsse zog: wer in Wahrheit als Anstifter hinter dem Mordfall stand und aus welchen Motiven. Vielleicht möchten Sie und Mr. Hackman dieses Band abhören."

„Diese ganze Affäre der Grünen Teufel ist völlig der Kontrolle entglitten", rief Hill erbost. „Stündlich tauchen die absurdesten Vermutungen und Theorien auf. Mein Vorschlag: kehren

Sie nach Amerika zurück, Mr. McEwan. Ich werde mein Bestes tun, um mich bei den südvietnamesischen Behörden für die junge Dame einzusetzen."

„Sir, darf ich einen Gegenvorschlag machen oder, richtiger gesagt, einen Wunsch äußern. Miß Mai Lei könnte doch mit Mr. Hackman sprechen und das Band abspielen. Dann werden wir sehen, wie er reagiert. Ich garantiere Ihnen, Mr. Hackman wird nicht wollen, daß Mai Lei mit diesem Band in die Hände der MSS fällt."

Was Botschafter Hill an seiner Funktion am meisten verabscheute, war das Gewirr von Intrigen, mit denen er zwangsläufig, ohne eigene Beteiligung behelligt wurde. Oft hatte er das Gefühl, als bewege er sich über ein minenverseuchtes Feld. Seufzend hob er den Telephonhörer ab und wählte eine Klappennummer. „Mike, bitte kommen Sie zu mir."

„Ich möchte an Ihr Gewissen appellieren, Sir", sagte McEwan, als er merkte, daß er mit seinen Argumenten Terrain gewann. „Wenn Mr. Hackman zu der Überzeugung gelangt, daß Mai Lei der Botschaft und der amerikanischen Regierung einen großen Dienst erwiesen hat, indem sie dieses Tonband hierherbrachte, dann wäre es doch nur ein Gebot der Fairness, ihr den Flug nach Bangkok zu ermöglichen. Darf ich nochmals betonen, daß alle ihre Papiere in Ordnung sind und daß sie plante, heute mittag mit der Kursmaschine der PANAM abzufliegen. Die Botschaft ließe sich demnach keinen illegalen Akt zuschulden kommen."

Hackman trat ein. Er schien etwas verwundert, McEwan und Mai Lei in Hills Privatbüro zu sehen, setzte sich aber schweigend neben den Botschafter, der ihm alles Nötige mitteilte. Als der CIA-Stationschef hörte, wie die Verhaftung vereitelt worden war, lächelte er schadenfroh. Bei der Erwähnung des Tonbandes erwachte sofort sein Interesse. „Sie haben die Aufnahme mit?" fragte er.

„Ich habe das Band nie aus der Hand gegeben", erwiderte sie kühl.

„Ist es in Ihrer Tasche?" Hackman stand auf.

„Ja, Sir."

Zum Botschafter gewandt, sagte Hackman: „Wir brauchen Ihre Zeit nicht in Anspruch zu nehmen. Ich werde die junge

Dame in mein Büro bitten, dort können wir alles Weitere besprechen. Wenn sich etwas sehr Wichtiges ergibt, werde ich Sie informieren. Es wird auf keinen Fall lange dauern."

Er verließ mit Mai Lei den Raum. Hill blickte ihm verblüfft nach. „Sie scheinen recht zu haben, Mr. McEwan. Sonderbar! Ganz offen gesagt, ich habe Zack Flint geraten, diese undurchsichtige Affäre nicht hochzuspielen, aber ich kenne niemanden, der eigensinniger auf seiner Stoßrichtung beharrt, wenn er sich zu einer bestimmten Aktion entschlossen hat. Ich glaube, darum hatte er auf dem Schlachtfeld immer Erfolg."

„Aber dieses Schlachtfeld hier liegt außerhalb seines Kompetenzbereichs", erwiderte sein Gesprächspartner schlagfertig.

„Mr. McEwan." Hill lehnte sich zurück und blickte mit gefurchter Stirn den spitzfindigen Juristen fest an. „Sie haben keine Ahnung, was es bedeutet, Diplomat zu sein. Wir können nur dann handeln, wenn unsere integere Haltung dem Staat gegenüber, in dem wir wirken, außer Zweifel steht. Sie haben von mir verlangt, diese Integrität, die ich vor dem Thieu-Regime wahren muß, zu verletzen. Das kann ich nicht tun. Was soll ich antworten, wenn mich Präsident Thieu fragt, was mit dem Mädchen, das sein Geheimdienst verhören wollte, geschehen ist?"

„Sir, Sie wissen doch sicherlich, auf welche Weise Verdächtige hier verhört werden, besonders junge Frauen."

Hill ignorierte diesen Einwand. „Es ist nicht meine Aufgabe, einer Person zu helfen, die wegen Beteiligung an einem Umsturzkomplott von der Polizei ihres Landes gesucht wird."

„Sir, nach meinen Erfahrungen büßen Sie nichts von dieser Integrität ein, wenn Sie die gegebene Situation kasuistisch auslegen. Jetzt ist es halb zehn Uhr vormittags. Wer kann behaupten, Sie hätten bereits gewußt, daß nach Mai Lei gefahndet wird? Sie haben nur den Wunsch eines amerikanischen Anwalts erfüllt, einer Person südvietnamesischer Nationalität — wohlgemerkt einer Person, die sofort alle für die Ausreise erforderlichen Dokumente vorweisen konnte! — einen Platz in einem Flugzeug zu verschaffen. Sonst nichts."

Der Botschafter überlegte. Schließlich sagte er: „Sobald das Gespräch zwischen Mr. Hackman und Ihrem Schützling beendet ist, werden wir sehen, was wir tun können."

Wie auf ein Stichwort klopfte es an der Tür. Mai Lei trat ein, gefolgt von dem CIA-Stationschef, der eine betont gleichmütige Miene zur Schau trug. Zu McEwan sagte er: „Wollen Sie beide bitte draußen warten, ich habe mit dem Botschafter unter vier Augen zu sprechen."

Im Vorzimmer setzten sie sich auf eine Bank. „Alles in Ordnung?" fragte Mc. Ewan.

„Ich hoffe. Er hat das Band behalten."

„Das ist wahrscheinlich ein gutes Zeichen."

Kaum zehn Minuten später wurden sie wieder in Hills Büro gerufen. Der Botschafter war sichtlich gnädiger gestimmt als zuvor.

„Mr. McEwan, wie haben die Situation erörtert, und obwohl ich über die Einzelheiten dieser reichlich ungewöhnlichen Affäre nicht informiert bin, erscheint es mir nun doch vertretbar, für Ihre Mandantin — und auch für Sie selbst, falls Sie es wünschen — Plätze in einer Kuriermaschine zu reservieren, die heute um elf Uhr vormittags nach Bangkok fliegen wird. Ein Hubschrauber wird Sie direkt von der Botschaft zu jenem Teil der Piste bringen, wo Sie das Flugzeug sofort besteigen können. Miß Mai Leis Papiere werden überprüft und nach dem Start an die vietnamesichen Behörden weitergeleitet." Er lächelte gezwungen. „Entspricht diese Regelung Ihren Intentionen?"

„Jawohl, Sir." McEwan fiel ein Stein vom Herzen. „Nur eines noch: Meine Mandantin möchte das Tonband mit der letzten Nachricht ihres Schwagers zurückhaben."

„Das Band behalten wir", sagte Hackman entschieden.

„Könnten Sie dann meiner Mandantin vielleicht eine Empfangsbestätigung ausfolgen?"

„Unsere Gegenleistung sind zwei Plätze in einem Flugzeug, das in einer Stunde starten wird", erwiderte der CIA-Mann knapp.

„Brauchen Sie einen Wagen, um Ihr Gepäck aus dem Hotel zu holen?" fragte Hill zuvorkommend.

McEwan schüttelte den Kopf. „Nein, danke. Ich habe meine Koffer hier und kann jederzeit abreisen."

„Sie waren Ihrer Sache ja sehr sicher, Mr. McEwan", bemerkte der Botschafter.

„Sagen wir: ich war optimistisch." Er lächelte Hackman zu.

„Ich hoffe, Sie werden General Flint dazu bringen, die Beschuldigungen gegen meine Mandanten fallenzulassen, so daß ich nicht mehr zurückkehren muß."

„Auch ich hoffe sehr, daß Sie nicht wiederkommen, denn die MSS wird Ihnen dieses Husarenstück nicht vergessen", meinte Hackman.

„Wenn diese Geheimpolizisten klug sind, dann verschweigen sie ihren Vorgesetzten, wie leicht sie zu überrumpeln waren."

Zwanzig Minuten später sahen McEwan und Mai Lei dem Armeehubschrauber entgegen, der knatternd herangondelte und auf dem Flugplatz des Botschaftsareals landete. Ohne den Rotor abzustellen, öffnete der Pilot die Tür.

McEwan verabschiedete sich von Captain Brace und ging mit Mai Lei zu der Maschine. Der Pilot nahm ihren kleinen Fiberkoffer und half ihr beim Einsteigen. Dann schwang sich McEwan hinein. Sie schnallten sich an, und sofort glitt die Piste unter dem Hubschrauber in die Tiefe. Verstohlen griff Mai Lei nach der Hand von McEwan. Zärtlich umschloß er ihre schlanken Finger und hielt sie fest.

27. KAPITEL

In stillem Grimm saß Senator Morrissey an seinem Schreibtisch, hinter der geschlossenen Tür seines Washingtoner Büros von der Außenwelt abgeschirmt. Wieder eine Ansichtskarte von Mai Lei, diesmal aus Paris! Was zum Teufel trieb dieser Anwalt? Er hätte sie schon vor einer Woche nach New York bringen sollen. Morrissey hatte bereits eine unauffällige Ferienreise mit Mai Lei geplant, ein paar schöne, sorglose Tage in einem kleinen, versteckten Küstenort bei Cape Cod. Er musterte den Stapel von Briefen und Postkarten. Fast täglich kam ein Lebenszeichen. Wo blieb dieser McEwan? Mußte er sich nicht um seine Anwaltspraxis kümmern?

In der Seitenlade lag der Brief aus Bangkok, der erste, den ihm Mai Lei seit der Trennung geschrieben hatte. Wenn Morrissey daran dachte, in welche Zwangslage er fast geraten wäre, lief ihm noch jetzt ein kalter Schauer über den Rücken. Wenn er bei Mai Lei gewesen wäre, als sie verhaftet werden sollte! Diese Sensationsmeldung, entsetzlich! Sein scheinbarer Positionswechsel in der Vietnamfrage hate solche politische Tragweite, daß daneben die Nachricht von seiner Scheidung kaum ins Gewicht fiel. — Aber Mai Lei hatte mittlerweile praktisch eine Weltreise gemacht: Bangkok, New Delhi, Kaschmir, Ceylon, Ankara, Athen, Rom, Genf und nun Paris.

Je mehr Morrissey darüber nachdachte, desto weniger gefiel ihm die ganze Sache. Was hatte McEwan vor? Er war gewiß nicht der Mann, der einem schönen jungen Mädchen nur im Interesse der Bildung, um ihren Horizont zu erweitern, die Märchenstädte der Erde zeigte. Wußte Mai Lei Vorzüge wie Reife, Kultur und persönliches Format, kurz alles, was den außerdem noch sehr jugendlich wirkenden Senator auszeichnete, überhaupt voll zu würdigen? Es war ein Fehler gewesen, dem Anwalt blindlings zu vertrauen. Vereinbarungsgemäß sollte McEwan Mai Lei von Saigon direkt nach New York bringen, wo Morrissey sie in seine Obhut nehmen würde. Er nahm sich vor, ein ernstes Wort mit ihr zu reden, sobald sie da war.

Die Gegensprechanlage summte. Er drückte auf den Knopf. „Ja, bitte?" sagte er irritiert.

Es war Tom Lawlor. „Senator, ich habe interessante Neuigkeiten. General Flint kommt nach Washington, der Präsident empfängt ihn heute abend zu einer Unterredung."

„Heute abend? Warum wurde das nicht früher mitgeteilt?"

„Aus Sicherheitsgründen, sagte der Pressesekretär des Weißen Hauses."

„Das kann bedeuten: Neuigkeiten über die Special-Forces-Offiziere."

„Wie man im Weißen Haus offiziell erklärt, soll das Thema der Truppenreduktionen erörtert werden."

In der armeegrünen Uniform mit vier Silbersternen auf den Achselklappen, mehreren vielfarbigen Bandreihen seiner Auszeichnungen an der Brust und den beiden schwarzen Hosenstreifen betrat General Flint das Privatbüro des Präsidenten im Weißen Haus. Er kannte den Mann, der nun Präsident war, schon seit langer Zeit. Als Kongreßmitglied, als Vizepräsidenten, als reisenden, international tätigen Juristen mit besonderen Interessen an der Außenpolitik und nun als Oberbefehlshaber der Streitkräfte. Flint war entschlossen, auf seinem Standpunkt zu beharren. Ein integrer Charakter, der weiß, daß er recht hat, weicht nicht vor Druck zurück, auch dann nicht, wenn dieser von der Spitze ausgeübt wird.

Der Präsident stand in der Mitte des Zimmers. „Hallo, Zack", sagte er, dem General entgegengehend. „Es freut mich, daß wir nun unter vier Augen sprechen können. Diese Konferenzen, bei denen jeder seine eigenen Ideen in den Vordergrund stellen will, führen ja kaum zu Ergebnissen."

„Das stimmt, Mr. President."

„Sagen Sie mir ganz offen: können wir unseren Plan realisieren, bis zum April nächsten Jahres 100.000 Mann abzuziehen? Bis zum Ende dieses Monats haben 30.000 Mann Vietnam verlassen."

„Mr. President, Sie können die gesamte amerikanische Streitmacht abziehen, wenn Sie wollen."

„Hören Sie, Zack, bleiben wir sachlich. Ich mache Ihnen keinen Vorwurf darüber, daß Sie als Kommandierender General gegen Truppenverminderungen sind, solang der Krieg andauert."

„Mr. President, wenn mir Ihr Vorgänger freie Hand gegeben hätte, über die Grenze nach Kambodscha und Laos vorzustoßen, dann könnten wir nun mit gutem Gewissen GIs nach Hause schicken, denn in Hanoi hätte man erkannt, daß wir entschlossen sind, radikal aufzuräumen. Mittlerweile hätten wir dem Gegner so schwere Verluste an Menschen und Material zugefügt, daß wir uns heute nicht der bisher dichtesten Infiltration durch nordvietnamesische Kräfte zu erwehren brauchten, was uns nur mit Mühe gelingt. Statt entscheidende Gegenschläge zu führen, um den Feind in seinen vielen Schlupfwinkeln und Aufmarschbasen auszuräuchern, ziehen wir unsere Soldaten ab!"

„Nun müßten die Südvietnamesen bereits in der Lage sein, allein zu operieren."

„Mr. President, haben Sie vergessen, was wir Ihnen während Ihres Aufenthalts in Vietnam gezeigt haben?"

„Seither haben sich die Verhältnisse gebessert, Zack."

„Nicht wesentlich."

„Zack, wenn es eine leichte Aufgabe wäre, hätten wir einen anderen General zum Oberkommandierenden ernannt. Ich bin völlig überzeugt, daß Sie der einzige Mann sind, der es schafft, die Operationen erfolgreich durchzuführen, die Vietnamisierung des Krieges zu erreichen, die amerikanischen Truppen so rasch wie möglich abzuziehen und gleichzeitig unsere Verluste auf das Minimum zu beschränken. Im Nationalen Sicherheitsausschuß schließt man aus Meldungen der letzten Wochen darauf, daß wir ausgezeichnete Chancen für neue Friedensinitiativen hätten, wenn uns dies gelingt."

Flint schüttelte den Kopf. „Das erinnert mich an einen Leitsatz, den wir 1944 in Europa aufstellten: ‚Das Schwierige wird sofort erledigt, das Unmögliche erfordert etwas Zeit.' "

„Sie bewältigen es, Zack. Bevor wir auf die Einzelheiten eingehen, sagen Sie mir ganz im Vertrauen: Wie steht es mit der Möglichkeit eines Kriegsgerichtsprozesses gegen diese Special-Forces-Offiziere?"

Flint spürte ein Kribbeln im Nacken, seine Nasenflügel blähten sich. „Ich habe die Absicht, den Fall vor das Kriegsgericht zu bringen. Die Offiziere haben einen Mord begangen. Wir haben Geständnisse. Alles wäre in Ruhe plangemäß abzuwickeln, würde nicht dieser Zivilanwalt aus New York immer dazwischenfunken."

„Zack, ich fürchte, die Armee wird der Tatsache Rechnung tragen müssen, daß Militärpersonen, die eines Verbrechens angeklagt werden, das Recht auf einen Zivilverteidiger haben. Sie selbst können doch ermessen, wie viele bisher sorgsam gehütete Geheimnisse während eines solchen Verfahrens publik würden."

„Verlangen Sie von mir, daß ich diese Mörder unbehelligt lasse?"

„Für mich, und ich bin überzeugt, für fast alle Amerikaner, ist der Krieg eine schmutzige Angelegenheit. Zwangsläufig ereignen sich Vorfälle wie die Beseitigung entlarvter Spione. Deshalb haben viele, wie Sie sicherlich schon von verschiedenen Seiten gehört haben, den Eindruck, hier handle es sich eindeutig um einen persönlichen Racheakt an den als Helden gefeierten Grünen Teufeln."

„Was fordern Sie also von mir, Mr. President? Daß ich die Beschuldigungen zurückziehe?"

„Es ist Ihr Kommandobereich, Zack. Ich würde nicht einmal einen Kommentar zu dieser Situation abgeben, und die Minister respektieren die Tradition der Nichteinmischung in die rein militärischen Aktionen auf einem Kriegsschauplatz. Meine einzige Sorge ist nur, daß unsere zur Zeit sehr realen Friedensaussichten durch gewisse Enthüllungen, wie sie bei einem großen Kriegsgerichtsprozeß zu erwarten sind, beeinträchtigt werden könnten."

„Mr. President, ich habe es mindestens einem Dutzend hoher Regierungsvertreter gesagt, und nun sage ich es auch Ihnen: Ich werde die Truppen abziehen, ohne den Krieg zu verlieren, aber überlassen Sie alle Kommandoentscheidungen mir. Das gilt auch für den Fall der Special-Forces-Offiziere. Sogar Präsident Thieu drängt mich, diese Männer vor ein Kriegsgericht zu stellen."

„Wirklich? Und was geschieht mit jenem vietnamesischen Obersten, der zwei amerikanische Militärpolizisten erschossen hat? Können Sie ermessen, welcher Druck auf mich ausgeübt wird, Thieu zu entsprechenden Schritten zu zwingen? Aber im Interesse der Vietnamisierung des Krieges durfte ich nichts unternehmen, so sehr mir das gegen den Strich geht."

„Ich habe meinen Standpunkt dargelegt, Mr. President", sagte Flint mit fester Stimme.

„Ich verstehe, Zack. Und ich werde Ihnen nichts dreinreden, solang es gelingt, die Truppen abzuziehen und Südvietnam irgendwie zu halten."

„Dafür werde ich sorgen." Flint warf dem Präsidenten einen abschätzenden Blick zu, ehe er weitersprach. „Es wäre für mich leichter und würde die Verluste bis zu fünfzig Prozent reduzieren, wenn Sie Erlaubnis zur Zerschlagung der nordvietnamesischen Ausgangsbasen geben würden."

„Das ist eine schwerwiegende politische Entscheidung, die ich im Moment nicht treffen kann, Zack. Morgen vormittag werde ich eine Pressekonferenz über den Plan der Truppenreduktionen abhalten. Sie bleiben in der Nähe."

„Jawohl, Sir."

„Natürlich wird man mich über die noch internierten Special-Forces-Offiziere befragen. Ich werde antworten, daß unser Gespräch lediglich die Rückführung von Einheiten betraf. Zu Fragen über den Kommandobereich könne nur der Kommandierende General Stellung nehmen."

„Danke, Mr. President." Flint hatte einen weiteren Sieg errungen.

28. KAPITEL

Die Maschine aus London mußte zwei Stunden über der Nordostküse kreisen, ehe sie den New-Yorker „JFK“ anfliegen konnte, auf dem Tag und Nacht Hochbetrieb herrschte. „Hier ist noch mehr los als in Tan Son Nhut“, sagte McEwan und blickte in die Nacht. Aus dem Dunkel tief unten tauchten plötzlich leuchtende Ketten empor: Die Markierungslampen der Landepisten. Mai Lei ergriff seine Hand und drückte sie fest, teils aus Nervosität, als der große Transatlantik-Jet zur Landung ansetzte, und teils aus Freude, da sie nun nach den schönsten, aufregendsten zwei Wochen ihres Lebens bei diesem Mann Geborgenheit finden würde.

„Henry, ich kann dir gar nicht sagen, wie herrlich es war! Und nun New York.“ Ein Schatten glitt über ihre Züge. McEwan beugte sich vor und küßte sie.

„Ich weiß, woran du jetzt denkst“, sagte er behutsam. „Wir werden einige Tage vergehen lassen, bevor wir den Senator anrufen. Wahrscheinlich ahnt er sowieso, was geschehen ist.“

Sie nickte und lehnte sich träumerisch zurück. „Unsere märchenhaften Flitterwochen!“ Sie lächelte ihm zu. „Nun brauchen wir nur noch zu heiraten, und du kannst gleich wieder mit deiner Arbeit beginnen, denn die Hochzeitsreise haben wir schon hinter uns."

Er ging auf ihren fröhlichen Ton ein. „Das erste Mal seit fünf Jahren, daß ich zwei Wochen unterwegs war, ohne auch nur eine Sekunde lang an mein Büro zu denken. Wahrscheinlich werde ich mir meine Praxis ganz neu aufbauen müssen."

„Bereust du es, Henry?"

Mit den Lippen glättete er die Sorgenfalten auf ihrer Stirn. „Natürlich nicht. Als wir in Bangkok das Kurierflugzeug verließen, fing die glücklichste Zeit meines Lebens an — und hier erwartet uns wieder das Glück."

„Was werden wir Ted sagen?"

„Mein Vorschlag zur friedlichen Regelung: gar nichts. Wir werden zwei wunderschöne Tage in New York verbringen, ganz so als wären wir in einem fremden Land. Es ist nicht nötig, den guten Senator sofort mit unseren Neuigkeiten zu überfallen. Und wer weiß, vielleicht änderst du deine Pläne und willst doch noch das erste weibliche Regierungsmitglied in der Geschichte Vietnams werden."

„Nur dann, wenn du der erste amerikanische Jurist in der Geschichte Vietnams wirst."

„Das Recht hat in Vietnam wenig Geltung."

„Wir werden Ordnung schaffen, Henry."

„Aha, du bist noch nicht sicher, ob du es nicht doch mit der Politik versuchen sollst. Aber wir haben viel Zeit." Er drückte ihre Hand.

Die Landemeldung kam, und McEwan half Mai Lei, ihre Sitzlehne wieder senkrecht zu stellen. Schweigend saßen sie nebeneinander, als sich der Jet auf die Landepiste senkte. Ein sanfter Ruck, und die Räder rollten über den Beton. Er küßte Mai Lei auf die Lippen. „Wir sind da. Willkommen in den USA!"

Bei der Einreisebehörde ergaben sich Verzögerungen, da der ungewohnte südvietnamesische Paß sehr genau überprüft wurde, aber schließlich standen die beiden in der Schlange der Passagiere vor der Zollkontrolle. Mai Lei hatte ihren alten Fiberkoffer bereits in Bangkok zurückgelassen, und McEwan hatte in allen Städten, in denen sie sich aufhielten, neues Gepäck und neue Kleider gekauft. Fünf elegante Koffer Mai Leis glitten auf dem

Laufband heran, wurden von den Zollbeamten kurz geöffnet und freigegeben. Dann ging das Paar mit einem Träger, der alles auf einem Rollwagen verstaute, durch die Haupthalle des Internationalen Ankunftsgebäudes ins Freie, zu einem Taxistand. Mc Ewan gab dem Fahrer seine Privatadresse an der East Side.

„Heute werden wir die erste gemeinsame Nacht in einer richtigen Wohnung statt in einem Hotel verbringen!" flüsterte er ihr zu.

„Ich kann es kaum erwarten, dein Heim zu sehen, Henry. Willst du wirklich, daß ich es in fernöstlichem Stil neu einrichte?"

„Alles mit Maß. Es war bis jetzt meine Junggesellenbude. Sobald der große Tag kommt, werden wir eine geräumigere Wohnung suchen, und die kannst du dann ganz nach deinem Geschmack gestalten."

„Auch danach sehne ich mich schon sehr."

„Zunächst werden wir wohl damit rechnen müssen, daß du ein Jahr lang als ledige exotische junge Dame studierst. Ich möchte nichts überstürzen. Vielleicht besinnst du dich mittlerweile anders . . ."

Lächelnd lehnte sie den Kopf an seine Schulter.

„Wir sind da", sagte er betont feierlich, als das Taxi vor einem großen Appartmenthaus hielt. Der Portier öffnete die Wagentür. „Ach Sie sind es, Mr. McEwan. Willkommen! Wir haben über Sie oft in den Zeitungen gelesen."

Der Fahrer und der Portier kümmerten sich um das Gepäck. McEwan bezahlte, und Arm in Arm mit Mai Lei betrat er die Vorhalle. „Was für ein schöner Bau!" rief das Mädchen. „Gibt es in New York mehrere solche?"

„Hunderte." Er blickte auf die Uhr. „Wir können noch die Nachrichtensendung um elf sehen."

Die Koffer und Reisetaschen wurden im Vorraum abgestellt. Mc Ewan nahm Mai Lei bei der Hand, führte sie ins Wohnzimmer und schaltete das Gerät ein. Wie gebannt schaute sie hin, als das Silbergrau des Bildschirms plötzlich in leuchtendes Farbenspiel überging. McEwan ließ sich in seinen TV-Sessel fallen und zog sie auf seinen Schoß.

Als das Bild an Schärfe gewann, sah er das Gesicht von General Zachary T. Flint vor sich.

„Du meine Güte! Muß mich der alte Haudegen überallhin verfolgen?“ McEwan drehte am Lautstärkeknopf, und die Stimme des Nachrichtensprechers tönte durch den Raum. Nach dreitägigen Besprechungen mit Vertretern des Außen- und Verteidigungsministeriums war General Flint wieder in Saigon eingetroffen. Vor seiner Abreise hatte er eine Unterredung mit dem Präsidenten, der weitere Truppenreduktionen innerhalb dieses Monats ankündigte.

Nach einer Pause verlas der Sprecher die nächste Meldung: die *New York Daily News* hatte soeben einen Bericht ihres Saigoner Korrespondenten veröffentlicht. General Flint werde in wenigen Tagen den Termin für den Beginn des Kriegsgerichtsprozesses gegen jene Special-Forces-Offiziere bekanntgeben, die des Mordes an einem südvietnamesischen Zivilisten angeklagt sind.

McEwan streichelte Mai Leis Nacken unter dem schweren, lackschwarzen Haar. „Ich werde bald wieder nach Vietnam fliegen müssen.“

Sie umschlang ihn. „Kannst du nicht einen anderen Anwalt schicken? Seit du mich vor der MSS gerettet hast, wird man dich suchen!“

„Wenn ich weiß, daß du in Sicherheit bist, ist mir auch drüben nicht bange. Das alte Schlachtroß will also den Kampf. Den kann er haben. Er wagt sich auf verdammt gefährliches Terrain. Ich hoffe, daß er beim Urteilsspruch seine erste Niederlage erleben wird!“

Mai Lei küßte ihn. „Wann zeigst du mir die anderen Räume? Ich möchte das Schlafzimmer sehen.“

Zärtlich hob er sie von seinen Knien, stellte sie auf den Boden und schaltete den Apparat ab. „Auspacken können wir morgen ...“

Am nächsten Vormittag rief McEwan in seinem Büro an. Er vermutete, daß eine Nachricht aus Saigon eingelangt sein könnte, die sofortige Antwort erforderte. Aber die Militärjuristen hatten sich noch nicht gemeldet. Statt dessen hatte Senator Morrissey McEwans Sekretärin mit Telephonaten bombardiert und immer ungeduldiger dem Anwalt Bescheid geben lassen. In verschiedener Formulierung wiederholte er dasselbe Anliegen: „Bitte sorgen

Sie dafür, daß sich Ihre Mandantin sofort nach der Ankunft in New York mit mir in Verbindung setzt."

McEwan legte auf, rollte sich auf dem breiten Bett zu Mai Lei und begann das Liebesspiel. Ihr makellos geformter Körper, ihre großen Mandelaugen und ihre leidenschaftliche Hingabe bei der Vereinigung wirkten immer wieder erregend auf ihn.

Dann schliefen sie nochmals ein, standen erst um die Mittagszeit auf und gingen in Bademänteln in die Küche. Nach einer Tasse Kaffee setzten sie sich ins Wohnzimmer, um über die nächste Zukunft zu sprechen. Zwei Tage wollten sie noch „verschollen" bleiben, dann würde Mai Lei Morrissey anrufen.

„Er wird natürlich gleich balzen und den romantischen Liebhaber spielen wollen", meinte McEwan. „Ich glaube, es ist am besten, wenn du dich in einem der Studentenheime einmietest. Sag ihm, daß du so viel leichter in das Collegeleben hineinwächst. Manchmal wirst du bei ihm aufkreuzen müssen und ihm versichern, daß du ihn sehr bewunderst, aber — das große ‚Aber'! — eben nur bewunderst und schätzt."

„Und wenn er mir einen Heiratsantrag macht?"

„Dann sag ihm, du mußt es dir erst überlegen. Aber ich bezweifle, daß er sich so deutlich erklären wird. Im Unterbewußtsein glaubt er, daß er trotz seiner Scheidung eine Chance für das Weiße Haus haben könnte. Es ist natürlich Nonsens, daß er sich Hoffnungen auf die Präsidentschaftskandidatur oder auch nur auf den Posten eines Vizepräsidenten macht, aber das kann man ihm nicht ins Gesicht sagen. Solange er diesen Wunschtraum hegt, wird er niemals eine Frau heiraten, die keine gebürtige Amerikanerin ist."

„Soll ich ihm nicht einfach sagen, daß ich dich liebe? Es wäre doch sinnlos, ihn in seinen Illusionen zu bestärken."

„Wenn du willst. Aber ich meine, daß es vorläufig besser ist, wenn du dich als strebsame, fleißige Studentin gibst, die leider keine Zeit für ein Privatleben hat — zumindest während des ersten Semesters."

„Wahrscheinlich hast du recht. Immerhin denkt er doch, daß er sehr viel für mich getan hat. Da wäre es nicht nett, ihn vor den Kopf zu stoßen. Außerdem" — sie lächelte ihn spitzbübisch an — „vielleicht willst du mich bald los sein."

Er gab ihr einen leichten Klaps. „Ich bin treu wie Gold, aber bekanntlich sind schöne junge Mädchen oft flatterhaft.“

Sie schlang die Arme um seinen Hals. „Ich werde dich immer lieben. Mir ist, als hätte ich eine Phase der Seelenwanderung durchgemacht, und alles vor dem Augenblick, als wir nach Bangkok kamen, gehöre einem früheren Leben an, an das ich nur noch dunkle Erinnerungen habe.“

„Ja, so kann man es sehen. — Heute ist ein schöner Tag. Was willst du anfangen?“

„Was schlägst du vor?“

Er überlegte kurz. „Es klingt komisch, und ich habe früher nie Lust dazu gehabt, aber wir könnten beim Plaza-Hotel eine offene Kutsche nehmen und durch den Central Park fahren.“

Mai Lei war Feuer und Flamme. „Wie schön! Und dann?“

„Darüber sprechen wir, wenn es an der Zeit ist. Alles wird sich ergeben.“

29. KAPITEL

General Flint selbst führte bei der Stabsbesprechung, die er einberufen hatte, das große Wort. Ein einziger unter den Anwesenden betrachtete die Entwicklung des Falles der Grünen Teufel skeptisch und schien Vorbehalte zu haben: Colonel Landman.

Flint wandte sich an den zugeteilten Offizier des Kriegsgerichtsrates, Colonel Wilfield. „Ed, sagen Sie Landman, wie wir den Tatbestand nachweisen werden. Er war gar nicht glücklich über die Entscheidung, daß ein Prozeß eröffnet wird."

„Wir haben Captain Lovell Immunität gewährt, das bedeutet, daß eine strafgerichtliche Verfolgung wegen seiner Beteiligung an dem Verbrechen unterbleibt. Lovell war Augenzeuge, für uns ist er der Hauptbelastungszeuge", erklärte Wilfield. „Der Captain wird aus der Untersuchungshaft entlassen, wenn dies mittlerweile nicht bereits geschehen ist, und ins Amt des Provost Marshal überstellt. Dort ist er von den anderen isoliert, und wir können uns mit ihm beschäftigen, soweit es seine Aussagen betrifft."

„Ich habe die Liste der verfügbaren Offiziere durchgesehen, aus denen das Kriegsgericht gebildet werden soll", warf der General ein. „Sie finden mehrere Namen angehakt, darunter auch einen Major und einen Captain aus Kampfeinheiten. Ich wünsche, daß diese Männer mit der Aufgabe betraut werden, Ed."

„Jawohl, Sir. Aus Washington wird ein sehr fähiger Militärrichter kommen, Colonel Dorrance. Auch McEwan wird nun jeden Tag in Saigon erwartet."

„Leiten wir alles für den Prozeß in die Wege, je eher, desto besser", drängte Flint.

„An sich bereiten wir zwei Prozesse vor, wie Sie wissen, Sir", sagte Colonel Wilfield. „Zuerst verhandeln wir gegen Captain Marone und dessen unmittelbaren Vorgesetzten, Major Becker, wegen Mordes. Dann gegen Major Curtin und Colonel Stuart wegen Beihilfe zum Mord. Ein Schuldspruch im ersten Verfahren bedingt fast automatisch auch die Verurteilung im zweiten Prozeß."

Der Flug verlief wie gewohnt, nur war jener Henry McEwan, der schweigend durch das Fenster der PANAM-Maschine blickte, seit seinem früheren Aufenthalt in Saigon nun ein Mann, der auch außerhalb seines Berufskreises als prominenter Anwalt Geltung hatte. Durch die Massenmedien war er allen Schichten der amerikanischen Bevölkerung zum Begriff geworden. Scharenweise waren die Journalisten zu seiner Pressekonferenz in San Francisco gekommen; er wußte, daß seine Erklärungen in Agenturberichten nun rund um die Welt gingen. Zweifellos hatte auch General Flint bereits Kenntnis davon.

McEwan war der erste Passagier, der in Tan Son Nhut das Flugzeug verließ. In der Menge der Wartenden entdeckte er seine vier uniformierten Freunde. Captain Brace begrüßte ihn herzlich. In wenigen Minuten waren die Einreise- und Zollformalitäten erledigt, die Militäranwälte nahmen sein Gepäck und trugen es zu einem geparkten Jeep. McEwan wunderte sich. „Was denn, keine Limousine mit Klimaanlage?"

„Wir mußten schon diesen Karren praktisch stehlen", erwiderte Brace. „Man hat uns den Krieg erklärt."

„Das überrascht mich nicht", meinte der Anwalt gelassen. Er stieg neben dem Captain ein, die anderen drei schwangen sich auf die wenig bequemen Rücksitze.

„Aber wir haben für Sie ein Appartement im Caravelle-Hotel reserviert, dort können wir ungestört arbeiten", sagte Major Stein. „Ihre Briefe an uns wurden geöffnet, und wir mußten alle möglichen Zauberkunststücke versuchen, um unsere eigenen Briefe unzensuriert abzuschicken. Die Telephongespräche werden natürlich abgehört."

Zufällig bekam McEwan nun dasselbe Appartment, das vorher Senator Morrissey bewohnt hatte. Er dachte an Mai Lei, sie fehlte ihm sehr. Doch das durfte ihn nun nicht ablenken. „Ich glaube, der erste Punkt auf der Tagesordnung ist ein Besuch bei unseren Mandanten in Long Binh. Außerdem möchte ich nochmals die Protokolle der Einvernahmen gemäß Artikel 32 lesen. Dann werden wir unseren Schlachtplan entwerfen."

Nach dem Lunch fuhren sie im requirierten Jeep zu der Dienststelle des Kriegsgerichtsrates in Long Binh. Major Stein öffnete eine Tür. Ein Sergeant saß an einer Schreibmaschine. „Können wir Colonel Wilfield sprechen? Mr. McEwan ist soeben aus den USA eingetroffen."

Der Sergeant stand langsam auf. „Ich werde fragen, ob der Colonel Zeit hat." Wilfield ließ sie zwanzig Minuten warten, er reichte keinem der fünf Männer die Hand, auch sonst verhielt er sich mehr frostig als höflich. „Was wünschen Sie, Major?" fragte er Stein kurz angebunden.

„Sir, Mr. McEwan möchte die Protokolle lesen."

„Ich würde sie gern nach Saigon ins Caravelle-Hotel mitnehmen und dort durcharbeiten", fügte der Anwalt hinzu.

„Die Dokumente dürfen nicht außer Haus gebracht werden. Sie müssen sie hier lesen."

„Gibt es einen freien Raum?" fragte McEwan.

„Bei uns nicht."

„Soll ich mich vielleicht draußen in die Sonne setzen und Staub schlucken?" McEwan merkte, daß er energisch werden mußte. „Ach, einerlei, ich finde schon etwas. Geben Sie mir die Protokolle, Colonel."

Das wirkte. Stumm ging Wilfield zu einem Aktenschrank mit der Aufschrift „Geheim", drehte am Kombinationsschloß, öffnete die Tür, nahm eine rote Mappe heraus und gab sie McEwan. „Bis fünf Uhr brauche ich sie wieder. Dann fahre ich weg."

„Da habe ich aber nicht viel Zeit", wandte McEwan ein.
„Sie können ja morgen vormittags nochmals herkommen."
„Und mich in den engen Hühnerstall hocken, den man Major Stein, wie ich sehe, neuerdings zugewiesen hat?" fragte der Anwalt ironisch. Alles Schikane, um die Verteidiger jetzt schon mürbe zu machen, dachte er.
„Wohin Sie wollen, solange Sie das Gebäude nicht verlassen." Keine weiteren Debatten. McEwan schob die Mappe unter den Arm, nickte wortlos und verließ den Raum, gefolgt von den vier Militärjuristen.
„Setzen Sie sich an meinen Schreibtisch", sagte Stein, als sie in der winzigen Kammer standen, mit der er sich nun behelfen mußte. McEwan nahm seinen Kassettenrecorder aus der Aktentasche. „Ich spreche die Texte so rasch als möglich auf Band, dann habe ich die Unterlagen immer zur Verfügung."
„Also, dann los, an die Arbeit", sagte Stein. „Bis später. Wenn Sie die Protokolle zurückgegeben haben, können wir mit unseren Mandanten sprechen. Übrigens, es ist entschieden: Lovell wird nicht unter Anklage gestellt. Er sträubt sich gegen die Immunität, aber sie wird ihm dennoch gewährt. Er soll als Kronzeuge präpariert werden, aber ich glaube, Flint wird mit ihm eine große Enttäuschung erleben."
McEwan schüttelte den Kopf. „Wir müssen uns auf einen harten Kampf gefaßt machen." Er setzte sich, schloß das Mikrophon an, schlug die erste Seite des Protokolls auf und begann mit leiser Stimme zu lesen.

Um siebzehn Uhr dreißig fuhren McEwan und die anderen vier, die nun fast unzertrennlich waren, zu ihren Mandanten. Als ersten suchten sie Colonel Stuart auf. Die Furchen um den Mund des Offiziers waren tiefer eingekerbt, seit McEwan ihn vor einem Monat zum letztenmal gesehen hatte.
„Ich hätte nie gedacht, daß Flint die Sache wirklich bis zum Prozeß treiben würde", begann der Anwalt.
„Ich auch nicht. Wissen Sie, Henry, ich habe immer geglaubt, der Generalstabschef sei ein guter Freund. Aber wenn man in die höheren Ränge aufsteigt, gibt es wahrscheinlich keine echten

Freundschaften mehr. Da ist es wie in der Geschäftswelt und in der Politik: Paß auf, daß dir niemand an den Kasten fahren kann, und sieh zu, daß du noch weiter hinaufkommst."

„Ich frage mich, ob der Generalstabschef sich überhaupt die Mühe genommen hat, die Protokolle zu lesen", sagte McEwan nachdenklich. „Wenn ja, dann wäre ihm doch klar, daß die Armee mit ihren Anklagen im luftleeren Raum hängt."

„Ich vermute schon, daß er die Dokumente gelesen hat. Eine Zeitlang glaubte ich, er würde Flint nachdrücklich raten, die ganze Sache abzublasen. Aber dann erkannte ich, daß er mit dem Fall nichts zu tun haben will. Daraufhin habe ich meiner Frau in einem Brief strikt verboten, den Generalstabschef oder dessen Gattin um Hilfe oder Intervention zu bitten."

„Ganz nüchtern betrachtet, Clay: Wenn Lovell nicht aussagt, ist kein strafbares Delikt gegeben. Ich besuche ihn sobald als möglich. Er wurde heute nachmittag weggebracht, noch bevor ich ihn sprechen konnte. Niemand weiß, wo er jetzt ist."

„Und was geschieht, wenn Lovell doch aussagt?" fragte Stuart.

McEwan blickte ihn ernst an. „Als Kronzeuge der Anklage könnte er euch alle belasten, und dann hätten unsere Gegner den Tatbestand, den sie nachweisen wollen. — Aber nun zu dem Memorandum, das Sie mir zusandten. Ich glaube, damit haben wir in unserem Arsenal eine Zeitzünderbombe. Vage Andeutungen darüber, was wir zur Sprache bringen wollen, könnten schon genügen, daß die Beschuldigungen zurückgezogen werden. Aber Sie werden mithelfen müssen, Clay."

„Ja, ich mache mit — bis auf eines: Erwarten Sie nicht, daß ich die Pläne einer Kambodschainvasion aufdecke."

„Einverstanden. Und nun werden wir gemeinsam alle, ich meine wirklich *alle* Folgerungen und Zusammenhänge des größten Problems untersuchen, das die USA bei Fortdauer dieses Krieges zu bewältigen haben. Welches halten Sie für das größte Problem? Sie haben es in Ihrem Memorandum geschrieben."

„Die Vernichtung der kommunistischen Infrastruktur in Südvietnam."

„Stimmt. Und wem fällt diese Aufgabe grundsätzlich zu? Wer, welche Organisation beurteilt alle Fragen und plant Aktionen, um die Infrastruktur auszuschalten?"

„Das führen verschiedene Sondereinheiten durch.“

„Ja, aber es existiert doch auch ein zentraler Impulsgeber, nicht wahr?“

„Natürlich. Die CIA.“

„Gut. Nun möchte ich, daß Sie näher auf einen Punkt eingehen, den Sie erwähnt haben. In Ihrer unterspielenden militärischen Ausdrucksweise schrieben Sie, daß in noch nicht befriedeten Gebieten keine präzise Ausschaltung der kommunistischen Infrastruktur erfolgte. Haben wir konkrete Beispiele?“

Colonel Stuart kniff die Augen zusammen. Er schien angestrengt zu überlegen, wie er seine Feststellungen formulieren sollte. „Ich bin Offizier. Mein Leben ist theoretisch und praktisch der Aufgabe gewidmet, Amerikas Feinde zu vernichten oder unschädlich zu machen, die Regierung und die Lebensform der USA zu verteidigen. Dazu ist es manchmal erforderlich, Akte zu setzen, welche bei der breiten Öffentlichkeit Grauen oder Abscheu erregen würden, weil die Zivilbevölkerung keine Ahnung hat, wie solche Kriege in unserer Zeit, besonders hier in Asien, geführt werden. So wurde das Wort ‚Greueltat‘ zur Bezeichnung einer Kriegshandlung des Feindes.“

McEwan beugte sich vor. „Nun kommen wir schon zum Kern der Sache. Betrachten wir die amerikanischen Kriegshandlungen genauer. Und, noch wichtiger, die Faktoren der militärischen Notwendigkeit und des Befehlsvollzugs. Ich meine jetzt nicht die Tatsache, daß irgendein Agent irgendwo erledigt wird. Ich suche vielmehr Material über die“ — er betonte das Wort „— *Neutralisierung* ganzer Dörfer kommunistischer Sympathisanten . . .“

„Henry, Sie verlangen wieder von mir, daß ich Informationen preisgebe, die, wie ich weiß, das Vertrauen der Öffentlichkeit in die gesamten militärischen und paramilitärischen Anstrengungen der USA in Vietnam schwer erschüttern würden.“

„Ich verlange, daß Sie mir eine Trumpfkarte liefern, die ich im äußersten Notfall ausspielen kann, um Sie und drei Ihrer Offiziere vor einer langjährigen Gefängnisstrafe zu bewahren, zu der Sie General Flint verurteilt wissen möchte! Ihr alle habt Familien, Clay. Vielleicht sind Ihre eigenen Angehörigen so starke Menschen, daß sie sich bei Wegfall Ihrer Bezüge als Colonel der US-Armee behaupten können, während Sie selbst eingesperrt werden. Vielleicht lernen es Ihre Frau und Ihre Kinder, diese gewaltsame Trennung zu ertragen." McEwan wußte, daß er Stuart psychisch auf die Folter spannte, aber wenn er sein Ziel erreichen wollte, dann half nur eine Art Schocktherapie. „Doch was wird aus Mrs. Marone, Mrs. Curtin, Mrs. Becker und deren Kindern?"

Colonel Stuart starrte schweigend vor sich hin. Schließlich nahm er einen Bleistift und einen Block, schrieb einige Worte und schob McEwan das Blatt zu. Darauf stand: „Wir finden eine Möglichkeit, alles zu sagen."

„Tut mir leid, Henry, Sie jagen einem Phantom nach, das es nicht gibt. Zumindest weiß ich nichts davon." Stuart zerriß das Blatt in kleine Stücke, die er in eine Tasche seiner Dschungelgarnitur steckte.

McEwan nickte. Da alle Telephongespräche abgehört und alle sonstigen Verbindungen kontrolliert wurden, schien es durchaus denkbar, daß auch im Quartier des Colonel eine elektronische Überwachungsanlage eingebaut worden war.

„Ich muß Ihnen sagen, daß ich sehr froh bin, daß Sie unsere Vertretung übernommen haben. Bis jetzt wußte ich nicht, daß Jahrzehnte einwandfreier Führung als Offizier in einer Situation wie dieser plötzlich nichts mehr bedeuten. Mein Leben, meine Karriere und meine Freiheit hängen von Ihren Fähigkeiten und Ihrem Scharfsinn ab. Ich kann mich nicht erinnern, daß ich jemals auf einen anderen Menschen völlig angewiesen war, aber nun ist es der Fall."

McEwan stand auf. „Keine Sorge. Jetzt muß ich nach Saigon zurück, um meine Taktik in den Grundzügen festzulegen. Übrigens: das Oberkommando hat Pressekonferenzen abgehalten. Wären Sie bereit, aus Ihrer Sicht Stellung zu nehmen, wenn Ihnen dazu Gelegenheit geboten würde?"

„Vorläufig nicht. Aber ich werde alle Ihre Ratschläge befolgen, um zu verhindern, daß meine Kameraden und ich zu Verbrechern gestempelt werden." Deprimiert schüttelte er den Kopf. „Sie können nicht ahnen, wie felsenfest ich davon überzeugt war, daß es nie so weit kommen würde. Ich selbst verstehe das System nicht mehr."

30. KAPITEL

Lieutenant General Richardson betrat General Flints Büro. „Entschuldige, Zack. Colonel Jasper Dorrance wartet draußen."

„Schick ihn herein. Ich möchte, daß er weiß, was wir von ihm erwarten. Wir wollen diesen verdammten Fall nicht verschleppen. Er müßte Manns genug sein, die Zeugen ruck-zuck abzufertigen und innerhalb von drei Tagen einen Schuldspruch zu erreichen."

„Drei Tage? Das ist eine ziemlich knappe Frist für ein schwerwiegendes Kriegsgerichtsverfahren."

„Ach was, die Weltpresse kommt nach Saigon angeschwirrt und macht aus der ganzen Affäre einen Zirkus. Jeden Tag, den das länger dauert, müssen wir da oder dort eine Schlappe einstecken. Sobald die Kerle verurteilt sind, haben wir endlich wieder Kopf und Hände frei, um uns der Kommunisten zu erwehren."

„Zack, nimm es mir nicht übel, aber ich glaube, du solltest dem Richter keine Ratschläge geben, wie er den Prozeß zu führen hat."

„Es ist *mein* Prozeß, zum Teufel! Ich lasse mir von diesem frisch aus Washington importierten Colonel doch keinen wilden Mann vorspielen."

„Er ist zwar nur Colonel, aber immerhin Militärbundesrichter. Du kannst ihn nicht einfach abkanzeln. Wenn dein Verhalten den Eindruck erweckt, daß du einen Schuldspruch erzwingen willst, lieferst du nur der Verteidigung Argumente."

„Was ist mit Lovell?"

„Wilfield teilte mir mit, daß der Captain als Zeuge aussagen wird. Er muß einfach. Selbst wenn er sich ausschweigt, werden die von dir eingesetzten Mitglieder des Tribunals einstimmig auf ‚Schuldig' erkennen. Versuche also nicht, den Richter zu beeinflussen. Auch wenn er nur Colonel ist. Bei Gericht gilt seine Entscheidung mehr als deine."

„Wer hat denn diese blösdinnigen Regeln aufgestellt? Das verstößt ja gegen die göttliche Ordnung! Ein General ist höher als ein Colonel, ein Mann mehr als seine Frau. Bei jeder Verletzung der Disziplin kann und soll der Vorgesetzte die entsprechenden Maßnahmen treffen."

Richardson mußte ein Lächeln unterdrücken. „Jetzt hole ich Dorrance. Ich weiß — du wirst ihn richtig behandeln."

Flint ging zu der großen Lagekarte. Als Richardson mit Dorrance wieder hereinkam, wandte er sich langsam um und maß den Colonel mit einem prüfenden Blick. Dorrance war groß und stramm, etwa Mitte der Fünfziger. Er wirkte streng, das gefiel Flint. „Guten Tag, Richter", sagte er. Diese Anrede würde der Besucher sicherlich lieber hören als den „Colonel", dachte Flint. Dorrance begrüßte ihn mit einem festen Händedruck.

„Soviel ich weiß, sind Sie zum erstenmal in Vietnam", sagte der General.

„Jawohl. Hier gab es nicht viele Kriegsgerichtsprozesse wegen Kapitalverbrechen. Aber nach Korea und Japan komme ich ziemlich regelmäßig."

„Dieses Einsatzgebiet haben wir weitgehend abgesichert. Es besteht also keine Gefahr feindlicher Vorstöße oder Störaktionen."

„Davor habe ich keine Angst. Aber ich fürchte, dieser Fall wird von der Presse weit über seine Bedeutung hinaus hochgespielt und aufgebauscht."

„Das befürchte ich auch. Immerhin können Sie die Öffentlichkeit jederzeit ausschließen, mit der Begründung, daß bei den

Zeugeneinvernahmen militärische Geheimnisse zur Sprache kommen. — Doch was sage ich, *Sie* sind der Richter. Mein Kommando wird Sie gern in jeder Weise unterstützen."

„Danke, General. Alles scheint bestens geregelt zu sein. Colonel Wilfield, der das Tribunal einberief, war sehr einsichtsvoll und hat den Beginn der Verhandlung um einige Tage verschoben, damit ich alle den Fall betreffenden Dokumente genau studieren kann."

„Bei uns stehen Ihnen alle Türen offen, Richter. Ich glaube, wir sind einer Meinung. Wie Sie bereits erwähnten, werden die Journalisten in ihrer Berichterstattung den Prozeß in übler Sensationsmache hochspielen, übertreiben, Fakten falsch und tendenziös auslegen, mit einem Wort: das Bild verzerren, die Wahrheit entstellen. Ich hoffe, es wird Ihnen möglich sein, das Verfahren von der Eröffnung bis zum Schuldspruch auf drei Tage zu beschränken."

„Bis zum — Schuldspruch, Sir?"

An der ernsten befremdeten Miene des Richters merkte Flint, daß er in dieser wichtigen Unterredung den ersten Fehler bemacht hatte. Sofort lenkte er ein. „Ich meine bis zum Schiedsspruch. Ich bin kein Jurist."

„Rechnen Sie denn schon jetzt mit einer Verurteilung der Angeklagten?!"

„Ich will nur, daß nach militärischen Gesichtspunkten Gerechtigkeit geübt wird. Die Offiziere haben den Mord an diesem vietnamesischen Zivilisten gestanden."

„Ein Geständnis und die Resultate von Einvernahmen gemäß Artikel 32 sind nicht unbedingt gleichzusetzen."

„Colonel Stuarts Offiziere haben die Tat begangen", erwiderte Flint gereizt. „Deshalb wurde das Kriegsgericht einberufen."

„Warten wir ab, was sich bei der Verhandlung ergibt. General, ich danke Ihnen, daß Sie mich empfangen haben."

„Darf ich Sie für heute zum Abendessen einladen, Richter?"

„Danke, Sir, aber bis zum Ende des Prozesses, wie lange er auch dauern mag", diese Worte betonte Dorrance, „werde ich mich wahrscheinlich außerhalb der Verhandlungen in meinem Quartier aufhalten."

Flint hatte das vage, unangenehme Gefühl, daß ihm dieser

Colonel in seiner gemessenen Art eine glatte Abfuhr erteilte. Er wußte nicht, ob er beleidigt sein oder Dorrance versichern sollte, daß er keineswegs die Absicht habe, in den Prozeßverlauf einzugreifen.

„Guten Tag, Sir." Ein höfliches Nicken, und Dorrance verließ den Raum. Flint blickte ihm wortlos nach. Dann entzündete er eine Zigarre. „Mit dem werden wir es schwer haben", sagte er in die blauen Rauchwolken.

„Du darfst nicht vergessen, daß er Bundesrichter ist", meinte Richardson. „Er wird den Prozeß fair führen."

„Ich traue ihm nicht. Nun können wir Pläne machen." Flint grinste hämisch. „Vorhin hatte ich eine Idee: Ich möchte, daß der Richter, die Presse, überhaupt jeder, der bei diesem Verfahren aktiv oder passiv in Erscheinung tritt, mit aller Deutlichkeit merkt, daß er sich in meinem Kommandobereich befindet und von mir abhängig ist. Vergünstigungen kann ich nach eigenem Ermessen gewähren oder ablehnen. Zunächst gibt es eine Ablehnung."

„Was hast du vor, Zack?" Richardson ahnte nichts Gutes.

„Nur eine Kleinigkeit. Die Presse will aus diesem Prozeß einen Zirkus machen. Den sollen die Brüder haben. Wir werden die Journalisten wärmstens empfangen." Er lachte laut auf. „Im wahrsten Sinn des Wortes!"

31. KAPITEL

Colonel Jasper Dorrance nahm seinen Platz auf dem improvisierten Richterstuhl vor der Kanzel der Kapelle von Long Binh ein. Es war punkt acht Uhr morgens. McEwan und die militärischen Rechtsbeistände saßen dem langen Tisch zugewandt, hinter dem sieben leere Stühle für die Mitglieder des Gerichtshofes standen, die hier die Funktion der Geschworenen ausüben sollten. Die Anklagevertretung, bestehend aus dem Prokurator und dem Vizeprokurator, hatte einen Tisch zwischen der Verteidigung und der Geschworenenbank, mit dem Blick zum Richter. Die Kirchenbänke waren dicht mit Presseleuten besetzt, viele Journalisten mußten stehen. Sehr rasch wurde es heiß im Raum.

Die Angeklagten des ersten der beiden angesetzten Verfahren, Captain Marone und Major Becker, saßen hinter ihren Rechtsvertretern. Auch Colonel Stuart und Major Curtin waren anwesend, sie hatten ihren Platz hinter der Verteidigung.

„Ich erkläre die Verhandlung gemäß Artikel 39A des Allgemeinen Militärgesetzes der USA für eröffnet", sagte Colonel Dorrance mit lauter Stimme. Er wandte sich zu Colonel Eliot Furst, dem von General Flint bestellten Prokurator. „Colonel, sind die Mitglieder des Gerichtshofes bereit, ihr Amt zu übernehmen, nachdem wir alle vor Beginn des Prozesses vorgelegten Anträge erledigt haben?"

„Jawohl, Sir."

Der Richter blickte zu McEwan. „Herr Verteidiger, Sie können Ihren Antrag einbringen."

McEwan trat mit einem Schriftsatz in der Hand vor. Er bemerkte, daß die Journalisten heftig schwitzten; die Temperatur in der Kapelle mußte mittlerweile auf mehr als dreißig Grad gestiegen sein. Dabei hatte der Tag erst begonnen, im weiteren Verlauf würde es noch viel heißer werden.

„Euer Ehren, ich darf Ihnen meinen schriftlichen Antrag für eine Verhandlung gemäß Artikel 39A in der Causa der USA gegen Captain Lewis Marone und Major William Becker vorlegen. Ich beantrage die Niederschlagung der Anklagen gegen meine Mandanten, und zwar mit der Begründung, daß das militärische Oberkommando alle bisherigen Untersuchungen beeinflußte und die Rechte meiner Mandanten während der Einvernahmen gemäß Artikel 32 gesetzeswidrig verletzt wurden. Für den Fall, daß Euer Ehren die Anklagen nicht niederschlagen, stelle ich den Antrag, den Gerichtsstand nach Washington, D. C., oder einen anderen Ort in den USA zu verlegen, wo die Einflußnahme des Oberkommandos, welche diese Untersuchungen beeinträchtigt, nicht wirksam werden kann."

McEwan übergab Colonel Dorrance einen großen blauen Briefumschlag. „In unseren Argumenten zeigt die Verteidigung auf, daß, wie zahlreiche Vorfälle beweisen, gegen die Angeklagten von Anfang an unfair vorgegangen wurde. Es steht eindeutig fest, daß der Kommandierende General der amerikanischen Truppen in Vietnam aus persönlichen Motiven diesen Prozeß anstrengt. In seinem Bestreben, eine Verurteilung meiner Mandanten zu erreichen, setzt er alle Mittel ein, um der Verteidigung Schwierigkeiten zu machen und sie daran zu hindern, die Angeklagten entsprechend zu vertreten."

McEwan hielt inne und blickte den Richter an. Sogar Colonel Dorrance, der nicht zwischen anderen eingezwängt saß, litt unter der Hitze. Auf seinem gestärkten hellkhakifarbenen Uniformhemd kamen bereits dunkle Flecken zum Vorschein, und er hielt ein Taschentuch in der Hand, mit dem er sich öfter die Stirne abtrocknete. Der Anklagevertretung erging es nicht viel besser. Am schlimmsten aber war es für die Journalisten, die in den Bänken und an den Wänden zusammengepfercht waren.

„Euer Ehren", McEwan versuchte zu lächeln, „darf ich hinzufügen, daß wir beantragen, die Verhandlung in einem Raum mit Klimaanlage zu führen."

Wie auf ein Stichwort wurde in diesem Moment eine Reporterin im Gedränge ohnmächtig, aber eingekeilt zwischen ihren in Schweiß gebadeten Kollegen, konnte sie nicht umsinken. Das war das Signal für energischen Protest. Rufe wie „Frische Luft!", „Wir ersticken!", „Laßt uns hinaus!" schallten durch die Kapelle. Colonel Dorrance schlug mit seinem Hammer auf den Tisch. „Das Gericht zieht sich auf eine Stunde zurück." Er stand auf, sein empörtes Gesicht sagte genug.

Das Fehlen einer Klimaanlage, dachte sich McEwan, war eine vorsätzliche, ausgeklügelte Schikane Flints, und Dorrance wußte das ganz genau. Es war töricht von dem alten Schlachtroß, einen Militärbundesrichter in den Schwitzkasten zu stecken, nur um die Presse und die Verteidiger zu drangsalieren. Er sah zu, wie die Journalisten durch die enge Tür fluchtartig ins Freie drängten. Als auch er hinaustrat, bestürmten ihn die Reporter sofort mit Fragen.

„Meine Damen und Herren, es hat wenig Sinn, wenn Sie es auf sich nehmen, unter diesen Umständen den weiteren Verlauf der Verhandlung durchzustehen. Falls Sie den Text meines Antrags im vollen Wortlaut wünschen, können Sie heute abends um sechs Uhr Xerokopien davon haben. Möglicherweise dauert es einige Tage, bis der Richter über diesen Antrag entscheidet. Zeugen müssen vorgeladen und einvernommen werden, manche sind vielleicht nicht sofort greifbar. Das verzögert den Ablauf des Verfahrens."

„Welche Zeugen wollen Sie selbst vorladen, Mr. McEwan?" fragte ein Journalist.

„Unter anderen den Armeeminister, den Direktor der CIA, den Generalstabschef der Armee, vielleicht sogar den Verteidigungsminister. Auf jeden Fall dauert es noch sehr lange bis zum eigentlichen Kriegsgerichtsprozeß."

„In der Presseinformation des Oberkommandos steht, daß der

Prozeß in wenigen Tagen beginnen und wahrscheinlich knapp eine Woche dauern wird", warf ein anderer Reporter ein.

„Wann haben Sie das letzte Mal vom Oberkommando wirklich stichhaltige Mitteilungen bekommen?" erwiderte McEwan. Die Pressevertreter lachten. „Sie können hierbleiben, wenn Sie wollen, es ist ein Gratisdampfbad, aber ereignen wird sich nicht viel. Informationen kann ich Ihnen im Caravelle-Hotel geben."

Nur einige unentwegte Journalisten setzten sich wieder in die Bänke, als Colonel Dorrance eine Stunde später auf den Richterstuhl zurückkehrte. „Mr. McEwan", sagte er trocken, „ich nehme an, daß Sie bereit sind, weitere Argumente Ihres Antrags zu erörtern und mir die schriftliche Fassung zu überlassen, damit ich sie studieren und eine Entscheidung treffen kann."

„Gewiß, Euer Ehren."

„Ich behalte mir die Entscheidung über Ihren Antrag vor, Mr. McEwan. Die Verhandlung ist bis übermorgen, 8 Uhr früh, vertagt. Bis dahin werden uns, wie ich hoffe, bessere Bedingungen geboten. Informationen hinsichtlich eines Ortswechsels gehen dem Offizier des Kriegsgerichtsrates beim Oberkommando zu." Dorrance erhob sich und verschwand durch die Hintertür der Kapelle. McEwan und die Militärjuristen verließen den Bau durch das Haupttor.

„Nun können wir nur abwarten", sagte Major Stein.

„Wir haben noch eine schwere Bewährungsprobe vor uns", meinte McEwan nachdenklich.

32. KAPITEL

Innerhalb eines Tages hatten die Pioniere in der Kapelle von Long Binh eine Klimaanlage eingebaut. Als das Verfahren fortgesetzt wurde, herrschte durchaus erträgliche Temperatur. Zu Beginn der Verhandlung wandte sich Colonel Dorrance an die Verteidigung.

„Mr. McEwan, ich habe Ihren Antrag betreffs eines Ortswechsels des Gerichtsstandes und das beigeschlossene Memorandum studiert, gründlich erwogen und mit dem Offizier des Kriegsgerichtsrates beim Oberkommando ausführlich erörtert. Ich verstehe, daß Ihnen manches als vorsätzliche Obstruktion gegen die Verteidigung erscheinen muß; anderseits ist mir klar, daß wir uns in einem Kriegsgebiet befinden. Es ist schwierig, wenn nicht sogar unmöglich, Sie in Sachen Vorladung und Einvernahme der Zeugen in jenem Maß zu unterstützen, wie Sie es vor einem zivilen Gerichtshof in den USA erwarten dürften. Das den Angeklagten zur Last gelegte Verbrechen wurde hier in Vietnam begangen, alle Zeugen der Anklage und die wichtigsten Zeugen der Verteidigung sind in Vietnam. — Wenn Sie, Mr. McEwan, und die militärischen Rechtsbeistände entsprechend schlüssige Beweise liefern, daß die Einflußnahme des amerikanischen Oberkommandos in Vietnam eine faire Prozeßführung verhindert, dann stimme ich einem Ortswechsel zu."

„Danke, Euer Ehren. Wir sind überzeugt, daß wir die in unserem Antrag dargelegten Einwände motivieren können."

„Sind Sie im Interesse einer rationellen Zeiteinteilung bereit, in dieser Verhandlung damit zu beginnen?"

„Wir sind bereit, Euer Ehren."

„Die Untersuchung gemäß Artikel 39A wird fortgesetzt, zur Entscheidung steht der Antrag der Verteidigung auf Ortswechsel des Gerichtsstandes. Rufen Sie Ihren ersten Zeugen auf, Mr. McEwan."

„General Zachary Taylor Flint."

Dorrance wandte sich zu Colonel Furst. „Prokurator, rufen Sie General Flint im Namen der Angeklagten."

„Er ist offenbar nicht im Gerichtssaal, Mr. McEwan", antwortete der Prokurator.

„Dann beantragt die Verteidigung die Vorladung General Flints durch den Militärrichter", konterte McEwan.

„Gibt es noch andere Zeugen im Gerichtssaal, welche die Verteidigung jetzt aufrufen möchte?" fragte Dorrance.

„Nur einen, Euer Ehren. Im weiteren beantragt die Verteidigung die Einvernahme folgender Zeugen, um zu beweisen, daß das Verfahren durch das Oberkommando beeinflußt wurde: Colonel Wilfields, der auf Befehl General Flints das Tribunal bildete, ferner des Armeeministers, des Direktors der CIA und des CIA-Stationschefs in Saigon. Ich schlage vor, mit General Flint zu beginnen. Nun ist es acht Uhr dreißig. Sicherlich könnten General Flint und Colonel Wilfield heute nachmittag zur Verfügung stehen. Außerdem erstellte ich eine Liste der anderen in Vietnam befindlichen Zeugen."

„Haben Sie diese Liste bei sich, Mr. McEwan?"

Der Anwalt nahm sie vom Tisch und legte sie dem Richter vor. „Hier, Euer Ehren."

„Wurde diese Liste dem Prokurator eingereicht?"

„Jawohl, Euer Ehren."

„Ihre Äußerung dazu, Prokurator?" fragte der Richter. „Bestehen Einwände gegen die Vorladung dieser Zeugen?"

„General Flint ist jedenfalls verhindert", erklärte Colonel

Furst sehr bestimmt. „Der Zivilverteidiger muß sich vor Augen halten, daß wir im Krieg stehen und General Flint als Oberkommandierender die Verantwortung für die militärischen Operationen trägt. Was die übrigen als Zeugen genannten Personen betrifft: der Armeeminister, der Direktor der CIA und der Generalstabschef der Armee sind in Washington und werden ihre wichtige Arbeit kaum unterbrechen können, um für einige Stunden nach Saigon zu kommen. Daher schlagen wir vor, daß der Verteidiger jene Zeugen aufruft, die rasch und leicht erreichbar sind. Nach deren Einvernahme kann der Richter bestimmen, ob für die Entscheidung, den Antrag des Verteidigers auf Niederschlagung des Verfahrens oder Ortswechsel zu billigen oder abzulehnen, tatsächlich weitere Vorladungen erforderlich sind." Colonel Furst nahm ein Schriftstück in einem großen Umschlag vom Tisch und ließ es der Verteidigung übergeben.

McEwan wandte sich an den Richter. „Der Ausschluß mancher in Vietnam befindlichen Zeugen, deren Aussagen die Beeinflussung durch das Oberkommando beweisen würden, bestätigt nur den Kernpunkt unseres Antrags."

„Wieviel Zeit brauchen Sie, um Ihre Zeugen zu versammeln?" fragte Colonel Dorrance.

„Das hängt davon ab, wie weit uns das Oberkommando behindert, Euer Ehren. Lieutenant Colonel Lyle Hopper, Kommandeur des Militärgefängnisses in Long Binh, könnte vermutlich in zehn Minuten hier sein. Colonel Wilfield muß sich in der Nähe aufhalten."

Als Lieutenant Colonel Hopper bald darauf erschien, beugte sich Stuart vor und flüsterte McEwan zu: „Nehmen Sie ihn nicht in die Zange, Henry. Er hat sich sehr bemüht und sein Möglichstes getan."

Hopper, ein großer, schlanker Mann Anfang Vierzig, mit blondem Igelkopf, trat in den Zeugenstand und wurde vereidigt.

„Colonel, können Sie die Zellen beschreiben, in denen die hier angeklagten Offiziere, außer Colonel Stuart, konfiniert waren?" fragte McEwan.

„Es waren Zellen für strenge Isolierung."

„Werden Personen, die keines Verbrechens überführt sind, in Long Binh immer in solche Zellen gesperrt?"

„Ich hatte den Befehl, die Offiziere zu konfinieren, und diese Zellen standen zur Verfügung."

„Erhielten Sie vom Oberkommando genaue Weisungen, in welchen Zellen die Offiziere untergebracht werden sollten?"

„Die Befehle besagten ausdrücklich: Konfinierung nach den strengsten Sicherheitsbestimmungen."

„Hatten Sie jemals zuvor den Befehl, einen Captain oder einen Major in solche Zellen einzuweisen?"

Hopper blickte McEwan an, als wollte er sagen: Ich habe für die Leute getan, was ich konnte, mach mir's jetzt nicht schwer, ich möchte Soldat bleiben. — Er überlegte kurz. „Eigentlich hatte ich vorher nichts mit Militärpolizeiaufgaben zu tun. An und für sich bin ich Nachschuboffizier. Ich kann also nicht sagen, ob diese Konfinierung ungewöhnlich war."

„Mit anderen Worten: Sie haben noch nie erlebt, daß ein Offizier so behandelt wurde?"

„Nicht während der sechs Monate auf diesem Posten."

„Haben Sie nicht angeregt, die Offiziere in einem Saigoner Hotel oder im Zivilgästehaus von Long Binh unterzubringen, statt im Gefängnis?"

„Möglich, daß ich etwas in diesem Sinn sagte."

„Und Ihre Empfehlung, diese Offiziere entsprechend einzuquartieren, wurde vom Oberkommando abgelehnt?"

„Ich kann nicht feststellen, ob der Vorschlag bis ins Oberkommando weitergeleitet wurde", entgegnete Hopper ausweichend.

„Erteilte Ihnen das Oberkommando den Befehl, Colonel Stuart völlig zu isolieren, als er zum erstenmal in Haft war?"

Hopper wand sich. „Ich weiß nicht, woher die Befehle kamen."

„Aber Sie hielten einen Colonel fest, ohne ihm Kontakte mit der Außenwelt zu gestatten?"

Der Zeuge warf Stuart einen hilfeheischenden Blick zu, dann sah er wieder McEwan an. „Ich kann mich nicht erinnern, daß er mit jemandem Verbindung aufnehmen wollte."

„Er wollte nicht telephonieren, als ihn Warrant Officer Birdseye in Gewahrsam nahm?"

„Doch, ich glaube schon."

„Wissen Sie noch, wen er anrufen wollte?"

„Ja, den Generalstabschef der Armee in Washington."
„Und Sie haben ihm diesen Anruf verweigert?"
„Nein, Sir. Der Kriminalbeamte untersagte es."
„Warrant Officer Birdseye?"
„Ja, Sir."
„Danke, das ist alles, Colonel Hopper." Erleichtert verließ der Offizier den Zeugenstand, nachdem die Vertretung der Anklage auf ein Kreuzverhör verzichtet hatte.
McEwan wandte sich an den Richter. „Euer Ehren, ich hoffe, Sie haben bemerkt, mit welchem Widerstreben dieser Zeuge meine Fragen beantwortete. Ich hätte ihn zwingen können, entweder in Verletzung seines Eides falsch auszusagen oder aber die Wahrheit zu sprechen und damit nur noch deutlicher zu bestätigen, daß das Oberkommando darauf bedacht war, meine Mandanten durch schlechte, entwürdigende Behandlung systematisch zu drangsalieren und zu demütigen!" Nach einer rhetorischen Pause sah er in seiner Liste nach. „Die Verteidigung ruft Chief Warrant Officer Birdseye auf."
Der CID-Mann kam in die Kapelle, wurde vereidigt und trat in den Zeugenstand.
„Mr. Birdseye", begann McEvan mit gedämpfter und ruhiger Stimme, „wir haben gehört, mit welch bewundernswerter Gründlichkeit Sie Ihre Nachforschungen durchführten. Bitte teilen Sie uns nun mit, was geschah, als Sie General Flint Ihren Bericht vorlegten."
„Er war sehr aufgebracht, das ist verständlich."
„Sagte er etwas Abfälliges über die Special Forces im allgemeinen?"
„Ich kann mich nicht genau erinnern, was er sagte. Es gab eine Diskussion zwischen mehreren Generalen, was nun zu unternehmen wäre."
„Sie haben aus General Flints Mund niemals eine beleidigende Äußerung über die hier anwesenden Offiziere gehört?"
„Ich weiß nicht, was er wörtlich sagte und möchte nicht falsch zitieren oder einzelne Wendungen aus dem Zusammenhang reißen und dadurch einen falschen Eindruck geben."
„Mr. Birdseye, als Sie die Resultate Ihrer Erhebungen und Nachforschungen vorgelegt hatten, hörten Sie General Flint nie-

mals sagen ‚Mit diesen Kerlen werden wir aufräumen!‘, vielleicht nicht wortwörtlich, aber jedenfalls in diesem Sinn?“

„Ich kann mich an keinen solchen Ausspruch erinnern.“

Nach kurzer Überlegung schnitt McEwan ein anderes Thema an. „Mr. Birdseye, welche Zeitspanne lag zwischen Ihrem Bericht an General Flint und dem Befehl zur Verhaftung der Special-Forces-Offiziere?“

„Der Befehl erfolgte am selben Tag.“

„Warteten Sie die schriftliche Ausfertigung ab oder führten Sie die Verhaftung auf General Flints mündliche Weisung durch?“

„Auf seine mündliche Weisung.“

„Und die gab er unmittelbar, nachdem Sie ihm von Ihren Erhebungen Bericht erstattet hatten?“

„Ich würde sagen, kurz darauf.“

„Sie erhielten also kurz darauf den Befehl zur Verhaftung eines Colonels, zweier Majore und zweier Captains?“

„Genau kann ich den zeitlichen Abstand nicht mehr bestimmen.“

„Wie lange dauerte es von der Vorlage Ihres Berichtes bis zur Einlieferung ins Gefängnis?“

„Das könnte ich nicht präzise angeben.“

„Um welche Zeit sprachen Sie mit General Flint?“

„Auch daran kann ich mich nicht genau erinnern, Sir.“

„War es am Nachmittag?“

Nach einer langen Pause sagte Birdseye schließlich: „Ja, ich glaube, es war nachmittags.“

„Und am selben Abend waren die Offiziere bereits konfiniert?“

„Drei von ihnen.“

„Rekapitulieren wir also: Zwischen Ihrer Meldung bei General Flint am Nachmittag und dem Einbruch der Dunkelheit — in einem Zeitraum, der nicht vier Stunden überschreiten konnte — kamen Sie von Saigon nach Nha Trang, das sind etwa zwei Flugstunden, verhafteten die Offiziere und brachten sie ins Gefängnis von Long Binh, wieder zwei Flugstunden. Stimmt das?“

„Im wesentlichen.“

„Demnach muß General Flint Ihnen und Ihrem Kollegen vom CID die — sagen wir, absolute Dringlichkeit dieser Maßnahme eingeschärft haben, und zwar sofort, als er von Ihrem Bericht Kenntnis hatte. Stimmt das?"

„Er war der Ansicht, es liege ein Mord vor und die Schuldigen sollten dingfest gemacht und zur Verantwortung gezogen werden."

„Wann haben Sie Colonel Stuart verhaftet?"

„Zwei Tage später."

„Bat er um die Erlaubnis, zu telephonieren, als Sie ihn ins Gefängnis von Long Binh einlieferten?"

„Ich glaube, ja."

„Sagte er Ihnen, daß er den Generalstabschef der Armee in Washington anrufen wolle?"

„Ja, Sir."

„Und Sie" — dies rief McEwan in empört rügendem Ton — „ein Warrant Officer, verweigerten aus eigener Machtvollkommenheit einem Colonel das Recht, sich mit dem Generalstabschef in Verbindung zu setzen?"

„Der Wunsch wurde sofort an den Offizier des Kriegsgerichtsrates weitergeleitet, jedoch abgelehnt."

„Hatten Sie den Befehl von General Flint, Colonel Stuart vom Augenblick seiner Verhaftung an jeglichen Kontakt zu verbieten?"

„Die Befehle ergingen vom Offizier des Kriegsgerichtsrates."

„Damit meinen Sie: von Colonel Wilfield?"

„Ich glaube schon."

„Durften die drei anderen Offiziere nach ihrer Verhaftung telephonieren und Briefe schreiben?"

„Man versprach es ihnen für später."

„Aber zunächst wurden sie völlig isoliert?"

Wahrscheinlich wurde den drei Offizieren später gestattet, mit anderen Personen schriftlich oder mündlich Verbindung aufzunehmen."

„Handelten Sie nach eigenem Ermessen, als Sie die Offiziere isolierten?"

„Ich hatte den Befehl, jeglichen Kontakt zu unterbinden, solange sie unter meiner Aufsicht stünden."

„So lautete der Befehl, den Ihnen General Flint persönlich erteilte?"

„Ich erklärte doch schon, daß die Befehle vom Offizier des Kriegsgerichtsrates kamen.“

„Aber Mr. Birdseye, Sie haben soeben ausgesagt, daß Sie sich von General Flint direkt nach Nha Trang begaben, die Offiziere verhafteten und nach Long Binh brachten — alles innerhalb weniger Stunden! Zu welchem Zeitpunkt konnten Sie dann Befehle von der Dienststelle des Kriegsgerichtsrates entgegennehmen?“

Nach langem Zögern antwortete Birdseye kleinlaut: „Ich habe von Nha Trang aus telephoniert.“

„Mit Colonel Wilfield?“

„Ja, Sir.“

„Danke, Mr. Birdseye, das genügt.“

Nun wurde Colonel Edward Wilfield in den Zeugenstand gerufen. Er blickte McEwan finster entgegen.

„Colonel, wer verfaßt Ihre Dienstbeschreibung in ihrer Eigenschaft als zugeteilter Offizier des Kriegsgerichtsrates bei den US-Truppen in Vietnam?“

„Der Kommandierende General.“

„General Flint?“

„Jawohl.“

„Haben Sie in Ihrer langen erfolgreichen Laufbahn in der Militärjustiz je zuvor erlebt, daß ein Colonel in einer Isolierzelle konfiniert wurde?“

„Sie sagen ‚zuvor‘? Ich habe es überhaupt noch nie erlebt.“

„Sie wußten nichts von der Verhaftung Colonel Clay Stuarts?“

„Doch. Aber er wurde nicht isoliert. Er durfte Briefe schreiben.“

„Aber nicht telephonieren.“

„Darüber weiß ich nichts“, antwortete Wilfield selbstsicher.

„Vorhin haben wir die Zeugenaussage von Warrant Officer Birdseye gehört; das ist der CID-Mann, der Colonel Stuart in Haft nahm. Der Wunsch des Colonels wurde an Sie weitergeleitet.“

Wilfield überlegte einen Augenblick. „Ich glaube, Colonel Stuart wollte über eine Telephonverbindung der Regierung einen Anruf nach den USA tätigen. Dazu sind gewisse Genehmigungen erforderlich.“

„War Ihnen bekannt, wen er anrufen wollte?"

„Das spielt keine Rolle. Für Telephonate nach den Staaten, die über Militärleitungen gehen, braucht man eine Sondererlaubnis."

„Wäre es nicht möglich, daß Sie wußten, General Flint wolle verhindern, daß der Generalstabschef der Armee von der Verhaftung Colonel Stuarts und seiner Offiziere erfahre?"

„Das stand nicht in Erwägung."

Als McEwan den Richter mit einem Blick streifte, merkte er an einem Zucken in dessen Gesicht, daß Dorrance diese Aussage offenbar anzweifelte. Lächelnd stellte der Verteidiger die nächste Frage: „Wurde die Post der Häftlinge zensuriert?"

„Das ist im Militärgefängnis immer der Fall."

„Sagte Ihnen General Flint, er wünsche nicht, daß Informationen über die Offiziere und deren Haft in Long Binh nach außen gelangen?"

„Der Dienstbetrieb im Militärgefängnis ist Routinesache. General Flint befaßt sich nicht mit solchen Dingen."

„Soll ich das so verstehen, daß Ihnen General Flint keine besonderen Weisungen hinsichtlich der Konfinierung der Häftlinge gegeben hat?"

„Alles wurde nach Schema abgewickelt, ohne direkte Intervention des Generals."

„Haben Sie General Flint jemals sagen hören, daß er eine Verurteilung dieser Special-Forces-Offiziere wünsche?"

„Darauf kann ich nach bestem Wissen und Gewissen nur antworten: General Flint ist einzig und allein daran interessiert, daß dem Militärstrafgesetz Genüge geschieht."

„Lieutenant Colonel Hopper sagte aus, daß er den Befehl erhielt, die Offiziere nach den strengsten Sicherheitsbestimmungen in Isolierzellen unterzubringen. Gab Ihre Dienststelle diese Weisung?"

„Ja."

„Konfinieren Sie öfter Captains und Majore, überhaupt Personen, die noch nicht eines Verbrechens überführt sind, ganz zu schweigen davon, daß sie in Einzelhaft dieser Art keine Möglichkeit zur ordnungsgemäßen Einvernahme nach Artikel 32 des Allgemeinen Militärgesetzes der USA hatten?"

„Diese Männer wurden des Mordes beschuldigt."

„So? Gelten meine Mandanten nach unserem amerikanischen Recht nicht als unschuldig, bis sie überführt sind?", fragte McEwan trocken. „Wann war zum letztenmal ein Offizier in so einer Zelle konfiniert?"

„Keine Ahnung."

„Aber es war das erste Mal, daß Sie befahlen, einen Offizier in die Isolierzelle zu sperren."

„Ich habe keine bestimmten Zellen angegeben."

„Wie Lieutenant Colonel Hopper erklärte, handelte er auf ausdrücklichen Befehl. Wollen Sie sagen, daß er einen Fehler machte?"

„Diese Frage kann ich nicht beantworten."

„Erteilte Ihnen General Flint bestimmte Weisungen über die Art der Konfinierung?"

„Nein, das blieb mir überlassen."

„Warum haben Sie dann Menschen, die als unschuldig gelten, bis ihre Schuld erwiesen ist, solchen Härten ausgesetzt und sie wie Schwerverbrecher eingekerkert?"

„Alles erfolgte nach den bestehenden Richtlinien."

„Colonel Wilfield, ich habe hier eine Namenliste sämtlicher Militärpersonen, die jemals in diesen Zellen gefangengehalten wurden. Da Sie über die Vorgänge in Ihrem Befehlsbereich Unwissenheit vorschützen, möchte ich diese Liste verlesen."

„Euer Ehren", unterbrach Colonel Furst, der Prokurator, nun in seiner Funktion als Ankläger. „Wir haben geduldig zugehört, wie sich der Zivilverteidiger bei seiner Fragestellung in Nebensächlichem verlor. Aber gegen diese völlig unnötige Einbeziehung von Informationen, die nicht einmal überprüft wurden, müssen wir uns verwahren."

Der Richter blickte McEwan an. „Können Sie diese Aufzeichnungen belegen?"

„Ein Vergleich mit den Dokumenten im Militärgefängnis wird beweisen, daß meine Liste stimmt."

Dorrance wandte sich nun zum Zeugen. „Colonel Wilfield, die Verteidigung wünscht die Akten des Militärgefängnisses."

„Gemäß der Geheimhaltungspflicht dürfen sie nicht allgemein zugänglich gemacht werden, Euer Ehren", entgegnete Wilfield überlegen.

„Euer Ehren, ich begreife nicht, was die Akten des Militärgefängnisses mit diesem Fall zu tun haben", sekundierte ihm der Ankläger.

„Und ob!", konterte McEwan sofort. „Daraus wird klar hervorgehen, daß niemals zuvor ein Offizier in solchen Zellen untergebracht war, sondern nur Soldaten, die nach langer Desertion aufgegriffen wurden und . . ."

„Einspruch, Euer Ehren!", rief der Ankläger. „Die Einzelheiten über die Konfinierung der Häftlinge können kaum als Indiz dafür angeführt werden, daß man sie im kommenden Prozeß nicht fair behandeln wird."

„Euer Ehren", protestierte McEwan, „ich versuche aufzuzeigen, wie meine Mandanten vom Oberkommando auf verschiedenste Weise drangsaliert wurden. Ich habe die Zeugen befragt, die mir zur Verfügung standen. Vor zwei Tagen reichte ich dem Prokurator meine Zeugenliste ein. Kein einziger der CIA-Agenten, die mit dem Fall in Zusammenhang gebracht werden, war abkömmlich. General Flint selbst weigert sich, ohne nähere Angabe von Gründen, auszusagen. Ich habe mich bemüht, nachzuweisen, daß ein fairer, unparteiischer Prozeß nach den Grundsätzen der amerikanischen Rechtsprechung in Vietnam unmöglich ist. Beim Prokurator habe ich die Vorladung folgender Zeugen beantragt: General Zachary Taylor Flints, seines Stellvertreters Lieutenant General Elford Richardson, des Sonderbotschafters Mr. Michael Hackman, des Direktors der CIA, des Armeeministers, des Verteidigungsministers und des Vorsitzenden des Vereinigten Generalstabs."

Als McEwan schwieg, wandte sich der Richter an Colonel Furst. „Prokurator, steht jemand von den genannten Personen als Zeuge zur Verfügung?"

„Nein, Euer Ehren. Das ist offenbar auch nur eine Verzögerungstaktik des Verteidigers. Wir können nicht willkürlich in das Räderwerk des großen Staatsapparates eingreifen."

„Ihre Antwort, Mr. McEwan?", fragte Colonel Dorrance.

„Da der Prokurator nicht bereit ist, diese Zeugen vorzuladen, stelle ich hiemit erneut den Antrag, diese Untersuchung gemäß Artikel 39 A nach Washington, D. C., zu verlegen. Sollte der Militärrichter meinen Antrag ablehnen, werde ich mich direkt an den Präsidenten der USA in seiner Eigenschaft als Oberbefehlshaber der Streitkräfte wenden."

Colonel Dorrance warf Wilfield einen Blick zu. „Hat die Verteidigung noch weitere Fragen an den anwesenden Zeugen?"

„Nein, Euer Ehren", sagte McEwan knapp. Wilfield stand auf und verließ die Kapelle.

Nach kurzer Überlegung erklärte der Richter: „Ich befriste die Entscheidung über den Antrag der Verteidigung auf Ortswechsel dieser Untersuchung gemäß Artikel 39 A bis Donnerstag, den 7. August, null Uhr. Die Verhandlung ist vertagt."

33. KAPITEL

In Fort Meyer im Staat Virginia erhielten Colonel Stuart und dessen Offiziere entsprechende Quartiere zugewiesen und wurden auf Ehrenwort aus dem Gewahrsam entlassen. Captain Lovell und Sergeant Dennis wurden anderswo untergebracht, bei striktem Verbot jeglicher Kontaktnahme mit allen in den Fall verwickelten Personen.

McEwan richtete sich im Sheraton-Park-Hotel ein provisorisches Büro ein. Er war einige Tage vor den Angeklagten und den übrigen Militärs in den USA eingetroffen. Nach der positiven Entscheidung des Richters über den Ortswechsel hatte er sofort bei der PANAM gebucht. Die anderen mußten warten, bis eine Transportmaschine verfügbar war.

Von San Francisco aus hate er Mai Lei angerufen. Am selben Abend holte sie ihn vom New Yorker „JFK" ab und sie fuhren in Mai Leis kleine Wohnung im Stadtteil Morningside Heights. McEwan hatte erwartet, mitten in New York City ein Stück Saigon wiederzufinden, aber zu seiner Überraschung sah er dann vorwiegend blauweißen Chintz; die Räume hatten jene Atmosphäre, wie sie junge Mädchen aus dem Mittelwesten schaffen, wenn sie es endlich zu einer eigenen Wohnung in der Metropole gebracht haben. Doch es gab wenigstens ein breites Bett, das tröstete ihn. Am nächsten Morgen, bevor er seine eigene Wohnung aufsuchte, hatte er Mai Lei überzeugt, daß für ihre Persönlichkeit ein exquisiterer Stil passender wäre.

„Seit meinem siebzehnten Lebensjahr, als ich in die Militärakademie West Point eintrat, kenne ich nur eines: soldatische Pflichterfüllung", sagte Colonel Stuart bei einer Besprechung im Sheraton-Hotel.

„Clay, nach allem, was Sie mir erzählt haben, wird unsere Verteidigung eher eine Offensive werden", meinte McEwan, seine Aufzeichnungen niederlegend. „Aber ähnlich wie beim Nürnberger Prozeß könnten wir einen klassischen Modellfall schaffen, an den man sich bei künftigen amerikanischen Kriegsverbrecherprozessen halten wird."

„Wenn der Mann im Weißen Haus jeden Kommandeur vors Kriegsgericht stellen will, der im Dienst nationaler Ziele den Tod eines Menschen verschuldet hat, der nicht nachweisbar ein Vietkong oder Soldat der nordvietnamesischen Armee war, dann werden bald alle Offiziere unserer Kampftruppen in Vietnam im Gefängnis sitzen." Colonel Stuart stand auf. Er trug Zivil, um nicht die Aufmerksamkeit von Reportern zu erregen. „Nun, da ich meine Frau sehen und mit ihr sprechen kann, ist alles halb so schlimm."

34. KAPITEL

Erregung durchpulste den großen Verhandlungssaal. Mit ernsten Gesichtern erwarteten die Angehörigen und engsten Freunde der vier Offiziere den Beginn der Untersuchung gemäß Artikel 39 A. Colonel Dorrance eröffnete diese mit einer kurzen Zusammenfassung des Antrags der Verteidigung auf Ortswechsel, um den eigentlichen Kriegsgerichtsprozeß in Washington abzuhalten. Dann erteilte er dem Vertreter der Angeklagten das Wort.

McEwan erhob sich und trat vor das Podium. „Euer Ehren, wir haben die Absicht, im Rahmen dieser Untersuchung auf einzelne politische Ziele der USA hinzuweisen, die mit dem Fall in Zusammenhang stehen. Ebenso wollen wir die Methoden der Durchführung aufzeigen, die von den höchsten Regierungsstellen gebilligt wurden. In dem Bestreben, die volle Verantwortung auf das Militär im allgemeinen und auf unsere Mandanten im besonderen abzuschieben, haben die Saigoner Funktionäre der CIA und Repräsentanten des Außenamtes alles getan, was in ihrer Macht stand, um ihre eigenen geheimen Machenschaften nicht nur in diesem Einzelfall, sondern in der gesamten Kriegsführung zu verschleiern.

Wir behaupten und sind bereit nachzuweisen, daß dieser angebliche Mord an einem vietnamesischen Doppelagenten zu verschwindender Bedeutungslosigkeit herabsänke, wenn die Begleitumstände amerikanischer Militäraktionen im Rahmen der Befriedungspolitik jemals bekannt würden. Es sind jene rein politisch motivierten Richtlinien, die manchmal zwangsläufig weitmaschig ausgelegt werden, jener vom Außenamt und vom Verteidigungsministerium gutgeheißene Modus operandi für die Aufdeckung und Vernichtung kommunistischer Infrastrukturen in Vietnam, den man ahnden müßte, statt das Gesetz gegen Männer in Anwendung zu bringen, die nur dem Befehl folgen, um solche Ziele zu realisieren. Angesichts der Notwendigkeit der Geheimhaltung so vieler größerer Zusammenhänge wird es überall sehr schwierig sein, meinen Mandanten eine faire Prozeßführung zu garantieren, aber in Vietnam wäre es gewiß unmöglich."

McEwan schwieg, ging zum Tisch der Verteidigung, sprach leise mit seinen Militärjuristen und blickte dann wieder zum Richter.

„Sind Sie nun bereit, Ihren ersten Zeugen aufzurufen, Mr. McEwan?"

„Jawohl, Euer Ehren. Den Armeeminister."

„Der Gerichtshof zieht sich für zehn Minuten zurück, während der Minister verständigt wird, um hier zu erscheinen."

Genau zehn Minuten später öffnete sich die Tür des Saales; der Minister trat ein, begab sich in den Zeugenstand und legte den Eid ab. „Sir", begann McEwan, „wir werden uns so kurz als möglich fassen, um Sie nicht allzu lange Ihren wichtigen Verpflichtungen zu entziehen."

„Stellen Sie Ihre Fragen, Mr. McEwan", antwortete der Minister knapp und distanziert; es klang, als wolle er sagen: Sie, gerade Sie brauchen mir keinen Gefallen zu tun.

„Sir, trifft es zu, daß gewisse Kongreßmitglieder Druck auf Sie ausübten, das Verfahren gegen Colonel Stuart und dessen Offiziere aus der Kompetenz des amerikanischen Oberkommandos in Saigon zu lösen?"

„Ja, so kann man es ausdrücken."

„Wie lautete Ihre Antwort an die Kongreßmitglieder und Senatoren, die von Ihnen verlangt haben, die Behandlung dieses Falles zu übernehmen?"

„Ich erklärte, daß ich in Fragen der Militärgerichtsbarkeit in Vietnam nicht eingreifen werde.“

McEwan hob einen Zeitungsausschnitt hoch. „Hier lese ich Ihre Entgegnung auf die Forderung von Kongreßmitgliedern. Sie sagten, ich zitiere wörtlich: ‚Die Militärjustiz muß auch in Vietnam ihren normalen Weg gehen.‘ Stehen Sie zu dieser Äußerung?“

„Ja, voll und ganz.“

„Hätten Sie gemäß den Bestimmungen des Allgemeinen Militärgesetzes der USA die prinzipielle Ermächtigung, General Flint die Jurisdiktion zu entziehen?“

„Ja.“

„Sir, finden Sie nicht auch, daß Ihre Weigerung den Schluß nahelegt, General Flints Vorgehen gegen diese Offiziere würde von Ihnen sanktioniert und gebilligt?“

McEwan trat zur Seite und wies auf Colonel Stuart, Major Becker, Major Curtin und Captain Marone.

Der Mann im Zeugenstand überlegte die Folgerungen aus dieser Frage. Schließlich sagte er: „Die Minister der Streitkräfte beachten den Grundsatz, sich in militärische Belange des Kommandos auf einem Kriegschauplatz nicht einzumengen.“

„Selbst dann nicht, wenn der betreffende Kommandierende General den fundamentalsten Prinzipien der ordnungsgemäßen Abwicklung eines Gerichtsverfahrens und den politischen Absichten der amerikanischen Regierung zuwiderhandelt?“

„Es gab gewiß kein Anzeichen für solche Verstöße. General Flint hat mein vollstes Vertrauen.“

„Sir, den Pressemeldungen entnahm ich, daß General Flint während eines früheren Aufenthalts in Washington auch Sie aufsuchte. Erinnern Sie sich an den Verlauf dieser Unterredung?“

„Unsere damaligen Gesprächsthemen fallen unter die Geheimhaltungspflicht. Ich bin daher nicht ermächtigt, Ihre Frage zu beantworten.“

McEwan wandte sich zum Richter. „Euer Ehren, diese Frage ist für die Motivierung unseres Antrags von größter Bedeutung. Deshalb beantrage ich ferner, die Öffentlichkeit auszuschließen, damit ich die Befragung fortsetzen kann.“

Der Minister saß unbeteiligt da, als Colonel Dorrance nach kurzer Erwägung alle nicht mit der Einvernahme befaßten Personen aufforderte, den Saal zu verlassen. Murrend gingen die Journalisten hinaus, zu den Telephonen in den Korridoren, um ihre Zwischenberichte durchzugeben. Sobald das Auditorium geräumt war, sagte Dorrance: „Fahren Sie fort, Mr. McEwan."

„Sir, erklärte General Flint bei dieser Besprechung wörtlich oder dem Sinn nach, er werde die Truppenabzüge plangemäß durchführen, Entscheidungen über den Fall der Grünen Teufel jedoch sollten ihm überlassen bleiben. Etwa: ‚Ich schicke die GIs nach Hause, aber was ich mit den Special Forces tue, ist meine Sache.' "

„General Flint war nur darauf bedacht, daß der zivile Armeeminister, also ich selbst, nicht in seine Kommandofunktionen eingreife. Das betraf auch den Fall der Grünen Teufel."

„Sagte er wörtlich oder sinngemäß, er sei zu Truppenverminderungen bereit — bis auf bestimmte Einheiten oder einzelne Angehörige der Special Forces?"

„Als Kommandierender General hatte er das Recht, darauf zu bestehen, Fragen, die eindeutig in seinen Befehlsbereich fielen, selbst zu entscheiden."

„Aber bestand er auch auf Zusicherungen von Ihnen, daß der Präsident wegen der Affäre Tran Van Troc keine Schritte unternehmen werde?"

„Jeder Kommandierende General würde nach den Gegebenheiten so handeln."

„Sir, ich spreche nicht von einem imaginären Kommandierenden General. Meine Frage lautet: Stellte Ihnen General Flint die Bedingung, die Grünen Teufel ihm zu überlassen?"

„Er verlangte, daß in dieser Hinsicht keine Intervention erfolgen würde."

„Danke, Sir. — Euer Ehren, das ist alles, was ich zur Zeit von diesem Zeugen wissen wollte." Mit eisigem Gesicht stand der Minister auf; eine knappe Verbeugung vor dem Gerichtshof, dann verließ er den Saal.

Nun hob Colonel Dorrance den Ausschluß der Öffentlichkeit auf. Als sich die Sitzreihen wieder gefüllt hatten, fragte er: „Mr. McEwan, wer ist Ihr nächster Zeuge?"

„General Zachary Taylor Flint", verkündete McEwan.

„Rufen Sie General Flint herein", befahl Dorrance dem Gerichtsdiener. Die Vorladung des Oberkommandierenden in Vietnam war kein Geheimnis; Flint hatte bereits gewartet. Kampflustig marschierte er durch den Mittelgang heran, salutierte vor dem Prokurator, wurde vereidigt und nahm seinen Platz im Zeugenstand ein. McEwan und der General musterten einander abschätzend, alte Gegner, die sich zum erstenmal Aug in Aug gegenüberstanden.

McEwan mußte zugeben: dieser Mann hatte Stil und Haltung. „General Flint“, begann er, „haben Sie jemals erklärt, daß das sogenannte B-57-Detachment der 5th Special Forces Group mehr als fünfundsiebzig Prozent aller verwertbaren Aufklärungsergebnisse von Vorstößen über die vietnamesischen Grenzen liefere?“

„Ja, wahrscheinlich habe ich das gesagt“, antwortete Flint vorsichtig.

„Wissen Sie über die Aktionsmethoden der Special Forces in Vietnam Bescheid?“

„Das habe ich geglaubt —“

„Nun scheinen Sie nicht mehr sicher zu sein?“

„Stimmt auffallend“, bestätigte Flint gereizt.

„Und warum nicht?“

„Ich wurde durch Einsatzberichte der Special Forces getäuscht.“

„Erstreckte sich diese vorsätzliche Täuschung über einen längeren Zeitraum?“

„Das weiß ich nicht.“

„Worauf gründet sich Ihre Meinung, daß Sie getäuscht wurden?“

„Der Kommandeur der 5th Special Forces Group hat mich belogen.“

„In welchem besonderen Punkt sprach er die Unwahrheit?“

„Er sagte mir, daß seine Leute einen Doppelagenten nicht getötet hätten, dabei wußte ich, daß sie ihn doch beseitigt hatten.“

„General, meinen Sie damit, Sie persönlich wußten, daß ein Doppelagent getötet wurde?“, fragte McEwan mit gespieltem Erstaunen.

Flint steckte zurück. „Ich war durchaus überzeugt davon.“

„Sagten Sie jemals, Mr. Hackman von der CIA habe Ihnen mitgeteilt, er hege den Verdacht, daß ein Verbrechen vorliege?“

„Ja."

„Auf Grund dieser Information ordneten Sie eine Untersuchung an?"

„Ja."

„Um jene Zeit waren Sie nicht sicher, ob der Bericht der CIA den Tatsachen entsprach, oder doch?"

„Die Gewährsleute, die mir die Meldung erstatteten, waren verläßlich."

„General, wollen Sie damit sagen, daß Sie die Offiziere für schuldig erklärten, bevor noch Erhebungen durchgeführt wurden?"

Ruppig beugte sich Flint auf seinem Stuhl vor. „Ich habe nur gesagt, daß meine Informanten verläßlich waren."

„Sie hielten sie für verläßlich, und daraufhin betrachteten Sie die Offiziere als schuldig — das meinen Sie doch?"

„Ja, ich glaubte, daß sie schuldig wären."

„Fragten Sie Colonel Stuart, den Kommandeur der 5th Special Forces Group, ob die Eliminierung des Agenten erfolgte?"

„Ja."

„Die CIA ist kein Verband der Armee, nicht wahr?"

„Nein, sie ist eine zivile Organisation."

„Aber die Special Forces gehören zur Armee?"

„Natürlich."

„Sie als Kommandierender General fordern zu Recht absolute Loyalität und großes Vertrauen von Ihren Soldaten?"

„Ja, meine Truppen sind in Ordnung."

„Und Ihrerseits müssen Sie den GIs ebenfalls Vertrauen entgegenbringen?"

„Das ist doch klar."

„Und dennoch, Sir", — McEwan betonte diese Worte mit Nachdruck „— als eine Situation entstand, in der es darauf ankam, daß Sie das Wort eines hochdekorierten Offiziers Ihrer Einheiten gegen die Glaubwürdigkeit der Mitteilungen von Vertretern einer zivilen Geheimdienstgruppe abzuwägen und zu beurteilen hatten — noch bevor die Umstände und der Sachverhalt des Falles ordnungsgemäß untersucht waren! — in dieser Situation akzeptierten Sie fast automatisch eher die Meldungen einer fremden Organisation als die Erklärungen Ihrer eigenen Leute!"

„Wie sich herausstellte, belog mich Stuart."

„Ich spreche nicht davon, was sich herausstellte. Ich meine nur den Tag, an dem Sie Colonel Stuart aufforderten, in Ihr Hauptquartier zu kommen. Stand zu jenem Zeitpunkt seine Aussage gegen die der CIA?"

„Ich vermute."

„Bei aller angeblich selbstverständlichen positiven Haltung Ihren Soldaten gegenüber waren Sie trotzdem voreingenommen und mißtrauten Colonel Stuart. Ist es nicht so?"

„Ich hatte triftige Gründe. Er log aus persönlichen Erwägungen. Die CIA-Leute hingegen konnten durch unwahre Informationen nichts gewinnen." Flint wurde zornig. „Hören Sie, verehrter Herr Verteidiger, ich habe die Pflicht, Beschwerden und Mitteilungen über Ausschreitungen von Militärpersonen zu überprüfen. Das gehört zu meinen Aufgaben und hat nichts mit meinen persönlichen Gefühlen zu tun!"

McEwan ließ nicht locker. „Vorhin haben Sie gesagt, daß Sie das Vertrauen Ihrer Soldaten erwidern. Aber aus Ihren Äußerungen und Handlungen ist nicht zu entnehmen, daß Sie Colonel Stuart auch nur im mindesten vertrauten. Geben Sie das zu, General?"

„Ich hätte ihm mehr vertraut, wenn er kein Lügner wäre."

„Aber *bevor* Sie wußten, daß er nicht die Wahrheit sagte, *bevor* die weiteren Ereignisse Ihren Verdacht zu bestätigen schienen, waren Sie schon bereit, ihn zu diskreditieren. Erkennen Sie nicht selbst den Widerspruch in Ihren Erklärungen?"

„Ich hatte das Gefühl, daß da etwas faul war", knurrte Flint verbissen. „Ich bin ein Mann der Tat und der Verantwortung. Verdammt nochmal, ich hatte eben das untrügliche Gefühl!"

„Und dieses Gefühl war die Veranlassung für Ihren Haß gegen die Special Forces, General. Habe ich recht?"

„Nein."

„Sie haßten die Special Forces, weil Sie diese Einheiten nicht unter Ihrer Kontrolle hatten, weil die Teams nach eigenen Planungen erfolgreiche Operationen durchführen. Sir, Sie können sich nicht mit der Tatsache abfinden, daß die Grünen Teufel Ihrem Kommando nicht integriert sind. Das ist der wahre Beweggrund. Sie wollen lauter Befehlsempfänger um sich haben, General."

„Ich habe nichts mehr zu sagen.“ Flint verschränkte die Arme vor der mit vielen bunten Bändern geschmückten Brust und starrte den Verteidiger böse an.

McEwan zuckte die Achseln. „Euer Ehren, ich bin mit diesem Zeugen fertig.“

Der Richter blickte zum Prokurator. „Colonel Furst, wollen Sie dem Zeugen Fragen stellen?“

Der Prokurator erhob sich. „Jawohl, Euer Ehren.“ Er ging zum Zeugenstand und begann in einem Ton, aus dem Überlegung und Verständnis sprachen: „General, stimmt es, daß die Special Forces ein hohes Maß an Autonomie haben?“

„Ja.“

„Ergeben sich dadurch für Sie als Oberkommandierenden, der für die gesamte Kriegführung persönlich verantwortlich ist, nicht große Schwierigkeiten?“

„Manchmal schon.“ Allmählich beruhigte sich Flint nach McEwans bohrenden Fragen.

„Besteht in der Praxis eine weite Diskrepanz zwischen den Operationen der regulären Truppen und den Aktionen der Special Forces?“

„Ja, sehr oft.“

„Werden Sie nicht laufend über den Einsatz der Teams informiert?“

„Nein.“

„Würden Sie sagen, daß dieses Verhältnis im strategischen Konzept berücksichtigt ist?“

„Ja, so kann man es definieren.“

„Sie haben mit den Grünen Teufeln in der täglichen Routinearbeit nicht so engen Kontakt wie etwa mit Ihrem eigenen Stab oder mit den Kampfdivisionen?“

„Nein.“

„Kennen Sie Soldaten und Offiziere der Special Forces persönlich?“

„Nur wenige.“

„Und Sie wissen auch nicht, was während der ganzen Zeit in den einzelnen Stützpunkten dieser Verbände vorgeht?“

„Nicht genau von Tag zu Tag.“

„Sie können demnach nur vermuten, daß die Special Forces

von Tag zu Tag im Rahmen der allgemeinen strategischen Erfordernisse den gleichen Taktiken folgen wie Sie selbst?“

„Richtig.“

„General, ich nehme an, Sie halten es für Ihre Pflicht, durch Lagebesprechungen und Inspizierungen an Ort und Stelle manchmal die Aktionen jener Einheiten zu überprüfen und abzustimmen, die außerhalb Ihres unmittelbaren Kommandobereichs eingesetzt sind?“

„Natürlich.“

„Würde dies jeder General in Ihrer Position als seine Pflicht betrachten?“

„Ich hoffe.“

„Es war also für Sie selbstverständlich, Hinweisen betreffend strafbare Handlungen eines Special-Forces-Verbandes, der mehr oder weniger auf eigene Faust operiert, sofort nachzugehen?“

„Ja.“

„Solche Situationen ergeben sich bei den komplizierten Verflechtungen des Kriegsgeschehens in Vietnam wahrscheinlich oft?“

„Von Zeit zu Zeit.“

„Und Sie erachten es wohl immer als Ihre Pflicht, bei allen Anzeichen von Ausschreitungen amerikanischer Militärpersonen in Vietnam Nachforschungen einzuleiten — seien es nun Grüne Teufel oder Soldaten konventioneller Truppen?“

„Ja, das halte ich für meine Pflicht dem amerikanischen Volk gegenüber.“

„Danke, Sir.“

Ohne sich umzublicken marschierte Flint stramm und selbstsicher in der Gloriole seiner vier Silbersterne und zahllosen Auszeichnungen aus dem Saal. Auch ein wackerer Recke Uncle Sams, wie Stuart, nur von ganz anderer Art, dachte McEwan, als er ihm nachsah. Dann beugte er sich zum militärischen Rechtsbeistand seiner Mandanten. „Ich glaube, daß wir unseren Antrag auf Ortswechsel bereits durchgebracht haben. Nun müssen wir versuchen, Spitzenrängen der Regierung Angst einzujagen.“

„Hat die Verteidigung noch weitere Zeugen aufzurufen?“, fragte Colonel Dorrance.

„Jawohl, Euer Ehren, den Direktor der CIA.“

„Prokurator, kann der genannte Zeuge vor diesem Gerichtshof erscheinen?“

„Nein, Euer Ehren. Er ist heute aus zwingenden Gründen verhindert.“

„Auch gut“, erwiderte McEwan mit heiterer Gelassenheit. „Wir werden bis morgen warten. Vorher möchte ich eine Zeugin aufrufen, deren Aussage für den Direktor der CIA zweifellos von großem Nutzen sein wird: Miß Mai Lei Tuan.“

35. KAPITEL

Die bezaubernde junge Asiatin betrat den Saal. Sie trug einen links bis zum Oberschenkel offenen Chongsam aus Seidenbrokat. McEwan deutete auf den Zeugenstand; folgsam setzte sie sich, der Schein eines Lächelns glitt über ihr Gesicht.

McEwan skizzierte rasch Mai Leis persönliche Beziehung zu dem vermutlichen Mordopfer und ging dann auf die Organisation für regionale Befriedungsaktionen ein, bei der seine Zeugin in Saigon gearbeitet hatte.

„Miß Tuan, wissen Sie, wer PRODS finanziert?"

„Ja, die CIA."

„Würden Sie sagen, daß bei PRODS Unzufriedenheit mit dem gegenwärtigen Regime des Präsidenten Thieu herrschte?"

„Ja, der frühere vietnamesische Leiter von PRODS, ein Mann namens Dong Van Trong, vertrat die Ansicht, es werde in Vietnam nie Frieden geben, solange Marschall Ky und Präsident Thieu an der Macht sind."

„Wieso war er davon überzeugt?"

„Thieu und Ky verfechten die Theorie eines totalen Sieges."

„Und Dong Van Trong meinte, ein Kompromiß sei der einzige Weg zum Frieden in Vietnam?"

„Ja. Er und That Ton Dinh, früher bevollmächtigter Minister im Kabinett Thieu, bildeten und führten jene politische Gruppe, die als dritte Kraft bekannt wurde — sie steht zwischen der Nationalen Befreiungsfront — das ist der Vietkong — und der gegenwärtigen Regierung. Die dritte Kraft glaubt, daß ein Kompromiß, bei dem Südvietnam nicht seine Selbständigkeit verlieren würde, möglich wäre."

„Gehörte Ihr Schwager dieser Bewegung an?"

„Tran Van Troc identifizierte sich mit den Leitsätzen der Dritten Kraft. Er selbst kannte beide Seiten des Krieges. 1964 arbeitete er aktiv für den nordvietnamesischen Geheimdienst. Dann ging er zum Süden über, und schließlich kam er zu der Überzeugung, der einzige Ausweg sei ein Kompromiß. Im Jahre 1967 hatte er erste Kontakte mit den Spitzen der dritten Kraft."

„Verschaffte er Ihnen den Posten bei PRODS?"

„Ja. Damals war er mit Dong Van Trong befreundet. Ich war zuerst Sekretärin und Dolmetscherin in einer Saigoner Dienststelle der amerikanischen Special Forces."

„Können Sie uns sagen, wie Ihr Schwager Doppelagent wurde?"

„Euer Ehren!" Der Ankläger stand auf. „Ich sehe keinen Zusammenhang zwischen den Aussagen der jungen Dame und dem Antrag der Verteidigung. Außerdem habe ich den starken Verdacht, daß die Verteidigung absichtlich oder unabsichtlich streng geheime Informationen zur Sprache bringen will."

„Mr. McEwan", begann der Richter in rügendem Ton, „ich habe Ihnen ziemlich weiten Spielraum gewährt. Aber auch ich verstehe nicht, was die in diesen Aussagen angeführten Fakten mit den Themen Ihres Antrags zu tun haben. Überdies stimme ich der Anklagevertretung in dem Punkt bei, daß Sie, Mr. McEwan, sich in gefährliche Nähe der Enthüllung von Staatsgeheimnissen begeben."

„Euer Ehren, wir wollen durch die Aussagen dieser Zeugin beweisen, daß die Grünen Teufel eindeutig in die Rolle der Sündenböcke gedrängt würden, wenn die Kriegsgerichtsprozesse in Vietnam stattfänden. Falls tatsächlich Fragen erörtert werden müssen, für welche die Geheimhaltungspflicht gilt, werde ich der erste sein, der im Interesse der nationalen Sicherheit den Antrag stellt, vorher den Saal räumen zu lassen. Die Vertretung der Anklage, das heißt General Flint, ist fest entschlossen, wenn irgend möglich diesen Prozeß in Vietnam abzuhalten. Ich selbst aber würde meine Pflichten als Rechtsbeistand nach den Bestimmungen der Sechsten Ergänzung der amerikanischen Verfassung nur mangelhaft erfüllen, wenn ich nicht jedes legale Argument nachdrücklich zur Geltung brächte, sofern es geeignet ist, meinen Antrag zu stützen."

„Gut. Setzen Sie Ihre Einvernahme fort, Mr. McEwan."

„Miß Tuan, berichten Sie uns bitte, wie Ihr Schwager zum Doppelagenten wurde."

„Er selbst betrachtete sich niemals als Doppelagent, sondern hatte sich mit ganzer Seele der Sache der dritten Kraft verschrieben. Daher konnte es den Anschein haben, daß er gegen die südvietnamesische Regierung arbeite und auch die radikale, jegliches Kompromiß ablehnende Haltung vieler führender Persönlichkeiten des Nordens bekämpfe. Er hatte die Aufgabe, mit der politischen und militärischen Spitzengruppe Nordvietnams zu verhandeln, um eine Vereinbarung zu erreichen, die im Fall eines Putsches gegen das Thieu-Regime den Führern der dritten Kraft gewisse Sicherungen garantieren würden. Zwei Jahre lang hatten Dong und That durch Troc eine solche Annäherung über die Fronten hinweg versucht, und mein Schwager hätte nur mehr eine oder zwei Wochen gebraucht, um eine Einigung zu erzielen. Aber da verschwand er."

„Wie ist es Troc gelungen, die Verbindung zwischen hohen nordvietnamesischen Funktionären und der dritten Kraft in Saigon herzustellen und aufrechtzuerhalten?"

„Als Agent im Dienst der Special Forces wurde er oft in Sondermission nach Kambodscha und Laos entsandt."

„Einspruch, Euer Ehren." Der Ankläger sprang wieder auf. „Das sind Geheiminformationen!"

„Es ist keine Geheiminformation, daß ein Vietnamese als Kundschafter auf fremdem Territorium eingesetzt wird", erwiderte McEwan scharf. „In dieser Aussage ist *nicht* von Grenzüberschreitungen durch Amerikaner die Rede! Außerdem frage ich nicht, welche Aufträge er hatte. Dies bitte zu Protokoll."

„Einspruch abgelehnt."

Mai Lei blickte McEwan unsicher an. Er nickte ihr zu.

„Solche Missionen boten ihm die Möglichkeit, die Verhandlungen weiterzuführen“, antwortete sie.

„Und die Operationen der Special Forces zu verraten, um das Vertrauen der Kommunisten zu gewinnen?“

„Davon hat er mir nie etwas erzählt.“

„War Troc während der ganzen Zeit in engem Kontakt mit dem vietnamesischen Leiter von PRODS?“

„Ja, Sir.“

„Und da PRODS von der CIA finanziert wird, hatte er doch Gelegenheit, Beziehungen zu CIA-Beamten anzuknüpfen, nicht wahr?“

„Euer Ehren!“, stieß der Ankläger hervor.

„Mr. McEwan, Sie versuchen neuerlich, statt beweiskräftiger Aussagen bloße Vermutungen und Erwägungen anzustellen. Außerdem bewegen Sie sich mit solchen Suggestivfragen eindeutig dem Gebiet strenger Geheimhaltung zu. Das nächste Mal, wenn Sie diese Trennungslinie überschreiten, werde ich den Gerichtssaal räumen lassen müssen.“

„Euer Ehren, darf ich daran erinnern, daß die Tatsache der Finanzierung von PRODS durch die CIA vor einigen Minuten ohne Einwand zur Sprache gebracht wurde.“

„Fahren Sie fort, Mr. McEwan. Aber sehr vorsichtig, das ist eine öffentliche Verhandlung.“

„Miß Tuan, was geschah mit Dong Van Trong und That Ton Dinh?“

„Beide wurden wegen verbotener Kontakte zu Hanoi verhaftet und eingekerkert.“

„Bemühen sich die amerikanischen PRODS-Funktionäre, ihnen zu helfen?“

„Davon weiß ich nichts. Seit dem Tag nach ihrer Verhaftung halte ich mich ständig im Ausland auf. Ich weiß nur, was ich in den Zeitungen gelesen habe.“

„Versuchte Troc, knapp bevor er verschwand, sich mit seiner Frau, Ihrer Schwester, in Verbindung zu setzen?“

„Er schickte ihr ein besprochenes Tonband. Das ist die letzte Nachricht, die wir von ihm haben.“

„Wo ist dieses Band?“

„Man behielt es in der amerikanischen Botschaft, als Gegenleistung für den Flug von Saigon nach Bangkok."

„Mr. McEwan", sagte der Richter ernst, „mir ist zwar nicht bekannt, was geschah oder was nun zur Sprache kommen mag, aber ich glaube, es wäre nur ein Gebot der Klugheit, nun die Öffentlichkeit auszuschließen, bevor Sie diese junge Dame zu weiteren Aussagen veranlassen." Er blickte zum Gerichtsdiener. „Bitte tun Sie Ihre Pflicht. — Alle Angaben der Zeugin von diesem Moment an fallen unter die Sicherheitsbestimmungen, bis die kompetenten Stellen der amerikanischen Regierung eine Entscheidung darüber getroffen haben."

McEwan ging zum Tisch der Verteidigung und beugte sich zu Colonel Stuart. „Wenn ich verhindern kann, daß Sie in den Zeugenstand gerufen werden, hat die Anklagevertretung keine Chance mehr, Sie zu vernehmen."

Als der Saal geräumt war, setzte der Richter die Verhandlung fort. Durch geschickte Dialogregie der Abfolge von Fragen und Antworten legte McEwan den gesamten Sachverhalt dar: Sergeant Dennis' Besuch und die Übergabe des Tonbandes, die vereitelte Verhaftung, die Flucht und schließlich die Einzelheiten des Fluges. Die beiden hatten diese Aussagen so gründlich vorbereitet, daß nicht der leiseste Verdacht aufkommen konnte, ein anderer amerikanischer Staatsbürger als Mr. Henry McEwan, Anwalt in New York City, hätte sich für Mai Leis Reise in die USA verwendet. Niemandem wäre es eingefallen, Senator Morrissey damit in Zusammenhang zu bringen.

„Miß Tuan, wissen Sie, ob dieses Tonband je überspielt wurde?", fragte er nun.

„Ja, Sie selbst ließen es in der Zeit zwischen meiner Ankunft in der Botschaft am Abend und dem nächsten Morgen kopieren; dann gaben Sie mir das Original zurück."

McEwan nahm den Kassettenrecorder vom Verteidigertisch und trat zum Richter. „Euer Ehren, ich habe das Duplikat bei mir, biete es als Beweisstück an und ersuche, daß es abgehört wird."

„Euer Ehren, wir erheben Einspruch. Es wurde kein stichhaltiger Beweis dafür erbracht, daß es sich hier um ein Dokument handelt", sagte der Vertreter der Anklage.

„Ich habe einen Zeugen, der bestätigen kann, daß das Band authentisch ist, Euer Ehren“, entgegnete McEwan. „Er befindet sich wahrscheinlich im Warteraum.“

„Wollen Sie diese Zeugin entlassen und den betreffenden Zeugen aufrufen, Mr. McEwan?“

„Um den dokumentarischen Charakter des Bandes doppelt nachzuweisen, möchte ich, daß die Zeugin im Saal bleibt, wenn ich Sergeant First Class Peter Dennis aufrufe. Zudem kann er Miß Tuan als jene Person identifizieren, der er die Tonbandkassette ausgehändigt hat.“

Vom Gerichtsdiener begleitet betrat Dennis den Saal. Er prallte fast zurück, als ihn die durchdringenden Blicke der Offiziere trafen; dann ging er aber mit festem Schritt auf den Richter zu, salutierte, wurde vereidigt und setzte sich in die erste Reihe der Publikumsbänke, auf den zugewiesenen Platz.

McEwan stellte zuerst einige Fragen über Dennis’ militärische Laufbahn, dann sagte er: „Sergeant, bitte sehen Sie sich um und teilen Sie dem Gericht mit, ob Sie jemanden erblicken, den Sie kennen — außer meinen Mandanten und mich selbst.“

Dennis musterte die Anwesenden. Plötzlich hellte sich sein Gesicht auf. „Mai Lei!“, rief er. „Was machen Sie denn hier?“

„Ist das die Frau, der Sie jene Tonbandaufnahme brachten, die Sie vor etwa drei Monaten mit Tran Van Troc gemacht hatten?“

„Natürlich ist sie es. Mai Lei! Man ahnt es nicht!“ Staunend schüttelte er den Kopf.

„Sergeant Dennis, ich werde das Band abspielen und möchte, daß Sie den Sprecher identifizieren und uns berichten, wie die Aufnahme entstand.“

McEwan schaltete das Gerät ein und die Stimme mit dem deutlichen vietnamesischen Akzent klang durch den stillen Raum. Alle hörten mit gespannter Aufmerksamkeit zu.

„Meine liebe Mai Lei, unser Freund Sergeant Dennis wird euch dieses Band bringen. Ich spreche Englisch, damit er versteht, was ich sage. Bald werde ich auf eine gefährliche Mission gehen. Sage deiner Schwester, daß ich sie liebe. Sie ist eine gute Frau und ich hoffe, daß ich euch beide wiedersehen werde. Aber vielleicht kehre ich nicht zurück. Du mußt wissen, daß ich zwei Tage auf dem ‚elektrischen Stuhl' war und dann wurde mir Wahrheitsserum injiziert. Ich weiß vielleicht nicht immer, was ich sage." — Eine Pause, mehrere Sekunden lang hatte das Mikrophon nur Atemgeräusche registriert. — „Die CIA weiß von meiner Tätigkeit für die dritte Kraft. Ich hoffe, daß ich unter der Einwirkung des Wahrheitsserums keine Namen genannt habe. Die Amerikaner wissen nicht, ob sie der dritten Kraft helfen oder zu Präsident Thieu halten sollen. Sie fürchten sehr, daß ich vielleicht der MSS verrate, daß sie mit uns gehen und einen Staatsstreich gegen Thieu durchführen, wie damals gegen Diem. Meine guten Freunde in Hanoi sind bereit, mit der dritten Kraft zusammenzuarbeiten. Wenn ich sterbe, war es die CIA. Um zu verhindern, daß ich spreche. Auch über Kambodscha." Wieder hörte man schweres Atemholen und ein rasselndes Räuspern. „Mai Lei, ich liebe dich wie eine Schwester. Ich möchte weiterleben und mit dir und meiner Frau beisammenbleiben. Wenn die dritte Kraft siegt, werden wir eine einzige große Familie sein. Peter kannst du vertrauen. Er ist ein Freund. Ich grüße dich, hoffentlich nicht zum letztenmal."

Als die Stimme schwieg und ein leises Knacksen das Ende der Aufnahme anzeigte, trocknete sich Mai Lei, die im Pressesektor saß, mit einem Spitzentaschentuch die Augen. McEwan schaltete das Gerät ab und trat zum Zeugenstand. „Sergeant Dennis, erkennen Sie diese Stimme?"

„Ja, das ist das Band, das Tran Van Troc in meiner Gegenwart besprochen hat. Ich brachte es Mai Lei nach Saigon."

„Und warum sprach Troc Englisch?"

„Damit ich kontrollieren konnte, was er sagte. Außerdem mußte ich mich davon überzeugen, daß er keine geheimen Meldungen durchgab."

„Danke, Sergeant. Keine weiteren Fragen, Euer Ehren."

„Ich habe eine oder zwei Fragen, Euer Ehren", sagte der Ankläger.

„Bitte, Colonel Furst."

„Sahen Sie Troc bei dieser Bandaufnahme zum letztenmal?"

„Jawohl, Sir."

„Was geschah nachher mit ihm?"

„Das weiß ich aus eigener Erfahrung nicht, Sir."

„Sie hörten aber, wie die Offiziere später über Troc redeten?"

„Euer Ehren", McEwan war sofort auf dem Posten, „Einspruch! Dies ist noch nicht das Strafverfahren, sondern erst die Untersuchung gemäß Artikel 39 A, damit über unseren Antrag auf Ortswechsel entschieden werden kann. Die Fragen des Anklagevertreters an diesen Zeugen haben für die Erwägung, ob der Antrag gebilligt oder abgelehnt werden soll, absolut keine Bedeutung."

„Der Verteidiger hat recht, Colonel Furst. Wenn Ihre Fragen nicht in direkter Beziehung zu dem Antrag stehen, sind sie während dieser Untersuchung nicht angebracht."

„Ich habe keine Fragen mehr, Euer Ehren."

„Dann ist der Zeuge zu entlassen."

Dennis salutierte stramm, machte kehrt und ging aus dem Saal. Der Gerichtsdiener schloß hinter ihm die Tür.

„Mr. McEwan, wollen Sie Miß Tuan nochmals vorladen?", fragte Colonel Dorrance.

„Nein, Euer Ehren. Aber ich möchte den Prokurator daran erinnern, daß ich morgen den Direktor der CIA als Zeugen aufrufen werde."

„Außer ihm noch andere Personen?"

„Erst, sobald ich Gelegenheit hatte, den soeben erwähnten Zeugen zu befragen."

„Prokurator, haben Sie noch Fragen?"

„Nein, Euer Ehren."

Dorrance wandte sich zu Mai Lei. „Ich mache die Zeugin darauf aufmerksam, daß alle ihre Aussagen, die heute unter Ausschluß der Öffentlichkeit erfolgten, als geheime Informationen betrachtet werden müssen. Das gilt auch für die Tonbandaufnahme. Wenn die Zeugin Angaben, die von dieser Sperre betroffen sind, anderen Personen mitteilt, macht sie sich einer Verletzung der Bestimmungen für die nationale Sicherheit schuldig und hat gerichtliche Ahndung sowie Ausweisung zu gewärtigen. Das Tonband wird als Beweisstück gekennzeichnet und einbehalten."

Er sah zu, wie der Gerichtsdiener die Kassette vom Tisch der Verteidigung nahm und sie mit einer Nummer kennzeichnete. „Die Untersuchung ist bis morgen punkt acht Uhr vertagt."

36. KAPITEL

McEwans Hotelappartement glich nun einem kleinen TV-Studio. Beleuchter hantierten an Scheinwerfern, Kameraleute visierten durchs Objektiv probeweise verschiedene Punkte im Raum an, als er Arm in Arm mit Mai Lei eintrat. Seine Sekretärin Laura war voll Elan an der Arbeit: tüchtig wie immer erledigte sie mehrere Dinge zugleich. Auf dem Hektographiergerät vervielfältigte sie eine Presseinformation; gleichzeitig überzeugte sie sich, daß die Bar gut bestückt war und die Kellner bereitstanden. Und so nebenbei plauderte sie charmant mit den Journalisten.

Mai Lei wirkte auf diese abgebrühten Burschen enorm; sie erntete bewundernde Blicke, und dem Korrespondenten einer großen europäischen Agentur geriet vor Entzücken der Gin and Tonic in die falsche Kehle. McEwan drückte die Hand seiner schönen Begleiterin. „Denen entkommst du nicht, aber bleib strikt bei dem, was ich dir gesagt habe“, flüsterte er ihr zu. „Sei sehr vorsichtig. Denk an die Rechtsbelehrung des Richters.“

Einer der prominentesten Fernsehreporter Washingtons trat heran. „Mr. McEwan, darf ich mit der jungen Dame ein Interview machen?“

„Das liegt ganz bei ihr“, antwortete er.

„Ich habe nichts dagegen." Mai Lei schenkte dem Interviewer ein bezauberndes Lächeln und ließ sich mit der natürlichen Grazie der Asiatinnen auf einem Sessel vor den Kameras nieder.

Laura nahm ihren Chef beiseite. „Senator Morrissey ist am Apparat, im Nebenraum. Wollen Sie mit ihm sprechen?"

„Natürlich. Danke, Laura." Er ging ins Schlafzimmer und griff zum bereits abgehobenen Hörer. „Hallo, Senator!"

„Ich möchte sofort mit Ihnen reden", erklärte Morrissey kategorisch.

„Kommen Sie zu mir ins Hotel", erwiderte McEwan. „Wir finden schon eine Ecke, wo wir ungestört sind."

„Ich rufe jetzt von der Halle des Kapitol-Nordtraktes an."

McEwan gab ihm die Nummer seines eigenen Zimmers, das einen Stock höher lag; dort würden sie den Presseleuten nicht in die Arme laufen. Dann ging er in den großen Empfangssalon des Appartements, in dem es nun von Journalisten wimmelte, und winkte Laura herbei. „Falls man mich braucht, ich bin oben. Morrissey ist offenbar auf dem Kriegspfad. Spielen Sie mittlerweile hier den Zirkusdirektor."

„Keine Sorge, Boß. Einige der Reporter halten sich seit drei Tagen praktisch ständig hier auf, schreiben ihre Berichte und senken das Niveau der Flaschenbatterien."

„Gut so. Dazu ist das Appartement gemietet. Sie wissen, wo ich zu erreichen bin."

McEwan erwartete den Senator vor dem Zimmer auf dem Korridor. Bald fegte Morrissey im Sturmschritt heran. Brüsk schob er den Anwalt durch die Tür, die dieser verblüfft von innen schloß.

Bis zu diesem Moment hatte der Senator seinen Grimm aufgestaut, aber nun legte er los. „McEwan, Sie haben mich verraten!", brüllte er. „Ich exponiere mich für Sie, und was tun Sie? Sie lassen mich auffliegen!"

„Ich habe Ihnen versprochen, unter allen Umständen zu verhindern, daß man Sie der Mitwisserschaft verdächtigt, und dieses Versprechen habe ich gehalten."

„Was zum Teufel ist Ihnen denn eingefallen, Mai Lei in die Geschichte hineinzuziehen?"

„Niemand könnte Sie auch nur im entferntesten mit Mai Lei

in Verbindung bringen, Senator. Ich habe sogar dafür gesorgt, daß im Rektorat der Columbia-University die gesamte einschlägige Korrespondenz ausgehoben und vernichtet wurde. Wie sollten Sie also kompromittiert werden?"

„Ach, durch Fangfragen an Mai Lei kann man schließlich aufdecken, daß ich mit der dritten Kraft sympathisierte. Und dann kommen sie mit den Photos der Greueltaten."

„Senator, während dieser Untersuchung ist das unmöglich."

„Aber während des Prozesses kann es vorgebracht werden."

„Ich wüßte nicht, in welchem Zusammenhang. Außerdem, gerade dadurch, daß wir Mai Lei als Zeugin vorluden — wobei sie meist unter Ausschluß der Öffentlichkeit aussagte —, haben wir heute unseren Gegnern die Daumenschrauben angesetzt. Glauben Sie mir, Senator, wenn es eines entscheidenden Anstoßes bedurfte, die Beschuldigungen zurückzuziehen, dann ist es die Tatsache, daß die CIA nun weiß: ich habe ein Duplikat der Tonbandaufnahme und Mai Lei ist bereit, auszupacken."

„Angenommen, es wird nichts zurückgezogen, sondern der Fall kommt vors Kriegsgericht. Sie wissen, wie das Außenamt und der Verteidigungsminister zu mir stehen. Man wird irgendeinen Weg finden, mich zu kompromittieren."

„Das ist bloße Theorie." McEwan ging zum Servierwagen und goß zwei Drinks ein. Er setzte sich wieder Morrissey gegenüber und hob sein Glas. „Auf die morgige Entscheidung, die Beschuldigungen zurückzuziehen!"

Morrissey trank einen großen Schluck. „Mit der Vorladung Mai Leis haben Sie mir einen gehörigen Schrecken eingejagt", sagte er in ruhigerem Ton. „Ich sah mich schon als Zielscheibe heftigster Angriffe."

„Beim momentanen Stand der Dinge haben Sie nichts zu befürchten. Sie sind doch selbst Jurist und können die Möglichkeiten abschätzen."

„Nicht im Bereich der Militärgerichtsbarkeit. Da ist alles möglich, jedes Argument kann ignoriert werden, und die Berufungsinstanz ist wieder irgendein General."

„*Deshalb* habe ich die Wunderwaffe Mai Lei eingesetzt. *Deshalb* habe ich es so eingerichtet, daß die Presse einen kleinen Wink bekam. Jetzt werden sie wie eine Meute hungriger Hunde hinter diesem Happen her sein, um zu erfahren, was in der amerikanischen Botschaft geschah und was auf dem Tonband ist. Soll unser Bündnispartner Präsident Thieu nicht merken, daß wir Amerikaner durchaus bereit sind, ihn aus politischen Erwägungen jederzeit fallenzulassen, dann bleibt nur eines übrig: das Kesseltreiben gegen die Grünen Teufel schleunigst abzublasen. Geben Sie nun zu, daß ich richtig gehandelt habe?"

„Wenn man es so betrachtet . . . Sie müssen wissen, es war ein scheußliches Gefühl, als ich erkannte, in was ich mich da eingelassen hatte. Ich habe ehrlich geglaubt, daß ich zu einer raschen friedlichen Lösung in Vietnam beitragen könnte."

„Senator, darf ich Sie bei allem Respekt an Kiplings unsterbliche Worte erinnern: ‚Und die traurige Grabinschrift: Hier ruht ein Narr, er sollte den Osten aufstören.' "

Morrissey lächelte schmerzlich. „Bleiben wir in enger Verbindung, Mr. McEwan. Übrigens, ich vermute, Mai Lei ist im Hotel?"

„Ja, sie hat hier ein Zimmer. Wollen Sie sie sehen?"

„Natürlich, aber ich fürchte, solange die Dinge noch in Schwebe sind, wäre es bedenklich. Ich werde lieber noch warten."

„Das ist wahrscheinlich das beste."

Morrissey trank aus. „Tut mir leid, daß ich aus der Rolle gefallen bin —"

„Das ist nicht weiter schlimm, Senator. Ich finde, es war besser, daß Sie zu mir kamen, statt vor Wut kochend in Ihrem Büro zu sitzen."

„Ich bin keiner von denen, die ihre Wut hinunterschlucken. Wenn ich zornig werde, zeige ich es. Ich explodiere einfach." Er ging zur Tür. „Viel Glück!"

„Es wäre nur nötig, daß sich die Regierung vom gesunden Menschenverstand leiten läßt. Aber vielleicht erhoffen wir uns zu viel."

General Flint wurde in einen ovalen Salon des Weißen Hauses geführt. Der Präsident stand von seinem Schreibtisch auf. „Zack, ich weiß, wie sehr Ihnen daran gelegen war, hier ein Exempel der Militärgerichtsbarkeit zu statuieren", sagte er verständnisvoll, als sie auf einer kleinen gepolsterten Sitzbank Platz genommen hatten. „Aber wir gewannen den Eindruck, daß der Versuch, diesen Prozeß doch zu führen, mit einer politischen Katastrophe auf vielen Ebenen enden könnte."

„Ich begreife, wie Ihnen allen zumute ist, Mr. President", sagte Flint ruhig.

„Eben. Ich wußte, daß ich auf Sie zählen kann, Zack. Bei diesem Fall gibt es viele ungewöhnliche Umstände. Zu viele."

„Jawohl, Sir. Allerdings gaben Sie mir bei meinem letzten Besuch hier zum Abschied die Zusicherung, daß ich in meinem Kommandobereich kriegsgerichtliche Fragen nach eigenem Ermessen regeln könne."

„Das stimmt, Zack, aber seither ist einiges geschehen. Keiner von uns wußte, welch einschneidende Folgen aus dieser Affäre resultieren. Schließlich — wie sollen wir mit Präsident Thieu verhandeln, wenn er glaubt, daß wir eventuell Putschisten unterstützen würden? Jedenfalls in Anbetracht dieser Entwicklung ist es auf allen Linien das Beste, wenn Sie damit einverstanden sind, daß die Untersuchung eingestellt wird. — Übrigens, nach Ihrem Turnus in Vietnam wird es im Pentagon einen freien Posten geben, den Sie sehr gut ausfüllen könnten: den des Generalstabschefs der Armee."

„Ich danke Ihnen, daß Sie diese Möglichkeit erwähnen, Sir. Aber mittlerweile hat sich etwas ereignet, wovon ich Ihnen persönlich Mitteilung machen wollte."

Der Präsident furchte die Stirn. „Und zwar?"

„Die Leiche des Ermordeten wurde gefunden", sagte Flint, seiner Wirkung sehr sicher. „Gestern haben Sicherungsfahrzeuge der Kriegsmarine, die den Grund der Bucht von Nha Trang absuchten, den Toten geborgen. Er wurde bereits identifiziert." Der General beugte sich triumphierend vor. „Ich habe das Corpus delicti, Mr. President. Nun könnte ich den Fall gar nicht niederschlagen, selbst wenn ich wollte."

Der Präsident starrte Flint mit plötzlicher, kaum verhohlener Feindseligkeit an. Einige Sekunden lang schwieg er. Schließlich stieß er hervor: „Der Generalstaatsanwalt wird sich damit befassen. Sonst noch was?"

„Nein, Sir. Unsere Planungen für die Truppenabzüge gehen

glatt vonstatten. Ich hoffe, Sie werden uns das Startsignal für das Unternehmen in Kambodscha geben, bevor wir unsere Einheiten durch Reduktionen zu sehr schwächen."

„Wenn es zu diesem Prozeß kommt und die Argumente der Verteidigung bekannt werden, dann bezweifle ich sehr, daß wir jemals in der Lage sein werden, den von Ihnen so sorgfältig geplanten Vorstoß durchzuführen. Überlegen Sie sich das."

Ein Adjutant erschien in der Tür; die Besprechung war jäh beendet.

37. KAPITEL

In den Nachmittagsstunden des 7. September — es war ein Sonntag — rollte McEwan in einer letzten Besprechung mit den Militärjuristen und den vier Angeklagten nochmals den ganzen Fall aus seiner Perspektive auf. Wieder war ein Appartement im Sheraton-Park-Hotel als Büro und Presseraum gemietet.

Er hatte zwei anstrengende, abenteuerliche Wochen hinter sich. Nun mußte er die Verteidigung neu aufbauen. Die Tatsache, daß eine Leiche gefunden worden war, die man für Troc hielt, erforderte eine Revision seiner Prozeßtaktik. Wenigstens war es ihm gelungen, seine Mandanten vor neuerlicher Konfinierung zu bewahren. Sie hatten die Zeit bei ihren Familien verbracht, während McEwan und Major Steins Team die weitere Vorgangsweise erörtert hatten.

„Ich wette, Flint schäumt vor Wut, weil er nochmals aussagen muß", meinte Major Becker.

„Wir rufen Flint nicht auf." McEwan ging zu der Hausbar. „Wer einen Drink will, bitte, nur zuzugreifen."

„Sie rufen Ihn nicht auf?" fragte Becker verblüfft. „Ich habe geglaubt, daß Sie ihn im Zeugenstand auf dem Boden zerstören werden."

„Im Prozeß müssen wir ganz anders vorgehen als während der Untersuchung. Wir werden versuchen, Schlag auf Schlag zu führen und das Tempo zu bestimmen. Ich hatte gehofft, daß wir schon durch die Drohung mit unseren geheimen Wunderwaffen das Verfahren überhaupt verhindern würden. Aber wir stecken fest. Die Gegenseite wird wahrscheinlich das Corpus deliciti erbringen können. Ohne einen Mord zuzugeben, müssen wir den Gerichtshof überzeugen, daß die Beseitigung gerechtfertigt, ja sogar eine legitime patriotische Kriegshandlung war. Ich werde versuchen, die Mens-rea-Verteidigung einzusetzen, wie wir Zivilanwälte sagen, das heißt: keine böse Absicht, daher kein Tatbestand des Verbrechens."

„Ist das eine wirksame Verteidigung?" fragte Marone.

„Manchmal. Wenn ich nur einen Tag früher von diesem Leichenfund erfahren hätte! Dann hätte ich Mai Lei nicht als Zeugin vorladen lassen. Da das Corpus delicti gegeben ist, sehe ich keine Möglichkeit, Flint jetzt noch zu bewegen, die Anklagen zurückzuziehen."

„Wie kriegen Sie Flint zu packen, wenn Sie ihn nicht als Zeugen aufrufen?" fragte Becker.

„Überlassen Sie das nur mir. Unser wichtigstes Problem ist nun die Zusammensetzung des Gerichts."

„Natürlich hat Flint alle Mitglieder ausgewählt", sagte Major Curtin skeptisch.

„Klar", pflichtete ihm McEwan bei. „Sieben Offiziere aus seinem Kommandobereich in Vietnam. Von diesen sieben sind nur zwei, nämlich Major Brooks und Captain Yokum, echte Frontkämpfer. Ich bin sicher, Flint hat die beiden nur deshalb eingesetzt, weil er sonst das weitere Argument liefern würde, der Gerichtshof bestehe aus lauter Etappen- und Hauptquartiersoffizieren, die kein Verständnis für akute Gefechtssituationen haben."

„Zwei von sieben, da haben wir nicht viel Chancen", bemerkte Marone.

„Wie man's nimmt. Zwei von fünf Mitgliedern des Gerichtes genügen für einen Freispruch. Eine der günstigsten Gegebenheiten der Gerichtsbarkeit ist, daß nur zwei Fünftel der Geschworenen für einen Freispruch stimmen müssen, und schon ist der Fall für die Verteidigung gewonnen."

„Und Sie glauben, daß Sie zwei von den sieben für sich gewinnen können?"

„Ich werde es jedenfalls versuchen."

„Wir können einzelne Mitglieder wegen Befangenheit ablehnen", sagte Captain Brace. „Schaffen wir uns Colonel Dickey, den Vorsitzenden, vom Hals."

McEwan schüttelte den Kopf. „Daran habe ich auch gedacht, aber ich glaube nicht, daß er wirklich Flints Vertrauensmann ist, der die übrigen an der Kandare hält. Ihn auszuschalten wäre genau der Schachzug, den Flint von uns erwarten würde. Aus den Angaben schließe ich, daß Dickey viel Erfahrung im Umgang mit Menschen hat, er ist Pionieroffizier. Wahrscheinlich hat er weniger Vorurteile als manche der anderen. Meine Vermutung: Lieutenant Colonel Lloyd Wilks ist unser Mann. Wie ich weiß, steht er vor der Beförderung zum Colonel. Die kann ihm Flint natürlich leicht vermasseln."

„Und wie wollen Sie sich den zweiten holen?" fragte Marone. „Und welchen?"

„Das werden wir morgen ausmachen", erwiderte McEwan. „Ich werde mit einem von ihnen sprechen. Wir haben gute Chancen, den Prozeß zu gewinnen, und selbst wenn nicht, können wir so viele Fehler im Verlauf der Untersuchung gemäß Artikel 32 nachweisen, daß wir bei Berufung alle Aussichten hätten, eine Aufhebung des Urteils zu erwirken. O. K., ich glaube, wir haben alle wichtigen Fragen erörtert. Jetzt heißt es abwarten und die Dinge ruhig an sich herankommen lassen."

38. KAPITEL

McEwan, seine Sekretärin Laura und die Militärjuristen waren nun bereits mit dem Labyrinth von Treppen und Korridoren vertraut, denen man folgen mußte, um zum Gerichtssaal des Pentagons zu gelangen. Sie schoben sich durch das dichte Gedränge von Publikum und Journalisten und zeigten dem Gerichtsdiener ihre Ausweismarken. Captain Marone und Major Becker saßen am Tisch der Verteidigung; sie trugen sämtliche Auszeichnungen an den Uniformen, die grünen Baretts lagen vor ihnen. Hinter der Verteidigung saßen Colonel Stuart und Major Curtin. Laura tauchte irgendwo im Pressesektor unter.

Kurz vor neun Uhr schloß der Gerichtsdiener die Haupttür. Die sieben Offiziere, die als Mitglieder des Gerichtshofs ausersehen waren, traten durch eine andere Tür ein und setzten sich, Colonel Dickey als Präsident in der Mitte, die übrigen rechts und links, ihrem Rang entsprechend aufgereiht.

Punkt neun Uhr erschien Colonel Dorrance und nahm seinen Platz auf dem Richterstuhl ein. Er hatte es vorgezogen, keine schwarze Robe über seiner Uniform anzulegen. Nachdem er mit einem kurzen Blick festgestellt hatte, daß der Schriftführer bereit war, sagte er: „Ich erkläre die Verhandlung für eröffnet."

Colonel Furst, der Prokurator, erhob sich und verlas den Befehl zur Bildung des kriegsgerichtlichen Tribunals. Dann führte er der Form halber die Namen sämtlicher Personen an, die in diesem Befehl genannt wurden, und als er sich davon überzeugt hatte, daß alle anwesend waren, verkündete er: „Die Anklagevertretung ist bereit, das Verfahren der USA gegen Richard Becker, Major, 5th Special Forces Group, und gegen Lewis Marone, Captain, 5th Special Forces Group zu beginnen."

Er wandte sich an den Schriftführer, vereidigte ihn und exerzierte das ganze streng vorgeschriebene Ritual eines Militärgerichtes durch, indem er die Zuständigkeit der Verteidigung und der Anklagevertretung nochmals bestätigte und erklärte, daß die Angeklagten über ihre Rechte informiert wurden. Schließlich erfolgte die Eidesleistung aller Mitglieder des Tribunals.

McEwan beobachtete den Gerichtshof genau und versuchte sich ein Bild zu machen. Er wußte, daß er bereits vor Beginn des eigentlichen Prozesses den entscheidenden Zug tun mußte. Wenn es ihm gelänge, einen dieser uniformierten Geschworenen wegen Befangenheit abzulehnen und dann die ihm freistehende Ablehnung ohne Angabe von Gründen geltend zu machen, dann konnte er das Tribunal auf fünf Personen vermindern.

Colonel Furst wandte sich zum Richter. „Euer Ehren, die Anklagevertretung hat keine sachlichen Einwände." Er blickte den Verteidiger an. McEwan fühlte, wie sein Herz rascher schlug. Plötzlich hatte er einen Kloß im Magen. „Hat einer der Angeklagten sachliche Einwände gegen ein Mitglied dieses Kriegsgerichtes oder den Militärrichter?"

McEwan stand auf, Aug in Aug mit dem Tribunal, das seinen Mandanten die Freiheit wiedergeben oder sie ins Gefängnis schicken würde. „Euer Ehren, die Angeklagten lehnen Lieutenant Colonel James M. Martinson wegen Befangenheit ab, und zwar mit der Begründung, daß er infolge seiner gegenwärtigen Tätigkeit in der Abwehr-Sektion des Oberkommandos der amerikanischen Truppen in Vietnam voreingenommen ist."

Lieutnant Colonel Martinson wirkte wie ein schlecht als Soldat verkleideter Zivilist. Colonel Furst ging einige Schritte auf ihn zu. „Bitte geben Sie Ihren Namen und Rang an", begann er.

„James M. Martinson, Lieutenant Colonel, US-Armee."

„Wo befindet sich Ihre Dienststelle, und welche Aufgaben hat sie?“

„In Saigon, Vietnam. Ich gehöre zur Abwehr-Sektion des Oberkommandos, Sir.“

„Seit wann sind Sie dort zugeteilt?“

„Seit fünf Monaten.“

„Berichten Sie uns über Ihre Tätigkeit im Rahmen dieser Sektion.“

„Ich leite das Photolabor und die Auswertung aller eigenen sowie der erbeuteten Filme und Aufnahmen.“

„Waren Sie Photograph, bevor Sie Offizier wurden?“

„Jawohl, Sir.“

„Waren Sie oder Familienangehörige oder auch enge Freunde jemals aus persönlichen Motiven am Ausgang eines Kriminalprozesses — sei es vor einem Kriegs- oder Zivilgericht — interessiert?“

„Nein, Sir.“

„Haben Sie je zuvor als Mitglied eines Kriegsgerichtes fungiert?“

„Nein, Sir.“

„Kennen Sie die Angeklagten oder Personen, die in irgendeiner Weise zu den Angeklagten in Beziehung stehen?“

„Nein, Sir.“

„Kennen Sie Mr. McEwan, Captain Brace und Captain Waters, die Rechtsvertreter der Angeklagten?“

„Nein, Sir.“

„Kennen Sie eine Person aus dem Kreis der Anklagevertretung?“

„Nein, Sir.“

„Wissen Sie, daß die Angeklagten das Recht auf ein fair geführtes Verfahren haben? Glauben Sie, daß Sie im Rahmen Ihrer eigenen Möglichkeiten ein solches Verfahren gewährleisten können?“

„Ja, Sir.“

„Wissen Sie, daß die staatliche Autorität verpflichtet ist, die Schuld der Angeklagten über jeglichen begründeten Zweifel hinaus nachzuweisen?“

„Jawohl, Sir.“

Der Prokurator befragte Lieutenant Colonel Martinson noch etwa zehn Minuten lang, an Hand einer Liste, die dazu diente, gegebenenfalls die Befangenheit eines Mitglieds des Gerichtshofes festzustellen. Nach seinen Antworten zu schließen, hatte Martinson keine vorgefaßte Meinung. Dann trat McEwan heran.

„Colonel Martinson, wissen Sie, daß Sie auf die Fragen, die ich Ihnen stellen werde, wahrheitsgemäß antworten müssen, da Sie unter Eid stehen? Aber nicht nur das: Ihre Antworten müssen vom Gerichtshof auch als Versprechen dafür ausgelegt werden können, daß Sie während der künftigen Verhandlungen objektiv bleiben werden. Ist Ihnen das klar?"

„Ja."

„Wissen Sie ferner, daß die Behauptung, eine Person sei ermordet worden, eindeutig bewiesen werden muß?"

„Jawohl, Sir."

„Wissen Sie, daß die Anklageschrift als solche keinerlei Beweiskraft hat, sondern nur die Voraussetzung bildet, um die auf Grund von Indizien eines Verbrechens beschuldigte Person vor Gericht stellen zu können?"

„Ja, Sir."

„Natürlich wissen Sie auch, daß ein Angeklagter so lange als unschuldig gilt, bis seine Schuld zweifelsfrei erwiesen ist?"

„Ja, Sir."

„Erkennen Sie auch, daß Sie dem Angeklagten diese Annahme seiner Unschuld ohne jeglichen inneren Vorbehalt zugestehen müssen und daß Sie diese Annahme der Unschuld als eigentlichen Beweis der Unschuld zu betrachten haben, bis die Schuldbeweise überwiegen? Habe ich Ihre Zusicherung, daß Sie dem Angeklagten den Vorteil dieser Annahme der Unschuld in vollem Ausmaß gewähren werden?"

„Jawohl, Sir."

McEwan stellte noch einige Fragen, durch die er sich ein Bild von der Persönlichkeit Martinsons machen konnte. Dann kam er zu dem heiklen Punkt, zu motivieren, warum dieser Offizier seiner Funktion beim Kriegsgericht enthoben werden sollte.

„Waren Sie während Ihrer militärischen Laufbahn jemals im Kampfeinsatz?"

„Nein, Sir."

„Wissen Sie etwas über diesen Fall, abgesehen von den Fakten, die Sie in der Anklageschrift gelesen und heute hier gehört haben?“

„Eigentlich nicht.“

McEwan ging zum Tisch der Verteidigung, nahm eine Mappe auf und sagte: „Colonel, aus Ihrem Personalakt ersehe ich, daß Sie bei Ihren Vorgesetzten als äußerst fähiger Offizier in hohem Ansehen stehen. — Wer verfaßte Ihre Dienstbeschreibung?“

„Colonel Maxwell Johnson.“

„Und wer bestätigte diese Bewertungen?“

„Lieutenant General Elford Richardson, Sir.“

„Lieutenant General Richardson ist General Flints Stellvertreter?“

„Stimmt.“

McEwan wandte sich nun zum Militärrichter. „Euer Ehren, ich lehne Lieutenant Colonel Martinson wegen Befangenheit ab. Aus seinen Antworten schließe ich, daß er als Offizier der Abwehr Beeinflussungen im Zusammenhang mit diesem Fall ausgesetzt war. Es erscheint mir unglaubhaft, daß er darüber nicht gründlicher informiert ist. Außerdem ist Lieutenant Colonel Martinson in gewisser Hinsicht vom Wohlwollen Lieutenant General Richardsons abhängig, der seinerseits General Flint nahesteht. Ich bezweifle, daß der Colonel so unvoreingenommen ist, wie er angibt.“

Der Richter blickte von McEwan zu Martinson und dann zu Colonal Furst. „Antrag stattgegeben.“

Der Prokurator waltete seines Amtes. „Sie sind Ihrer Funktion bei diesem Gerichtshof enthoben, Sir.“ Widerwillig stand Martinson auf; man sah ihm an, daß er nicht mit dieser Wendung gerechnet hatte. Er zögerte, verließ aber schließlich den Saal durch die Tür, bei welcher er kurz zuvor eingetreten war.

Unruhig musterten die übrigen sechs Mitglieder den Prokurator, als er sich wieder zur Verteidigung wandte. „Wünschen die Angeklagen von ihrem Recht der Ablehnung ohne Angabe von Gründen Gebrauch zu machen?“ fragte Colonel Furst etwas kategorisch, weil ihn seine Position dazu verpflichtete. Die Taktik der Verteidigung war nun klar.

„Die Angeklagten lehnen Lieutenant Colonel Lloyd Wilks ab.“

Wilks, ein hagerer, großer Mann mit gefurchtem Gesicht und kurzgeschnittenem eisengrauem Haar, starrte McEwan verblüfft und erschrocken an. Befriedigt stellte der Verteidiger fest, daß er einen Volltreffer ins Zentrum von Flints persönlicher Justizmaschinerie erzielt hatte.

Nachdem der Prokurator auch Wilks ausgeschlossen hatte, verlas er die Anklagen und fragte, ob sich Major Becker und Captain Marone schuldig bekennten. McEwan verneinte, und nun konnte der Prozeß beginnen. Die Präliminiarien hatten etwas über eine Stunde gedauert.

„Euer Ehren, die Vertretung der Anklage hat eine erste Erklärung abzugeben", sagte Colonel Furst.

„Sie haben das Wort", erwiderte der Richter.

„Herr Verteidiger, Offiziere des Gerichtshofes! Wie Sie wissen, ist es üblich, daß der Repräsentant der Regierung der USA das Verfahren mit einer Erklärung eröffnet. Diese soll Ihnen ein zusammenhängendes Bild des Beweismaterials vermitteln, das von den Zeugen erbracht werden wird. — Die Angeklagten Becker und Marone werden beschuldigt, den südvietnamesischen Staatsbürger Tran Van Troc am Abend des 15. Mai 1969 durch einen Pistolenschuß ermordet zu haben. — Nun will ich Ihnen über einige der Personen berichten, die im Verlauf dieses Prozesses prominent in Erscheinung treten oder zumindest sehr häufig genannt werden." Nach einer kurzen Charakteristik Trocs schilderte Colonel Furst die Ereignisse bis zu der Feststellung: „Aus Sergeant Dennis' Zeugenaussage wird auch hervorgehen, daß Colonel Stuart, Major Curtin, Major Becker sowie die Captains Lovell und Marone den Mord planten und verabredeten. Tran Van Troc wurde ohne gerichtliches Urteil getötet. Es war vorsätzlicher Mord. Als die Angeklagten den Entschluß zur Tat gefaßt hatten, erfanden sie eine Geschichte, um Trocs Verschwinden zu motivieren. Meine Herren, Sie werden auch einen Bericht von Lieutenant Colonel Dr. Edwin Lenz hören, eines Anatomen des Sanitätskorps, der Tran Van Trocs Leiche obduzierte, als sie vor zwei Wochen aus der Bucht von Nha Trang geborgen wurde." Mit der Ankündigung der Aussage des CID-Agenten Warrant Officer Birdseye schloß Furst.

Nun hatte McEwan das Wort. Er stand auf. „Mit Euer Ehren

Erlaubnis: Herr Präsident, Mitglieder des Gerichtshofes! Ich bin sicher, wir alle sind bewegt von den konzisen, durchdachten Ausführungen des Anklagevertreters. Er hat die erschütternden Aspekte des Falles dramatisch hervorgehoben. Nach einer solchen Rede ist es für Sie fast unmöglich, objektiv zu bleiben. Aber ich bitte Sie, ich beschwöre Sie, erhalten Sie sich Ihre Objektivität, bis es uns gelungen ist, im Namen der Angeklagten alle Entlastungsmomente geltend zu machen.

Ich bin überzeugt, Colonel Furst steht zu jedem Wort, das er gesagt hat. Aber vergessen wir nicht: der Ankläger ist kein Zeuge. Er berichtet uns nichts, was er persönlich sah oder hörte. Er war nicht dabei. Seine Kenntnis leitet sich von den Zeugenaussagen her. Ob ihm diese Zeugen die Wahrheit sagten, weiß er nicht besser als Sie oder ich. Er weiß sogar weniger als Sie wissen werden, wenn Sie die gesamte Beweisführung gehört haben und nicht nur die Darstellung des Anklägers. — Indem die Angeklagten sich als nicht schuldig bekannten, haben sie die Beschuldigungen zurückgewiesen. Das Gesetz nimmt an, daß sie unschuldig sind. Diese Annahme ist keine bloße juristische Phrase, die der Form halber ausgesprochen und dann vergessen wird. Sie ist ein klares Gebot des Gesetzes und fundamental für unsere Prinzipien der Demokratie und der Fairneß. Sie existiert zum Schutz aller Staatsbürger — das gilt für Sie, für mich, für uns alle ebenso wie für die Angeklagten. Wenn Sie, meine Herren, die Fakten abwägen, die in diesem Prozeß zutage treten, dann bedenken Sie bitte, daß auf Seiten der Angeklagten noch etwas ins Gewicht fällt: die Annahme ihrer Unschuld.

Wir wissen nicht, ob die glaubhafte Beweisführung zeigen wird, daß meine Mandanten den Tod des Opfers verursachten. Aber nach dem Gesetz waren sie nicht für diese Tat verantwortlich. Es ist möglich, daß Troc beseitigt wurde. Meine Herren, Sie müssen die psychische Situation der Angeklagten während des fraglichen Zeitraums und der Ereignisse in Betracht ziehen. Diese Offiziere handelten in der festen Überzeugung, daß die kritische Kriegslage und die Art der Kriegsführung in Vietnam eine solche Entscheidung erforderten. Sie riskierten ihr Leben für eine Aktion, bei der vielleicht — vielleicht! — ein feindlicher Agent umkam, der das brutale Massaker an amerikanischen Soldaten verschuldet hatte. Meine Mandanten glaubten unbedingt daran, daß weitere Amerikaner und Südvietnamesen unter unvorstellbaren Qualen zu Tode gemartert würden, wenn es nicht gelänge, diesen Verräter unschädlich zu machen. Er war viel gefährlicher, als wenn er offen die Waffen gegen amerikanische Soldaten gerichtet hätte.

Der Prokurator betonte, die Angeklagten hätten ihre Tat mit unwahren Angaben über eine neue Mission Trocs abgeschlossen? Die Antwort lautet: Sie wollten dem amerikanischen Oberkommando in Vietnam äußerst kritische Rückwirkungen ersparen. Wenn der Agent beseitigt wurde, dann nicht in böser oder verbrecherischer Absicht, sondern unter jener Voraussetzung, welche wir Juristen ‚Mens rea‘ nennen. Soldaten der Special Forces führen in diesem Krieg die schwierigsten und gefährlichsten Operationen gegen einen hinterlistigen, grausamen Feind durch, der keinerlei völkerrechtliche Regeln oder Grundsätze beachtet.

Meine Herren, ich beschwöre Sie, bleiben Sie objektiv! Während Sie die Zeugenaussagen anhören, bedenken Sie bitte, daß Sie diese Angeklagten nur dann mit einem Schuldspruch treffen und vernichten dürfen, wenn Sie vor Ihrem Gewissen und vor Gott die Entscheidung verantworten können, daß die Schuld zweifelsfrei erwiesen ist. Ich prophezeie Ihnen, daß Sie, zur Abstimmung über das Urteil aufgerufen, sehr wohl solche Zweifel hegen und deshalb im Namen der Gerechtigkeit meine Mandanten für ‚Nicht schuldig‘ befinden werden.“

Als McEwan geendet hatte, blieb er noch einige Zeit vor dem Tribunal stehen, dann ging er zu seinem Platz zurück.

Colonel Furst rief den ersten Zeugen der Anklage auf: Lieutenant J. G. Joseph Washkanski, Kommandeur eines in Vietnam stationierten SEAL-Teams der amerikanischen Kriegsmarine. Nachdem Furst die Qualifikation des Offiziers als Froschmann und Unterwassersprengspezialist erörtert hatte, begann er gezielte Fragen zu stellen.

„Lieutenant Washkanski, welchen Auftrag hatten Sie am 21. August, also vor rund drei Wochen?“

„Ich leitete auf einem Sicherungsfahrzeug der Kriegsmarine eine Suchaktion in der Bucht von Nha Trang.“

„Suchten Sie nach etwas Bestimmtem?“

„Jawohl, Sir. Ich hatte den Befehl, einen kleinen Sektor des Meeresgrundes abzusuchen, wo das Schleppseil des Bootes mit einem Objekt in Berührung gekommen war, das laut Sonargerät aus Metall bestand. Es war meine Aufgabe, zu tauchen und das Objekt intakt heraufzubringen, denn durch das Schleppseil hätte es beschädigt werden können."

„Ist es Ihnen gelungen, das Objekt zu bergen?"

„Jawohl, Sir. Ich tauchte, erkannte das Objekt als ein Bündel mit Ketten, streifte eine Hebeschlinge darüber und ließ es an die Oberfläche ziehen."

„Sahen Sie dann an der Oberfläche, was Sie geborgen hatten?"

„Jawohl, Sir. An Deck."

„Was sahen Sie, Lieutenant?"

„Die Ketten waren um einen verfaulenden Segeltuchsack gewunden."

„Bemerkten Sie auch, wie die Ketten fixiert waren?"

„Jawohl, Sir. Durch drei Vorhängeschlösser."

„Sahen Sie, daß die Ketten von dem Sack entfernt wurden?"

„Jawohl, Sir."

„Sahen Sie den Inhalt des Sackes?"

„Ja, Sir. Es waren die Überreste einer menschlichen Leiche. Ich weiß noch, daß ich mich wunderte, weil sie nicht völlig verwest war."

„Haben Sie noch etwas in dem Sack gesehen? Wenn ja, was?"

„Ein silbernes Erkennungsarmband, am linken Handgelenk der Leiche."

Der Ankläger ging zu seinem Tisch, hob einen funkelnden Gegenstand auf und trat wieder zum Zeugen. „Ist es dieses hier?"

Der Taucher nahm das Armband und betrachtete es genau. „Ja, Sir. Ich habe es mir damals auch angesehen. Das ist sicher dasselbe."

„Schriftführer, bitte bezeichnen Sie dieses Armband als Beweisstück der Anklage." Colonel Furst faßte den Marineoffizier ins Auge. „Lieutenant Washkanski, würden Sie also sagen, daß Sie auf dem Meeresgrund der Bucht von Nha Trang einen menschlichen Leichnam in einem Sack gefunden haben, der mit Ketten umwunden war, um ihn zu beschweren?"

„Ja, Sir, das ist eine zutreffende Definition."

„Ich danke Ihnen. — Will die Verteidigung den Zeugen ins Kreuzverhör nehmen?"

McEwan erhob sich und ging langsam auf den Mann in der dunkelblauen Uniform zu. „Lieutenant Washkanski„ wie viel Einheiten der Kriegsmarine waren an dieser Suchaktion beteiligt, die Sie soeben schilderten?"

„Drei Sicherungsfahrzeuge, Sir."

„Welchen Sektor des Meeresbodens suchten Sie ab?"

„Das ist schwer zu präzisieren. Zunächst war es ein Bereich von etwa zehn Quadratmeilen, aber dann stellten wir fest, daß die starken Strömungen Objekte auf dem Grund zehn bis zwanzig Kilometer weitertragen könnten."

McEwan merkte, daß der Unterwasserspezialist von dieser ganzen Mission keineswegs begeistert war. Er wußte, wie er nun die Einvernahme führen mußte, um aus dem Zeugen der Anklage einen Entlastungszeugen zu machen.

„Waren Sie der einzige SEAL-Kommandeur auf ihrem Schiff?"

„Nein Sir. Auf jedem Fahrzeug gab es zwei komplette Teams."

„Demnach insgesamt sechs Teams?"

„Richtig, Sir."

„Wie stark ist ein SEAL-Team?"

„Das kommt darauf an. In unserem Fall nur vier Mann."

„Also wurden für diese Suche drei Schiffe der Kriegsmarine und 24 SEAL-Taucher eingesetzt?"

„Stimmt, Sir. Außerdem noch die technischen Gruppen an den Schleppseilen und den Sonarsystemen."

„Wieviel Stunden dauerte diese Suche pro Tag?"

„Vierundzwanzig Stunden, Sir."

„Wann begann die Aktion, Lieutenant?"

„Wir verließen Saigon am 9. Juni, kamen am Morgen des 10. Juni in der Bucht von Nha Trang an und gingen sofort auf die Suche."

„Welche Funktion hatten Sie unmittelbar vor dieser Ausfahrt?"

„Ich war Kommandeur eines SEAL-Teams, das in einem Ort am Saigonfluß stationiert war. Der Name des Ortes ist streng geheim."

Langsam fand Washkanski Geschmack am Erzählen. „Wir hatten den Auftrag, den Schiffstransport von Kriegsmaterial aus den

USA nach Saigon zu decken. Mein Team hielt eine Strecke von etwa fünfzehn Seemeilen minen- und feindfrei."

Schließlich begann es Colonel Furst zu dämmern, worauf McEwan hinauswollte. „Euer Ehren, die Anklagevertretung erhebt Einspruch gegen diese völlig vom Thema abschweifenden, unwesentlichen Fragen der Verteidigung. Solche Erörterungen haben nichts mit der Identifizierung der Leiche zu tun!" rief er.

„Mr. McEwan, ich sehe nicht ein, welche Bedeutung diese Aussagen für unseren Fall haben sollen", meinte auch der Richter.

„Euer Ehren, der Ankläger hat sehr weit ausgeholt, um hier die fachliche Eignung dieses Marineoffiziers festzustellen. Ich möchte mich nun noch genauer über seine Spezialausbildung informieren lassen. Mir als Laien erscheint es zweifelhaft, daß ein Taucher in sechzig Meter Meerestiefe einen von Ketten umwundenen Gegenstand ausmachen kann." McEwan streifte den Gerichtshof mit einem bezeichnenden Blick. „Vielleicht kommt es auch Ihnen, meine Herren, unglaublich vor. Aber wenn uns Lieutenant Washkanski über seine Tätigkeit in letzter Zeit etwas ausführlicher berichtet, dann kann er uns vielleicht überzeugen, daß er und alle anderen Angehörigen der SEAL-Teams unter Wasser tatsächlich Ungewöhnliches zu leisten vermögen."

McEwan sah, daß es verräterisch um die Mundwinkel des Richters zuckte, als er antwortete: „Prokurator, ich habe den Eindruck, daß der Verteidiger nur Ihre Vermutungen bestätigt wissen will. Warum er das tut, weiß ich nicht. Einspruch abgelehnt. Fahren Sie mit der Einvernahme fort, Mr. McEwan."

„Lieutenant Washkanski, mußten Sie am Saigonfluß unter sehr schwierigen Verhältnissen operieren?"

„Und ob, Sir. Nur SEAL-Teams können diese Gewässer wirksam freihalten, damit Transportschiffe Saigon anlaufen können. Außerdem sichern wir den Einsatz von Patrouillenfahrzeugen der Kriegsmarine, die verhindern, daß der Feind mit seinen eigenen Booten im Stromgebiet weiter vordringt."

„Lieutenant, wer vertrat Sie, als Sie zu dieser neuen Aktion abkommandiert wurden?"

„Niemand, Sir."

„Niemand? Ich nehme doch nicht an, daß für solch eine Tätigkeit eine ein- bis zweiwöchige Ausbildung genügt."

„Sir!" Washkanski hob stolz den Kopf. „Es erfordert zwei Jahre intensiver Ausbildung durch bereits bestens qualifiziertes Personal, um die Eignung für SEAL-Teams zu erlangen."

„Über welchen Zeitraum waren vierundzwanzig Mann dieser Sondereinheiten ihrer eigentlichen Aufgabe entzogen und bei der Aktion der Sicherungsfahrzeuge eingesetzt?"

„Wir liefen, wie gesagt, am 10. Juni aus. Das gesuchte Objekt wurde am 21. August gefunden."

„Demnach dauerte es bis zur Bergung siebzig Tage. Wenn man den Gesamtaufwand in Rechnung stellt, die Abkommandierung hochqualifizierter Kräfte, die Einbuße an Sicherheit im Bereich des Saigonflusses und folglich den Verlust von Material, ferner die Benützung von Spezialgeräten der Kriegsmarine, dann will mir scheinen, daß General Flint wahrhaftig eine Million-Dollar-Leiche herbeischaffte! — Ich hoffe nur, sie ist anderen ebensoviel wert, den amerikanischen Steuerzahlern zum Beispiel."

„Euer Ehren, ich erhebe Einspruch!" schrie Colonel Furst und sprang auf. „Dem Verteidiger geht es keineswegs um Tran Van Trocs Leichnam. Er versucht vielmehr durch völlig irrelevante Erwägungen den Ablauf der Verhandlung zu verzögern."

„Einspruch stattgegeben."

McEwan lächelte dem Zeugen zu. „Danke, Lieutenant Washkanski. Keine weiteren Fragen."

„Es ist nun zwölf Uhr dreißig", erklärte Colonel Dorrance. „Das Gericht zieht sich bis vierzehn Uhr zurück."

39. KAPITEL

Punkt zwei Uhr eröffnete Colonel Dorrance die nachmittägige Verhandlung am ersten Tag des Prozesses vor dem Kriegsgericht. Der Prokurator rief einen weiteren Zeugen der Anklage auf: Lieutenant Colonel Dr. Edwin Lenz, Facharzt für Anatomie beim Sanitätskorps, trat in den Zeugenstand. Zunächst befragte ihn der Prokurator über seine medizinische Ausbildung und Tätigkeit, dann ging er auf das eigentliche Thema ein: „Colonel, haben Sie in Vietnam am 22. August 1969, kurz nach acht Uhr morgens, die Leiche eines Mannes in Augenschein genommen?"

„Jawohl."

„Wo war das?"

„Im Feldlazarett 830 in Long Binh."

„Kannten Sie den Toten?"

„Nein, man sagte mir, es könnte sich um die Leiche Tran Van Trocs handeln."

„Kannten Sie Tran Van Troc persönlich?"

„Nein."

„Welche Untersuchung nahmen Sie an dieser Leiche vor?"

„Die übliche gerichtsmedizinische Obduktion."

„Erstens, was konnten Sie äußerlich an der Leiche feststellen?"

„Es handelte sich um einen gut entwickelten Südostasiaten männlichen Geschlechts. Alter etwa fünfunddreißig Jahre. Gewicht 155 Pfund, Körpergröße 163 Zentimeter. Die Hornhäute getrübt, Pupillen nicht erkennbar. Im Hinterkopf befand sich eine runde Einschußwunde, acht Millimeter im Durchmesser. Keine besonderen Kennzeichen oder Tätowierungen. Haardichte wie bei einem Mann, normal, das Haupthaar ließ sich leicht aus der Kopfhaut ziehen. Die Leiche war in etwa vierzig Meter tiefem Meereswasser gelegen. In diesen Tiefen ist das Wasser sehr kalt, vermutlich zirka vier Grad Celsius. Folglich war die Leiche relativ gut erhalten, das heißt, sie war nicht Bakterien ausgesetzt wie Leichen in warmem Wasser oder warmer Luft."

„Sie meinen damit, die Leiche konnte identifiziert werden?"

„Normalerweise wäre während eines so langen Zeitraums die Verwesung bereits so weit fortgeschritten, daß der Tote nicht mehr zu identifizieren ist. Wie ich sagte, das Körpergewicht und der Habitus hatten sich nicht oder kaum verändert. Allerdings fehlte die Epidermis an großen Partien der Gliedmaßen, des Gesichtes und des Rumpfes." Lieutenant Colonel Dr. Lenz gab nun einen ausführlichen Bericht über die Obduktion und schloß: „Der Kehlkopf war unverletzt. Keine Anzeichen von Strangulierung."

„Haben Sie den Schädel der Leiche untersucht?"

„Ja. Das Calvarium, also das Schädeldach, wurde nach der üblichen Methode abgesägt. An der hinteren Partie des Craniums, links von der Mittelnaht, befand sich eine Einschußöffnung im Durchmesser von acht Millimeter, wie schon erwähnt. Die äußeren Wundränder waren scharfzackig. Das Projektil steckte in der rechten mittleren Schädelgrube, so daß der Schußkanal von links nach rechts schräg aufwärts verlief."

„Wie war das Gebiß des Opfers beschaffen?"

„Zwei Schneidezähne hatten Goldkronen, und rechts unten fehlte ein Backenzahn. Das übrige Gebiß war in gutem Zustand."

„Colonel, haben Sie sich auf Grund Ihrer medizinischen Kenntnisse und Erfahrungen sowie in Anbetracht der Leiche eine Meinung darüber gebildet, auf welche Weise dieser Mann starb?"

„Ja. Er fand durch einen Kopfschuß den Tod."

„Haben Sie versucht, den Leichnam zu identifizieren?"

„Jawohl. Ich habe die greifbaren Krankengeschichten Tran

Van Trocs überprüft. Er war zum Beispiel nie am Blinddarm operiert worden. Keine dieser Angaben schloß aus, daß es sich um seine Leiche handelt."

„Erkundigten Sie sich auch bei seinem Zahnarzt?"

„Nein, Sir. Aber wir setzten uns mit seiner Frau in Verbindung, und sie bestätigte, daß er zwei Goldkronen hatte und daß ihm ein Backenzahn fehlte. Dieser Hinweis deckt sich mit meinen Feststellungen."

„Hat Madame Tran den Leichnam gesehen?"

„Jawohl, Sir."

„Und auch identifiziert?"

„Sie erklärte, es sei die Leiche ihres Gattten."

„Danke, Colonel Lenz."

McEwan trat zu dem Zeugen. „Colonel, Sie erwähnten, man habe Ihnen mitgeteilt, der Tote, den Sie am 22. August 1969 obduzierten, sei Tran Van Troc."

„Ja."

„Natürlich haben Sie Troc niemals gesehen, als er noch lebte, oder doch?"

„Nein, Sir."

„Nun, Colonel, Sie haben zu Protokoll gegeben, eine Leiche, die nicht der Wärme ausgesetzt ist, werwest sehr langsam. Faktisch heißt das, daß der betreffende Leichnam, der einige Monate oder sogar ein Jahr lang im Wasser lag, noch zu identifizieren ist?"

„Relativ, ja."

„Meinen Sie damit, daß die Leiche bei der Obduktion noch dasselbe Aussehen hatte wie zu dem Zeitpunkt, als der Tote in das Wasser der Bucht fiel oder geworfen wurde?"

„Nein, selbstverständlich nicht."

„Welche Veränderungen waren vorgegangen?"

„Hautablösungen, Umsetzung der darunterliegenden Fettschichtung und Erweichung der inneren Organe."

„Kann man nach dem Zustand des Gehirns beurteilen, ob ein Toter monatelang im Wasser lag oder nicht — ich meine, sind bei der Obduktion solche Unterschiede feststellbar?"

„Ja. Im ersten Fall ist das Gehirn weicher. Alle Körpergewebe sind erweicht und gedunsen, die Fettsubstanzen, wie ich schon sagte, machen eine wesentliche chemische Veränderung durch."

„Wäre die Leiche äußerlich anders beschaffen gewesen, wenn man sie sehr bald nach Eintritt des Todes aus dem Meer geborgen hätte — abgesehen von den Erweichungen."

„Ja. Infolge längerer Einwirkung des Wassers löste sich zum Beispiel die Haut ab."

„Am ganzen Körper?"

„Ja. Ganze Hautpartien fehlten bereits, besonders an den Gliedmaßen und im Gesicht."

„Wieviel Gesichtshaut fehlte?"

„Eigentlich der Großteil. Fast die gesamte Epidermis unterhalb der Nase. Ebenso die Mundpartie. Daher trat das Gebiß stark hervor."

„Kann man sagen, Haut und Mundmuskulatur waren verwest?"

„Richtig."

„Sagten Sie, daß das Gebiß intakt war?"

„Ja, das stimmt."

„Können Sie mit wissenschaftlicher Sicherheit feststellen, daß dieser Leichnam, so wie Sie ihn schilderten, noch zu identifizieren war?"

„Nein, nicht eindeutig. Aber wir können das Alter, die Körpergröße, das Gewicht und den Habitus ziemlich genau bestimmen. Auch das Gebiß bildet Anhaltspunkte. Wenn man wüßte, ob das Opfer Narben oder verheilte Knochenbrüche aufwies, dann wäre der Tote auch danach zu identifizieren."

„Haben Sie die Leiche auf solche Brüche oder Narben untersucht?"

„Ja."

„Fanden Sie Spuren von Verletzungen außer der Schußwunde?"

„Nein."

„Sie pflichten mir doch bei, Colonel, daß es äußerst schwierig wäre, lediglich auf der Basis, daß der Mann 155 Pfund wog und etwa 163 Zentimeter groß war, eine absolut sichere Identifizierung durchzuführen?"

„Ja, Sir."

„Sie sagten, sein Gebiß war normal, außer zwei Goldkronen und einer Lücke in der Reihe der unteren Backenzähne?"

„Ja."

„Aber Goldzähne sind bei Vietnamesen sehr häufig, da sie als schön und als Zeichen von Reichtum gelten, nicht wahr?"

„Ja."

„Bei Ihrer Obduktion fanden Sie nichts, wodurch der Leichnam einwandfrei identifiziert werden könnte — habe ich Sie richtig verstanden?"

„Jawohl, eine jeden Zweifel ausschließende Identifizierung wäre unmöglich."

„Stimmt es, daß die Leiche bis zu einem Jahr oder sogar länger, doch mindestens mehrere Monate, im Meer gelegen sein könnte?"

„Ja. Konkreter läßt sich der Zeitraum nicht einengen."

„Danke, Colonel. — Keine weiteren Fragen."

Der Prokurator entließ den Militärarzt und rief den nächsten Zeugen auf. „Madame Tran Van Troc." Sie betrat den Saal und schritt etwas zögernd durch den Mittelgang. Sie wirkte nun beträchtlich älter als zweiunddreißig. Der Prokurator wies sie in den Zeugenstand. Als der Blick der verängstigten Frau auf McEwan traf, lächelte er ihr ermutigend zu. Es überraschte ihn nicht, daß sie hier war. Sie hatte an Mai Lei geschrieben und vor zwei Tagen, bei ihrer Ankunft in Washington, hatten sich die Schwestern wiedergesehen. Ein vietnamesischer Dolmetsch wurde beigezogen. Madame Tran erkannte das Armband sofort, es war das Hochzeitsgeschenk für ihren Gatten.

„Madame Tran", begann der Ankläger, „haben Sie am 22. August im Feldlazarett von Long Binh eine männliche Leiche gesehen?"

Der Dolmetsch übersetzte, sie nickte und antwortete in ihrer Muttersprache. „Ja. Der Tote war ihr Mann, Tran Van Troc", sagte der Dolmetsch.

McEwan nahm sie sehr behutsam ins Kreuzverhör. Madame Tran beharrte bei der Erklärung, das vorgelegte Beweisstück sei das Armband, das sie ihrem Gatten geschenkt habe.

„Worin unterscheidet es sich von Tausenden anderen der gleichen Art?"

Ein kurzer Dialog auf Vietnamesisch. — „Sir, die Zeugin sagt, sie weiß genau, daß es kein anderes ist.“

„Erinnern Sie sich, wer Sie ins Feldlazarett von Long Binh brachte?“

„Es waren Amerikaner in Zivil.“

„Gehörte dieser Gruppe ein Dolmetsch an oder eine Person, die Vietnamesisch sprach?“

„Einer der Amerikaner konnte sich auf Vietnamesisch mit ihr verständigen.“

Die nächste Frage hätte McEwan sich selbst und ihr gern erspart, aber er mußte sie stellen. „Madame Tran, erhielten Sie von der Regierung der USA eine finanzielle Entschädigung für den Tod Ihres Gatten?“

Als Madame Tran begriff, was er meinte, antwortete sie, die US-Botschaft in Saigon habe ihr insgesamt 720.000 Piaster überwiesen, umgerechnet rund 6000 Dollar.

„Gab man Ihnen zu verstehen, daß Sie diesen Betrag zurückerstatten müßten, wenn Sie den Toten nicht als Ihren Gatten identifizierten?“

Wieder rasches, helles Schnattern in dem fernöstlichen Idiom. Schließlich übersetzte der Dolmetsch: „Von Rückgabe war nie die Rede, aber man sagte ihr, sie habe ein Anrecht auf so viel Geld, wenn sie den Leichnam einwandfrei identifiziere. Sie sagt auch . . .“

„Danke, *ich* stelle die Fragen“, unterbrach McEwan den Dolmetsch. „Das ist vorläufig alles.“ Und zum Militärrichter gewandt: „Euer Ehren, es kann sein, daß ich diese Zeugin für die Verteidigung aufrufen möchte, sobald ich mein Plädoyer vorbereite; ich wäre Ihnen also verbunden, wenn Sie beim Prokurator erwirken könnten, daß sie erreichbar bleibt.“

„Der Prokurator hat dafür zu sorgen, daß Madame Tran Van Troc als Zeugin der Verteidigung zur Verfügung steht“, befahl Dorrance.

Colonel Furst blickte dem Gerichtsdiener nach, der die kleine verschüchterte Vietnamesin zur Tür begleitete. Als sie geöffnet wurde, rief er laut und deutlich: „Der nächste Zeuge der Anklage, Chief Warrant Officer John Birdseye!“

40. KAPITEL

Ein Klotz im blauen Anzug mit schwarzer Krawatte schob sich durch den Mittelgang zwischen Publikums- und Pressesektor. Da er in Zivil war, salutierte er nicht vor dem Militärrichter.

„Ihr Name, Dienstgrad und Truppenteil", leierte der Prokurator herunter.

„John Birdseye, Chief Warrant Officer im Kriminaldienst, Detachment C 3. Militärpolizeigruppe (K), US-Armee, Vietnam."

„Welche Aufgaben haben Sie beim Detachment C?" fragte Colonel Furst.

„Ich führe Erhebungen über Vergehen und Verbrechen durch, die vermutlich von Angehörigen der Armee begangen wurden."

„Waren Sie am 26. Mai 1969 mit Erhebungen über den Tod von Tran Van Troc betraut?"

„Jawohl."

„Hatten Sie in Ihrer Eigenschaft als Kriminalist Gelegenheit, am 28. Mai 1969 die Angeklagten zu vernehmen?"

„Jawohl, Sir."

„Wann haben Sie am genannten Tag den Angeklagten Major Becker zum erstenmal aufgesucht?"

„Etwa um zwölf Uhr dreißig."

„Schildern Sie uns den Hergang."

„Mein Mitarbeiter Mr. Rogers und ich begaben uns zu der Einheit des Angeklagten, dem Kommando der B-57 in Nha Trang. Der Angeklagte war anwesend. Wir forderten ihn auf, mit uns in die Dienststelle des Provost Marshal zu kommen."

„Wann haben Sie den Angeklagten befragt? Der ungefähre Zeitpunkt."

„Etwa um sechzehn Uhr."

„Und dann?"

„Ich teilte Major Becker mit, welchen Verbrechens er verdächtigt wurde und informierte ihn über seine Rechte gemäß Artikel 31 des Allgemeinen Militärgesetzes der USA sowie über sein Recht auf Vertretung durch einen Anwalt."

„Auf welche Weise erfolgte diese Mitteilung?"

„Ich sagte ihm, daß wir Erhebungen über den Tod des Agenten Tran Van Troc durchführten. Ich las dem Angeklagten die gedruckte Rechtsbelehrung GTA 19-6-1 im vollen Wortlaut vor und forderte ihn auf, nun seinerseits den Text vorzulesen. Das tat er. Dann fragte ich den Angeklagten, ob er einen Anwalt wünsche. Er sagte ‚Nein'. Daraufhin sagte ich: ‚Wollen Sie eine Erklärung abgeben und Fragen beantworten?' Er bejahte. Der Angeklagte, Mr. Rogers und ich paraphierten das betreffende Dokument, und ich fügte es als Beweisstück meinem Bericht bei."

Colonel Furst reichte das Blatt dem Schriftführer. „Bezeichnen Sie dieses Dokument als Beweisstück der Anklage mit der laufenden Nummer."

Der Schriftführer erwiderte: „Dieses Dokument wird als Beweisstück der Anklage mit Nummer 8 eingereiht."

Colonel Dorrance blickte zu McEwan. „Erhebt die Verteidigung Einspruch, oder wünscht sie den Zeugen zu befragen?"

„Diesmal kein Einspruch, Euer Ehren", entgegnete McEwan. „Fahren Sie fort, Mr. Birdseye."

Der CID-Mann lehnte sich vor. „Dann zeigte ich Major Becker eine schriftliche Aussage von Sergeant Dennis, betreffend den Agenten Tran Van Troc und die Pläne der Offiziere, diesen Vietnamesen zu beseitigen. Ich legte Major Becker auch Aussagen ähnlichen Inhalts von Captain Lovell vor, den ich am Vormittag im Amt des Provost Marshal einvernommen hatte. Major Becker erklärte, diese Aussagen entsprächen der Wahrheit. Daraufhin forderte ich Major Becker auf, die Vorgeschichte und den Hergang der Tat zu schildern. Er sagte aus, Anfang Mai 1969 sei der Verdacht aufgekommen, daß Tran Van Troc, der im Dienst der 5th Special Forces Group in Muc Hoa stand, ein Agent des Vietkong oder der nordvietnamesischen Armee wäre. Am 7. Mai 1969 oder an einem der Tage um diese Zeit wurde Tran zwecks Verhörs mit dem Polygraphen in die Saigoner Verbindungsabteilung der 5th Special Forces Group gebracht." Birdseye umriß knapp den Ablauf der weiteren Ereignisse und schloß: „Am 15. Mai hielt Colonel Stuart, der Kommandeur der 5th, eine Besprechung mit Major Becker und Major Curtin ab. Major Curtin erklärte, seiner Meinung nach sei Tran ein Agent der Nordvietnamesen. Der Major teilte außerdem noch mit, er sei in Saigon gewesen, um Richtlinien für das weitere Vorgehen einzuholen. Wie er sagte, gebe es drei Möglichkeiten. Erstens: Tran wieder nach Muc Hoa zu überstellen und dort streng zu überwachen. Zweitens: Ihn an einen Ort zu bringen, wo er unschädlich sei. Drittens: ihn zu beseitigen."

Wie gut er sich an dieses Gespräch erinnert, dachte Becker, während er nun verfolgen konnte, wie die Anklagevertretung, die seine Kameraden und ihn immer mehr in die Enge trieb, zum Schlag ausholte. Damals hatte keiner von ihnen ermessen können, welche Tragweite Colonel Stuarts Entscheidung für sie alle haben würde. Während Colonel Furst die Einvernahme Birdseyes fortsetzte, durchlebte Becker im Geist nochmals jene schicksalhaften Stunden; klar und deutlich stand wieder vor ihm, was in Colonel Stuarts Büro und später geschehen war . . .

Major Curtin hatte soeben über den Verlauf des dritten seiner völlig ergebnislosen Gespräche mit Jack Chalmey berichtet.

Colonel Stuart schwieg nachdenklich. Schließlich sagte er: „Die CIA zieht sich also mit dem ihr eigenen unnachahmlichen Geschick in ihre Panzerkruste zurück und überläßt die schwere Entscheidung mir."

„Ich fürchte, darauf läuft es hinaus, Sir", bestätigte Curtin.

„Wir wissen, was wir zu tun haben.“ Stuart starrte auf einen imaginären Punkt im Raum. „Nun kommt es nur darauf an, bei der Durchführung der Aktion alle möglichen Fehler zu vermeiden. Denkt daran, nicht nur unsere Karrieren als Offiziere stehen auf dem Spiel. Flint war von Anfang an gegen die Special Forces, und nicht nur er, auch einige andere Spitzen der amerikanischen Generalität haben sich verschworen, um die gesamte Truppengattung wieder aus der US-Armee zu eliminieren. Wir sind eine Elite neuen Stils; wir wissen, daß in den schmutzigen Kriegen unserer Epoche freizügig und weitgehend unabhängig operierende kleine Gruppen gründlich ausgebildeter Allround-Einzelkämpfer die Oberhand behalten. Die Verfechter des konventionellen, oder wenn Sie wollen, veralteten militärischen Denkens negieren und fürchten dieses Konzept. Präsident Kennedy hatte sich zunächst gegen diese Widerstände durchgesetzt, aber er starb zu früh, und die anderen wandten sich nur um so erbitterter gegen unkonventionelle Einheiten.“

Stuart stand auf. „Wenn uns der Oberkommandierende völlige Handlungsfreiheit ließe, müßten nicht so viele junge GIs ins Gras beißen, die ohne jede Kampferfahrung an einen tückischen Feind geraten.“ Er legte die Hände auf die Schultern der beiden Offiziere. „Ich wollte eigentlich keine Rede schwingen, aber Flint wird mich sofort packen, wenn wir auch nur die geringste Angriffsfläche bieten. Morgen fliege ich zu einer Lagebesprechung nach Saigon. Wenn ich zurückkomme, müssen wir uns sofort ein hieb- und stichfestes fingiertes Alibi ausdenken, falls die Aktion mittlerweile durchgeführt wurde.“

„Die CIA hatte mehr als genug Zeit, ihr Veto einzulegen, aber sie wollte sich aus der Sache heraushalten“, sagte Becker, als er mit Curtin Stuarts Büro verließ, um alle nötigen Vorbereitungen zu treffen ...

Warrant Officer Birdseye hatte mittlerweile über die Bootsfahrten der Offiziere berichtet und Dennis' Rolle bei der Beschaffung des Scheinvertrages beleuchtet.

Da wurde nun die ganze Geschichte methodisch aufgerollt, sie lag Schwarz auf Weiß vor, samt Unterschriften, dachte Marone, während dieser breitschultrige Spürhund im Zeugenstand Zug um Zug mit quälender Genauigkeit das Bild des Sachverhaltes rundete. Aber keine gerichtliche Rhetorik konnte je ausdrücken was Marone selbst empfand, der Mann, der laut Anklage den Agenten durch den Kopf geschossen hatte.

„Am Abend des 15. Mai um neunzehn Uhr fünfzig führten die beiden Angeklagten Major Becker und Captain Marone unter Mithilfe von Captain Lovell die Tat aus." Birdseye schilderte nun den angeblichen Mord in allen Einzelheiten. „Nachher kehrten Marone, Becker und Lovell in Major Curtins Büro zurück", endete er schließlich.

Der Ankläger schwieg, um die Aussagen in ihrer ganzen Bedeutungsschwere auf den Gerichtshof wirken zu lassen. Schließlich fragte er den Zeugen: „Was unternahmen Sie, als der Angeklagte entsprechend belehrt war und auf einen Rechtsbeistand verzichtet hatte?"

„Ich schrieb ein Protokoll, gab es ihm zu lesen und fragte ihn, ob es inhaltlich zutreffe und ob er etwas ändern oder hinzufügen wolle. Er bestätigte die Richtigkeit und erklärte, er habe nichts hinzuzufügen."

„Und dann?"

„In Anwesenheit von Mr. Rogers vereidigte ich den Angeklagten und forderte ihn auf, das Protokoll zu unterschreiben. Auch Mr. Rogers und ich selbst unterzeichneten."

Vom Tisch der Anklagevertretung hob Colonel Furst einige mit Maschine geschriebene, zusammengeheftete Blätter auf.

„Schriftführer, bezeichnen Sie dieses Dokument als Beweisstück der Anklage mit der laufenden Nummer."

„Beweisstück Nummer 9", erklärte der Schriftführer.

„Mr. Birdseye, ich zeige Ihnen hier das Beweisstück Nummer 9, ein aus drei Seiten bestehendes Dokument, und frage Sie, ob es das Originalprotokoll ist."

„Jawohl, Sir. Dies ist das Protokoll, das ich am 28. Mai 1969 mit dem Angeklagten aufgenommen habe."

„Woran erkennen Sie es?"

„An der allgemeinen äußeren Form und an den drei Unterschriften."

Nun begann Furst mit den laut Prozeßordnung fälligen formelhaften Fragen. „Mr. Birdseye, welche Vergünstigungen, wenn überhaupt, wurden dem Angeklagten geboten, um ihn zur Aussage zu veranlassen?"

„Keine, Sir."

„Welche Gewaltanwendung, wenn überhaupt, erfolgte, um ihn zur Aussage zu bewegen?"

„Keine, Sir."

„Welche Sanktionen, wenn überhaupt, wurden dem Angeklagten im Falle einer Aussageverweigerung angedroht?"

„Keine, Sir."

„Welche Erleichterungen, wenn überhaupt, wurden dem Angeklagten im Verlauf der Einvernahmen gewährt?"

„Kaffee und Zigaretten, beides lehnte er ab."

Colonel Furst wandte sich zum Richter. „Euer Ehren, die Anklagevertretung legt ihr Beweisstück Nummer 9 vor." Er blickte McEwan an. „Ich gebe zu Protokoll, daß ich nun der Verteidigung die Möglichkeit biete, das Dokument zu überprüfen."

„Hat die Verteidigung Einwände oder wünscht sie den Zeugen zu befragen?" sagte der Richter.

McEwan stand auf. „Ich erhebe Einspruch, und zwar mit der Begründung, daß die im Artikel 31 des Allgemeinen Militärgesetzes der USA sowie in der Sechsten Ergänzung zur Verfassung der USA festgelegten Rechte der Angeklagten verletzt wurden." Er trat auf den CID-Mann zu. „Mr. Birdseye, was taten Sie, nachdem Major Becker ausgesagt hatte?"

„Ich zeigte das Protokoll Captain Marone und forderte ihn auf, zu unterschreiben. Er leistete Folge."

„Wurden die Offiziere, die Sie einvernahmen, über ihre Rechte in Kenntnis gesetzt?"

„Jawohl."

„Haben Sie Major Curtin einvernommen?"

„Jawohl."

„Gab er Ihnen eine Erklärung?"

„Nein."

„Haben Sie Colonel Stuart befragt?"

„Ja."

„Gab *er* Ihnen eine Erklärung?"

„Nein."
„In den von Major Becker und Captain Marone unterschriebenen Aussagen finden sich die gezielten Behauptungen, daß die CIA-Beamten ausdrücklich wie stillschweigend die Beseitigung des Agenten gebilligt hätten."
„Jawohl."
„Haben Sie Mr. Chalmey über diese Behauptungen befragt?"
„Jawohl, Sir."
McEwan schwieg, als überlegte er sich den nächsten Angriffspunkt. „Major Becker wurde im Büro des Provost Marshal einvernommen, stimmt das?"
„Ja, Sir."
„Er hatte weder einen militärischen noch einen zivilen Rechtsbeistand?"
„Nein, Sir."
„Wurde Major Becker als erster aus Nha Trang geholt?"
„Jawohl, Sir."
„Wie lange dauerte es bis zur formellen Einvernahme im Amt des Provost Marshal in Long Binh?"
„Einige Stunden."
„Haben Sie hier den vollen Inhalt wiedergegeben?"
„Ja, Sir. Im wesentlichen."
„Machten Sie Notizen über Ihre Gespräche mit Major Becker oder Captian Marone vor der formellen Einvernahme im Büro des Provost Marshal?"
„Nein, Sir."
„Ich vermute, die Militärpolizei und besonders der CID verfügen über Tonbandgeräte?"
„Jawohl, Sir."
„Haben Sie zumindest Teile der Gespräche mit Major Becker oder Captain Marone auf Band aufgenommen?"
„Nein, Sir."
„Ich vermute also, daß Sie nichts von den Gesprächen während der mehrere Stunden dauernden Auto- und Flugreise von Nha Trang nach Long Binh auf Tonband aufzeichneten."
„Nein, Sir."
„Ich setze ferner voraus, daß Sie, während Sie meinen Mandanten über das ihnen zur Last gelegte Verbrechen Mitteilung

machten ebenso wie bei der Belehrung über deren Rechte, kein Gerät einschalteten.“

„Nein, Sir.“

„Ich vermute außerdem, Mr. Birdseye, daß Sie die eigentlichen Aussagen von Major Becker oder Captain Marone, die nach der Rechtsbelehrung erfolgten, ebenfalls nicht aufnahmen.“

„Nein, Sir.“

„Sie und Mr. Rogers sind erfahrene Praktiker im militärpolizeilichen und kriminalistischen Bereich, nicht wahr?“

„Jawohl, Sir.“

„General Flint betraute gerade Sie beide mit diesen Untersuchungen, weil Sie im Ruf stehen, die besten Kriminalisten in Vietnam und wahrscheinlich in der ganzen US-Armee zu sein. Ist es so?“

„Danke für Ihre gute Meinung, Sir. Vielleicht trifft sie zu.“

„General Flint wollte, daß mit Hochdruck Beweismaterial zur Überführung dieser Offiziere gesammelt würde, nicht wahr?“

„Er war routinemäßig daran interessiert, die Fakten zu erfahren.“

„Wurden Sie — zugegebenermaßen der beste verfügbare Kriminalist — nicht bereits wenige Stunden nach Sergeant Dennis' Flucht mit Erhebungen über diesen Fall beauftragt?“

„An den genauen Zeitpunkt kann ich mich nicht erinnern, Sir.“

„Laut Ihrer Aussage wurden Sie am 25. herangezogen, am selben Tag, als sich Dennis im CIA-Büro in Nha Trang meldete.“ Da Birdseye nicht antwortete, fragte McEwan weiter: „Wußten Major Becker oder Captain Lovell vorher, daß der CID eine Untersuchung plante?“

„Nein, Sir.“

„General Flint befahl Ihnen also, diese Offiziere gewissermaßen zu überrumpeln, sie rasch zu belangen, bevor sie noch überlegen konnten?“

„Ich glaube, General Flint war nur an den Tatsachen interessiert.“

„Warum setzte er sich dann nicht persönlich mit jenen Personen in Verbindung, die ihn aus erster Hand hätten informieren können, nämlich Colonel Stuart und dessen Kameraden, oder warum betraute er statt eines Polizisten nicht etwa einen Offizier seines Stabes mit der Feststellung der Tatsachen?"

„Nur General Flint selbst könnte diese Frage beantworten, Sir."

„Da General Flint von seinen Kommandopflichten in Vietnam zu sehr in Anspruch genommen ist, um weitere Fragen zu diesem Fall in der Öffentlichkeit zu beantworten, und da die Angeklagten großzügig auf ihr in der Verfassung verankertes Recht verzichteten, ihn zu einer Aussage in diesem Verfahren zu zwingen, muß ich *Sie* fragen, Mr. Birdseye. Teilen Sie uns also nach bestem Wissen und Gewissen mit: Ergab sich für die hier angeklagten Special-Forces-Offiziere der erste Hinweis auf General Flints Absicht, Colonel Stuarts Stab zu durchleuchten, weil sich Sergeant Dennis unerlaubt von der Truppe entfernt hatte — ich wiederhole: ergab sich dieser Hinweis dadurch, daß ein Militärpolizei-Kriminalist erschien, um die Offiziere selbst und nicht den Sergeant zu vernehmen?"

„So wird es sich verhalten haben, Sir."

„Gewannen Sie unter diesen Umständen nicht den Eindruck, daß General Flint sehr erpicht darauf war, in aller Eile Belastungsmaterial gegen Colonel Stuart und dessen Offiziere in die Hand zu bekommen?"

„Die Anklagevertretung erhebt Einspruch, Eeuer Ehren", sagte Colonel Furst. „Diese Frage ist unwesentlich."

„Euer Ehren", erwiderte McEwan vorwurfsvoll, „ich versuche lediglich einige Gründe zu ermitteln, warum dieser ungewöhnlich fähige CID-Beamte die Rechte der Angeklagten so offensichtlich mißachtete. Er sagte aus, daß er mit meinen Mandanten vor der formellen Einvernahme einige Stunden zusammen war, und kein einziges Mal während jenes Zeitraums wurde Major Becker auch nur routinemäßig davon in Kenntnis gesetzt, daß er zu diesem Fall aussagen sollte. Ich kann nur vermuten, daß Mr. Birdseye die Rechte der Angeklagten in so flagranter Weise verletzte, weil auf ihn selbst von höchster Stelle starker Druck ausgeübt wurde."

„Dem Einspruch wird stattgegeben."

McEwan bemerkte, daß die Journalisten sein Argument dennoch eilig notierten. „Mr. Birdseye, aus Ihrer reichen Erfahrung wissen Sie natürlich, daß der Gültigkeit aller Aussagen von Angeklagten dann im Prozeß große Bedeutung beigemessen wird."

„Ja, Sir."

„Haben Sie oder Ihre Vorgesetzten es nicht für wichtig erachtet, von dem Moment an, da Sie meine Mandanten um Auskünfte ersuchten, alle Gespräche mit einem der vielen Tonbandgeräte aufzunehmen, die Ihnen zur Verfügung stehen? Und zwar, um einwand- und zweifelsfrei zu dokumentieren, daß diese Einvernahmen ordnungsgemäß, den gesetzlichen Bestimmungen entsprechend durchgeführt wurden?"

„Nein, Sir."

„Haben Sie irgendwelche Aufzeichnungen über Ihre Gespräche mit Major Becker oder Captain Marone, außer den schriftlich festgehaltenen Aussagen?"

„Nein, Sir. Wir glauben, daß diese Protokolle genügen."

„Mr. Birdseye, laut Angabe meiner Mandanten traten Sie an jeden einzelnen der Offiziere mit der Erklärung heran, Sie wüßten, daß die offizielle Version über Trocs Verschwinden unwahr, aber in dem Bestreben ausgegeben worden sei, alle Kommandoebenen abzusichern. Und außerdem sagten Sie, daß es sich nun um rein routinemäßige Recherchen handle." McEwan hob die Stimme und betonte jedes Wort. „Sie gaben damals diesen Männern hier den Bescheid, es würde nichts weiter geschehen, wenn sie Ihnen alles sagten; die Abwehr beim Oberkommando in Vietnam wolle nur Material über diesen Modellfall sammeln — zwecks Evidenz bei künftigen ähnlichen Situationen?"

„Ich konnte den Angeklagten nichts versprechen."

„Aber Sie waren sehr darauf bedacht, schriftliche Aussagen zu erhalten, um die Erhebungen ordnungsgemäß abzuschließen und General Flint ein zufriedenstellendes Resultat liefern zu können?"

„Etwa so."

„Die Aussagen der Angeklagten waren ziemlich wichtig?"

„Ja, Sir."

„Soll das heißen, daß Sie keine Zusicherungen und keine Versprechen gaben, um die Angeklagten zur Aussage zu veranlassen?"

„Ich beachtete die Bestimmungen des Artikels 31 des Allgemeinen Militärgesetzes der USA."

„Entspricht es nicht den Tatsachen, daß Sie die Litanei der Rechtsbelehrung GTA 19-6-1 erst mehrere Stunden nach Ihrer Erklärung, daß gegen die Offiziere nichts unternommen würde, verlasen?“

„Nein, Sir, ich hielt mich streng an den Artikel 31.“

„Haben Sie Colonel Stuart, einen bewährten, vielfach ausgezeichneten Offizier, zum Polygraphentest aufgefordert?“

„Ja, Sir.“

„Haben Sie im Verlauf Ihrer Erhebungen auch Mr. Chalmey, den OSA-Stationschef in Nha Trang, befragt?“

„Ja, Sir.“

„Und Mr. Michael Hackman, den CIA-Chef in Saigon?“

„Ja, Sir.“

„Waren bei diesen Aussagen Widersprüche und Abweichungen feststellbar?“

„Ja, Sir.“

„Offenbar sagten Ihnen entweder Mr. Chalmey oder Mr. Hackman oder auch beide nicht die volle Wahrheit?“

„Ja, Sir.“

„Hätten Sie demnach im Interesse der Wahrheitsfindung und um General Flint einen genauen, lückenlosen Bericht vorzulegen, diese CIA-Beamten auffordern sollen, sich einem Test mit dem Lügendetektor zu unterziehen — wie Sie es von Colonel Stuart verlangten?“

„Ich glaube schon.“

„Das genügt. Danke, Mr. Birdseye.“

„Euer Ehren“, wandte sich McEwan an den Richter, als der CID-Mann den Zeugenstand verlassen hatte, „ich stelle den Antrag, daß Sie die Mitglieder dieses Gerichtshofes besonders darauf hinweisen, daß eine Bewertung der angeblichen Aussagen meiner Mandanten erst dann erfolgen kann, wenn jeder nur denkbare Zweifel ausgeschlossen ist, daß diese Aussagen durch Beeinflussung oder Zwang jeglicher Art veranlaßt wurden. Wir haben soeben gehört, wie sich dieser gewiegte Kriminalist dem Druck von oben beugte. Es ging darum, General Flint Geständnisse zu erbringen. Vor der formellen Einvernahme Major Beckers hatte Birdseye mindestens drei Stunden Zeit, aber die Rechtsbelehrung erfolgte erst unmittelbar vor Beginn des Verhörs, in Long Binh, ich wiederhole, *drei* Stunden nachdem der Offizier an einem anderen Ort, nämlich in Nha Trang, angetroffen worden war. Selbst wenn wir Mr. Birdseye in gewissem Sinn die Situation des Befehlsnotstandes zubilligen wollten, ändert das nichts an dieser Tatsache."

Während McEwan noch immer zum Richter sprach, glitt sein Blick über die Gesichter der militärischen Geschworenen. „Im Verlauf dieser drei Stunden wurde dem Angeklagten nicht mitgeteilt, welchen Verbrechens man ihn verdächtigte. Man erklärte ihm sogar, es handle sich um keine strafbare Tat, Mr. Birdseye sammle lediglich Informationen. Es steht fest, daß der Angeklagte nicht auf sein Recht zur Verweigerung der Aussage aufmerksam gemacht wurde." McEwan hielt einen Augenblick inne, dann holte er zum nächsten Schlag aus. „Dem Angeklagten wurden eindeutig seine Rechte nach Artikel 31 verwehrt, und die erörterten Begleitumstände, nämlich die Nötigung, nehmen den Aussagen, die ihm Mr. Birdseye zuschreibt, die Beweiskraft. Ebenso werden die Beweise gegen Captain Marone in der vorliegenden Form der durch Captain Marones Unterschrift bestätigten Aussagen ungültig."

Colonel Dorrance erwog den Antrag, neigte sich vor und sprach: „Mitglieder dieses Gerichtshofes, Sie haben die Ausführungen der Verteidigung zur Kenntnis genommen."

Der Prokurator stand auf. „Die Anklagevertretung ruft als nächsten Zeugen Sergeant First Class Peter Dennis."

41. KAPITEL

Sergeant Dennis betrat den Gerichtssaal. An seinem maßgeschneiderten armeegrünen Uniformrock mit den goldfarbenen Gradwinkeln trug er drei Bandreihen seiner Dekorationen und das Fallschirmspringerabzeichen. Das grüne Barett hatte er in der Hand.

Der Ankläger stellte einige Fragen. Dennis schilderte Trocs Anwerbung, die ersten Verdachtsmomente, die Verhöre in Saigon und Nha Trang und den Plan, den Vietnamesen zu beseitigen. Er berichtete auch über den Abschluß eines Scheinvertrages mit dem Vietnamesen. Dennis erwähnte, daß sie nur auf ein Signal der CIA gewartet hatten, um die Aktion durchzuführen.

„Und erteilte die OSA tatsächlich diese Weisung?" fragte der Ankläger.

Dennis schüttelte den Kopf. „Nein. Die OSA war gegen die Tötung des Agenten. Das habe ich erst später erfahren."

„Sergeant, berichten Sie uns nun über die Ereignisse in Major Curtins Büro am Abend des 15. Mai."

Ruhig und sachlich erzählte der Zeuge von der mysteriösen Rückkehr der Offiziere in feuchten und, wie ihm schien, blutbefleckten Uniformen und von seinen Befürchtungen, daß sich die

Täter nun auch des gefährlichen Mitwissers entledigen könnten — einem Verdacht, in dem er durch den allmählichen Boykott seiner Person nur bestärkt wurde. Schließlich berichtete er auch von seinen Fluchtplänen. „Ich erkannte, daß die Offiziere vor nichts zurückschrecken würden, um sich selbst zu schützen. Obwohl ich kein Feigling bin" — unwillkürlich straffte er die Brust mit den vielen Auszeichnungen — „war mir das natürlich nicht einerlei."

„Damals wandten Sie sich an die CIA?"

„Jawohl, Sir."

„Danke, das genügt", sagte Colonel Furst. „Sie können Ihre Fragen stellen, Mr. McEwan."

Der Verteidiger ging zum Zeugenstand. „Sergeant Dennis, wissen Sie, welche Kampferfahrungen der aktive Soldat im Einsatz gegen den Vietkong macht?"

„Selbstverständlich, Sir."

„Wurden Sie in der Auswertung von Erkundungsresultaten gründlich geschult?"

„Ja. Ich bin seit achtzehn Jahren beim Militär."

„Aber Ihr gegenwärtiger Aufgabenkreis in Vietnam umfaßt nur die Auswertung von geheimen Meldungen, nicht wahr? Ich meine, Sie werden nicht mit der Waffe eingesetzt, wie zum Beispiel andere Angehörige von B-57?"

„Das stimmt."

„Sie sagten, daß Sie Troc bereits ein Jahr lang vor den fraglichen Ereignissen kannten. Fühlten Sie sich ihm verbunden?"

„Ja, wir waren Freunde."

„Haben Sie während der Besprechungen mit Major Curtin, als die Möglichkeiten einer Radikallösung des Falles Troc erörtert wurden, Einwände gegen die Ermordung des Agenten erhoben?"

„Ich weiß nicht mehr, ob ich wirklich widersprach. Ich meine, alle wußten, daß ich Troc gern hatte und dagegen war, ihn umzubringen."

„Sie haben nicht opponiert, als das Thema zur Sprache kam?"

„Nicht ausdrücklich."

„Nicht ausdrücklich? Ich möchte ein Ja oder Nein als Antwort", bohrte McEwan.

„Nein."

„Zuerst erklären Sie, Sie hätten opponiert, und nun sagen Sie das Gegenteil. Wäre es nicht möglich, daß Sie sich überhaupt nicht erinnern?“

„Ich erinnere mich schon.“

„Oder sind diese Begegnungen und Gespräche nur Vorspiegelungen Ihrer Einbildung?“

„Nein, Sir, wir sprachen mehrmals ganz konkret über Troc.“

„Und Sie hatten den Auftrag, ihn zu veranlassen, seine Unterschrift und den Daumenabdruck auf leere Blätter zu setzen?“

„Jawohl, Sir.“

„Sind Sie sicher, daß auf diesen Blättern nicht der Befehl zu einer geheimen Mission auf kambodschanischem Territorium stand?“

„Nein, Sir. Die Blätter waren leer.“ Man hörte Dennis an, daß er von der Wahrheit seiner Aussage überzeugt war. „Die Texte sollten später eingefügt werden.“

„Sie sagten, daß Ihr Freund Troc sehr klug war.“

„Ja.“

„Zweifellos war er ein geeichter Spion, zumal er als Doppelagent arbeitete.“

„Ja, Sir.“

„Trotzdem unterschrieb er blanko?“

„Ja, Sir.“

„Wußte er nicht, daß er damit sein eigenes Todesurteil unterschrieb?“

„Er vertraute mir.“

„Er vertraute Ihnen? Obwohl er wußte, daß Sie Soldat der B-57 waren?“

„Jawohl, Sir, trotzdem.“

„Auf Ihre Bitte hin war er bereit, blanko zu unterschreiben?“

„So ist es.“

„Als Gegenleistung versprachen Sie ihm, seinen Angehörigen eine auf Tonband gesprochene persönliche Nachricht zu übergeben?“

„Ja. Der Major sagte mir, ich solle Troc zur Unterschriftleistung bewegen, ganz gleich auf welche Weise.“

„Wußten Sie, daß er am grauenhaften Tod Ihrer Kameraden schuld war?“

„Ja, Sir."

„Dennoch war Ihnen nicht klar, daß Sie dieses Tonband Ihrem Vorgesetzten zwecks Überprüfung ausfolgen hätten müssen, bevor Sie es an Trocs Frau und Schwägerin weitergaben?"

„Nein. Vergessen Sie nicht, Sir — ich hatte es fest versprochen."

„Sie hatten eine Tonbandaufnahme eines Doppelagenten, der, wie Sie wußten, beseitigt werden sollte. Aber Sie erstatteten Ihrem Kommandeur keine Meldung?"

„Nein, Sir."

„Haben Sie die Meldung an Major Curtin vielleicht deshalb unterlassen, weil Sie von dem Plan, Troc zu töten, keine Kenntnis hatten?"

„Nein, Sir."

„Beschränkten sich Ihre Informationen nicht lediglich darauf, daß Troc wieder einen Geheimauftrag übernehmen würde, und daher dachten Sie, die Nachricht auf Band sei unbedenklich?"

„Nein, aber ich hatte mich verpflichtet, das Band seiner Frau zu überbringen."

„Überlegen Sie genau, Sergeant. Könnte es nicht sein, daß Ihnen niemand von dem Plan zur Beseitigung Trocs erzählte, sondern daß Sie sich das alles nur einbildeten?"

„Nein, Sir."

„Wollen Sie uns damit sagen: Obwohl Sie wußten, daß Troc praktisch ein toter Mann war, und obwohl Sie seine Bedeutung als Schlüsselfigur kannten, umgingen Sie Ihre Vorgesetzten und handelten auf eigene Faust?"

„Ja."

„Sie sagten auch aus, daß Ihnen Captain Lovell einen ernsten disziplinären Verweis erteilte, weil Sie ihm das Band nicht vorgelegt hatten."

„Ja."

„Ferner erklärten Sie, Captain Lovell habe deshalb von der Existenz des Bandes gewußt, weil er Sie beobachten ließ."

„Ja, Sir."

„Wenn Major Curtin und die Captains Marone und Lovell den Agenten so scharf im Auge behielten, wie Sie sagen, dann wäre doch auch sein Wohnhaus überwacht worden, oder nicht?"

„Das vermute ich."

„Und dabei könnte bemerkt worden sein, daß Sie seine Angehörigen besuchten."

„Wahrscheinlich."

„Aber wie Sie sagten, waren Sie überzeugt, daß Sie persönlich überwacht wurden."

„Das könnte sein. Die Offiziere wußten, daß ich mit Troc auf gutem Fuß stand."

„Hatte man Grund, an Ihrer Loyalität zu zweifeln?"

„Nicht den mindesten. Ich habe meine Befehle immer prompt und zuverlässig ausgeführt."

„Was brachte Sie dann auf den Gedanken, daß man Sie beobachtete und daß das Boot sowie ein Schalldämpfer für eine schwedische Maschinenpistole System K angefordert wurden, um Sie zu töten und ins Meer zu werfen?"

„Die Offiziere waren gegen mich. Ich meine, Sie gaben mir indirekt die Schuld, weil ich Troc angeworben hatte."

„Gewiß. Aber warum glaubten Sie, daß gerade Sie deswegen beseitigt werden sollten?"

„Ich wußte alles über Troc."

„*Was* wußten Sie? In Wirklichkeit wußten Sie gar nichts. Alle Ihre Beobachtungen ergaben keinen stichhältigen Beweis. Den lieferte Ihnen Ihre rege Phantasie. Es bestand keinerlei Grund zu der Annahme, daß Troc getötet wurde."

„Einspruch!" rief der Prokurator.

„Stattgegeben", stimmte der Richter zu.

„Gehen wir zu dem Abend des angeblichen Mordes zurück, nur um zu ermitteln, was Sie eigentlich wissen, Sergeant. Sie sahen also Captain Marone, Major Becker und Captain Lovell?"

„Ja, Sir."

„Diese Offiziere trugen Fallschirmsäcke, in denen Maschinenpistolen steckten, und waren mit Kampfanzügen bekleidet. Diese wiesen Flecke auf, die wie Blut aussahen. Haben Ihnen die Offiziere gesagt, wo sie waren?"

„Nein, aber das konnte ich mir denken."

„Haben Ihnen die Offiziere mitgeteilt, was sie unternommen hatten?"

„Nein, aber ich wußte Bescheid."

„Die Offiziere sagten Ihnen nicht, daß sie soeben einen Menschen, einen unbewaffneten wehrlosen Menschen, vorsätzlich getötet hatten?"

„Nein, aber ich vermutete es."

„Keiner sagte Ihnen, wie oder wo das Opfer beseitigt wurde?"

„Nein, nicht wo. Aber ich wußte, daß sie Troc erschossen hatten, und die Offiziere wußten, daß ich das wußte."

„Der und jener wußte, sie wußten!" fiel ihm McEwan sarkastisch ins Wort. „Ich will nicht Ihre verkrampften Behauptungen hören. Wir sind nur an Tatsachen interessiert, an Beweismaterial. Die Offiziere sagten Ihnen nicht, daß sie Troc getötet hätten. Lovell, Becker und Marone sagten Ihnen überhaupt nichts, oder?"

„Die wußten genau, daß ich das Spiel durchschaut hatte!" rief Dennis.

„Nüchtern betrachtet, haben Sie keine Ahnung, was an jenem Abend vorgefallen war. Soweit die Tatsachen."

„Ich wußte, daß sie jemanden erschossen hatten." Starrsinn trieb Dennis zu diesem verbissenen Festhalten an seiner Theorie.

„Wurde Ihnen das ausdrücklich gesagt?"

„Nein."

„Waren Sie Augenzeuge der Tat?"

„Nein."

„Das ist alles, Sergeant. Danke."

Als Dennis den Gerichtssaal verlassen hatte, verkündete der Prokurator: „Der nächste Zeuge der Anklage ist Captain Loring Lovell."

McEwan blickte auf seine Uhr. Es war erst halb vier. Irgendwie mußte es ihm gelingen, Lovells Aussagen für den nächsten Tag aufzusparen. Er beugte sich zu Captain Brace. „Die Presse hat mehr als genug Material für ihre Berichte über den Verlauf der heutigen Verhandlung. Wir brauchen Lovells Glanznummer für morgen."

Lovell trat in den Zeugenstand, doch als ihn der Prokurator vereidigen wollte, erhob sich McEwan von seinem Sitz. „Euer Ehren, wenn es der Gerichtshof gestattet, möchte ich eine Erklärung abgeben."

„Bitte, Mr. McEwan."

„Meine erste Berufung nach Vietnam erfolgte unter dem Gesichtspunkt, daß ich Captain Lovell vertreten sollte, obwohl ich dann faktisch zum zivilen Rechtsbeistand aller Beschuldigten bestellt wurde. Streng juristisch gesehen, bin ich aber noch immer Captain Lovells Anwalt. Dennoch fällt mir die Aufgabe zu, ihn im Interesse meiner anderen Mandanten, Captain Marones und Major Beckers, zu vernehmen. Ich stelle respektvoll den Antrag, Captain Lovells Einvernahme bis morgen aufzuschieben, damit er mir rechtskräftig das Mandat entziehen kann. Als sein Anwalt, der ich in diesem Moment noch bin, rate ich ihm, morgen nur im Beisein eines Rechtsvertreters auszusagen."

„Euer Ehren", Colonel Furst wurde langsam ärgerlich, „Captain Lovell braucht Mr. McEwan nur ausdrücklich vor Zeugen zu sagen, daß er ihn hiemit seiner Funktion als Verteidiger enthebt. Und da Captain Lovell zudem nicht unter Anklage steht, ja sogar von jeder gerichtlichen Verfolgung im Zusammenhang mit diesem Fall freigestellt wurde, benötigt er keinen Anwalt."

Der Richter blickte McEwan an. „Was meint die Verteidigung dazu?"

„Captain Lovell hat das Recht auf juristischen Beistand, und ich gebe ihm, solange ich noch seine Vertretung wahrzunehmen habe, den Rat, einen Anwalt zu bestellen, bevor er als Zeuge auftritt. Er wird ihn vielleicht doch brauchen."

„Captain Lovell, wünschen Sie einen Rechtsvertreter, bevor Sie aussagen?" fragte Colonel Dorrance.

„Jawohl, Euer Ehren."

„Dann haben Sie bis morgen neun Uhr Zeit, einen Anwalt mit dem Mandat zu betrauen", verfügte Dorrance. „Genügt Ihnen diese Frist?" Lovell sah McEwan fragend an. Dieser nickte.

„Jawohl, Euer Ehren."

„Die Verhandlung ist bis morgen punkt neun Uhr vertagt." Der Richter erhob sich. McEwan und seine uniformierten Kollegen betrachteten lächelnd den Ankläger Colonel Furst, der völlig perplex war und kopfschüttelnd zu seinem Platz zurückging.

42. KAPITEL

Auf dem Servierwagen mit dem Frühstück, den der Zimmerkellner am nächsten Morgen in McEwans Hotelappartement schob, lag auch die neueste Nummer der *Washington Post.*

„Zehn Millionen für Agentenleiche?" stand als Schlagzeile auf der Titelseite. Ein Reporter hatte Lieutenant Washkanski interviewt und dann die eigentlichen Aufwendungen kalkuliert: nämlich wie teuer die Suche nach dem angeblichen Leichnam Tran Van Trocs den amerikanischen Steuerzahlern zu stehen kam. Als Passivposten waren eingesetzt: die Verluste an Transportschiffen und Material sowie an Patrouillenbooten in jenem Bereich, von dem die SEAL-Teams für die lange Unterwasseraktion abgezogen wurden. Rechnete man die bloßen Betriebskosten der drei Sicherungsfahrzeuge hinzu, dann ergab die Addition, wie der Journalist an Hand konkreter Zahlen bewies, eine Summe von nahezu zehn Millionen Dollar.

Der Armeeminister in seiner Privatwohnung hatte nicht nur die *Washington Post,* sondern auch die *New York Times* vor sich. Sogar diese gemäßigte, betont objektive Zeitung befaßte sich in einem langen Bericht auf der ersten Seite mit der „Millionenleiche". General Flint wurde als haßerfüllter Hetzer gezeichnet, der zu allem entschlossen war, um die angeklagten Offiziere zu erledigen.

Es war nun sieben Uhr morgens; seit dem späten Abend hatte der Minister versucht, Flint zu erreichen. Aber der General schien sich hinter seinen Pflichten zu verschanzen. Er sei den ganzen Tag im Operationsgebiet, hatte man aus Saigon mitgeteilt, zur Zeit könne keine Verbindung mit ihm hergestellt werden. Das Sondertelephon des Ministers läutete. Er hob den Hörer ab, in der Hoffnung, Flint lasse sich nun doch zu einer Antwort herbei. Es war aber der Stellvertretende Direktor der CIA, der wissen wollte, ob Flint sich schließlich bereit erklärt habe, als Zeuge aufzutreten. Der Direktor selbst hege ernstliche Befürchtungen, daß der Inhalt von Trocs Tonbandbrief in der Öffentlichkeit bekannt würde. Verdrossen erklärte der Minister, er habe noch keine Nachricht, und im übrigen möge man diese wichtige Leitung nicht blockieren. Mit diesem brüsken Bescheid legte er auf, lehnte sich zurück und starrte gedankenverloren auf die hochbrisanten Zeitungen.

Endlich, kurz vor acht Uhr, kam das Gespräch durch.

„Was kann ich für Sie tun, Sir?“ fragte die heisere Stimme von jenseits des Pazifik.

„Der Prozeß verschafft Ihnen sehr viel negative Publicity, General“, antwortete der Minister. „Überall in den USA ist in den Massenmedien von den horrenden Beträgen die Rede, die Sie investieren, um eine Leiche auf dem Meeresgrund zu finden. In der *Washington Post* heißt es, Sie hätten rund zehn Millionen verpulvert.“

„Einen Monat lang möchte ich Präsident sein“, legte Flint gereizt los, „dann würde ich . . .“

Sofort unterbrach der Minister diesen Haßgesang. „Zack, ich glaube, es wäre am besten, wenn Sie nach Washington kämen, um im Zeugenstand auf diese Anschuldigungen entsprechend zu erwidern.“

„So, so, Sie glauben, ich sollte aussagen?!“ äffte der General den zögernden Ton des Ministers nach. „Verdammt, ich wollte ja kommen und mit den Kerlen Fraktur reden, aber Sie, Sir, Sie ließen mich ja nicht! Jetzt haben Sie es sich auf einmal anders überlegt?“

„Colonel Furst wollte Ihnen das Kreuzverhör durch McEwan ersparen."

„Mir ersparen?" schnaubte Flint. „Wenn jemandem etwas erspart würde, dann diesem New-Yorker Rechtsverdreher! Ich werde mir diesen juristischen Klugscheißer schon vorknöpfen!"

Resignierend zuckte der Minister die Achseln. Er konnte nichts mehr tun. Sollte Flint sich selber unmöglich machen. „Ich weiß, daß Sie auch vor Gericht Ihren Mann stellen werden, Zack. Wann können Sie kommen?"

„Ich fordere bei der Luftwaffe für morgen früh einen Flug nach Hawaii an und überlasse es Ihnen, mich von dort nach Washington zu holen."

„Ausgezeichnet, Zack. Wir brauchen Sie hier."

„Und wie Sie mich brauchen werden!" klang es in ätzendem Ton aus Saigon. „Ich habe Ihnen doch von Anfang gesagt, daß ich dabeisein sollte."

„In Honolulu wird Sie eine Düsenmaschine erwarten, Zack."

„Ich bin schon unterwegs. Bis später." Flint legte auf.

Seit den frühen Morgenstunden hatten sich vor dem Pentagon starke Protestgruppen von Studenten und anderen Jugendlichen versammelt. Wie man hörte, erhielten sie noch weiteren Zuzug; ganze Busse voll waren aus allen Teilen der Ostküste unterwegs. Das Wetter war ideal für eine Demonstration: warm, aber nicht zu heiß.

McEwan sorgte dafür, daß sein Team im Hotel rechtzeitig dran war, um eine halbe Stunde vor Beginn der Verhandlung im Pentagon zu erscheinen.

„Heute kann's noch krachen", murmelte ein Polizist, als sie die Treppe hinaufgingen.

Hinter der großen Masse der Demonstranten tauchten einige straffer organisierte Gruppen auf. Sie traten mit fast militärischer Disziplin in Erscheinung und hatten offenbar eine zentrale Marschrichtung. Alle trugen „hard hats", wie die Plastikhelme der Bau- und Industriearbeiter genannt werden, jede geschlossene Formation in einer anderen Farbe. Es gab gelbe, rote, blaue und weiße Gruppen, jede mit einem Tafelträger.

„Sie haben gute Augen. Können Sie die Parolen lesen?" fragte McEwan seine Sekretärin Laura, die neben ihm stand.

„Nur zwei . . . , ‚Laßt die Grünen Teufel kämpfen', und ‚Haut die Kommunisten zusammen'. Wer sind diese Leute?"

„Anhänger der ‚Falken'. — Demonstration und Gegendemonstration", erwiderte McEwan.

Der Polizist erkannte den Anwalt. „Sie, bleiben Sie mit der jungen Dame lieber nicht heraußen. Ich fürchte, hier wird es bald losgehen."

McEwan blickte auf die Uhr. „Viertel vor neun. Ich möchte doch sehen, was sich da abspielen wird." Vom Platz vor dem Portal aus konnte er das Gewoge der Tausenden Gegner des Vietnamkrieges, die das Gelände bis zu einer Sperre der Militärpolizei füllten, gut überblicken. Die Soldaten waren bereit zum Einsatz, die Schlagstöcke fest in den Händen. Hinter den „Tauben" drängten die „Hardhats" nach. Als sie nahe genug herangekommen waren, begannen sie die Menge der betont vergammelt gekleideten Antimilitaristen in lauten Sprechchören zu beschimpfen.

Der zündende Funke fiel weit von den Sicherheitskordons aus MP, Zivilpolizei und US Marshals. Eine kleine Schar fanatisch wirkender bärtiger Langhaariger, sowohl Weiße als auch Schwarze, entrollte eine rot-blaue Fahne mit einem fünfzackigen gelben Stern in der Mitte — das Vietkongbanner. Unter den rhythmischen Rufen „Ho Ho Ho Tschi Minh!" rannten sie auf die vorderste Linie der MP zu. Diese Aktivisten rissen die übrigen Demonstranten mit, brüllend gerieten die Massen in Bewegung.

Im selben Moment traten auch die Behelmten in Aktion. Rasch und präzise formierten sich Gruppen von je acht Mann, die in die Rudel der Protestierer vorstießen. Dabei wandten sie eine eigenartige Igeltaktik an: zwei Mann frontal, zwei Mann als Rückendeckung, je zwei nach den Seiten. Mit ihren Stöcken Hiebe austeilend — zweifellos waren sie darauf gedrillt — hatten sie in wenigen Minuten die Schwungkraft des Mobs, welcher der Vietkongfahne folgte, gebrochen. Die „Hardhats" räumten gründlich auf, immer mehr lichteten sich die Horden der Langhaarigen, von denen nun viele blutend auf dem Boden lagen. Als die Behelmten schließlich zu der Gruppe um die Fahne vordrangen, schlugen sie unbarmherzig drein, auch auf Mädchen, mit dem Ruf, das Gesindel solle doch in den Ostblock ziehen, denn dorthin gehöre es. Zehn solche Stoßtrupps durchbrachen das Gewühl Hunderter Demonstranten und dezimierten sie methodisch, so daß die Rasenflächen vor dem Pentagon bald wie ein Schlachtfeld aussahen. Obwohl die jungen Protestierer zahlenmäßig mindestens in zwanzigfacher Übermacht waren, wurden sie zu Dutzenden niedergeknüppelt.

Aus einem Lautsprecherwagen dröhnten Parolen gegen die Revoltierenden: „Ihr seid eine Schande für Amerika! Unsere Soldaten kämpfen, damit Ihr hier Hasch rauchen, Sexorgien veranstalten, öffentliches Gut verwüsten und Handlanger der Kommunisten spielen könnt! Wir sind die Wächter an der Küste!“ Die Worte hallten über das freie Feld. „Wir beobachten euch. Das nächste Mal kommt ihr nicht so billig weg!“ Die Männer in den Helmen hieben sich nun mitten durch die Menge der verwirrten Studenten allmählich einen Weg zu ihren Autos frei. Die ratlosen Rädelsführer der Demonstration, viele von ihnen aus Kopfwunden blutend, wandten sich nun in die Richtung der MP und der Zivilpolizei, als erhofften sie Hilfe von den Ordnungskräften, gegen die sie kurz zuvor zum Angriff angetreten waren. Aber die Uniformierten blieben eisern stehen. Die Befehle besagten, daß sie erst dann einzugreifen hatten, wenn die Demonstranten die Absicherungen durchbrechen wollten. Bisher war kein einziger der Protestierenden auch nur in die Nähe des Kordons gekommen.

Daraufhin schlossen sich etwa hundert junge Leute zusammen, anscheinend die Kerngruppe der Feinde des Establishment, bildeten einen Keil und gingen den Hang hinunter gegen einen weißbehelmten Trupp vor. Andere Demonstranten, die bemerkten, daß diese Schar zum Gegenstoß ansetzte, sammelten sich, um die acht Mann in die Zange zu nehmen und rissen die Stangen von ihren Tafeln, um sie als Waffen zu verwenden.

Auf einen Befehl des Truppführers bildeten die bedrohten „Hardhats“ gegen die heranrückenden Studenten eine Reihe. Als nur mehr wenige Meter die brüllenden Demonstranten von der dichten, kleinen Formation trennten, rief der Truppführer: „Spray!“

Alle acht rissen Dosen von ihren Gürteln und besprühten die erste Welle der Angreifer. Die Wirkung war verheerend. Schreiend prallten die Langhaarigen zurück, taumelten keuchend und sich die Augen reibend durcheinander; mehrere stürzten nieder, aber die Nachdrängenden schoben die in Auflösung begriffene Spitze durch ihre Wucht wieder vorwärts, so daß die ersten auf die Liegenden traten, stolperten, den Strahl des chemischen Mittels direkt ins Gesicht bekamen und, von Hustenkrämpfen geschüttelt, sofort kampfunfähig waren.

Auf einen weiteren knappen Befehl machten die Behelmten kehrt und gingen zum Angriff gegen die andere Seite über. Mit „Spray" und ihren schweren Stöcken brachen sie sich Bahn und vereinigten sich schließlich mit einem zweiten Trupp, der sich zu ihnen durchgeschlagen hatte. Gemeinsam rückten sie zu der Straße am Fuß des Hanges ab. Die Kriegsgegner waren so übel zugerichtet, daß sich größere Gruppen in kleine Häuflein verängstigt Flüchtender zerstreuten. Sie liefen vor den „Hardhats" davon, die nun völlig ungehindert in ihre Autos stiegen, die Helme abnahmen und losbrausten. Der Sprecher schloß an die Drohungen und Schmähungen gegen die Protestierer die Aufforderung an das Verteidigungsministerium, die angeklagten Special-Forces-Offiziere zu rehabilitieren, damit die besten Soldaten der Welt ihren Kampf gegen den Kommunismus fortsetzen könnten.

Kein einziger Polizist hatte auch nur einen Finger gerührt, um die Fahrzeuge aufzuhalten, in denen die militanten „Wächter der Küste" im immer dichter werdenden Vormittagsverkehr verschwanden.

Colonel Dorrance schien die Ereignisse vor dem Pentagon zu ignorieren. Punkt neun Uhr eröffnete er die Verhandlung und gebot dem Prokurator, seinen ersten Zeugen aufzurufen.

Captain Loring Lovell betrat mit Captain Don Waters den Gerichtssaal, salutierte und setzte sich nach der Vereidigung in den Zeugenstand.

„Hatte der Zeuge die Möglichkeit, einen neuen Rechtsvertreter zu ernennen?" fragte Dorrance.

„Jawohl, Euer Ehren", erwiderte Waters. „Da mein Mandant, Major Curtin, nicht vor Gericht steht, werde ich als Captain Lovells Anwalt fungieren."

„Gut. Gerichtsdiener, bitte stellen Sie einen zweiten Stuhl in den Zeugenstand." Der Stuhl wurde gebracht, Waters setzte sich neben Lovell, und der Prokurator begann seine Einvernahme.

Sachlich und wahrheitsgemäß beantwortete der junge Offizier eine Reihe von Fragen, die schließlich in der entscheidenden gipfelten: „Captain Lovell, sahen Sie, wie der vietnamesische Staatsbürger Tran Van Troc nach Verabreichung eines schweren Betäubungsmittels von Captain Marone und Major Becker an der Küste von Nha Trang in ein Boot getragen wurde?"

Lovell besprach sich im Flüsterton mit dem Militärjuristen, dann erklärte Captain Waters: „Euer Ehren, mein Mandant verweigert die Aussage."

„Die Vertretung der Anklage und das amerikanische Oberkommando in Vietnam, auf dessen Befehl dieses Kriegsgericht gebildet wurde, haben Captain Lovell von gerichtlicher Verfolgung im Zusammenhang mit diesem Fall freigestellt", gab Colonel Furst zu bedenken. „Er sollte dazu verhalten werden, die Frage zu beantworten."

Captain Lovell blickte zu McEwan. Dieser nickte lächelnd. Daraufhin holte der Zeuge tief Atem, setzte sich kerzengerade und begann, zu Colonel Furst gewandt, die Rede, die der Verteidiger mit ihm für diesen kritischen Moment gründlich einstudiert hatte.

„Die Gewährung der Immunität erfolgte unter irrigen Voraussetzungen. Sie ist ungültig und verstößt gegen die Verfassung. Daher lehne ich sie ab. Meine weiteren Argumente: Die Armee hielt mich ohne Angabe glaubhafter Gründe in Haft. Die Armee verhörte mich unter Verletzung meiner durch die Konstitution der USA gewährleisteten Rechte. Die Armee veranlaßte mich unter Verletzung dieser Rechte zu Aussagen. Der Ankläger kann diese auf ungesetzliche Weise erlangten Aussagen nun nicht verwenden, um mich zur Aussage gegen meine Kameraden zu zwingen, mit denen ich durch viele gemeinsame Erlebnisse verbunden bin. Als Soldat wurde ich in den Grundsätzen der Treue, Gerechtigkeit und Fairneß erzogen. Die Immunität, die mir gewährt werden soll, entbehrt jeder legalen Basis und Gültigkeit, deshalb lehne ich sie ab."

„Captain Lovell, verweigern Sie die Aussage auf die Frage, die Ihnen die Anklagevertretung stellte?" betonte der Richter.

„Jawohl, Euer Ehren, und zwar aus den soeben dargelegten Gründen!"

„Dann wird die kriegsgerichtliche Behörde das Oberkommandos entsprechende Schritte gegen Sie unternehmen. Dieses Plädoyer in eigener Sache, das Ihnen wahrscheinlich Ihr Anwalt eingegeben hat, klingt sehr patriotisch und idealistisch, aber die USA und deren militärische Einrichtungen müssen sich an die Gesetze halten", erwiderte Colonel Dorrance.

„Captain Lovell, wissen Sie, daß Sie die Zuständigkeit dieses Gerichtshofes negieren?" sagte der Ankläger streng.

„Ich habe Ihre Frage bereits beantwortet, Sir", beharrte Lovell.

Verblüfft starrte der Prokurator diesen aufsässigen Menschen an. McEwan erhob sich. „Euer Ehren, ich möchte dem Zeugen einige Fragen stellen."

„Bitte, Mr. McEwan, wenn er Ihnen antwortet."

„Captain Lovell, wieviel Zeit verging zwischen dem Tag, an dem die CIA-Station in Saigon informiert wurde, daß die Special Forces Tran Van Troc als verdächtigen Doppelagenten interniert hatten, und dem Zeitpunkt, als Troc auf seine Mission entsandt wurde?"

„Sechs Tage, Sir."

„Sechs Tage. Erhielten Sie oder einer der Angeklagten während dieser Zeitspanne irgendwelche Richtlinien von der CIA, wie Sie mit dem Agenten verfahren sollten?"

„Nein, Sir."

„Setzten Sie sich deswegen mit der CIA in Verbindung und verwiesen Sie auf die Dringlichkeit einer Entscheidung?"

„Ja, Sir. Täglich, manchmal sogar zweimal pro Tag."

„Mit wem hatten Sie Kontakt aufgenommen?"

„Wir erörterten die Frage mit Mr. Jack Chalmey, dem OSA-Stationschef in Nha Trang."

„Wie verliefen diese Besprechungen?"

„Wir schilderten ihm unser Problem und sagten, eine der Lösungsmöglichkeiten sei die Beseitigung Trocs. Mr. Chalmey erklärte, dies wäre vermutlich der einzig richtige Ausweg, und Mr. Hackman, der CIA-Stationschef in Saigon, hätte wahrscheinlich kaum Einwände, denn er kenne in dieser Beziehung keine Skrupel und sei bereits für zweihundertfünfzig politische Morde in Laos verantwortlich. Als wir dem CIA-Repräsentanten in Nha Trang nahelegten, den Fall selbst in die Hand zu nehmen, sagte er, alle Nachrichtenverbindungen zwischen seiner Dienststelle und dem CIA-Büro in Saigon seien unterbrochen."

„Wie lange dauerte diese — Funkstille."

„Achtundvierzig Stunden, Sir."

„Und wie lange nach Trocs Abgang zu seinem neuen, geheimen Einsatz begannen die Verbindungen wieder zu funktionieren?"

„Innerhalb von vier Stunden."

„Während dieser sechs Tage, als Troc verhört wurde, wußte die CIA, wie sehr sich die Situation zugespitzt hatte und wie dringend eine Entscheidung über diesen Fall war?"

„Ja, Sir. Sowohl Mr. Chalmey in Nha Trang als auch Mr. Hackman in Saigon waren sich über das Problem im klaren."

„Captain Lovell, etwa eine Woche bevor dieses Kriegsgericht in Saigon gebildet wurde, gewährte man Ihnen die Immunität gegen Verfolgung wegen verbrecherischer Handlungen im Zusammenhang mit dem Fall Troc?"

„Ja, Sir."

„Sie waren freigestellt, um vor Gericht gegen die anderen Offiziere Ihrer Einheit auszusagen?"

„Ja, Sir."

„Erklärten Sie während dieser Zeit einem Reporter der ‚New York Times', daß Sie nicht als Belastungszeuge gegen Ihre Kameraden auftreten würden, eine Äußerung, die dann Zeitungen im gesamten Staatsgebiet der USA in ihre Berichterstattung übernahmen?"

„Ja, Sir."

„Stehen Sie noch immer zu dieser Erklärung?"

„Jawohl, Sir. Voll und ganz. Ich werde in diesem Prozeß nicht aussagen!"

Der Prokurator pflanzte sich vor dem Zeugenstand auf.

„Captain Lovell, wir werden Sie wegen Ihrer respektlosen und widerspenstigen Haltung dem Gerichtshof gegenüber streng zur Verantwortung ziehen."

Der Captain blickte Colonel Furst fest in die Augen. „Sie und der Kommandierende General verlangen von mir, daß ich meine Kameraden verraten soll. Sie beide müssen Idioten sein, wenn . . ."

„Genug, Captain Lovell!" schrie der Ankläger.

„Idioten!" brüllte Lovell zornig zurück. „Von mir zu erwarten, daß ich General Flint dabei helfe, die Special Forces auszuschalten! Denn in Wahrheit will er nur das!"

„Der Zeuge ist entlassen!" donnerte der Richter.

„Sergeant der Wache, verhaften Sie diesen Offizier und bringen Sie ihn in Gewahrsam!" schrie Colonel Furst außer sich.

Während zwei Militärpolizisten auf Lovell zugingen, stand McEwan auf und sagte ruhig: „Offenbar glaubt General Flint, wie der Prokurator soeben für ihn erklärte, daß Kameradschaftsgefühl als respektloses und widersetzliches Verhalten aufzufassen sei. Kein Wunder, daß die Moral beim Offizierskorps in Vietnam so tief gesunken ist." Er sah zu, wie die Militärpolizisten Captain Lovell abführten. Captain Waters folgte ihnen auf den Fersen. Auch eine Gruppe von Journalisten drängte nach. Als die Tür zum Korridor geöffnet wurde, zuckten die Blitzlichter der Pressephotographen auf. McEwan lächelte nur über diesen Tumult. Wieder eine Titelseitenstory, die um die Welt gehen und Flint diskreditieren würde.

Es dauerte fünf Minuten, bis Colonel Dorrance die Ruhe im Gerichtssaal hergestellt hatte. Schließlich wandte er sich an Colonel Furst, dem seine Erbitterung und Antipathie gegen McEwan noch immer deutlich anzumerken waren. Diesem Zivilanwalt gab Furst die Schuld an der Szene, die nur den Zweck haben konnte, den Ankläger und General Flint in möglichst schlechtem Licht zu zeigen.

„Prokurator, setzen Sie die Zeugeneinvernahme fort."

„Euer Ehren, es gibt viele weitere Zeugen, die wir aufrufen könnten, aber die Anklagevertretung hat den Eindruck, daß dies überflüssig sei und die Zeit des Gerichtshofes über Gebühr beanspruchen würde. Der Augenzeuge des Verbrechens verweigerte die Aussage und hat nun ein Disziplinarverfahren zu gewärtigen."

„Euer Ehren, ich erhebe gegen diese Erklärung des Anklägers Einspruch." McEwan sprang auf. „Es liegen noch immer keinerlei Beweise vor, daß ein Verbrechen begangen wurde oder daß Captain Lovell etwas derartiges gesehen hat."

„Einspruch stattgegeben. Die Erklärung des Anklägers wird aus dem Protokoll gestrichen, und der Gerichtshof wird sie als nicht geäußert betrachten. Ist die Verteidigung bereit, ihre Entlastungszeugen aufzurufen?"

„Jawohl, Euer Ehren. Als ersten Mr. Jack Chalmey, den einzigen Zeugen aus dem Verband der CIA, dem seine Vorgesetzten erlaubt haben, sich zur Verfügung zu stellen."

Die Tür wurde geöffnet, der adrett gekleidete OSA-Stationschef trat ein und ging auf den Zeugenstand zu.

Bevor Chalmey vereidigt wurde, wandte sich McEwan nochmals an Colonel Dorrance. „Euer Ehren, wir beantragten beim Prokurator die Vorladung von Mr. Michael Hackman. Ein solcher Antrag wurde vom Kommandierenden General und der mit der Bildung dieses Tribunals betrauten Instanz abgelehnt. Wir ersuchen hiermit den Militärrichter, Mr. Hackmans Erscheinen vor diesem Gerichtshof offiziell anzuordnen. Wenn er zur Aussage veranlaßt wird, kann die Verteidigung den Beweis erbringen, daß CIA-Agenten die eigentlichen Hintermänner und Triebkräfte der geheimen Pläne und schließlich der fatalen Auswirkungen dieses Falles waren. Und daß all diese verwerflichen und widerrechtlichen Handlungen, die diesen Offizieren angelastet werden, mit Billigung und nach Richtlinien der CIA erfolgten — wenn Troc überhaupt getötet wurde, wie ich mit besonderer Betonung hinzufügen muß. Die Regierung kann meine Mandanten nicht des Mordes und der Beihilfe zum Mord bezichtigen und gleichzeitig Beweismaterial von entscheidender Wichtigkeit zurückhalten!"

„Ihr Antrag auf Vorladung von Mr. Hackman ist abgelehnt." Der Prokurator vereidigte Jack Chalmey.

McEwan baute sich vor dem Zeugen auf. „Mr. Chalmey, waren Sie am 10. Mai 1969 Stationschef der CIA in Nha Trang?"

„Jawohl, aber unsere Organisation in Vietnam führt die Bezeichnung OSA."

„Haben Sie die Aussagen von Sergeant Dennis, Captain Lovell, Captain Marone und Major Becker gelesen?"

„Jawohl, Sir.“

„Daraus geht hervor, daß Sie zur Beseitigung dieses Doppelagenten rieten. Stimmt das?“

„Das wird behauptet, ist aber nicht wahr. Ich war immergegen die Ermordung Tran Van Trocs.“

„Haben Sie nicht erklärt, es wäre die beste Lösung, den Agenten radikal unschädlich zu machen?“

„Ich sagte nur, daß wir im Prinzip solche Gewaltakte ablehnen und daß ich in diesem besonderen Fall entschieden davon abriete.“

McEwan fixierte Chalmey skeptisch. Schließlich fragte er zweifelnd: „Sie und die CIA sind im Prinzip gegen den politischen Mord als taktische Möglichkeit im Geheimkrieg?“

„Jawohl, Sir.“

Wieder ein scharfer, prüfender Blick des Verteidigers. „Sagten Sie nicht zu Capitain Lovell, der CIA-Stationschef in Saigon sei ein stahlharter Bursche und der Anstifter zu rund zweihundertfünfzig politischen Morden in Laos?“

„Nein, Sir.“

„Kennen Sie den Aufgabenbereich der PRU, einer südvietnamesischen Sonderformation zur Bekämpfung feindlicher Spionage und subversiver Tätigkeit?“

„Ich habe keinerlei Verbindungen zu solch einer Einheit.“

„Waren Sie nie in Duc Lap, am Nordrand von Tay Ninh City? Haben Sie dort nicht mit dem amerikanischen Berater der PRU, einem gewissen Mr. Manning gesprochen?“

Chalmey wandte sich betont sachlich an den Richter. „Euer Ehren, ich würde Mr. McEwans Fragen gern beantworten, aber ich habe von meinem Vorgesetzten den Befehl erhalten, darauf hinzuweisen, daß die Organisation, der ich angehöre, der Exekutivgewalt der amerikanischen Regierung direkt untersteht. Daher berufen wir uns im Namen des Präsidenten der USA und im Interesse der nationalen Sicherheit auf das Recht, uns der Aussage zu enthalten.“

Achselzuckend sah Colonel Dorrance den Verteidiger an.

„Tut mir leid, Mr. McEwan, dieses Argument muß ich gelten lassen.“

„Ich habe einen konkreten Grund, näher auf dieses Thema

einzugehen, Euer Ehren“, hob McEwan hervor. „Mr. Chalmey erklärt, er persönlich und die CIA im allgemeinen lehnten den politischen Mord ab. Aber wenn unsere Fragen beantwortet werden, sind wir in der Lage, nachzuweisen, daß es in seinem Aktionsbereich in Vietnam eine paramilitärische Einheit gibt, die ausschließlich auf Gegenterror und gezielte Liquidierung kommunistischer Funktionäre spezialisiert ist.“

„Das Gericht zieht sich bis vierzehn Uhr zurück, damit ich dieses Problem überdenken kann.“

43. KAPITEL

Als der Richter die Verhandlung unterbrochen hatte, interessierte sich sogar McEwan im Augenblick mehr für den Ausgang der Demonstration als für den Prozeß. Hinter der Presse und den Zuschauern drängte er mit seinem Militärjuristenteam rasch ins Freie.

Noch niemals war eine Protestkundgebung der Vietnamkriegsgegner wirksamer und nachhaltiger niedergeschlagen worden. Die jungen Leute, die am Morgen wieder einmal gegen Militarismus und Establishment Sturm laufen wollten, lagen zu Dutzenden verletzt im Gras. Wer bei den Zusammenstößen heil davongekommen war, half den übel zugerichteten Kameraden. Ambulanzgruppen schafften die schwersten Fälle weg. Die von dem Kampfspray noch immer Benommenen und Halbblinden hingegen schienen sich an der frischen Luft bald zu erholen.

„Die Hardhats wußten, was sie wollen", bemerkte Colonel Stuart. „Die haben Disziplin, von denen wird man noch öfter hören.

Journalisten nahmen das „Nachspiel" der Demonstration in Augenstein. Die Soldaten und Polizisten hielten niemanden auf, der durch den nun gelockerten Kordon auf den Rasen trat.

„Ich glaube, daß es keine Toten gegeben hat", meinte McEwan. „Das hier ist nur die Räumung des Schlachtfeldes. Sehen wir uns jetzt nach Lovell um, er ist der eigentliche Held der Verteidigung."

Als sie wieder das Pentagon betraten, kam ihnen John Stennet, der Sonderbeauftragte des Armeeministers, entgegen. „Mr. McEwan, darf ich Sie ein paar Minuten sprechen?"

„Natürlich." Der Anwalt legte die Hand auf Major Steins Schulter. „Marty, bilden Sie mit Brace und Waters einen Spähtrupp, und erkunden Sie, wohin die Brüder unseren Freund Lovell gebracht haben."

„Den finden Sie im Amt des Provost Marshal", erklärte Stennet. „Der Minister garantiert faire Behandlung."

„Zunächst müssen wir ihn wieder freikriegen", meinte McEwan.

„Ich glaube, das wird nicht sehr schwierig sein", erwiderte Stennet. Die Militärjuristen verschwanden sofort in Richtung des Provost-Marshal-Amtes, und McEwan ging mit Stennet in dessen Büro. Der Sekretär setzte sich auf die Kante seines Schreibtisches. „Die wichtigste Neuigkeit: General Flint ist unterwegs nach hierher."

„Wunderbar!" rief McEwan vergnügt. „Das heißt, wenn man irgend etwas an dieser ganzen mißlichen Geschichte als wunderbar bezeichnen kann."

„Da bin ich völlig Ihrer Meinung", versicherte Stennet.

„Wie ist es dem Minister gelungen, den alten Flint doch zu bewegen, sein Haupt auf den Block zu legen?" McEwan war wirklich neugierig.

„Bewegen? Wir mußten ihm fast verbieten, nach Washington zu kommen. Er will unbedingt in den Zeugenstand, aber wir wußten, was Sie mit ihm vorhaben."

„Glauben Sie ja nicht, daß ich mich davon abbringen lasse."

„Und Flint kann es kaum erwarten, mit Ihnen anzubinden", bemerkte Stennet trocken. „Nun sind Sie dran."

„Natürlich. Das vereinfacht die Situation für die Verteidigung. Wir können einige Zeugen streichen." McEwan stand auf. „Bitte richten Sie dem Minister meinen Glückwunsch aus. Es war ein kluger Schachzug, Flint ins Treffen zu führen." Er lachte. „Wahrscheinlich wäre euch sowieso nichts anderes übriggeblieben. Können Sie sich die Schlagzeilen der Nachmittagszeitungen vorstellen? Flint läßt einen Offizier wegen solidarischen Verhaltens zu Kriegskameraden verhaften!"

„Der General ist ja noch gar nicht da."

„Aber die Verhaftung geht auf sein Konto. Für die Öffentlichkeit wird es so wirken, als hätte Flint persönlich Captain Lovell eskortiert, und dieser Eindruck entscheidet."

Stennet nickte. „Ja, Sie haben die Verhandlungen gründlich aufgemischt, Mr. McEwan. Mein Kompliment."

„Würden Sie zulassen, daß vier Offiziere unschuldig ins Gefängnis kommen?"

Der Sekretär schüttelte den Kopf. „Das war nicht ironisch gemeint. Ich hoffe, daß Sie Freisprüche erreichen. Wenn ich Ihnen auf irgendeine Weise behilflich sein kann — soweit es nicht der Loyalität zu meinem Ministerium zuwiderläuft, stehe ich zur Verfügung."

„Danke, Mr. Stennet. Wir haben Flint. Wenn es überhaupt möglich ist, diesen Prozeß zu gewinnen, werden wir es schaffen."

McEwan begab sich in den der Verteidigung zugewiesenen Büroraum neben dem Gerichtssaal. Da niemand drin war, rief er Morrissey an.

„Gute Nachrichten, Senator", sagte er herzlich, als sich Morrissey meldete. „Wir werden Mai Lei nicht mehr aufrufen müssen. Ich habe eine Vereinbarung mit der Armee getroffen. Keine Erwähnung der dritten Kraft und anderer heikler Themen. Außerdem wird Flint aussagen." Er horchte. „Stimmt. Sie brauchen sich keinerlei Sorgen zu machen, daß Sie mit der Affäre Tran Van Troc in Zusammenhang gebracht werden."

„Wo ist Mai Lei jetzt?" war Morrisseys nächste Frage.

McEwan lächelte. Der alte Roué! „Sie wohnt mit ihrer Schwester im Sheraton-Park-Hotel. Dort können Sie sie wahrscheinlich erreichen. Und wir sehen uns, sobald der Prozeß beendet ist."

Er legte auf und machte sich einige Notizen. Bald traten die Militärjuristen ein, den über das ganze Gesicht strahlenden Lovell in der Mitte.

„Noch ein Mandant, der unter Ehrenwort auf freien Fuß gesetzt ist!" verkündete Major Stein triumphierend.

„Larry, Sie waren einfach großartig!" rief McEwan dem „Befreiten" zu. „Und keine Sorge wegen des Disziplinarverfahrens. Das regeln wir. Im Gegenteil, Sie sollten als leuchtendes Beispiel für Kameradschaft sofort befördert werden. Bis zum Abend sind Sie in den gesamten USA der Held des Tages!"

Um vierzehn Uhr trat der Gerichtshof wieder zusammen, und Colonel Dorrance gab seine Entscheidung bekannt.

„Der Anspruch der CIA auf Beachtung ihrer Geheimhaltungspflicht besteht zu Recht. Ich vertrete die Ansicht, daß die CIA und deren Leitung mit der besonderen Aufgabe und Verantwortung betraut sind, unbefugte Enthüllungen über die Methoden der Nachrichtenbeschaffung zu verhindern. Wir haben in den USA nicht viele juristische Erfahrungen mit den Bestimmungen zum Schutz von militärischen und Staatsgeheimnissen."

Volle zehn Minuten lang zitierte Dorrance Präzedenzfälle für seine Entscheidung; er ging sogar bis zu der berühmten Causa Aaron Burr aus dem Jahr 1804 zurück. Damals hatte Burr, verdienter Offizier des Unabhängigkeitskrieges und späterer Vizepräsident der USA, im Verlauf einer politischen Fehde seinen Widersacher Alexander Hamilton zum Duell gefordert und getötet. Auf der Flucht beteiligte er sich an einer Verschwörung, mit dem Ziel, während einer akuten spanisch-amerikanischen Krise Mexiko mit Gebieten westlich des Alleghenygebirges zu einem neuen Staatsgebilde zu vereinigen. Vor Gericht gestellt, wurde er freigesprochen, aber die amerikanische Öffentlichkeit war von seiner Schuld überzeugt. „Nach den Gegebenheiten ist im Interesse der nationalen Sicherheit selbst von einer Einvernahme unter Ausschluß der Öffentlichkeit abzusehen. Wenn die Mitglieder dieses Gerichtshofes der Meinung sind, daß die Regierung wichtiges Entlastungsmaterial zurückhält, dann mögen sie diesen Faktor gemäß dem Grundsatz ‚in dubio pro reo' bei ihren Beratungen über den Schiedsspruch in Betracht ziehen. — Hat die Verteidigung weitere Zeugen?"

„Jawohl, Euer Ehren, wir rufen Colonel Stuart auf."

44. KAPITEL

Stuart wurde vereidigt und nahm im Zeugenstand Platz.

McEwan begann die Einvernahme der Form halber mit der Frage: „Ihr Name und Rang?"

„Clay Stuart, Colonel, US-Armee, Vietnam."

„Waren Sie Kommandeur der 5th Special Forces Group in Vietnam?"

„Jawohl."

„Wie lange?"

„Etwa drei Monate."

„Was ist das geheime B-57-Detachment, Colonel?"

„Eine Abteilung des militärischen Nachrichtendienstes; sie beschafft und wertet Informationen über den Vietkong und die nordvietnamesische Armee aus." Er schüttelte resigniert den Kopf. „Nun ist unsere Tätigkeit kaum mehr geheim."

„Können Sie den speziellen Aufgabenbereich dieses Verbandes kurz umreißen?"

„Ich werde es versuchen. Die B-57 hat — oder hatte — zwei wichtige Funktionen. Erstens war sie immer eine geheime Sondereinheit. Während Organisationen der südvietnamesischen Abwehr, wie die MSS, natürlich von der Existenz der CIA-Stationen wußten, hatte bei uns die Geheimhaltung den Zweck, amerikanische Sondereinsätze zu ermöglichen, die ohne Kenntnis der Öffentlichkeit durchgeführt wurden. Zweitens können wir für alle Missionen hochqualifizierte Kräfte heranziehen, da Stab und Rahmenpersonal der B-57 aus Offizieren und Unteroffizieren der Special Forces bestehen."

„Hat das B-57-Detachment je einen Mann namens Tran Van Troc eingesetzt?"

„Ja, Troc war einer unserer fähigsten vietnamesischen Kundschafter." Stuart rekapitulierte in knappster Form den Ablauf der Ereignisse bis zum Geständnis des Agenten.

„Colonel, welche Entscheidungen trafen Sie während des ersten Gesprächs mit Major Curtin und Major Becker?" fragte McEwan.

„Wir haben gar nichts entschieden, sondern erörterten nur die Alternativen, die uns offenstanden."

„Und zwar welche?"

„Wir erwogen, Troc einfach aus dem Verband der B-57 zu entlassen. Aber das war ausgeschlossen, weil er sich dann höchstwahrscheinlich zum Vietkong geschlagen hätte. Auch die zweite Möglichkeit, nämlich ihn an die MSS auszuliefern, kam nicht in Betracht, denn dadurch hätten die Südvietnamesen erfahren, daß wir auf eigene Faust operierten . . ."

Nach einer Pause fragte McEwan: „Haben Sie auch daran gedacht, Troc zu beseitigen?"

Colonel Stuart nickte mit düsterem Gesicht. „Ja, diesen Ausweg habe ich mit Major Curtin und Major Becker besprochen. Das war eine der Alternativlösungen, über die wir berieten, als wir über Trocs Tätigkeit als Doppelagent Bescheid wußten. Ich schlug vor, für den äußersten Fall einen durchführbaren Plan zur Eliminierung Trocs festzulegen. Dann wandten wir uns an die CIA."

„Warum waren Richtlinien der CIA so wichtig?"

„Weil sie die zentrale Autorität für Geheimaktionen ist."

„Colonel, ist in Ihren Augen ein geplanter Sonderauftrag gerechtfertigt, sofern ihn die CIA billigt, wenn auch nur inoffiziell?"

„Gewiß. Alle Genehmigungen unserer Missionen durch die CIA erfolgen inoffiziell."

„Waren Sie bereit, sich auch im Fall Tran Van Troc nach den

Weisungen der CIA zu richten? Betrachten Sie die CIA als höchste Instanz für jegliche Geheimaktion?"

„Jawohl. Major Becker suchte den OSA-Stationschef, Mr. Chalmey, mehrmals in Nha Trang auf, um einen definitiven Bescheid zu erreichen. Aber es blieb bei Ausflüchten Mr. Chalmeys. Er sagte allerdings, daß Liquidierungen häufig das letzte Mittel seien. Wir faßten das so auf, daß die CIA damit einverstanden wäre, wenn wir Troc beseitigten."

„Hatten Sie die Tötung des Doppelagenten konkret erwogen?"

„Im Rahmen unserer Planungen für den äußersten Notfall ja. Wir bauten ein fingiertes Alibi auf, das heißt, wir ließen verlauten, Troc sei auf eine sehr wichtige Geheimmission entsandt worden."

„Deuteten Sie die indifferente Haltung der CIA als schweigende Billigung des Liquidierungsplanes?"

„Ja. Wir waren der Ansicht, daß sich die CIA bei Einwänden sofort mit uns in Verbindung gesetzt hätte. Die OSA-Stationen hatten sechs Tage Zeit, gaben uns aber keinerlei definitiven Bescheid."

„Wußte die CIA von Ihren Plänen?"

„Ohne Zweifel."

„Ist also nach Ihrer Auslegung des Verhaltens der CIA und nach Major Beckers Aussagen über seine Gespräche mit Mr. Chalmey die Verantwortung für die Tötung — sofern sie erfolgte! — *nicht* den Angeklagten anzulasten?"

„Nein. Meine Leute führen Befehle aus. Immer und überall. Special-Forces-Soldaten ihres Schlages sind die besten Kämpfer und Geheimkundschafter in Vietnam, vielleicht sogar auf der ganzen Welt. Sie sind keine Verbrecher, sondern hochbefähigte, patriotische und absolut pflichtgetreue amerikanische Offiziere!"

„Wenn die Angeklagten Troc tatsächlich beseitigten, handelten sie dann in der Überzeugung, daß dieser Akt von ihnen erwartet und gefordert werde?"

„Durchaus. Es steht fest, daß sie — falls sie den Agenten töteten — unbedingt glaubten, damit einen wichtigen militärischen Auftrag auszuführen."

„Waren Sie selbst Augenzeuge der Liquidierung?"

„Nein."

„Danke, Colonel Stuart. Hat die Vertretung der Anklage Fragen an den Zeugen?"

Der Prokurator trat heran. „Colonel, erteilte Ihnen die CIA die Weisung, Troc zu beseitigen?"

„Nicht ausdrücklich."

„Haben Sie jemals einen direkten Befehl der CIA erhalten, mündlich oder schriftlich, Troc radikal unschädlich zu machen?"

„Keinen direkten Befehl, aber wie ich schon sagte — wir legten das Schweigen und Chalmeys Erklärung als ‚Startzeichen' aus."

„Erhielten Sie nie eine offizielle Verständigung, daß man bei der CIA eine solche Aktion gutheißen würde?"

„Nicht offiziell, doch wie ich bereits erklärte, keiner der Ratschläge, Wünsche und Richtlinien der CIA wird uns in aller Form — etwa als schriftliche Bescheide oder Memoranden — übermittelt."

„Der Entschluß, Troc zu töten, ging also von Ihnen selbst aus?"

„Nein, ich habe keine Entscheidung getroffen. Wir planten nur."

„Colonel, Sie sagten, daß Sie das Stillschweigen der CIA als ‚Startzeichen' für die Durchführung des Planes aufgefaßt hätten. Bedeutet dies im Klartext, daß Sie sich für die Beseitigung entschieden?"

„Ja, aber es gibt keine untrüglichen Beweise, ob der Plan wirklich ausgeführt wurde."

„Sie wissen nicht, ob die Tat begangen wurde?"

„Das habe ich nicht behauptet."

„Erstattete Ihnen Major Curtin keine Vollzugsmeldung?"

„Doch. Aber diese basierte nur auf einer Annahme."

„Stimmt es nicht, daß Sie während der Unterredung mit General Panz und Lieutenant General Richardson in Saigon bei Ihrer Version von Trocs Verschwinden blieben?"

„Jawohl, und wir mußten auf diesem fingierten Alibi beharren, ganz gleich, was mit Troc geschehen war oder geschehen würde. Das entsprach der Vereinbarung."

„Versuchten Sie nicht, die wahren Umstände zu verbergen, weil Sie wußten, daß Angehörige Ihrer Einheit den Vietnamesen getötet hatten?"

„Nein, es ging nur darum, durch dieses Täuschungsmanöver die Geheimhaltung von Projekten der B-57 zu gewährleisten.“

„Hatten Sie keine Skrupel, Ihre Vorgesetzten zu belügen?“

„Ich habe nicht gelogen. Das Oberkommando und General Flint hätten die Hintergründe dieser Fiktion kennen müssen.“

„Warum vermieden Sie es dann, die Wahrheit zu sagen? Wäre es nicht für alle besser gewesen, Klarheit zu schaffen?“

„Mit dem fingierten Alibi wurde gesagt, was zu sagen war. Und wir waren der festen Überzeugung, daß wir nach den Erfordernissen kein Jota mehr aufdecken durften.“

„Colonel, hatten Sie an der Militärakademie und an der Kriegsschule auch Lehrgänge über das Militärrecht?“

„Ja.“

„Sind Sie vertraut mit den Grundsätzen des Militärrechts, den Prinzipien des Artikels 3 der Genfer Konvention aus dem Jahr 1949 und den Gesetzen für die Landkriegführung, wie sie in der Dienstvorschrift der Armee festgelegt sind?“

„Ich glaube schon.“

„Geben Sie nicht zu, daß die vorsätzliche Tötung einer unbewaffneten, nicht uniformierten oder selbst einer uniformierten, aber unbewaffneten Einzelperson nach den Prinzipien, die für uns gelten, glatter Mord ist?“

Stuart überlegte, obwohl ihn der Prokurator ungeduldig fixierte. „Ihre Frage ist nicht einfach zu beantworten. Die Probleme, die Sie hier aufwerfen, sind ziemlich komplex und beschäftigen nicht nur Militärs und Politiker, sondern auch Juristen schon seit Jahren.“

„Bleiben Sie bei der Sache, Colonel. Ist die Frage nicht ganz einfach? Können Sie legal oder auch nur von rein menschlichen Moralbegriffen geleitet, einen Unbewaffneten töten, ob es sich nun um einen Zivilisten oder einen Soldaten handelt?“

„Ich wiederhole, das ist keine einfache, sondern eine ziemlich vielschichtige Frage.“

„Nun, versuchen Sie wenigstens, sie zu beantworten.“

„Sie müssen voraussetzen, daß pflichtgetreue patriotische Soldaten dazu erzogen wurden und bestrebt sind, den Befehlen zu gehorchen. Ob diese Befehle ausdrücklich oder sinngemäß erfolgen, ist dabei von sekundärer Bedeutung.“

„Colonel, kann vorsätzlicher Mord, die Erschießung eines unbewaffneten Agenten wie Troc, etwas anderes sein als eine flagrante Verletzung jener grundlegenden Rechte, die Ihnen bekannt sind?"

„Ich betone nochmals: Die Stellungnahme dazu ist sehr schwierig. Aber die Antwort auf Ihre Frage lautet: Ja. Es gibt viele Umstände, welche die Tötung eines bewaffneten oder unbewaffneten Feindes rechtfertigen. Wenn der betreffende Soldat einen solchen Akt nicht als verwerflich oder illegal betrachtet, war es kein Verbrechen."

„Stimmen Sie mir bei, wenn ich sage, daß Ihre Offiziere hochintelligente Menschen sind?"

„Jawohl, Sir."

„Wurden sie als Offiziere nicht in den Grundsätzen der Genfer Konvention und den Richtlinien der Armeedienstvorschrift für die Behandlung unbewaffneter Gefangener unterwiesen?"

„Ja, Sir."

„Können Sie demnach bestreiten, die Offiziere wußten nicht, daß die Tat gemäß diesen Prinzipien eindeutig illegal und verwerflich war?"

„Ich wiederhole: nein. Meine Offiziere handelten in gutem Glauben, in der ehrlichen Absicht, ihre Pflicht zu tun. Für mich ist völlig klar, daß Major Becker und Captain Marone die Aktion, ob sie diese nun durchführten oder nicht, jedenfalls keineswegs als verwerflich oder illegal betrachteten. Erinnern Sie sich daran, daß während des Zweiten Weltkriegs Admiral Nimitz mit seinem Stab die Ermordung von Admiral Isoruko Yamamoto, der profiliertesten Figur der japanischen militärischen Führung, planten und ins Werk setzten, um die Japaner zu demoralisieren. Denken Sie daran, Sir, daß die Kommunisten in den letzten acht Jahren mehr als hunderttausend südvietnamesische Dorffunktionäre und unschuldige Zivilisten umgebracht haben. Der Gegner hat niemals vorgegeben, daß er sich an die Prinzipien der Genfer Konvention gebunden fühlt."

Der Prokurator merkte, daß bei der Einvernahme für ihn nicht mehr viel zu holen war. „Euer Ehren, ich bin mit diesem Zeugen fertig."

McEwan stand auf und begann neuerlich Fragen zu stellen.

Er wollte erreichen, daß Stuart selbst Einzelheiten dieser ungewöhnlichen, widerspruchsvollen militärischen Situation erörterte.

„Colonel, Sie wissen besser als alle anderen Beteiligen über diesen Fall aus erster Hand Bescheid — sowohl auf der Ebene, wo das Gesetz des Handelns gilt, als auch von dem Gesichtspunkt höherer politischer Zusammenhänge aus. Wollen Sie eine Erklärung abgeben, in der Sie vor dem Gerichtshof resummieren, wie Sie, ein vielfach bewährter Offizier und erfahrener Kommandeur von Kampfeinheiten, der nach Vietnam entsandt wurde, um nationale Ziele der USA zu verwirklichen, in eigener Sache und im Namen Ihrer angeklagten Offizierskameraden die Frage nach Schuld oder Unschuld sehen?"

„Jawohl, Sir. Ich habe ein Memorandum ausgearbeitet, welches die Einstellung aller Truppenkommandeure zum Ausdruck bringt, denen ich bisher in Vietnam begegnete. Ich möchte es vorlesen, Euer Ehren."

„Genehmigt", sagte Colonel Dorrance.

Stuart wandte sich zum Schriftführer, aber noch mehr an die Presse. „Vervielfältigte Exemplare des Textes werden Ihnen ausgefolgt, es erübrigt sich also, mitzuschreiben."

McEwan setzte sich; aller Augen waren auf den Colonel der Grünen Teufel gerichtet.

„In jedem bewaffneten Konflikt müssen sehr oft fragwürdige Dinge getan werden, damit der Sieg errungen wird", begann er. „Und in den Kriegen, welche die USA in unserer Epoche zu führen gezwungen sind, kann die Definition des Sieges nur lauten: die Verhinderung einer Niederlage.

In dem Bestreben, den Status quo einigermaßen aufrechtzuerhalten und die gegenwärtigen Abgrenzungen und Demarkationslinien der freien Welt zu schützen — wobei wir keine Expansion auf kommunistisches Gebiet versuchen, obwohl der Feind unablässig die freie Welt bedroht und einengen will —, entwickelte Amerika einen neuen Typ des Berufssoldaten. Die Special Forces der US-Armee verkörpern dieses Kämpfertum zeitgemäßer Prägung. Wir sind dem Ziel verschworen, zu verhindern, daß sich Krisenherde größeren Ausmaßes bilden, wie sie in Vietnam akut wurden. Leider gibt es eine Anzahl einflußreicher älterer Generale, die unsere Sonderstellung nicht begreifen, und es geschieht nur allzu häufig, daß Offiziere, die bereit und geeignet wären, höhere Führungsfunktionen in den Special Forces zu übernehmen, Anfeindungen und Intrigen ausgesetzt sind. Doch unsere Einheiten sind infolge ihrer Ausbildung besonders befähigt, zu verhindern, daß sich von den Kommunisten angestiftete, sogenannte ‚Nationale Befreiungskriege' über ein Land oder eine ganze Hemisphäre ausbreiten.

Wenn wir unsere Pflicht — ohne durch überholte militärische Denkkategorien gestört zu werden — erfüllen können und rechtzeitig eingesetzt werden, dann sind wir in der Lage, kommunistische Putsche in den befreundeten Staaten zu vereiteln; und damit sorgen wir dafür, daß junge Amerikaner künftig nicht mehr in fremden Ländern kämpfen müssen."

Nun heftete Stuart seinen stahlharten Blick auf den Richter und den Prokurator. „Die schwersten Bedenken, mit denen sich Offiziere heute draußen an der Front herumschlagen, werden durch diesen Prozeß gegen uns noch vertieft. Die Problematik ist leicht zu umreißen: Wie kann uns die Führung physisch und politisch in die gefährlichsten Situationen bringen, die uns als Berufssoldaten, nebenbei gesagt, natürlich nicht schrecken, wie kann uns die Führung Ziele setzen, sich aber dann weigern, uns Rückendeckung zu bieten, wenn wir getan haben, was getan werden mußte, um diese gesteckten Ziele zu erreichen?

Wir kennen den Feind und seine Methoden. Und wir wissen, wie wir ihm unter allen gegebenen Verhältnissen begegnen müssen. Aber jene Spitzenpersönlichkeiten, welche die Ziele festlegen, haben oft wenig Ahnung von der Wirklichkeit, in der sich die hohe Politik für den Soldaten ins eigentliche Kampfgeschehen umsetzt. Bei unseren Bestrebungen, Befehle zu befolgen, die durch die lange Kette von Kommandoinstanzen bis zu uns gelangen, können sich manche Übergriffe und Ausschreitungen ereignen. Nackte Gewalt ist bei der Realisierung politischer Entscheidungen mit militärischen Machtmitteln nie zu vermeiden. Aber ist es gerecht, *uns* anzuprangern und zu verfolgen, wenn sich unsere Führung, die weit von jener Wirklichkeit entfernt ist, in der wir leben müssen, durch solche Zwischenfälle kompromittiert fühlt?

Zum Unterschied von uns verlegt sich der kommunistische

Gegner bedenkenlos auf Terror, Foltern, Tötung von Geiseln und Massaker. — Das ist der Feind, mit dem wir als Soldaten nach dem Willen der Nation den Kampf aufnehmen sollen.

Wir Berufssoldaten sind bereit, jederzeit für unser Land einzustehen. Dazu sind wir da. Aber wenn die Regierung einen Kurs einschlägt, der zwangsläufig zu bewaffneten Konflikten führt, dann darf man nicht die Soldaten dafür verantwortlich machen, daß sie alle tauglichen Methoden anwenden, um ihre Pflicht getreulich zu erfüllen.“

Als Colonel Stuart seine Erlärung beendet hatte, musterte er die dicht besetzten Reihen des Pressesektors. Lange war es im Gerichtssaal totenstill. Und dann begannen die Journalisten plötzlich ganz spontan zu applaudieren; sie spendeten dem ernsten Offizier lebhaften Beifall, bis zum erstenmal, seit er vor dem Tribunal stand, ein Lächeln seine Züge erhellte.

Wütend rief Dorrance das Auditorium zur Ordnung. „Ruhe! Ruhe oder ich muß den Saal räumen lassen! Gerichtsdiener!“

Rasch verebbte der Applaus, als der Gerichtsdiener durch den Mittelgang schritt.

McEwan stand auf. „Danke, Colonel Stuart.“ Er blickte zu Colonel Furst. „Hat die Anklagevertretung weitere Fragen an den Zeugen?“

„Nein!“ gab der Prokurator sichtlich gereizt zurück.

„Euer Ehren, die Verteidigung hat ihr Beweisverfahren abgeschlossen“, sagte McEwan zum Richter.

Colonel Furst erhob sich. „Euer Ehren, die Anklagevertretung beantragt die Einvernahme eines Zeugen, der in eigener Sache auszusagen wünscht. Im Verlauf dieses Prozesses äußerte die Verteidigung häufig Unterstellungen, ja sogar ehrenrührige Vorwürfe, gegen General Flint. Der General befindet sich auf der Reise nach Washington und wird übermorgen, Donnerstag, zur Verfügung stehen, um auf solche Angriffe zu erwidern.“

Große Überraschung bei Presse und Publikum. Colonel Dorrance seinerseits verkündete ebenso bestimmt wie gleichmütig: „Die Verhandlung ist bis Donnerstag, den 11. September, neun Uhr morgens vertagt.“

[illegible] auf Tertur [illegible] Dann [illegible] sein und [illegible] des Reich [illegible]
[illegible] Nach dem Willen des Präsidenten [illegible] Kampf [illegible] sollen.
Wie der Friedensprozeß [illegible] unter Land [illegible] Doch [illegible] wenn die [illegible] Konflikten [illegible] Die Soldaten [illegible] daß sie alle [illegible] Methoden angewendet [illegible] erfüllen.[illegible]

Als Colonel Smith [illegible] die Erklärung [illegible] [illegible] Reihen der [illegible] [illegible] [illegible] Bericht [illegible]

Während der Dominanz [illegible] zur Ordnung [illegible] Pate [illegible] [illegible] Vertrauen [illegible] als der Vergeltung [illegible]

[illegible] Deutsch [illegible] Smith [illegible] [illegible]

[illegible] nicht [illegible]
[illegible] Verwaltung [illegible] [illegible]

[illegible] Frage [illegible] Ihre Ehren [illegible] [illegible] die Kontrolle [illegible] [illegible] Progress [illegible] [illegible] General [illegible] Washington [illegible] [illegible] Angriffe [illegible]

[illegible] Unterhaltung [illegible] Ordnung [illegible] [illegible] bestimmt [illegible]
Die [illegible] bis [illegible] des 11. September, [illegible]
[illegible]

45. KAPITEL

Obwohl der Prozeß noch lange nicht entschieden war, herrschte bei der Verteidigung optimistische Stimmung. Die Presse stand überzeugter denn je auf der Seite der Angeklagten. Journalisten, die Massenmedien in den gesamten USA vertraten, gratulierten Colonel Stuart zu seiner Rede und Captain Lovell zu seiner mutigen Entschlossenheit, nicht gegen seine Kameraden auszusagen. Die ausgeprägte Antipathie des Amerikaners gegen Denunziation und Kräfte, die einen Menschen zwingen wollen, seine Freunde zu verraten, kam am Abend in allen Zeitungen und Nachrichtensendungen deutlich zum Ausdruck.

Das Fernsehen zeigte dramatische Photos von der Schlacht zwischen den „Wächtern der Küste“ und den Gegnern des Vietnamkrieges. Indirekt gab man General Flint die Schuld an den Unruhen, weil er der amerikanischen Öffentlichkeit dieses Verfahren oktroyiert hatte. Alle TV-Stationen brachten in ihrer Tagesschau auch Bilder Captain Lovells, wie er unter Bewachung durch einen Korridor des Pentagons schritt.

Die Reporter hatten sich auf Colonel Stuart gestürzt und ihn eine Stunde lang interviewt. Im Nu war der Stapel xerokopierter Texte seiner Erklärungen verschwunden. Dann schickte McEwan die vier angeklagten Offiziere und Lovell, dem nun ein Disziplinarverfahren drohte, zu ihren Familien zurück.

Mai Lei traf er mit Madame Tran in ihrem Zimmer an. Ohne Scheu ging das Mädchen auf ihn zu und gab ihm einen Kuß.

„Gefällt es deiner Schwester in Amerika?“ fragte er.

„Sie möchte noch New York sehen, bevor sie wieder nach Saigon fliegt.“

„Ich glaube, das läßt sich einrichten. Wir werden sie nicht als Zeugin brauchen, um Trocs Stimme auf dem Tonband zu identifizieren; sie kann also jederzeit abreisen.“

„Wann wirst du zurückkommen, Henry?“

„Schwer zu sagen. Das Urteil wird voraussichtlich am Freitag erfolgen. Wenn es zu einem Freispruch kommt, kann ich am Sonnabend aus Washington abdampfen.“

„Ich habe daran gedacht, meine Schwester nach New York mitzunehmen. Ted ruft mich dauernd an. Jetzt hat er keine Enthüllungen mehr zu befürchten.“

„Ja, es ist besser, du fliegst nach New York. Außerdem beginnen doch bald deine Vorlesungen, oder?“

„Das auch. Morgen reise ich ab.“

„Gut so. Und heute abend? Glaubst du, daß es deiner Schwester viel ausmacht, in diesem Zimmer allein zu schlafen?“

Einige kurze Sätze in raschem Vietnamesisch, dann lächelten ihm beide Frauen zu. „Nach dem Dinner wird sie wahrscheinlich sehr tief schlafen“, sagte Mai Lei.

„Das wünsche ich ihr. Gehen wir bald essen.“ Er streckte sich. „Bin ich müde!“

46. KAPITEL

Repräsentanten, Senatoren und das auf breiter Front mobilisierte Pressekorps rissen sich um die Eintrittskarten wie bei einem Festival von Weltrang. Dieser Andrang bewog das Verteidigungsministerium, im Interesse der Öffentlichkeitsarbeit für den letzten Tag der Verhandlungen den größten Vernehmungssaal des Pentagon, praktisch ein Forum, zur Verfügung zu stellen. Alles wollte dabei sein, wenn General Flint aussagte. Selbst die dreihundert Sitze des Auditoriums reichten gerade nur für die VIPs und die Berichterstatter aus. Bereits eine Stunde vor Beginn der Verhandlung belagerten fast zweihundert akkreditierte Journalisten die Türen.

Im Publikum herrschte erwartungsvolle Stimmung, als würde bald ein gefeierter Virtuose oder Maestro Karajan aufs Podium treten. Punkt neun Uhr nahm Colonel Dorrance seinen Platz auf dem Richterstuhl ein, blickte über die dicht gefüllten Bankreihen und erklärte dann die Verhandlung für eröffnet.

Der Prokurator rief den Zeugen auf, und mit selbstsicherer Miene kam General Flint durch den Mittelgang herein — jeder Zoll ein Heerführer. Die tadellos passende armeegrüne Uniform mit den schwarzen Hosenstreifen streckte seine vierschrötige

Gestalt, von der linken Brusttasche bis fast zur Schulter reihten sich die Bänder seiner vielen hohen Auszeichnungen. Flint trat vor den Militärrichter, salutierte stramm, schwor in ruhiger lokkerer Haltung, die Wahrheit, die ganze Wahrheit und nichts als die Wahrheit zu sprechen und setzte sich dann in den Zeugenstand.

Colonel Furst stellte sich dicht vor ihm auf. „Bitte Ihren Namen und Rang."

„General Zachary Taylor Flint, Kommandierender General der amerikanischen Truppen in Vietnam." Die rauhe Stimme war bis in die entferntesten Winkel des Saales deutlich zu hören.

„General, erinnern Sie sich der Vorfälle im Zusammenhang mit dem Verschwinden des vietnamesischen Zivilisten Tran Van Troc?"

„Jawohl."

„Würden Sie uns bitte schildern, wie Sie davon Kenntnis erhielten?"

„Die CIA teilte mir mit, daß Tran Van Troc, ein Agent der 5th Special Forces Group, ermordet wurde."

McEwan stand auf. „Einspruch, Euer Ehren. Diese Aussage kann nicht belegt werden."

„Streichen Sie die Äußerung des Generals aus dem Protokoll, sie wird nicht in Betracht gezogen", wies Dorrance den Schriftführer an.

„Welcher Funktionär der CIA sprach mit Ihnen über diesen Fall?" fragte Furst.

„Mr. Hackman. Er war der Ansicht, daß ich alles über diese Angelegenheit wissen müßte, um klären zu können, was mit dem Agenten geschehen sei."

„Und was taten Sie dann?"

„Ich ordnete eine Untersuchung an. Die Kriminalisten Birdseye und Rogers von der CID erhielten den Befehl, gründliche Nachforschungen durchzuführen."

„Haben Sie nach dem Gespräch mit Mr. Hackman diese Untersuchung energisch betrieben?"

„Natürlich. Ich war persönlich und auch auf Grund meiner Position bestürzt und empört über solche Ausschreitungen, wenn sie tatsächlich erfolgten. Ich bin der Kommandierende General auf jenem Kriegsschauplatz und habe die Aufgabe, dafür zu sorgen, daß jede illegale Handlung amerikanischer Militärpersonen streng geahndet wird, damit das Ansehen unserer Armee und unseres Landes keinen Schaden erleidet."

„Hat Ihnen die CIA in aller Form Meldung erstattet?"

„Ja, man informierte mich genau über das Vorgehen dieser Angehörigen der 5th Special Forces Group. Ich wurde völlig davon überzeugt, daß sie den Agenten Troc vorsätzlich ermordet hatten, unter Verletzung der Bestimmungen der Genfer Konvention und in eindeutigem Verstoß gegen die Prinzipien der amerikanischen Militärgerichtsbarkeit. Mr. Birdseye und Mr. Rogers berichteten mir ausführlich über die Einvernahmen aller beteiligten Offiziere sowie eines Sergeants und über die anderen Resultate ihrer Nachforschungen."

„Gibt es Präzedenzfälle, daß amerikanische Streitkräfte als Kampfmaßnahme, sogar mit Wissen des Oberkommandos, feindliche Agenten oder Gefangene töteten?"

„Nein. Solche Fememorde ohne ordentliches Verfahren gemäß dem Allgemeinen Militärgesetz der USA und den Gesetzen für die Landkriegsführung können unter keinen Umständen gerechtfertigt erscheinen. Ich würde mich niemals zum Komplizen solcher Killer machen. Und es ist meine feste Überzeugung, daß auch die meisten unserer anständigen Soldaten nichts mit solchen schmutzigen Geschichten zu tun haben wollen. Wir führen diesen Krieg, um dem vietnamesischen Volk Frieden und Demokratie zu bringen. Aber solche krassen Beispiele unmenschlichen Verhaltens hemmen unsere Bemühungen und schaden unserem Ruf in der ganzen Welt. Ich würde derartige Gewaltakte niemals billigen."

„Dann betrachten Sie solch eine verbrecherische Handlung als Gefahr für die Kriegführung?"

„Absolut. Tran Van Troc hätte der südvietnamesischen Armee oder dem südvietnamesischen Geheimdienst übergeben werden sollen. Das wäre der einzig logische Schritt gewesen."

„Viele amerikanische Militärs, die Kenntnis von den Operationen der B-57 haben, vertraten oder vertreten die Ansicht, durch die Auslieferung eines Agenten an südvietnamesische Behörden würden wir unseren Verbündeten streng geheime Informationen zuspielen, und gerade das könnte sich auf die Kriegführung schädlich auswirken. Stimmt diese Theorie?"

„Nein."

„Warum nicht, Sir?"

„Die Vietnamisierung, auf die ich mit meinen Leuten nach Kräften hinarbeite, beinhaltet die allmähliche, aber sichere Übergabe der Verantwortungsbereiche an unsere Verbündeten. Welchen Zweck sollte es haben, unsere Aktionen zu verheimlichen? Das wäre ein glatter Verstoß gegen die grundsätzlichen militärischen Ziele, wie sie durch den Präsidenten der USA festgelegt wurden."

Nach einer kurzen Pause schlug der Prokurator eine neue Richtung ein. „General Flint, als Sie Kenntnis von Trocs Ermordung hatten ..."

„Einspruch, Euer Ehren!" rief McEwan sofort.

„Stattgegeben."

Colonel Furst formulierte seine Frage anders. „Haben Sie nach der Lektüre des Berichtes über den Fall Tran Van Troc weitere Schritte unternommen, um diese Angaben zu überprüfen?"

„Ja. Wenn der Bericht der Wahrheit entsprach, dann mußte in einem bestimmten Sektor der Bucht von Nha Trang eine Leiche auf dem Meeresgrund liegen. Ich befahl, die Suche nach dieser Leiche aufzunehmen."

„Hatten Sie als Oberkommandierender der amerikanischen Streitkräfte in Vietnam nicht den Eindruck, daß der materielle und personelle Aufwand für eine solche Aktion die Kriegführung beeinträchtigen würde?"

„Keineswegs. Die herangezogenen Sicherungsfahrzeuge der Marine standen nicht im aktiven Einsatz. Zu dem Zeitpunkt, als ich die Suche anordnete, waren sie sogar nur in Bereitschaft."

„Standen die Taucherteams der Marine im Kampfeinsatz?"

Flint überlegte. „Einige von ihnen. Aber es wurden nicht mehr als ein oder zwei Mann aus Kampfgebieten abkommandiert, und auch diese ließen wir bald durch Unterwasserspezialisten der Armee ablösen."

„General, wieso hielten Sie die Suche nach der Leiche für so wichtig, daß sie einen solchen Aufwand an Zeit und Kosten rechtfertigte?"

„Als Oberkommandierender in Vietnam habe ich auch für die Wahrung von Recht und Gerechtigkeit zu sorgen. Aus den CID-Berichten ging ohne den geringsten Zweifel hervor, daß die Special-Forces-Offiziere einen vietnamesischen Zivilisten ermordet hatten . . ."

„Einspruch!" fiel ihm McEwan ins Wort. „General Flint beharrt auf seinem Vorurteil."

„Einspruch stattgegeben. Der Zeuge nehme davon Abstand, Vermutungen als Tatsachen hinzustellen. Die Angeklagten gelten als unschuldig, bis ihre Schuld bewiesen ist."

„O Verzeihung, Euer Ehren", erwiderte Flint mit beißender Ironie. „Ich habe vergessen, daß die Geständnisse der Angeklagten nicht zählen."

„General, Sie erörterten die Gründe für die Suche nach der Leiche."

„Ja. Wir wußten ungefähr, wo sie liegen konnte, und ich dachte, im Interesse der Gerechtigkeit muß der stichhaltige Beweis erbracht werden, wenn diese Offiziere wirklich wegen Mordes vor ein Kriegsgericht gestellt werden sollten. Offen gesagt — ich war nahe daran, die Beschuldigungen gegen die Angeklagten fallenzulassen, weil kein Corpus delicti vorhanden war. Es widerstrebte mir natürlich, Offiziere meiner Truppen ins Gefängnis zu schicken, wenn — trotz ihrer Geständnisse! — auch nur der geringste Zweifel bestand, daß sie diesen Mord tatsächlich begangen hatten. Aber die Leiche wurde gefunden, und damit ist die Suche gewiß gerechtfertigt."

„Hegen Sie persönliche Vorurteile gegen die Special Forces?"

„Nein, diese Einheiten haben ihren Aufgabenbereich im Rahmen unserer Armee."

„Danke, General. — Die Verteidigung kann nun ihre Fragen stellen."

McEwan begann das entscheidende Kreuzverhör. „General Flint, Sie haben erklärt, daß Sie sich auf die Informationen der CIA stützten, als Sie Nachforschungen über das Verschwinden von Tran Van Troc anordneten."

„Richtig."

„Sie gaben ferner an, daß Sie Colonel Stuart ins Oberkommando befahlen, um ihn über Trocs Verbleib zu befragen."

„Ja, und?"

„Was sagte Ihnen Colonel Stuart?"

„Er hat gelogen."

„General, uns geht es darum, was er gesagt hat."

„Das B-57-Detachment der 5th Special Forces Group habe Troc auf eine Mission entsandt."

„Sie hatten den Verdacht, das sei nicht wahr?"

„Ich glaubte kein Wort."

„Verließen Sie sich auf Mr. Hackmans Meldung?"

„Ja. Die CIA teilte mir mit, daß Stuart und dessen Offiziere Troc meuchlings ermordet hatten."

„General, mir widerstrebt es, den Sachverhalt nochmals durchzuhecheln, aber gehen wir zu der damaligen Situation zurück. Lieferte Ihnen die CIA Informationen über Verdachtsmomente?"

„Ja."

„Und Sie beorderten Colonel Stuart nach Saigon?"

„Ja."

„Er sagte, Troc sei im Einsatz?"

„Ja."

„Wem glaubten Sie zu jenem Zeitpunkt — der CIA oder Colonel Stuart?"

„Der CIA. Stuart hatte von einer Lüge Vorteile, zum Unterschied von der CIA. Das habe ich auch schon früher erklärt. Es erscheint mir völlig logisch."

„Aber General, können Sie an der Tatsache vorbeigehen, daß Sie damals wirklich keinerlei Beweise für ein Verbrechen hatten?"

„Noch keine *greifbaren* Beweise."

„Beschuldigten Sie die Offiziere, bevor diese ihrerseits zu dem Fall Stellung nehmen konnten?"

„So würde ich es nicht formulieren."

„Aber Sie schenkten Colonel Stuart keinen Glauben?"

„Sagen wir — es fiel mir schwer, ihm zu glauben."

„General Flint, pflichten Sie mir bei, wenn ich behaupte, daß Sie im Vietnamkrieg eine äußerst schwierige Aufgabe zu bewältigen haben?"

„Und ob!"

„Genau betrachtet, ist es bisher der längste Krieg in der Geschichte der USA, nicht wahr?"

„Stimmt.“

„Die amerikanische Öffentlichkeit scheint sich voll und ganz darüber im klaren zu sein, daß Sie Hervorragendes leisten, wenn man bedenkt, welche Beschränkungen Ihnen aus politischen Rücksichten auferlegt sind.“

„Danke für die Blumen. Die Last dieser Restriktionen drückt mich nicht zu Boden.“

„Sie sind ein hochgeachteter Kommandierender General, der unter einschneidenden Behinderungen seine Pflicht in vorbildlicher Weise erfüllt.“

„Als Soldat muß man sich immer wieder bewähren.“

„Glauben Sie, daß Sie unter den gegenwärtigen Bedingungen, angesichts des zahlenmäßig ständig steigenden nordvietnamesischen Nachschubs an Mannschaft und Material, der in Südvietnam einsickert, Ihre militärische Schlagkraft aufrechterhalten können, obwohl die amerikanischen Kontingente im Lauf der nächsten sechs Monate um 100.000 Mann vermindert werden sollen und auch für später weitere Reduktionen der Truppenstärke vorgesehen sind?“

„Ich werde mit den verfügbaren Einheiten tun, was ich kann.“

„Haben die USA viele Milliarden Dollar nach Vietnam gepumpt, um zu verhindern, daß ganz Südostasien dem Kommunismus anheimfällt?“

„Ja, das kann man ohne Übertreibung sagen.“

„Wurden für dieses Ziel Tausende Amerikaner geopfert?“

„Ja.“

„Sind sie — trotz der künftigen Truppenabzüge — bereit, in vollem Umfang die militärische Verantwortung zu übernehmen und zu verhindern, daß Nordvietnam die Republik Vietnam unterwirft?“

„Es wird schwer sein. Aber was Sie hier sagen, habe ich bisher nur von Feiglingen und Kommunisten gehört.“

„General, erklärten Sie nicht öffentlich, daß selbst bei Truppenverminderung Südvietnam dem kommunistischen Druck nicht erliegen wird?“

„Ja.“

„Haben Sie persönlich die Last dieser Verantwortung auf sich genommen?“

„Jawohl!“ Flints Stimme hallte durch den Saal. „Wir werden uns behaupten, trotz der von den Kommunisten vorgeschobenen Unruhestifter in den USA, diesem Pack, das nichts anderes will, als daß wir die freie Welt preisgeben, wie es 1939 und 1940 geschehen ist!“

„Für Sie, den Oberkommandierenden, muß es doch sehr kritisch sein, mit dem Zwang konfrontiert zu werden, die eigenen Positionen zu schwächen.“

„Kein General setzt gern weniger Truppen ein, als er braucht.“

„Wollen Sie damit sagen, daß der Abzug amerikanischer Verbände aus Vietnam für Sie ein ernstes Problem ist, da Ihnen dadurch Ihre Aufgabe erschwert wird?“

„Abgesehen von allen politischen Erwägungen bin ich natürlich nicht erfreut, wenn ich Kampfeinheiten abgeben muß, da ich mehr Mannschaften brauche, als ich zur Verfügung habe.“

„Erinnern Sie sich einer Äußerung dem Armeeminister gegenüber, daß Sie die Truppen heimschicken würden, ohne den Krieg zu verlieren, aber daß man Ihnen die Grünen Teufel überlassen solle?“

Der Ankläger stand auf. „Euer Ehren, wir alle bemühen uns, eine ordnungsgemäße, faire Prozeßführung zu gewährleisten, aber diese unwesentliche Fragestellung, die nun auf eine völlig haltlose Vermutung hinausläuft, hat keinerlei Bezug auf den Fall. Der Verteidiger bezweckt lediglich, den General zu verwirren und in die Enge zu treiben.“

McEwan parierte sofort. „Euer Ehren, diese Frage ist im Interesse meiner Mandanten von größter Wichtigkeit. Ich möchte von General Flint wissen, ob er tatsächlich mit dem Präsidenten einen Tauschhandel abschließen wollte, das heißt, daß er die Truppenreduktionen akzeptierte, wenn er dafür freie Hand bekäme, die Special Forces auszuschalten.“

Dorrance blickte zu Colonel Furst hinunter. „Prokurator, ich glaube, die Frage ist berechtigt, da sich die Verteidigung bemüht, vorgefaßte Meinungen des Zeugen aufzuzeigen.“

„Sir, haben Sie sich im vorhin erwähnten Sinn dem Armeeminister gegenüber geäußert?“ wiederholte McEwan.

„Offenbar legen Sie Mitteilungen über die bewußte Unterredung falsch aus. Ich sagte nur, nicht wörtlich, daß ich den

Balanceakt schaffen würde: Truppen in die Heimat abzustellen und dennoch unsere Positionen in Vietnam zu halten — soweit dies menschenmöglich ist. Es kann schon sein, daß ich mich gegen eine Bevormundung durch den Minister verwahrt habe. Kein Kommandeur schätzt Einmischungen von außen, und ich bin in dieser Hinsicht keine Ausnahme."

„Glauben Sie, daß uns die Truppenreduktionen dem Ziel, dem Sieg in Vietnam, näherbringen werden?"

„Nein, aber ich folge den Befehlen des Präsidenten. Das habe ich immer getan, und ich werde es weiterhin tun, solange ich aktiver Soldat bin. Und ich erwarte von allen anderen das gleiche."

„Dann stimmen Sie also mit den Absichten des Präsidenten und des Armeeministers überein? Sie haben niemals gegen den Truppenabzug opponiert?"

„Nein, diese Entscheidung liegt nicht bei mir."

„Und Sie machten nie Einwände gegen diese am Grünen Tisch ausgearbeiteten Pläne, obwohl *Sie* es sind, der mit wesentlich schwächeren Kontingenten an den Brennpunkten des Kampfgeschehens operieren muß?"

„Ich meldete Bedenken an."

„Demnach haben der Präsident und der Minister Ihre Bedenken außer acht gelassen?"

„Nein, mein Standpunkt wurde erwogen."

„Erwogen und dann übergangen. Aber diese Entscheidung kostete den Präsidenten und den Minister etwas, nicht wahr? — Der Preis, den Sie, General Flint, für Ihr Zugeständnis forderten, war die Kontrolle über die Special Forces in Vietnam!"

„Nein, verdammt nochmal, jetzt habe ich genug!" fuhr der Zeuge auf. „Wir sprachen über Truppenverminderungen, aber nicht über die Grünen Teufel. Einzelheiten werden Sie nicht aus mir herauskriegen. Es war eine geheime Unterredung."

„General, ist Ihnen klar, daß wir Ihnen beim besten Willen nicht glauben können, Sie hätten diesen Fall, der mittlerweile zu einem schwerwiegenden Politikum wurde, niemals mit dem Armeeminister erörtert? Ebensowenig können wir glauben, daß Ihnen keiner Ihrer Vorgesetzten jemals nahelegte, den Kriegsanstrengungen und der nationalen Sicherheit wäre am besten damit gedient, die Anschuldigungen zurückzuziehen und die ganze Affäre für die Öffentlichkeit aus der Welt zu schaffen. Wenn Sie es noch nicht wissen sollten, General: der Krieg ist in Amerika nicht mehr sehr populär."

„Washington läßt mir freie Hand", beharrte Flint. „Was in Vietnam vorgeht, ist meine Sache. Niemand mischt sich ein. Und was die Popularität dieses Krieges betrifft: ich habe mich nie darum gekümmert, was die Pseudointellektuellen, die ahnungslosen Studenten und die weltfremden Hippies denken. *Ich* weiß, wie es drüben zugeht, und *ich* muß kämpfen."

„Mit dem Abzug der Truppen wären Sie also einverstanden gewesen, weil es der Präsident für richtig hält. Aber gegen die Erwägung, es läge im Interesse der USA, zu vermeiden, daß diese Offiziere hier via Presse und Fernsehen täglich vor Millionen Amerikanern wie Verbrecher am Pranger stehen — gegen diese Erwägung waren Sie taub?"

Flints Kinn zitterte. „Nein, nein! Es gab keinen Tauschhandel. Wir haben nie darüber gesprochen."

„Der Minister erwähnte diesen Fall niemals?"

„Doch, natürlich. Aber der Mord geschah in meinem Verantwortungsbereich. Dazu gehört auch, daß ich dafür sorge, daß gegen die Schuldigen nach dem Gesetz vorgegangen wird."

„General, haben Sie mit dem Minister darüber gesprochen? Zuerst sagten Sie nein, und nun sagen Sie ja."

„Um mich klar auszudrücken: Wir waren einer Meinung, daß ich im Interesse von Recht und Gesetz nach eigenem Ermessen Nachforschungen über den Fall anstellen und ihn vors Kriegsgericht bringen könnte, schon deshalb, weil ich die Situation aus der Nahsicht besser beurteilen kann als Regierungsmitglieder in Washington."

„Erscheint es nicht plausibler, daß Ihnen der Minister als Gegenleistung Handlungsfreiheit gewährte? Dieser Fall ist doch in seinen Auswirkungen auf die Öffentlichkeit keine Bagatelle. Wollen Sie uns weismachen, daß der Minister solche Weiterungen nicht ins Kalkül zog? Glauben Sie, daß ihm das Ansehen der Armee bei der Bevölkerung gleichgültig ist?"

„Natürlich nicht. Aber das steht außer Debatte." Flint ereiferte sich immer mehr. McEwan hatte seinen wunden Punkt getroffen.

„Ich kann nicht zulassen, daß diese Sondergruppe mit ihren Privilegien weiterhin meine Autorität mißachtet. So hat sich Hitlers SS über die Generale der Wehrmacht hinweggesetzt. Hier haben wir eine neue SS, und die brauche ich nicht in meiner Armee!“

„Meint auch der Minister, daß es *Ihre* Armee ist?“ fragte McEwan ruhig.

„Bei mir werden diese Faschisten nicht die Usurpatoren spielen!“

„Ist der Minister auch der Ansicht, daß es sich um Ihre Armee handelt?“

„Was soll das heißen? Ich habe die volle Befehlsgewalt, ich bin nicht zum Kommandierenden General ernannt worden, weil man mich in Washington für einen Trottel hält.“

„Befehlsgewalt und diktatorischer Machtanspruch sind getrennte Begriffe. Sie scheinen sehr überzeugt zu sein, daß die amerikanischen Truppen in Vietnam Ihre persönliche Gefolgschaft sind. Wenn es also *Ihre* Armee und *Ihr* Krieg ist, warum halten Sie dann nicht alle Einheiten zusammen, die Sie für die wirksame Bekämpfung des Feindes brauchen?“

„Die Entscheidung, Truppen abzuziehen, traf der Präsident im Konnex mit anderen politischen Notwendigkeiten.“ Flint hob die Stimme. „Ich komme auch mit verminderten Kontingenten aus, aber ich kann nicht subversive Elemente wie die Special Forces dulden, die den Krieg auf eigene Faust führen wollen!“

Grimmig lächelnd wartete McEwan, bis Flints Zorn verrauchte. „General, sind Sie Mitglied des Country Team in Vietnam?“

„Ja.“

„Soviel ich weiß, ist das Country Team jene Spitzengruppe, die als politisches Exekutivkomitee der USA in einem verbündeten fremden Land fungiert, vor allem in Südostasien. Sie besteht aus dem Botschafter, der den Vorsitz innehat, dem ranghöchsten Offizier der Streitkräfte, dem Chef der Agentur für Internationale Entwicklung, dem Leiter des Presse- und Informationsdienstes und dem Stationschef der CIA. Stimmt das?“

„Ich glaube, das ist geheim“, sagte Flint schroff.

„O nein. Es wurde ein sensationeller Roman über dieses Thema veröffentlicht, und auch das Außenamt gab ein Buch unter dem Titel ‚The Country Team‘ heraus.“

Colonel Furst trug eine betont gelangweilte Miene zur Schau, als er aufstand und verdrossen sagte: „Euer Ehren, die Anklagevertretung erhebt Einspruch gegen dieses den Fortgang der Verhandlung verzögernde dauernde Abschweifen in Gebiete, die für unsere Causa völlig unwichtig sind."

McEwan ließ sich nicht beirren. „Durch solche Fragen wollen wir die Beweise erbringen, daß dieser Zeuge den Prozeß betrieb, um meine Mandanten zu Prügelknaben zu machen. Wir werden auch aufzeigen, daß General Flint in Wahrheit sehr viel über die Einsätze der B-57 wußte und sie billigte."

„Einspruch abgelehnt."

„Werden alle Direktiven und Erfordernisse bei den Sitzungen des Country Teams gründlich erörtert?" McEwan faßte den General scharf ins Auge.

„Ja, wir koordinieren unsere Aktionen, wenn Sie das meinen."

„Haben die Mitglieder des Country Teams Kenntnis von den Missionen der B-57?"

„Wir wissen, welche Aufgaben sie hat."

„Wurden die Richtlinien, nach denen die B-57 operiert, vom Country Team festgelegt und gebilligt?"

„Ich billige nicht Mord, das sei hier ausdrücklich festgestellt."

„Werden Projekte des Country Teams nicht in Washington überprüft, und zwar direkt vom Präsidenten und den Ministern?"

„Ja."

„Dann werden die Aufgaben der B-57 also grundsätzlich auf höchster Regierungsebene bestimmt?"

„Das könnte ich nicht mit Sicherheit behaupten. Ich weiß nicht von allen Einsätzen, die B-57 handelt weitgehend selbständig."

„Aber Sie kennen die prinzipielle Funktion der B-57, nicht wahr?"

„Nur im allgemeinen."

„Wenn Sie die Funktion dieser Einheit kennen, scheint Ihre Erklärung, die Special Forces führten auf eigene Faust Krieg, etwas übertrieben. Meinen Sie nicht auch?"

„Das ist Ansichtssache."

„Haben die Special Forces eine sehr wichtige Aufgabe, und müssen sie im Rahmen dieser Aufgabe bedingungslos ihre Pflicht erfüllen?"

„Die einzelnen Detachments bekommen Einsatzziele und werden in großen Zügen über das strategische Konzept informiert."

„Müssen diese Soldaten in Erfüllung ihrer Pflicht Verluste riskieren?"

„Zwangsläufig, wie jede Truppe im Kampf."

McEwan schoß seine nächsten Fragen Schlag auf Schlag ab. „Natürlich fügen die Special Forces in Erfüllung ihrer Pflicht dem Gegner Verluste zu?"

„Ja. Aber ich wiederhole, ich weiß nicht von allen Einsätzen."

„General, geben Sie zu, daß die B-57 eine äußerst wichtige Aufgabe hat, eine Mission, die bis zu den obersten Rängen der amerikanischen Regierung Billigung findet?"

„Ja, wenn —"

„— Erwarten Sie, daß diese Soldaten ihre Pflicht tun?"

„Ja, aber —"

„— Aber wenn diese Soldaten getreu dieser Pflicht, dem Oberkommando, der Armee und den USA gegenüber, Gewaltakte setzen müssen, um die Befehle zu befolgen, dann wollen Sie, General, nichts davon wissen?"

Der Prokurator sprang auf. „Einspruch gegen diese ganze Taktik der Fragestellung!" rief er. „Die Verteidigung beweist nichts, sondern versucht nur, den Zeugen unsicher zu machen und wie einen Schuljungen abzukanzeln."

„Euer Ehren, ich will lediglich die Schwierigkeiten und die gefährlichen Hindernisse aufzeigen, welche die Angeklagten bei ihrem Einsatz zu bewältigen haben, jenen schmalen Grat, der im schmutzigen Krieg die Kampfhandlung von der Gewalttat trennt. Ich versuche hier darzulegen, welche Gewissenskonflikte aus dieser Situation gerade für den guten, anständigen Soldaten entstehen, der jene Eigenschaften besitzt, die meine Mandanten bereits vielfach bewiesen haben."

„Einspruch abgelehnt."

McEwan nahm den Faden wieder auf. „Wird über die Missionen der B-57 von den Spitzen der Regierung entschieden, oder gehen die Befehle von Ihnen persönlich aus, General?"

„Alles, was die B-57 betrifft, ist streng geheim."

Endlich gelang es McEwan, Flint in die Enge zu treiben. „General, Sie können doch nicht ignorieren, daß der Aufgabenbereich der B-57 seit acht Wochen fast täglich spaltenlang in der Presse erörtert wird. Die Frage der Missionen berührte ich nur im Zusammenhang mit Ihren Erklärungen. Ich wiederhole: Werden die Einsatzbefehle für die B-57 direkt vom Oberkommando in Vietnam gegeben oder von höherer Ebene aus?"

Als Flint zögerte, sagte der Richter: „Ich sehe keinen Grund, diese Frage nicht zu beantworten, General."

„Die Weisungen für alle Sondereinsätze erfolgen von höheren Instanzen als dem Oberkommando", stieß Flint hervor.

„Sagte Ihr Stellvertreter, Lieutenant General Richardson, zu Colonel Stuart, als dieser das Kommando der Einheit übernahm, zur Zeit sei die Erkundung die wichtigste Funktion der Special Forces?"

„Wahrscheinlich."

„Wenn Colonel Stuart also merkte, daß sein Nachrichtennetz schwer gefährdet war — hatte er dann nicht, gemäß den Richtlinien höchster Stellen, die Pflicht, alles zu tun, um dieses Netz wieder dicht zu machen und dem Oberkommando weiterhin Material über den Feind zu liefern?"

„Die Richtlinien gaben ihm nicht das Recht zu einem kaltblütigen Mord."

„Wir wissen nicht, ob das der Fall war."

„Natürlich, ich habe doch die Geständnisse."

„Nochmals und abermals, General Flint: Sie setzten voraus, daß Colonel Stuart und dessen Offiziere schuldig sind, obwohl Sie keine Beweise erbringen konnten."

Flint funkelte den Verteidiger nur an. Er merkte, daß er sich durch seinen Temperamentsausbruch verraten hatte und schwieg.

„General, koordinieren Sie viele Ihrer militärischen Operationen mit Zielen der CIA?"

„Das ist geheim." Flint fühlte wieder Oberwasser.

McEwan war nicht gesonnen, sich pressewirksame Pointen dadurch entgehen zu lassen daß Flint diese Frage vor einem geräumten Saal beantwortete. Als Colonel Dorrance dem General beipflichtete, änderte der Verteidiger rasch seine Taktik.

„Besteht nicht ein großer Teil der amerikanischen Kriegsanstrengungen darin, die kommunistische Infrastruktur in Südvietnam zu zerstören?"

„Ja, das stimmt."

„Mit Infrastruktur meinen wir die Schattenregierung des Vietkong und die kommunistischen Pendants des Funktionärsapparates, vom Provinzpräfekten bis hinunter zum Dorfältesten, nicht wahr?

„Ja."

„Die Infrastruktur, wie wir diesen Begriff verstehen, umfaßt auch die kommunistischen Sympathisanten, die Verpflegung liefern oder Unterschlupf und Verstecke für Waffen bieten?"

„Ja."

„Ebenso die Frauen und Kinder, die sich aktiv am Kampf beteiligen, indem sie die Minen vergraben, durch die so viele Amerikaner getötet werden?"

„Ja."

„Dann die kleinen Jungen, die im Kaffeehaus eine Handgranate unter den Tisch von Amerikanern schieben oder eine Zeitbombe in einem Papiersack neben einer Gruppe von GIs deponieren, die eben diesen kleinen Jungen Konserven, Süßigkeiten oder Kaugummi schenken. Habe ich die Infrastruktur richtig definiert?"

„Ich würde sagen, Sie haben ein ziemlich genaues Bild dieser Untergrundbewegung entworfen." Es kostete Flint Überwindung, seinem Widersacher Anerkennung zu zollen.

„Gibt es einige militärische Formationen unter Ihrem Kommando, die einzig und allein die Aufgabe haben, in Koordinierung mit einer zivilen amerikanischen Agentur in Vietnam diese Infrastruktur zu vernichten?"

„Es trifft sicherlich zu, daß die Zerschlagung dieses gut organisierten Apparats eine unserer Hauptaufgaben ist."

„General, würden Sie sagen, daß die Beseitigung eines entlarvten Doppelagenten auch unter diesen Begriff fiele?"

„Eventuell. Es kommt auf die Umstände an."

„General, wissen Sie von einem Memorandum, das von Ihrem Stab verfaßt wurde und dessen Inhalt etwa lautete: Die ‚präzise Neutralisierung' der Infrastruktur ist nur in einigermaßen befriedeten Gebieten durchführbar — dort, wo sich nicht rein militärische Gruppen frei und gefahrlos bewegen können. Ist Ihnen dieses Memorandum bekannt?"

„Ja."

„Aber in nicht befriedeten Zonen, die nur mit starken bewaffneten Kräften betreten werden können, muß die Infrastruktur wenn möglich auch zerstört werden, habe ich recht?"

Flints „Ja" kam sehr zögernd und vorsichtig.

„In solchen Fällen ist eine ‚weniger präzise Neutralisierung' erforderlich. Stimmen Sie mir bei, daß dieser Terminus die Ausrottung ganzer Familien und die Entvölkerung ganzer Dörfer bedeutet, um — hier bediene ich mich einer anderen Umschreibung aus dem militärischen Sprachgebrauch — den kommunistischen Apparat auszuschalten?"

Empört sprang Colonel Furst auf. Sein Gesicht war krebsrot. „Nun geht die Verteidigung viel zu weit! Sie versucht, bei diesem Verfahren der Presse zu Gefallen Sensationen herauszuschlagen. Diese versteckten, beiläufigen, unmotivierten Unterstellungen, die sich gegen General Flint und dessen Stab richten, entbehren jeglicher Grundlage!"

Völlig gelassen und überlegen lächelnd gab McEwan sein Kontra. „Euer Ehren, ich versuche nur, etwas Licht in die Methoden zu bringen, die man im Rahmen unserer Operationen anwenden muß, wenn die Truppen die befohlenen Ziele erreichen sollen. Ich bemühe mich — wie ich schon oft vor diesem Tribunal betonte — starre Vorurteile dieses Zeugen gegen die Angeklagten klar zu zeigen. Das ist die einzige Erklärung für General Flints hektisches Bestreben, diese Offiziere vor ein Kriegsgericht zu stellen. Meinen Mandanten wird ein Delikt angelastet, das — wenn es ein Verbrechen ist, kommunistische Kräfte in Vietnam zu vernichten — tagtäglich begangen wird. Manchmal sogar in einem Ausmaß, von dem man hier in den USA keine Ahnung hat. Ich will durch diese Aussagen beweisen, daß die Neutralisierung der kommunistischen Infrastruktur eine Notwendigkeit ist, durch die den Angriffen des grausamsten Feindes, den Amerikaner je bekämpfen mußten, wirksam begegnet werden soll. Dieser Kurs ist von den Spitzen der US-Regierung genehmigt worden. Die Anordnungen ergehen an das Country Team und von dort weiter an die Soldaten, für die solche politischen Entscheidungen letztlich den Einsatz mit der Waffe bedeuten."

McEwan blickte Colonel Dorrance an. „Diesen Fall und viele andere, die folgen werden, kann man auf einen sehr einfachen

Nenner bringen: Wer trägt die Schuld an Taten, die als Kriegsverbrechen bezeichnet werden: Die politischen Strategen am Grünen Tisch oder jene Männer, die, häufig gegen ihren Willen, gezwungen sind, draußen im feindverseuchten Dschungel, mit der Waffe in der Hand, diese politischen Entscheidungen zu realisieren?"

Er wandte sich wieder dem Zeugen zu. „General Flint, wie beurteilen Sie die Schlagkraft einer Kampfeinheit in Vietnam? Nach welchen Kriterien können Sie feststellen, ob eine Kompanie besser ist als die andere?"

„Es gibt viele Möglichkeiten. Das Übliche sind regelmäßige Inspizierungen und Berichte."

McEwan wurde sarkastisch. „Achten die Offiziere, die Sie zu Inspizierungen entsenden, auf Ordnung und Sauberkeit in den Unterkünften? Auf geputzte Ausrüstung, gebügelte Uniformen und blitzblanke Schuhe? Auf gute Rasur und tadellosen Haarschnitt im Einsatzgebiet?"

„Wir haben andere Maßstäbe."

„General Flint", die Worte klangen messerscharf durch den Raum, „meinen Sie etwa die Zählung gefallener Feinde? Ist sie nicht die einzige und allgemein geübte Methode zur Einschätzung der Schlagkraft einer Kampfeinheit in Vietnam? Von Zugsführern bis zu Divisionskommandeuren werden Offiziere auf der Basis beurteilt und ausgezeichnet, wie viele gefallene Gegner nach einem Gefecht gefunden werden."

„Einspruch! Diese Einzelheiten sind äußerst unpassend und unwesentlich!" schrie Colonel Furst wütend.

McEwan ließ sich nicht aus der Ruhe bringen. „Euer Ehren, ich versuche zu beweisen, daß, im Rahmen des gesamten Kriegsgeschehens betrachtet, meine Mandanten die Opfer der persönlichen Feindschaft dieses Zeugen sind. Darf ich weiterfragen, Euer Ehren?"

„Fahren Sie fort."

Nun hatte die Jagd begonnen, dachte McEwan grimmig. „Sind diese Leichen, die gezählt werden, einfach tote Asiaten mit Schußund Granatsplitterwunden, die man vor den Linien unserer Truppen gefunden hat?"

„Es werden die Leichen von Vietkongs und nordvietnamesischen Soldaten gezählt. Ich lasse mich nicht zwingen, mehr zu sagen."

„Und die Frauen und Kinder, die eindeutige Sympathisanten der Kommunisten sind? Die nachts Minen vergraben und Handgranaten auf GIs werfen?"

„Die Zählung der Gefallenen wird von Kompaniechefs und, wenn möglich, von Bataillonskommandeuren bestätigt", murrte Flint. „Darüber hinaus weiß ich nichts von dem, worauf Sie anspielen."

„Wollen Sie, General, der Sie diesen Krieg führen, wirklich behaupten, Sie hätten keine Ahnung von der Tatsache, die jedem amerikanischen Zeitungsleser bekannt ist: daß in Vietnam täglich Greise, Frauen und Kinder von Soldaten der US-Armee getötet werden, bloß auf die Vermutung hin, es könnte sich um Vietkongs handeln? O nein, Sie wissen das und nehmen es ohne weitere Nachforschungen hin, als zwangsläufige Begleiterscheinung des Krieges!"

„Das ist nicht wahr! Sie wollen mich in eine Falle locken. Ich verwahre mich gegen solche empörenden Anschuldigungen. Sie wissen nicht mehr über die Vorgänge dort drüben als die verkommenen, degenerierten Handlanger der Kommunisten, die hier auf den Straßen herumlungern. Das Recht muß siegen. Dafür werde ich sorgen!"

McEwan musterte den General. Dann sagte er: „Danke, keine weiteren Fragen" und ging zum Tisch der Verteidigung zurück.

Colonel Furst meldete sich zu Wort. „Euer Ehren, ich habe noch einige Fragen an den Zeugen."

„Bitte, beginnen Sie."

„General Flint, als sie Colonel Stuart ins Oberkommando riefen und Lieutenant General Richardson von ihm Aufklärungen verlangte — wollten Sie da, daß der Colonel die Unwahrheit sagen sollte?"

„Natürlich nicht!"

„Colonel Stuart gab an, daß er bei der mit seinen Offizieren vereinbarten Version blieb, um Sie und das Oberkommando zu decken. Er war ehrlich überzeugt, dies sei in Ihrem Sinn."

„Das ist doch absurd. Wenn ich meine Leute frage, was los ist, dann will ich auch wissen, was wirklich vorgeht. Ich habe diesem

Mann vertraut. Er hatte als Truppenkommandeur eine ziemlich wichtige Schlüsselposition."

„Bestand vielleicht eine Art von stillschweigender Vereinbarung, daß die Special Forces fragwürdige Einsätze wohl durchführten, aber Ihnen nichts über die Methoden sagten?"

„Keineswegs. Ich bin über diese Andeutung des Colonel entsetzt."

„Stimmen Sie mit Colonel Stuarts Aussage überein, daß die Operationen der B-57 ein sehr wichtiger Faktor sind?"

„Ja, Sir."

„Glauben Sie, daß Geheimhaltung unbedingt erforderlich war?"

„Für das Funktionieren der Einheit ganz gewiß."

„Sind Sie mit Colonel Stuart einer Meinung, daß es schwierig ist, Erkundungsvorstöße geheimzuhalten?"

„Der B-57 scheint es nicht völlig gelungen zu sein", erwiderte Flint trocken.

„Wenn also Geheimhaltung ebenso wichtig wie schwierig ist, kann es dann vorkommen, daß sie, bildlich gesprochen, manchmal teuer zu stehen kommt?"

„Sie hat ihren Preis."

„Bildete es in Ihrem Kommandobereich jemals ein Mittel der Taktik, wenn nötig die Grundsätze der Genfer Konvention zu verletzen, um diese Geheimhaltung zu wahren?"

„Nie!" rief Flint kategorisch.

„Ist es bei militärischen Aktionen, von denen Sie Kenntnis haben, im Interesse der Geheimhaltung zulässig, unbewaffnete Personen niederzumachen?"

„Nein. Selbst im Krieg müssen immer bestimmte Regeln gelten." Der General verfiel in ein scheinheiliges Pathos. „Es gibt Dinge, die man einfach nicht tut. Dazu gehört auch, daß man keinen Menschen tötet, der einem wehrlos und verängstigt auf Gnade oder Ungnade ausgeliefert ist. Schon die primitivsten Moralbegriffe verbieten eine solche Handlungsweise."

„Danke, General. Das war alles." Der Prokurator nickte McEwan zu. „Wollen Sie noch Fragen stellen?"

„Jawohl, Sir." Der Verteidiger trat an den Zeugen heran. „General, besteht nicht ein großer Unterschied zwischen Soldaten im Einsatzgebiet und Spionen, die hinter den Linien arbeiten?"

„Ich sollte doch meinen."

„War und ist Spionage nicht immer eine der gefährlichsten Tätigkeiten, die es gibt?"

„Das ist doch klar."

„Die Geschichte lehrt uns, daß entlarvte Spione in Kriegszeiten meist mit dem Tod bestraft werden."

„Ja, aber Tran Van Troc wurde nicht vor ein ordentliches Gericht gestellt."

„Auch den amerikanischen Soldaten gestand niemand ein Verfahren zu, General. Captain Morse und viele andere wurden von den Kommunisten einfach zu Tode gefoltert, nachdem Troc sie in einen Hinterhalt gelockt hatte."

„Einspruch!" rief der Prokurator.

„Stattgegeben", bestätigte Colonel Dorrance.

„General, ich brauche Ihnen doch nicht zu sagen, daß Spionage immer eine weltpolitische Notwendigkeit war."

„Nein, dieser Hinweis ist überflüssig." Flint ärgerte sich sichtlich über die neuerliche Behelligung durch den Verteidiger.

„Gilt das auch für militärische Operationen?"

„Ja."

„General, wissen Sie, wie weit unsere Regierung oder unsere militärische Führung in Zusammenarbeit mit der CIA an der Jagd auf Che Guevara beteiligt war, die bekanntlich mit einer MG-Garbe im bolivianischen Dschungel endete?"

„Davon habe ich wenig Ahnung."

Oder wissen Sie, wie weit die amerikanische Regierung oder militärische Spitzengruppen am Sturz und an der Ermordung des südvietnamesischen Präsidenten Ngo Dinh Diem beteiligt waren?"

„Sie fragen mich zuviel."

„Wissen Sie nicht, daß unsere Regierung oder die militärische Führung den Sturz oder die Ermordung hoher Politiker fremder Länder als notwendiges letztes Mittel betrachtet?"

„Darüber kann ich nichts sagen."

„Ist Ihnen auch nicht klar, General, daß die Beseitigung von Spionen und Geheimagenten im Rahmen der internationalen oder militärischen Erfordernisse ein absolutes Gebot der eigenen Existenzsicherung ist?"

„Vielleicht, aber Mord bleibt Mord." Flint sprach in erregtem, lautem Ton, als er sich wieder in die Enge getrieben sah. „Auch im Krieg muß man sich an bestimmte Prinzipien halten. Diese selbstherrlichen Supermänner dürfen nicht ihre eigenen skrupellosen Regeln einführen und mich dann belügen, wie es ihr Kommandeur tat. Wir können dieser Privatarmee nicht trauen, diesen James Bonds mit den grünen Baretts, uniformierten Killern, die glauben, sie können Gesetze Gesetze sein lassen!"

„Nun sind wir beim Kernpunkt, General. Diese Privatarmee, wie Sie die Special Forces bezeichnen, war Ihnen immer schon ein Dorn im Auge; rückständig denkende Generale hassen die Grünen Teufel wegen ihrer völlig unkonventionellen, neuartigen Kampfmethoden, die den schmutzigen Kriegen unserer Epoche angepaßt sind. Habe ich recht, General Flint?"

„Man kann den Special Forces nicht trauen. Die Kerle glauben, daß sie mehr verstehen als wir. Sie haben sogar versucht, mir Vorschriften zu machen und völlig auf eigene Faust zu operieren. Aber ich treffe die Entscheidungen. Wenn jemand meine Richtlinien mißachtet, mich belügt oder das militärische System umkrempeln will, dann kommt es nicht ungestraft davon."

„Nur ruhig, General. Bleiben wir objektiv, wenn Ihnen das gelingt. Haben die ‚Supermänner' des Zweiten Weltkrieges, die amerikanischen Rangers, nicht am ersten Tag der Invasion in der Normandie die schroffen Klippen von Pointe de Huc erklommen?"

„Stimmt."

„Denken Sie an die ursprüngliche Sondereinheit, welche die heute so geläufige Truppenbezeichnung führt, nämlich die ‚First Special Forces' der ‚US Commando Group'. Auch diese ‚Supermänner', die auf den Aleuten und in Italien kämpften, wurden doch für ihre ungewöhnlichen Fähigkeiten berühmt, oder?"

„Ja."

„Ich brauche Sie nicht auf die hervorragenden Erkundungen feindlicher Truppenlager und Nachschubbasen jenseits der Grenze durch die Special Forces hinzuweisen. Das müssen Sie wissen, denn Sie haben besonderes Interesse an solchen Aktionen." Flint warf McEwan einen warnenden Blick zu, als wollte er sagen: Lassen Sie Kambodscha aus dem Spiel.

„Ja, sie leisten gute Arbeit."

„Natürlich sind Sie auch über die wichtige, aufschlußreiche Beobachtung der Brücke von Loo Cai an der Grenze zwischen Nordvietnam und China informiert?"

„Ja."

„Ist Ihnen bekannt, daß die Special Forces durch die Ausbildung lokaler Funktionäre für Aufgaben des Sozial-, Gesundheits- und Schulwesens mithelfen, den Südvietnamesen gegen den Vietkong den Rücken zu stärken? Seit neun Jahren stehen die Special Forces bei den Bemühungen, den wirtschaftlichen und sozialen Standard der Südvietnamesen zu heben, an vorderster Front."

„Zugegeben."

„Billigen Sie die Aktionen der psychologischen Kriegführung, in denen die Special Forces den verlogenen Parolen der kommunistischen Propaganda mit Wahrheit und Aufklärung begegnen?"

„Ja."

„Geben die Special Forces der Bevölkerung Anleitungen, wie man sich gegen den Terror der Kommunisten wehren kann?"

„Ja."

„Haben die Special Forces durch gute Behandlung gefangener Vietkongs und nordvietnamesischer Soldaten erreicht, daß viele überliefen und als Kundschafter in unsere Dienste traten?"

„Ja."

McEwan schwieg, bevor er das Kreuzverhör abschloß. „Und wissen Sie, General, daß Ihr CID-Mann, Mr. Birdseye, Colonel Stuart aufforderte, sich einem Polygraphentest zu unterziehen, um den Wahrheitsgehalt seiner Aussagen zu überprüfen?"

„Ja."

„Ich vermute, Sie trauen der wissenschaftlichen Auswertung der Resultate des Lügendetektors?"

„Sicherlich."

„Dann werden Sie zugeben, daß Ihre eigene Glaubwürdigkeit von größter Wichtigkeit ist. Ihre Aussagen werden durch Colonel Stuarts Angaben ernstlich in Frage gestellt."

„Das weiß ich."

„General, meinen Sie nicht, daß nun die Reihe an Ihnen wäre, sich im Interesse der Klärung dieses schwer durchschaubaren Sachverhaltes dem Polygraphentest zu unterziehen?"

„Fällt mir nicht ein!" brüllte Flint.

„Danke, General. Keine weiteren Fragen, Euer Ehren."

47. KAPITEL

Mit General Flints Einvernahme hatten der Ankläger und der Verteidiger ihr Beweisverfahren abgeschlossen. Der Richter unterbrach die Verhandlung bis zwei Uhr nachmittags und ersuchte die beiden, zu ihm ins Beratungszimmer zu kommen, um den Geschworenen die Rechtsfindung zu erläutern.

„Fahrt doch ins Hotel zurück", sagte McEwan zu seinen Mandanten. „Nun ist es erst zehn Uhr dreißig, es hat gar keinen Sinn, dreieinhalb Stunden hier herumzuhocken. Brace, Tracy und ich werden mit Dorrance und Furst genug zu tun haben."

„Wie sieht es aus?" fragte Marone nervös.

„Alles hängt nun vom Gerichtshof ab. Ich hoffe, daß wir wenigstens zwei Mitglieder für uns gewonnen haben. Das genügt für einen Freispruch."

„Major Brooks ist Frontoffizier. Soviel ich bemerkte, hat er richtig reagiert", warf Becker ein.

„Ja, und Captain Yokum auch", sagte Marone.

„Ich habe eine einzige letzte Chance, auf die beiden in meinem Schlußplädoyer entsprechend einzuwirken." McEwan wandte sich zu Brace. „Gehen wir zum Richter."

Als das Tribunal um zwei Uhr neuerlich zusammentrat, waren Marone und Becker nervöser denn je. „Laßt euch vom Ankläger nicht kopfscheu machen. Er wird euch hart anpacken, weil er glaubt, daß wir die Geschworenen vielleicht überzeugt haben", flüsterte ihnen McEwan zu.

Colonel Furst begann sein Plädoyer. Wie vorausgesagt, war er bestrebt, die Verteidigung zu überrollen. Er schilderte nochmals sehr ausführlich die Aktionen der Angeklagten bis zu Trocs gewaltsamem Tod, wobei er häufig auf Major Beckers und Captain Marones Schuldgeständnisse anspielte. Nachdrücklich hob er hervor, daß die CIA keinerlei Richtlinien für die Entscheidung über den Fall erteilt hatte, so daß keine höhere Autorität als Colonel Stuart für die Befehle verantwortlich sei. Er gab eine dramatische, mit vielen Einzelheiten angereicherte Darstellung der Tat und ersparte den Zuhörern keines der grausigen Details. Dann kam er auf die Gründe für Dennis' Flucht zur CIA zu sprechen.

„Sergeant Dennis war immer gegen das Komplott zur Ermordung Tran Van Trocs. Mit Schrecken erkannte er, daß seine Vorgesetzten kaltblütig beschlossen, nach alter Wildwestmanier in Personalunion als Kriminalisten, Richter und Henker zu fungieren. Da Dennis merkte, daß er selbst von der Psychose angesteckt wurde, die das Denken der Offiziere beherrschte, geriet er in eine schwere Konfliktsituation: Einerseits wußte er, daß gegen Troc nicht im entferntesten nach Recht und Gesetz verfahren wurde, anderseits wollte er ein loyaler Soldat bleiben — aber ein loyaler Soldat hat die Befehle seiner Kommandeure prompt und gehorsam auszuführen."

Colonel Furst blickte die Mitglieder des Tribunals der Reihe nach an. „Als Dennis erkannte, daß das Verbrechen bereits geschehen war, erfaßte ihn Panik. Sein Moralbegriff wehrte sich gegen das Ungeheuerliche einer solchen Tat, und er hegte begründete Befürchtungen um sein eigenes Leben. Betrachten wir die Zwangslage dieses Mannes, hoher Gerichtshof. Er war unfreiwillig an dem Komplott beteiligt. Er hatte Troc für die B-57 angeworben und war mit der Familie des Vietnamesen befreundet. Er wußte, daß ihn die Offiziere für das schwache Glied in der Kette ihrer ausgeklügelten Täuschungsmanöver halten würden. Er vermutete, daß sie auch ihn beseitigen könnten, um sich selbst zu schützen. Wen würde eine solche heimtückische Gefährdung nicht mit Angst erfüllen? Sergeant Dennis hatte genügend Beweise für seinen Verdacht, daß es diesen Männern auf einen Mord mehr oder weniger nicht ankäme, daß sie keine moralischen Hemmungen kannten. Er tat das einzige, was ihm übrigblieb: er lief um sein Leben. Der andere Umstand, der Licht in das Verbrechen der B-57 brachte, war General Flints Pflichtbewußtsein, das ihn bewog, Nachforschungen anzuordnen."

Mit keinem Wort erwähnte der Ankläger das Tonband. Er hob lediglich hervor, Madame Tran habe nach dem Armreif, den Goldzähnen und dem relativ guten allgemeinen Erhaltungszustand die Leiche als die ihres Gatten identifiziert.

„Die Frage früherer Heldentaten der Special Forces, das Argument der Verteidigung, daß in Vietnam im Zuge der Kampfhandlungen sehr häufig auch Zivilisten getötet werden, ist für die Causa, über die Sie, meine Herren Geschworenen, zu entscheiden haben, völlig belanglos."

Er hielt inne und trat einen Schritt näher zum Tribunal. „Was nun General Flints angeblichen persönlichen Groll gegen die Special Forces und seine parteiische Einflußnahme betrifft — worin besteht denn diese parteiische Einflußnahme? General Flint schöpfte den Verdacht, daß ein Verbrechen begangen wurde. Hätte er als verantwortungsbewußter hoher Offizier und Truppenkommandeur und als amerikanischer Patriot schlechthin die Dinge auf sich beruhen lassen sollen, ohne die Verdachtsmomente zu überprüfen? Ich glaube, Sie werden mir beipflichten, wenn ich feststelle, daß eine solche Haltung für einen Mann in seiner Position keineswegs vertretbar gewesen wäre.

Die Wahrheit ist, hohes Gericht, daß die Verteidigung keine Basis für die Verteidigung hat. Sie klammert sich an Strohhalme. Sie erhob den Vorwurf, der CID-Beamte Mr. Birdseye habe seine Nachforschungen nicht streng legal durchgeführt. Sie versuchte, General Flint wegen seiner Reaktionen in diesem Fall anzugreifen. Ferner brachte sie frühere militärische Erfolge der B-57 zur Sprache, um die Angeklagten reinzuwaschen. Nüchtern betrachtet ist das einzige, was der Verteidiger auch mit allem Aufwand an Suada nicht aus der Welt schaffen kann, die Tatsache, daß das fragliche Verbrechen sorgfältig geplant und brutal begangen wurde.

Das Opfer wurde von den Angeklagten Marone und Becker grausam ermordet. Dies, meine Herren Geschworenen, steht außer Zweifel."

Nach einigen Minuten juristischer Rhetorik schloß Furst sein Plädoyer. „Jedes Faktum, jeder Begleitumstand, jede Einzelheit der Beweiskette zeigt eines — und nur eines — klar: die Angeklagten sind des Mordes ersten Grades sowie der Beihilfe zum Mord schuldig."

Der Prokurator blieb noch einige Sekunden vor dem Tribunal stehen, dann ging er zu seinem Platz und setzte sich.

McEwan stand auf und begann hinter seinem Tisch, mit dem Blick zu Colonel Dorrance, sehr überlegt und in ruhigem Ton sein Plädoyer. „Hohes Gericht, es ist meine Aufgabe, die wesentlichen, stichhaltigen Phasen der Zeugenaussagen unter dem Aspekt jener Rechtsbelehrung zu erörtern, die Ihnen Seine Ehren erteilen wird. Denn ich habe den Eindruck, daß ich ihnen einige Hilfe bieten kann, ehe Sie nun, am Ende dieses Verfahrens, Ihren Spruch fällen. Ich werde mich bemühen, die Wahrheitsfindung objektiv zu durchleuchten, ohne an Ihre Gefühle zu apellieren." Seine nächsten, sehr gelassen vorgetragenen Ausführungen gipfelten immer wieder in bildlichen Vergleichen — etwa die Anklage sei ein Kartenhaus im Wind — und der konkreten Feststellung, daß die Schuld seiner Mandanten keineswegs zweifelsfrei erwiesen wurde.

„Wie sind die wirklichen Schwerpunkte dieser Causa gelagert?" fragte er, während er hinter seinem Tisch hervortrat. „Sprechen wir über Sergeant Dennis, den sogenannten ‚unfreiwilligen Komplizen'. Seine Ehren wird Sie belehren, daß die Zeugenaussage eines Komplizen durch unabhängige Beweismomente gestützt werden muß. Die Justiz gesteht dem Helfershelfer eines Verbrechens nicht die volle Glaubwürdigkeit zu, selbst wenn es sich um eine Person mit gutem Leumund handelt.

Warum sollten also Sie, die Mitglieder dieses Tribunals, denen die Entscheidung über das Schicksal dieser hervorragend bewährten Offiziere anheimgegeben ist, einen Schuldspruch fällen, wenn das Gesetz als solches — jenes Gesetz, das zu wahren Sie geschworen haben — eindeutig besagt, es sei bedenklich, Beweise, die von nicht einwandfreier Seite erbracht werden, zu akzeptieren? Warum sollten Sie unbescholtene Menschen demnach auf Grund von Beweisen verurteilen, die das Gesetz als zweifelhaft und nicht stichhaltig betrachtet?

Wenn man Dennis, den Komplizen, ausklammert, führt sich der Fall ad absurdum.“ McEwan betonte jedes Wort dieses Kernsatzes. „Reißt man einen tragenden Pfeiler nieder, dann stürzt das ganze Gebäude ein. Stößt man die Aussagen des Hauptbelastungszeugen um, dann fällt die Anklage in sich zusammen. Die Aussagen eines Komplizen und das sie erhärtende Beweismaterial müssen unabhängig voneinander strenger Prüfung bei der Wahrheitsfindung standhalten.

Was können wir Sergeant Dennis' Angaben entnehmen? Daß sein Denken und Handeln zum Zeitpunkt des angeblichen Mordes zweifellos von Zwangsvorstellungen bestimmt war. Er lief zur CIA und packte dort aus, er ‚brach sein Schweigen‘. Obwohl er keine greifbaren Beweise für die Tat hatte, meinte er, es gebe nur eine einzige Chance, den Verfolgern, die lediglich in seiner Einbildung existierten, zu entkommen: indem er sie ausschaltete. So legte er sich eine Geschichte über jene Personen zurecht, die, wie er sich einredete, ‚hinter ihm her‘ waren. Seine persönlichen seelischen Probleme gaben für ihn den Anstoß, meine Mandanten — wenn es sein muß — auch ins Verderben zu stürzen. Dieser Sergeant Dennis ist ein relativ wenig gebildeter Mann, er fühlt sich zurückgesetzt, nachdem er einmal erkannt hat, wo seine Grenzen liegen. Nun sieht er sich Männern unterlegen, die jünger, aber klüger und fähiger sind als er. Seine einzige Möglichkeit, diesen Offizieren seine Macht zu zeigen, bestand darin, Greuelmärchen für die CIA zu erfinden, wobei er wußte, daß solche ‚Enthüllungen‘ auch General Flint hochwillkommen wären und ihn in der Absicht bestärken würden, auf die Auflösung der Special Forces überhaupt hinzuarbeiten.

Meine Herren Geschworenen! Sind Sie bereit, die Angeklagten auf Grund der Aussagen eines Menschen von den eben geschilderten Charakterzügen zu verurteilen und ins Gefängnis zu schicken?“ McEwan ließ die Frage in ihrer ganzen Bedeutungsschwere wirken.

„Und nun zu den Aussagen General Flints. Sie sind eine einzige Präjudizierung der Angeklagten. Alle seine Äußerungen zeigen mit unmißverständlicher Klarheit seine feindselige Haltung gegen die Special Forces. Er verglich sie mit der SS, nannte sie eine ‚Privatarmee' und erklärte, man könne ihnen nicht trauen. Er glaubte, sie versuchten ihm ‚Vorschriften zu machen'. Und dagegen wehrte er sich, weil es sich um ‚seine Armee' und um ‚seinen Krieg' handelt und weil ‚er die Entscheidungen trifft'.

Für General Flint stellt die Existenz dieser ‚Supermänner', wie er sie bezeichnete, ohne Zweifel eine ganz persönliche psychische Bedrohung dar. Ihre besondere Fähigkeit, allen Situationen gewachsen zu sein, ihr hochentwickeltes Spezialistentum von geradezu unglaublicher Kapazität, ihr psychologisches Verständnis für die Bevölkerung von Vietnam — all diese Vorzüge, welche den Special Forces den Ruf unerhörter Schlagkraft im Kampf und durchaus humaner Grundhaltung im friedlichen Verhältnis zu den Vietnamesen einbrachten, gefährden, so meint General Flint, sein eigenes Ansehen. Die unumstößliche Tatsache, daß diese Sondereinheiten seit Jahren in Asien wesentliche Aufbauarbeit leisten, mußte den Neid von Männern wie General Flint erregen, die keine Sonderausbildung für den feldmäßigen Einsatz aufzuweisen haben, ferner keinen direkten Kontakt mit der Zivilbevölkerung und keine Erfahrung im Alltag des schrecklichen Dschungelkrieges.

Durch sein starres Festhalten an dem Anspruch, alle Richtlinien selbst zu geben, verriet der General, ohne es zu wollen, daß er sehr wohl von jenen Aktionen der B-57 wußte, die im Rahmen der Country-Team-Politik erfolgen, und daß er sie billigte. Trotz des Versuchs, die Weisung zu radikalstem Durchgreifen im militärischen Sprachgebrauch euphemistisch zu umschreiben, ist es klar, daß Flint die Vernichtung des Gegners, nämlich der kommunistischen Infrastruktur, guthieß. Er weiß, daß im Zuge der Realisierung dieser politischen Erfordernisse Tausende Männer, Frauen und Kinder den Tod fanden. Dennoch will er uns glauben machen, die Beseitigung eines einzelnen Menschen, eines entlarvten Doppelagenten, habe ihn so sehr empört, daß als Sühne nur die gerichtliche Strafe in Betracht käme. General Flints Zeugenaussagen waren vom Anfang bis zum Ende von vorgefaßten Meinungen bestimmt. Er hatte niemals konkrete Beweise für ein Verbrechen."

Nach einer kurzen rhetorischen Pause griff McEwan den entscheidenden Punkt seines Plädoyers auf. Er mußte das Tribunal überzeugen, daß es die legale Handhabe habe, die Geständnisse zu ignorieren.

„Meine Herren, der Richter wird Ihnen bestätigen, daß Verdachtspersonen, nachdem sie über ihre Rechte in Kenntnis gesetzt wurden, und bevor sie in Abwesenheit eines Anwalts aussagen, zuerst freiwillig, bewußt und ausdrücklich auf diese Rechte verzichten müssen: nämlich die Aussage zu verweigern, einen Anwalt zu konsultieren und der Einvernahme beizuziehen. Weder das Schweigen der Verdachtsperson nach dieser Rechtsbelehrung noch die bloße Tatsache, daß eine Aussage erlangt wurde, bilden eine gültige Verzichtserklärung.

Die Aussagen der Angeklagten erfolgten nicht freiwillig und können daher nicht gegen sie verwendet werden. Dem Ankläger ist es nicht gelungen, zweifelsfrei zu beweisen, daß meinen Mandanten vor der Einvernahme und bevor sie ohne Beisein eines Anwaltes aussagten, alle gesetzlich vorgeschriebenen Warnungen erteilt wurden. Wenn Sie, meine Herren, nicht restlos überzeugt sind, daß die Angeklagten vor der Einvernahme eindeutig über das ihnen zur Last gelegte Verbrechen informiert wurden, müssen Sie die Geständnisse meiner Mandanten als Schuldbeweise ablehnen und dürfen solchen Aussagen bei Ihren Entscheidungen keinerlei Beachtung schenken.

Erscheint es nicht sonderbar, daß bei der Einvernahme nur Mr. Birdseye, der Zeuge der Anklage, sowie ein anderer CID-Kriminalist namens Mr. Rogers anwesend waren? Sollen wir glauben, daß die Offiziere keines der vorhin erwähnten Rechte beanspruchten, nicht einmal jenes auf Beistellung eines juristischen Vertreters, sondern daß sie sich ohne Rücksicht auf ihren persönlichen Schutz selbst bezichtigten? Ich halte das für undenkbar.

Versetzen Sie sich in diese Situation, meine Herren. Sie befinden sich in der Gewalt der CID, Sie stehen unter Druck. Man will Sie zu Aussagen zwingen, die Sie ins Gefängnis bringen werden. Wenn Sie auch nur einen Rest von Vernunft und Selbstbehauptung aufbieten — würden Sie dann nicht die Hilfe eines Anwalts fordern, ehe Sie sprechen?

Ich erkläre, daß die CID meinen Mandanten die Daumenschrauben ansetzte. Und ich erkläre, daß meinen Mandanten ihre Rechte vorenthalten wurden. Waren das freiwillige Aussagen? Würden Sie einen Menschen auf Grund eines Geständnisses verurteilen, das er nicht aus freien Stücken abgelegt hat? Aussagen, die der Verdachtsperson ohne Beisein eines die verfassungsgemäßen Rechte wahrenden juristischen Beistandes einfach abgepreßt wurden, sollten zurückgewiesen werden.

Die klugen Gesetzgeber wußten, warum sie festgelegt haben, daß ein Geständnis nur dann Gültigkeit besitzt, wenn es freiwillig, ohne Anwendung von Druckmitteln, erfolgte. Falls der Geständige durch Drohungen eingeschüchtert oder zu Hoffnungen ermutigt wurde, dann spricht entweder die Angst aus ihm, oder die Hoffnung ist stärker als die Vorsicht.

Was nun die Zeugenaussage des CIA-Agenten Mr. Chalmey betrifft, ist sie, wie wir gesehen haben, praktisch illusorisch. Der Richter hat Sie, meine Herren, angewiesen, das Schweigen der CIA bei der Rechtsfindung sehr sorgfältig in Betracht zu ziehen. Welche Bedeutung hat die Weigerung der Regierung, bei diesem Verfahren Zeugen und einschlägige Dokumente der CIA ins Treffen zu führen? Sie, hohes Tribunal, haben allen Grund zu der Annahme, daß diese Zeugen deshalb hier nicht erscheinen durften, weil ihre Aussage den wahren Sachverhalt der Geschehnisse aufgezeigt hätte oder die Aussagen der übrigen Belastungszeugen widerlegen würde.

Ich kann die offenkundig von opportunistischen Motiven diktierte Verschleierungstaktik der CIA nicht scharf genug anprangern. Der Geheimdienst will sich den Anschein geben, als hätte er mit dem Fall nichts zu tun. Sie selbst, meine Herren, erlebten hier den Versuch, die Beweisführung der Verteidigung durch Berufung auf die Immunität zu beeinträchtigen. Dieser Stand der Dinge stimmt mich traurig. Die an sich entlastenden Aussagen Colonel Stuarts wurden nicht durch Angaben Mr. Chalmeys gestützt. Ohne an die Schweigepflicht gebunden zu sein, wäre Mr. Chalmey gezwungen gewesen, die Erklärungen des Colonel zu bestätigen. Darüber hinaus würden die Schrecknisse der psychologischen Kriegsführung, in der Sonderverbände wie die B-57 eine wichtige Rolle spielen, in ihrer ganzen Kraßheit aufgezeigt und die vielfache Beteiligung der CIA an politischen Morden in Südostasien enthüllt werden!

McEwan trat einige Schritte von der Geschworenenbank zurück und wandte sich nun an alle Anwesenden.

„Die Angeklagten, die im Kampf gegen einen grausamen, tückischen Feind standen, haben diesen Krieg nicht verschuldet, aber sie sind Soldaten, die zu den Waffen greifen müssen, wenn es der Befehl im Namen des amerikanischen Volkes erfordert. Unsere Regierung will den Tod Tran Van Trocs ahnden, vergißt jedoch völlig, daß sie selbst die Verantwortung dafür trägt. Sie möge das Sterben dieses Mannes als eines der Opfer betrachten, die in einem Krieg gebracht werden müssen, den die oberste Führung beschloß — ob nun die Staatsbürger wollen oder nicht. Die Regierung möge erkennen, daß sie diesen Einsatz im weltpolitischen Kräftespiel riskierte. Durch ihre Entscheidungen nahm sie den Tod des vietnamesischen Agenten a priori in Kauf, ja indirekt veranlaßte sie ihn sogar! Nun kann sie sich nicht davon distanzieren, indem sie die Verantwortung für ihre eigenen Sünden auf jene Männer abschiebt, die für Amerikas Ziele und zur Verteidigung der freien Welt unzählige Male ihr Leben wagten. Auf diese an vorderster Front immer wieder bewährten Soldaten!" McEwan ließ seine Argumente nachwirken, ehe er in seinem Resümee fortfuhr.

„Von Anbeginn unserer Rechtsgeschichte bis zum heutigen Tag war es stets erforderlich, bei der Beurteilung der Handlungen einer des Mordes beschuldigten Person die verbrecherische Absicht zu erweisen. Ist es der Anklagevertretung gelungen, diese Offiziere krimineller Beweggründe zu überführen, Hohes Gericht? Keineswegs! Haben die Angeklagten das Opfer aus persönlichem Haß getötet, wenn Troc überhaupt gewaltsam beseitigt wurde? Gewiß nicht. Der gute Glaube dieser Offiziere, daß ihr Vorgehen durch die Richtlinien des Kommandos ebenso wie durch die Begleitumstände gerechtfertigt sei, ist hier von entscheidender Bedeutung. Was sie auch taten, es geschah aus höchsten patriotischen Motiven für die Sache unseres Landes und die im Namen des amerikanischen Volkes betriebene Politik!

Bis jetzt wurden in Südvietnam über 60.000 Dorffunktionäre von den Vietkongs ermordet. Derartige Terroraktionen haben für die Kommunisten großen militärischen Wert, weil sie die Moral der Bevölkerung erschüttern. Wie sollten die USA und deren vietnamesische Verbündete den Feind auf andere Weise bekämpfen? Wer im schmutzigen Krieg die Oberhand behalten will, kann nicht wie bei Verdun, in den Ardennen, bei Stalingrad oder bei

Anzio und Nettuno operieren — nämlich im alten soldatischen Geist —, sondern muß die Guerillas mit ihren eigenen Waffen schlagen. Deshalb wird die Taktik angewandt, bestimmte einzelne Exponenten der gegnerischen Seite einzuschüchtern, zu entführen oder zu töten, und zwar so, daß größtmögliche psychologische Auswirkung auf weitere Kreise gegeben ist. Sollen wir ableugnen, daß solcher selektiver Gegenterror bereits seit Jahren in der amerikanischen Vietnampolitik konkret eingeplant ist?

Die PRU, von der CIA geschulte und finanzierte südvietnamesische Spezialeinheiten, dezimieren methodisch und gezielt den kommunistischen Führungsapparat in den von feindlichen Kräften durchsetzten Provinzen. Mit genauen Angaben nach Kundschaftermeldungen versehen und mit Messern bewaffnet schleichen sich kleine Gruppen während der Nacht in Vietkongdörfer, töten Schlüsselfiguren und ziehen sich rasch wieder zurück. Manchmal legen sie auf die Leichen ‚Visitekarten': ein großes weißes Auge auf schwarzem Grund. Kein feindlicher Funktionär weiß, ob er nicht der nächste sein wird, der nächtlichen ‚Besuch' erhält. Immer gilt der Grundsatz, den Vietkong mit Vietkongtaktiken zu bekämpfen. In diesem Inferno erbarmungsloser Gewalt, dunkler Machenschaften und krasser Willkür mußten die Angeklagten wie Tausende andere Offiziere und Experten auf den Befehl der amerikanischen Regierung ihre Pflicht erfüllen.

Das Verfahren geht zu Ende. Nun wird Ihnen, meine Herren Geschworenen, die Entscheidung übertragen, jedem einzelnen von Ihnen persönlich. Man kann einem Menschen keine schwerere Bürde auflasten als diese Verantwortung. Es liegt in Ihrer Hand, den Angeklagten die Freiheit wiederzugeben. Fällen Sie Ihren Spruch, ohne sich durch unbewiesene Verdachtsmomente, individuelle Rücksichten, gefühlsbedingte Erwägungen oder vorgefaßte Meinungen beeinflussen zu lassen. Urteilen Sie so, daß Sie in künftigen Jahren, wenn Sie an diesen Prozeß denken, immer mit gutem Gewissen sagen können, daß Recht und Menschlichkeit siegten. Üben Sie Gerechtigkeit, hohes Gericht, dann werden Sie bei der Frage nach dem Für und Wider dieses Falles auf manche schwerwiegende Zweifel stoßen und daher die Angeklagten für nicht schuldig befinden."

48. KAPITEL

Während der nächsten halben Stunde setzte der Richter den Geschworenen nochmals den Rechtsstandpunkt auseinander und betonte, daß es in diesem Fall einzig und allein um die Bejahung oder Verneinung der Schuldfrage gehe. Entweder die Angeklagten hatten Tran Van Troc getötet oder nicht. Etwaige Vorurteile General Flints gegen die Special Forces seien für die prinzipielle Erwägung, ob Major Becker und Captain Marone einen Mord geplant und ausgeführt hätten, völlig bedeutungslos.

Kurz vor fünf Uhr nachmittags entließ Colonel Dorrance die fünf Offiziere in die Klausur. „Aus Zeitgründen wird die Urteilsverkündung auf morgen neun Uhr vertagt. Wir hoffen, daß die Mitglieder des Gerichtshofes bis dahin eine Entscheidung gefällt haben werden."

Colonel Osborne Dickey, der Präsident, führte die übrigen Mitglieder in den Beratungsraum. „Also beginnen wir. Es gibt ja kaum Probleme nach der einen oder anderen Richtung. Denn es ist doch sonnenklar, daß die Angeklagten diesen Agenten umgelegt haben."

Major Brooks schüttelte den Kopf. „Ich sehe die Dinge nicht so einfach. Was meinst du, ‚Pappy'?"

Captain Yokum zuckte die Achseln. „Wahrscheinlich haben sie ihn erledigt, aber warum auch nicht?“

„Hört zu“, warf Major Drayton ein. „Ihr wißt, was der Richter sagte. Wenn wir davon überzeugt sind, daß die beiden die Tat begangen haben, müssen wir sie für schuldig befinden. Wir wollen doch nicht die ganze Nacht hier sitzen.“

„Richtig, Sir“, pflichtete ihm Captain Allen bei. „In diesem Fall kommt offenbar nur ein einziger Schiedsspruch in Betracht.“

„Sollen wir Becker und Marone für lebenslänglich ins Gefängnis schicken, weil sie etwas taten, das in Vietnam täglich geschieht. Machen wir uns doch nichts vor!“ protestierte Brooks.

„Meine Herren“, ergriff Colonel Dickey wieder das Wort, „lassen wir uns nicht von Gefühlen leiten. Das sagte sogar der Verteidiger. Sicherlich, General Flint ist der Ansicht, es stünde besser um die Armee, wenn es die Special Forces nicht gäbe. Natürlich weiß er, daß oft Menschen wahllos getötet werden, aber das ändert nichts an dem absoluten Faktum, daß wir Becker und Marone für schuldig erkennen müssen, wenn wir glauben, daß sie den Vietnamesen umgebracht haben. Sollen wir nun abstimmen?“

Brooks warf Yokum einen warnenden Blick zu. „Pappy, überlege genau! Du und ich, wir sind hier die einzigen Offiziere, die den Feind aus persönlicher Kampferfahrung kennen.“

„Aber jetzt arbeiten wir im Oberkommando“, erwiderte Yokum. „Und wir müssen dorthin zurück. Ich bin überzeugt, daß die beiden den Kerl erledigt haben.“

Brooks war nicht so leicht zu schlagen. „Ist keinem der Mitglieder dieses Gerichtshofes eingegangen, daß Becker und Marone dennoch in höherem Auftrag gehandelt haben könnten, *wenn* sie Troc überhaupt töteten? Ich weiß nicht, was Sie davon halten, meine Herren, aber ich selbst war schon in der Lage, daß die CIA direkten Einfluß auf militärische Operationen ausübte, und ich hätte mich bedankt, hinterher dafür zur Verantwortung gezogen zu werden.“

„Major“, sagte Colonel Dickey streng, „ich gebe zu, daß die Offiziere wahrscheinlich geglaubt haben, sie müßten im Interesse der USA so handeln. Aber Becker und Marone machten einen Fehler: sie ließen sich erwischen. Wir haben hier nicht darüber zu entscheiden, ob es gerechtfertigt oder ungerechtfertigt ist, eine

Person zu beseitigen, die wichtige militärische Pläne durchkreuzen könnte. Für uns erhebt sich lediglich die Frage, ob ein Mord geschah oder nicht."

„In diesem Fall stimme ich mit Nein", erklärte Major Brooks. „Pappy, erinnerst du dich daran, wie du an der laotischen Grenze die Hälfte deiner Kompanie verloren hast, weil die Nordvietnamesen deinen Standort kannten?"

„Glaubst du, daß ich das je vergessen werde?"

„Und wie kam es dazu?"

„Wir wurden verraten. Irgendein vietnamesischer Hund im Korpskommando erzählte einem anderen dieser Banditen von dem Einsatz, und prompt, bevor wir noch loszogen, wußte der Gegner, daß wir kommen würden."

„Was tätest du mit dem Vietnamesen, der deine Kompanie verraten hat, wenn du ihn je zu packen kriegtest?"

„Genug davon, Major", schnitt ihm Colonel Dickey das Wort ab. „Wir sind hier, um die Beweismomente in Erwägung zu ziehen. Ich selbst bin von der Vorstellung, diese Offiziere verurteilen zu müssen, ebensowenig begeistert wie Sie. Aber General Flint muß ein Exempel statuieren, wenn er die hierarchische Ordnung der Kommandogewalt intakt erhalten will. Er kann nicht zulassen, daß Einheiten völlig auf eigene Faust operieren."

„Colonel, stimmen wir ab, damit wir das Verhältnis zumindest ungefähr klären", schlug Major Drayton vor.

Der Präsident des Gerichtshofes gab fünf gleiche Zettel aus; jeder der Geschworenen schrieb seinen Schiedsspruch darauf, faltete das Papier und warf es in den Schlitz der Urne, die auf dem Tisch stand.

Colonel Dickey hob den Deckel ab, nahm die Stimmzettel heraus und las sie. Drei lautete auf ‚Schuldig', einer auf ‚Nicht schuldig', der fünfte war leer. Ärgerlich runzelte Dickey die Stirne. „Meine Herren, versuchen wir doch, zu einer Entscheidung zu kommen! Soll ich nochmals alle Beweisgründe anführen, damit jener, der unentschlossen ist, endlich Klarheit gewinnt?"

„Oder einer, der für ‚Schuldig' stimmte, darüber nachdenken kann, was wir in den letzten drei Tagen gehört haben", fügte Brooks trocken hinzu.

„General Flint wird toben, wenn wir die Angeklagten für

‚Nicht schuldig' befinden, da sie doch eindeutig den Agenten ermordeten und die Tat auch gestanden haben."

„Aber die Geständnisse wurden widerrechtlich erlangt!" rief Brooks wie aus der Pistole geschossen. Dann fügte er ruhiger hinzu: „Vielleicht werde ich niemals zum Lieutenant Colonel befördert werden, aber deswegen liefere ich trotzdem nicht Kameraden ans Messer, weil sie getan haben, was sie tun mußten. Ich weiß, keinen Offizier freut es, ewig Colonel zu bleiben und nie General zu werden, aber in diesem Fall geht es der ganzen weitreichenden Problemstellung nach um wichtigere Dinge, als um General Flints mögliche Repressalien gegen uns, wenn wir für einen Freispruch entscheiden. Pappy, legst du unbedingt Wert darauf, daß man dir die Goldblätter eines Majors an die Schulterklappen heftet? Bist du bereit, dafür hervorragende Offiziere wie Colonel Stuart und seine Leute ins Zuchthaus von Leavenworth zu bringen, weil sie ihre Pflicht erfüllt haben?" Er blickte Colonel Dickey trotzig an. „Stimmen wir nochmals ab, Sir."

„Wo zum Teufel hat General Flint Sie aufgetrieben?" fragte Dickey gereizt.

„Wenn er nicht mich hätte, dann würde er einen anderen brauchen, der weiß, was es heißt, einen schmutzigen Krieg zu führen", erwiderte Brooks gleichmütig. Er hypnotisierte seinen alten Kampfgefährten Yokum.

Seufzend griff Colonel Dickey nach neuen Stimmzetteln.

In den Räumen der Verteidigung, wo auf McEwans Weisung nur die Angeklagten, deren Angehörige und die Verteidiger Zutritt hatten, wurde wenig gesprochen. Allen war schmerzlich bewußt, daß in diesem Moment fünf von General Flint ernannte Laienrichter über ihr Schicksal entschieden.

Nach und nach verließen die Angeklagten das Pentagon, um vielleicht für lange Jahre die letzte Nacht in Freiheit bei ihren Familien zu verbringen. Stein, Waters und Captain Lovell blieben. Versonnen schlürften sie ihre Drinks.

„Sie brauchen sich keine großen Sorgen zu machen, Larry", sagte McEwan zu Lovell. „Wenn Marone und Becker verurteilt werden, dann wird der Flint-Klüngel im Hochgefühl seines

Triumphs das Disziplinarverfahren nicht sehr energisch betreiben. Falls es zu einem Schuldspruch kommt, wird die Öffentlichkeit so empört gegen Flint Stellung nehmen, daß ihm die Regierung nicht erlauben wird, Amerika durch einen weiteren Prozeß an das Unrecht zu erinnern, das die militärische Spitze vier amerikanischen Helden zufügte. Und wenn die Entscheidung der Geschworenen das Verdikt ‚Nicht schuldig' ergibt, dann wäre jeder Schritt gegen Sie für die Welt eine Bestätigung dafür, daß Flint nur einen Schlag gegen die Grünen Teufel führen wollte. Auch dann wird man sich höheren Orts dafür verwenden, die Sache in aller Stille beizulegen."

Lovell trank aus. „Sehr beruhigend, Henry. Hoffentlich behalten Sie recht."

„Wenn Sie wissen wollen, wie Amerika über diesen Fall denkt, brauchen Sie nur die Zeitungen zu lesen und die TV-Nachrichtensendungen zu sehen. Das ganze Volk wartet gespannt auf das Urteil."

„Und welchen Spruch erwarten Sie selbst?" fragte Major Stein.

„Alles hängt davon ab, ob die Mitglieder des Gerichtshofes wirklich karrierehemmende Reaktionen Flints befürchten. Andere Voraussagen erübrigen sich."

Für das allgemeine Interesse an dem Urteil sprach der lebhafte Zustrom des Publikums. Scharen von Journalisten und Zuschauern, die im bereits überfüllten Gerichtssaal nicht mehr Einlaß fanden, drängten sich in den weiten Korridoren des Pentagon.

Als McEwan wenige Minuten vor neun Uhr den Gerichtssaal betrat, sah er zu seiner Überraschung Senator Morrissey, der sich von seinem Sitz erhob, auf ihn zukam und ohne zu lächeln kühl sagte: „Meinen Glückwunsch, Mr. McEwan."

„Ist das nicht etwas verfrüht?"

„Nein. Gestern habe ich mit Mai Lei gesprochen."

„So?" murmelte McEwan.

„Ja. Passen Sie gut auf das Mädchen auf." Es klang fast wie eine väterliche Mahnung, der Verzicht des resignierenden Dritten.

„Ich werde mich bemühen, Senator. Sehe ich Sie vielleicht später?"

„Das bezweifle ich. Aber wenn es zu einem Fehlurteil kommt, dann steigt im Kongreß der schärfste Protest, den man dort je erlebt hat.“

Nun erschien Colonel Dorrance und nahm seinen Platz ein. Rasch ging McEwan zum Tisch der Verteidigung und setzte sich neben die Militärjuristen. Er spürte die Erregung der Angeklagten, die den Mitgliedern des Gerichtshofes entgegenstarrten.

„Die Verhandlung ist eröffnet“, erklärte Dorrance.

Colonel Furst stand auf. „Euer Ehren, die Geschworenen sowie die Vertreter der Anklage und der Verteidigung sind wieder vollzählig anwesend.“

Auf ein Zeichen des Prokurators erhob sich Colonel Dickey, den Blick den Angeklagten zugewandt. „Captain Lewis Marone und Major Richard Becker, als Präsident dieses Tribunals habe ich die Pflicht, Ihnen mitzuteilen, daß Sie der Gerichtshof in geschlossener Beratung und geheimer schriftlicher Abstimmung in allen Punkten der Anklage für nicht schuldig befunden hat.“

Tumultarischer Jubel und tosender Applaus, den Colonel Dorrance nicht einmal zum Schweigen zu bringen versuchte, erscholl aus den Reihen der Presse und des Publikums. Wortlos ergriff Becker McEwans Hand, drückte sie und hielt sie fest. Auch Colonel Stuart, Captain Marone und Major Curtin schüttelten einander die Hände. Dann standen sie auf und drängten sich durch das dichte Spalier von Gratulanten und Reportern zu den geöffneten Türen des Saales.

Draußen auf dem hallenden Korridor sah Stuart über die Köpfe der Umstehenden hinweg eine straffe Gestalt in Uniform. Es war der Generalstabschef der Armee, der auf ihn zukam.

Sofort öffnete sich eine Gasse, als die imponierende Erscheinung herantrat und die Hand des Colonel ergriff. Vor den TV-Strahlern und im Kreuzfeuer der Blitzlichter schüttelte der Genenalstabschef die Rechte des Kommandeurs der Grünen Teufel, während Dutzende Kameras das Bild dieser beiden Männer für die Welt festhielten.

„Herzlichen Glückwunsch, Clay! Ihr erster Silberstern wartet auf Sie — wenn Sie ihn noch wollen. Sie haben in einem schweren Kampf gesiegt.“

„Den haben Henry McEwan und unsere militärischen Verteidiger gewonnen", antwortete Stuart ruhig. „Bevor ich befördert werde, möchte ich meinen Turnus in Vietnam ordnungsgemäß beenden."

Stuart entging nicht die jähe Betroffenheit in der Miene des Generalstabschefs. „Im Moment bin ich nur daran interessiert, auf meinen Posten zurückzukehren und dort zu bleiben, bis ich abberufen werde, Sir."

„Darüber können wir später sprechen, Clay."

„Natürlich, Sir. Aber das wird nichts an meinem Entschluß ändern."

Karen Stuart hatte sich endlich durch die Menge geschoben; nun stand sie neben ihrem Gatten und legte seinen Arm um ihre Schulter.

„Das ist ein Glückstag, Karen", sagte der Generalstabschef.

„Ja, Sir. Der erste nach drei schrecklichen Monaten."

„Clay wird General!"

„Nur dann, wenn ich vorher meinen Turnus in Vietnam beenden kann, Sir", wiederholte Stuart entschieden.

„Alles wird sich finden, Clay. Ich bin in meinem Büro zu erreichen."

Stuart blickte dem Generalstabschet nach. Sein einstiges großes Vorbild verschwand hinter vielen fremden Gesichtern. Ohne Scheu vor den Zuschauern, die das Paar einkeilten, küßte er Karen.

„Würde es dir schwerfallen, die Frau eines Zivilisten zu sein?"

„Nein, wenn ich nur dich habe . . ."